KB061934

Friedrich Hölderlin Sämtliche Gedichte

1

횔덜린 생가가 있는 라우펜 전경. 슈틸러Robert Stieler의 동판화. 1860년. 비가 「슈투트가르트」에 자신이 태어난 고장 라우펜을 찬미하는 구절이 등장한다.

1 마울브론 학창시절의 횔덜린. 채색 연필화. 1786년.

2 시 「테크 산」의 육필원고. 1788.

1 하이델베르크. 아이스너F. X. Eisner의 철판화. 1830년 무렵. 횔덜린은 송시 「하이델베르크」를 통해 하이델베르크의 아름다움을 노래한 바 있다.

2 남측에서 본 튀빙겐 신학교. 철판화. 1830년 무렵.

네카 강변의 마을 라우펜에 있는 횔덜린 생가. 네벨Julius Nebel의 연필화. 횔덜린의 아버지는 수도원 관리인이었다. 횔덜린은 1770년 이곳 수도원 관사에서 태어났다. 비가 「방랑자」에 이 생가가 인상적으로 묘사된다.

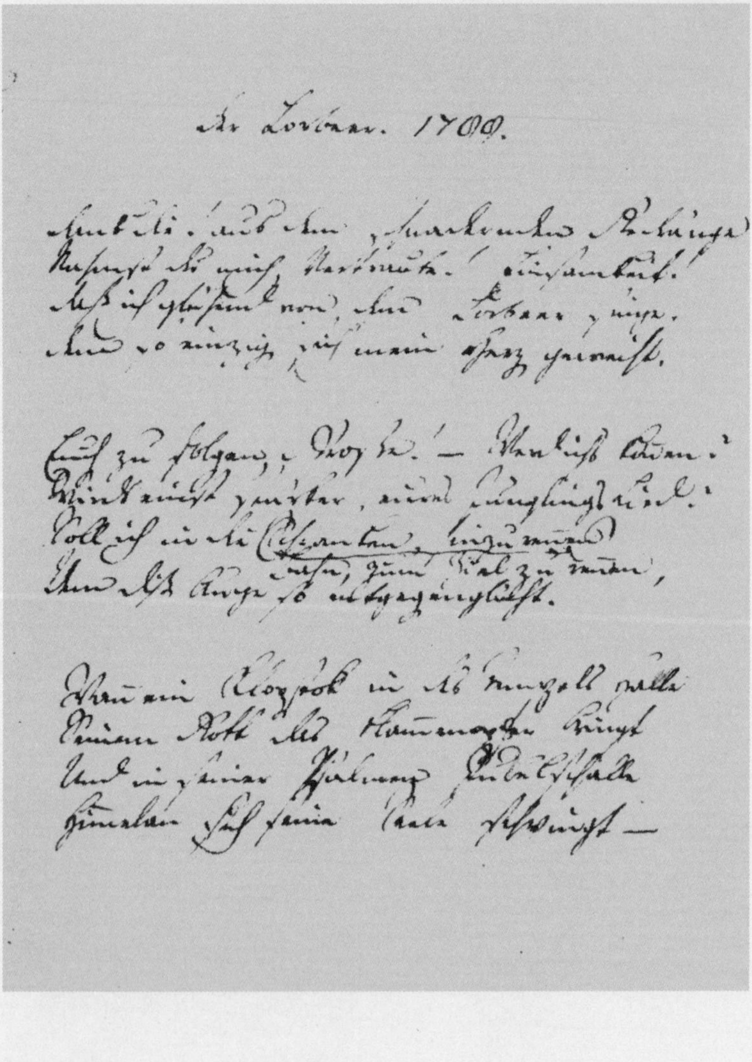

시 「월계관」의 육필원고. 1788년.

1 18세의 휠덜린. 나스트Immanuel G. Nast의 연필화. 1788년.

2 청년기의 휠덜린. 트로이Troy의 채색 연필화. 1786년.

1 슈토이트린. 헤춰Philipp F. Hetsch의 유화. 슈바르트와 함께 뷔르템베르크 지역의 젊은 문학도들을 열렬히 후원한 인물이다. 자신이 펴낸 『1792년 시 연감』과 『1793년 사화집』에 휠덜린의 튀빙겐 찬가들을 실어주었고, 쉴러에게 휠덜린을 소개했다. 프랑스혁명의 열광적인 지지자로 낙인 찍혀 정부로부터 출국을 명령받았고 1796년 라인 강에 투신자살했다. 휠덜린은 시 「그리스-St에게」에서 오늘날 잃어버린 그리스인으로 슈토이트린을 그리고 있으며 그의 비극적인 죽음을 예감하고 있다.

2 노이퍼. 작자 미상. 유화. 1799년 문학에 대한 견해 차이로 돌아서기 전까지 노이퍼는 휠덜린의 가장 가까운 친구였다. 그리스 난민 가정에서 태어난 노이퍼의 어머니가 휠덜린이 방문할 때마다 그리스의 역사와 터키의 억압적 통치에 대해 이야기해주었고 그것이 그리스를 배경으로 한 소설 『휘페리온』의 창작 동기가 되었다고 전해지기도 한다. 휠덜린은 시 「노이퍼에게, 1794년 3월에」, 「노이퍼에게 보내는 초대」를 썼고 시 초안 「노이퍼에게」도 남겼다.

남쪽에서 본 튀빙겐 전경. 작자 미상. 템페라 수채화. 1792년 이전.

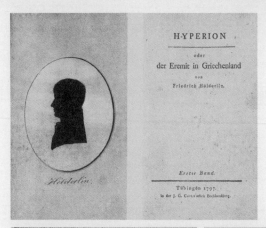

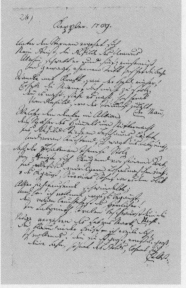

1 소설 『휘페리온』 제1권 초판 표지와 함께 실린 작가 횔덜린의 실루엣화.

2 주제테 공타르에게 바친 소설 『휘페리온』 제2권의 횔덜린 헌사. "그대가 아니면 누구에게".

3 시 「케플러」의 육필원고. 1789년.

시 「홈부르크의 아우구스테 공주님께」의 육필원고, 1799년 11월 28일.

시「디오티마」. 주제테 공타르의 필사본.

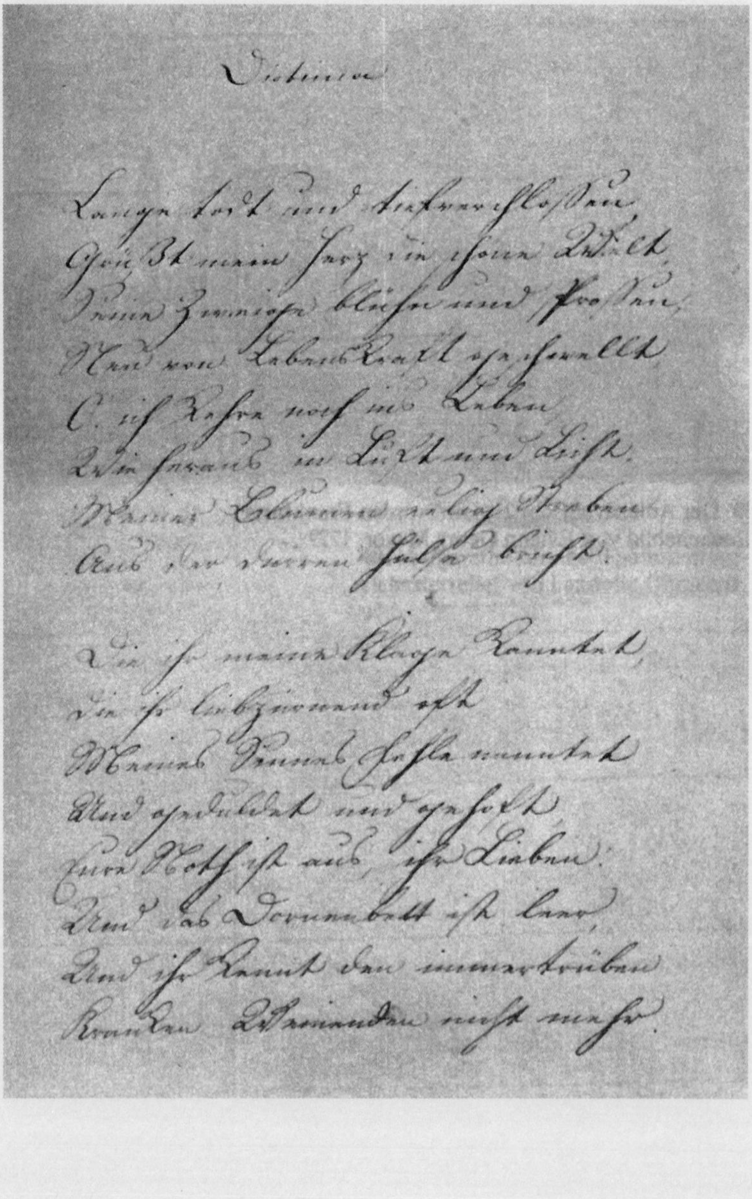

휠덜린 시 전집

Friedrich Hölderlin
Sämtliche Gedichte

프리드리히 휠덜린 지음
장영태 옮김

1

일러두기

1. 이 책은 프리드리히 횔덜린의 『시 전집*Friedrich Hölderlin, Gedichte*』을 완역한 것으로, 요헨 슈미트Jochen Schmidt가 편집한 *Hölderlin, Sämtliche Werke und Briefe in drei Bänden*, Bd. 1(Deutscher Klassiker Verlag, 1992)을 저본으로 삼았다.

2. 원문의 주는 (원주)로 별도 표시했으며, 그 외 모든 주석과 해설은 여러 자료를 참고하여 옮긴이가 덧붙인 것이다.

3. 본문 옆의 숫자는 원문의 행 번호로, 각 작품의 시행 배열은 원서를 따랐다. 다만 우리말과 독일어의 어순이 다르기 때문에 위치가 정확하게 일치하지 않을 수도 있다.

4. 맞춤법과 외래어 표기는 국립국어원의 현행 규정과 표기법을 따랐다. 단, Hyperion, Neckar, Schiller, Schlegel 등의 일부는 옮긴이의 의견을 따라 Duden 발음사전을 기준으로 표기했다.

5. 주요 인명과 서명은 처음 한 회에 한해 원어를 병기했다.

6. 단행본과 잡지는 『 』로, 시와 단편, 논문은 「 」로 표시했다.

7. 한국어 번역 시제와 원문 시제를 색인으로 정리하여 권말에 수록해두었다.

차례

덴켄도르프와 마울브론 학창시절

II 1788~1793

튀빙겐 신학교 재학시절

V 1798~1800
첫 홈부르크 체재기

VII 1793~1806

초안들, 비교적 규모가 큰 단편들과 스케치

VIII

구상, 단편, 메모들

IX 1806~1843

최후기의 시

X

부록

역자 서문

횔덜린 시 전집 한국어 주석본을 내면서

프리드리히 횔덜린Friedrich Hölderlin, 1770~1843은 독일문학의 전성기, 이른바 '괴테시대'의 가장 뛰어난 시인이다. 그의 시 작품은 독일어문학에서 정점을 이룬다고 평가되고 있다. 횔덜린은 그러나 당대에서는 소설 『휘페리온Hyperion』을 통해서 겨우 수수한 문명文名을 유지했을 뿐 시인으로서는 거의 인정받지 못했다.

괴테Johann Wolfgang von Goethe와 쉴러Friedrich Schiller 같은 거장의 그늘 아래서 횔덜린 같은 변방의 시인들은 작품을 발표할 기회를 얻기 어려웠던 탓도 있지만, 횔덜린의 시가 "사랑의 지친 날개" 같은 전래의 주제에 머물지 않고 '표상세계의 변화'를 시도했던 만큼, 당대의 이해지평을 넘어서 있었기 때문이다. 뒤늦은 20세기 초 뮌헨의 젊은 고전문학도이자 독문학도인 헬링라트Norbert von Hellingrath에 의해 발굴되고 재평가된 그의 후기 시문학이 횔덜린을 현대시의 선구자로 세워놓았다. 그의 시 「빵과 포도주」는 헤르만 헤세Herman Hesse를 시인의 길로 인도했으며, 라이너 마리아 릴케Rainer Maria Rilke와 파울 첼란Paul Celan 같은 독일의 현대 시인들은 횔덜린을 시인의 모범으로 삼기를 주저하지 않았다.

프랑스 혁명의 열기의 세례를 받았으며, 디오티마Diotima와는 뜨겁고 비극적인 사랑을 나누고, 헤겔Georg Wilhelm Friedrich Hegel과 더불어 독일 이상주의 철학에 기초를 놓은 횔덜린은 그 시대의 고통과 희망을 온몸으로 체험했던 독일의 대표적인 지성이자 독

28

일 정신사에 지울 수 없는 족적을 남긴 인물이다. 반생半生을 정신 착란 가운데 외롭고 불우하게 살아야 했지만 오늘날 독일의 문학 사와 정신사에 미친 영향과 그의 삶에 대한 끊임없는 관심 가운데 그는 생동하고 있다.

역자는 1990년 횔덜린의 시 69편을 번역하여 원문과 함께 『궁 핍한 시대의 노래』로 펴냈다. 여기에 실린 작품 50여 편은 한국어로 는 초역이었다. 18년이 지난 2008년에는 「백성의 목소리」, 「유일 자」, 「이스터 강」 등 작품 19편을 더하여 85편의 작품을 실은 『횔 덜린 시선: 머무는 것은 그러나 시인이 짓는다』를 증보판으로 냈 다. 이 시 선집은 시 형식(송가, 찬가, 비가)에 따라 창작연도 순으 로 게재하여 시 세계의 변화와 시 형식의 의미를 살필 수 있도록 한 만큼 문학사적인 관점을 반영한 것이었다. 역자는 이 시집에 실 렸던 85편 가운데 74편을 추리고 새롭게 30편을 추가하여 105편 이 실린 시 선집 『궁핍한 시대에 시인은 무엇을 위하여 사는가』를 2012년에 펴냈다. 이 선집은 시 작품들을 '자연과 고향', '시대와 역 사', '시인과 민중', '신과 안티케' 등 7개의 주제로 분류하여 실었다. 독일의 시인 중 "가장 뜻깊은 시"를 쓴 시인으로 평가되는 횔덜린 의 시를 독자들이 좀 더 쉽게 이해하고 향유할 수 있도록 하기 위 해서였다.

그러나 이 세 권의 시 선집은 전성기의 중요한 작품을 대부분 포함하기는 했지만, 편수로 볼 때는 횔덜린의 전체 시 작품의 3분 의 1에 불과하고 특히 튀빙겐 찬가를 비롯한 초기 작품과 1806년 이후 최후기 작품, 시작을 위한 착상과 미완의 단편들은 거의 싣지 못한 아쉬움이 있었다.

이번에 펴내는 횔덜린의 시 전집은 시인이 1784년 15세에 쓴

「사은의 시」로부터 시작하여 1843년 6월 세상을 떠나기 직전에 쓴 「전망」에 이르기까지, 판독되어 그의 작품 전집에 실려 있는 시 작품 전체와 시작을 위한 메모, 착상, 단편斷片 모두를 번역하여 싣고 있다. 한 시인을 온전히 이해하고 감상하며 깊이 있게 이해하기 위해서는 완성된 작품 모두는 물론 창작의 과정과 작업의 흔적을 보여주는 착상, 계획, 단편 등도 빠짐없이 읽고 음미해야만 한다는 게 나의 생각이고 믿음이다. 전체에서 부분으로, 부분에서 다시 전체로 돌아가는 '해석학적 순환'이 횔덜린과 같은 난해한 시인의 작품 읽기에 꼭 필요한 태도이기 때문이다.

횔덜린은 한 편의 시도 떠오른 시상에 따라 즉흥적으로 쓴 적이 없다. 지우고 수정하고 보완하기를 반복했다. 단어 하나, 쉼표 하나 소홀히 하지 않았다. 그는 수공手工의 노고를 높게 평가한 당대에는 보기 드문 시인이었으며 각고의 고통을 감수할 능력을 지닌 시인이었던 것이다. "시는 개인적 감정의 발산이 아니라, 그 감정으로부터의 탈출"이라고 엘리엇Thomas Stearns Eliot이 말한 바 있듯이, 횔덜린의 시작 과정은 그러한 탈출 흔적을 보여준다. 삶 가운데서의 체험, 환희와 고뇌는 매우 의식적인 형상화를 통해 감상을 넘어 승화된 채 시 작품 안에 온전히 스며 있다. 그리하여 횔덜린이 노래하는 꿈과 감정은 모호한 꿈과 감정이 아니라, 궁핍한 시대에 사는 모든 이가 공감하는 꿈과 감정이 된다. 이것은 초기 낭만주의의 역설이자 비극적인 '자기 지우기Selbstannihilation'에서 얻어진 열매이다. 동일한 시제의 서로 다른 초고들을 포함하여 이러한 흔적을 다 보지 않으면 횔덜린의 시 작품을 온전히 음미했다고 말하기 어렵다. 시 전집 번역의 의의는 여기에 있다고 하겠다.

횔덜린은 독일의 시인들 중 가장 이해하기 어려운 시를 썼다고 사람들은 말한다. 시의 주제나 노래방식이 다양할 뿐 아니라, 거의 서사에 육박하는 내용에서부터 암호에 가까운 시편에 이르기까지 그 세계의 지평은 광활하다. 그는 '예지적 시인'이면서도 '박식한 시인'이다. 그의 시를 읽고자 하면 충만한 감성만으로는 충분치 않다. 그의 시 세계에서는 그리스의 신화가 살아 있는가 하면, 게르만의 영웅들도 등장하며, 그리스도가 디오뉘소스의 형제가 되며, 루소Jean Jacques Rousseau, 나폴레옹Napoleon, 케플러Johannes Kepler 등이 헤라클레스와 함께 노래된다. 독자도 지적으로 무장하지 않으면 안 된다. 이렇게 하여 우리는 시공의 제약을 넘어 시야가 탁 트이는 문학적 체험을 향유하게 된다. 자세한 주석을 다는 것이 시적 감흥을 깨뜨리고 지적인 흥분만을 초래하지는 않을까 하는 우려에도 역자가 여러 문헌을 인용하며 가능한 자세히 주석을 달게 된 이유도 여기에 있다. 가장 훌륭한 번역가는 가장 훌륭한 해설자여야 한다는 헤르더Johann Gottfried von Herder의 주장에 공감하면서 이해가 감흥으로 이어지기를 역자는 바라는 것이다.

이 시 전집의 번역은 독일어 원문과 한국어의 대역본을 염두에 두고 시작되었다. 이러한 대역 시도를 통해서 확인하게 된 것은 구조적으로 전혀 다른 체계의 언어로 된 작품의 온전한 축어역逐語譯은 불가능하며, 시적 감흥을 고려하며 내재율을 살리려 애를 쓰지만 원문의 운율은 희생될 수밖에 없다는 사실의 안타까운 확인이었다. 시의 생명인 운율의 희생, 다시 말해 운문의 산문화는 시 번역의 가능성 자체에 대한 문제를 내포한다. 두 언어 사이의 태생적인 구조적 차이를 구실로 운율의 구속에서 해방된, 따라서 어쩔 수 없이 산문화된 번역이 한쪽의 희생을 어떤 식으로든 보상하지 않는다면 운문의 번역은 원작을 손상시키는 작업에 지나지 않을 것이라는 사실을 시종 의식해야 했다. 이와 관련하여, 나는 '원어에 순응해야 한다'는 원칙을 지키고자 했다. 횔덜린의 작품의 가장 조밀한 조직, 가장 넓은 잉여적 의미를 건져내는 것을 목표로 했을 때, 즉 타자로서의 횔덜린 시를 살리고자 했을 때, 의역으로 나아가고자 하는 나의 욕망을 억제해야만 했다. 그리하여 나의 번역은 한국어로서의 시의 맛을 저버리지 않는다는 내 나름의 한계 내에서 결과적으로 직역이 되었다. 그러나 원문과 나의 번역문 사이에 일종의 친화력이 생성되었다고 믿는다. 원문의 시행에 한 행도 넘치거나 부족하지 않게 번역이 이루어진 것도 이런 친화력의 증거다. 이 지점에서 대역은 꼼꼼한 번역작업을 수행하려는 번역자로서의 자세와 방법의 하나일지언정, 대역본으로까지 나갈 일은 아니라는 데 생각이 미치게 되었다.

한편 횔덜린의 시 번역에서 직역이 가지는 또 다른 특별한 의미가 있다. 그것은 횔덜린 시문학이 드러내 보이는 문체양식과 관계되어 있다. "문법적, 논리적 및 가시적인 연관성의 포기", "문장의 희생", "언어자체로 시 쓰기"를 횔덜린만큼 강조한 당대 시인은 없었다. "논리적인 문단의 배열은 시인에게는 거의 소용되지 않는다"고 그는 선언하고 있다. 그리스의 시인 핀다로스의 승리가를 번역하면서 횔덜린은 행간번역을 통해서 그러한 시 쓰기를 익히고 또 수용했다. 그리하여 "딱딱한 문체"가 횔덜린 시문학의 한 특징을 이루고, 모호성과 함께 표현의 다양성, 의미의 다중성을 낳던 것이다. 말의 예술인 시의 번역은, 운문의 산문화는 어쩔 수 없다 할지라도, 원문의 문체와 표현의 특징마저 단일한 의미전달을 위해 손상시켜서는 안 된다. 횔덜린이 시작詩作 훈련의 하나로 핀다로스 번역을 통해 실험한 것과 같은 행간번역을 횔덜린 시 작품의 한국어 번역에 그대로 적용할 수는 없지만, 그렇다고 해서 한국어에서의 "부드러운" 통사적인 일치만을 추구한다면 횔덜린 문학의 생명, 다른 말로 그 문학성을 해치는 일이 되고 말 것이다. 달리 표현하자면 직역이라는 번역방식은 역자인 내가 결정한 것이라기보다는 횔덜린 시 작품의, 그 텍스트의 성격이 결정했다고 말할 수 있다.

일러두기에서 언급한 대로 이 전집은 슈미트가 편집한 횔덜린 작품집을 대본으로 했다. 횔덜린 작품 전집은 헬링라트가 제바스Friedrich Seebaß와 공동으로 펴낸 6권으로 된 '뮌헨·라이프치히판'[*Friedrich Hölderlin. Sämtliche Werke, Historisch-kritische Ausgabe*(München und Leipzig, 1913~1916)] 전집과 바이스너가 편집하여 발행한 '슈투트가르트판 대전집'[*Hölderlin Sämtliche Werke in 8 Bänden*(Stuttgart: Große Stuttgarter Ausgabe, 1943~1985)], 그리고 자틀러가 편집한 '프랑크푸르트판'[*Hölderlin. Sämtliche Werke, Historisch-Kritische Ausgabe in 20 Bänden*(Frankfurt, 1975~2008)] 전집으로 대표된다. 슈미트 편집의 전집과 크나우프 편집의 작품집[*Sämtliche Werke und Briefe in 3 Bänden*(München, 1992)]은 이 대전집의 판독법을 따르면서 나름대로 주석을 달았다. 슈미트의 전집은 바이스너의 편집방침을, 크나우프는 자틀러의 편집과 판독법을 따르고 있다. 자틀러의 '프랑크푸르트판'은 작품의 원전을 육필원고의 일차적 전개에서부터 구성본konstituierter Text과 교정확정본emendierter Text에 이르기까지의 과정을 그대로 수록하여 독자의 비판적 편찬 참여까지도 가능하게 해준다. 그러나 방대한 집주는 연구자나 비평가의 자료로서 더 유용하다. 따라서 번역의 대본으로서는 비교적 최근에 발행되었고, 판독상의 학술적 논란을 정리한 슈미트 편집의 전집을 택했다. 주해는 슈미트의 주석을 주로 참고했지만, 크나우프가 편집한 작품집과 뤼더스Detlev Lüders가 편집한 시 전집[*Sämtliche Gedichte*(Bad Homburg, 1970)]의 주해도 함께 참고했다.

반세기 가깝게 횔덜린을 공부한 한 사람으로서 나는 그 읽기를 결산하는 이 횔덜린 시 전집의 한국어 번역이 독일 시인들 중 "가장 뜻깊은 시"를 쓴 횔덜린의 시 세계를 온전히 독자들에게 보여줌으로써 횔덜린 시의 생명을 지금 이곳에 살려 놓았다는 보람과 함께, 횔덜린의 시 세계가 시인이 할 수 있는, 따라서 시가 할 수 있는 역량에 대한 우리의 시각과 시야를 한층 넓혀주리라는 기대를 가져본다. 횔덜린 당대의 역사적 역동과 크게 다르지 않았던 나의 시대 체험과 삶의 희로애락 가운데에서 횔덜린의 시는 내 의식의 숫돌이었고, 희망의 원천이었다. 독자들도 자신의 문학 안에서 가장 순수하게 살았던 횔덜린을 그의 시 작품을 통해서 격동의 한 시대를 살았던 개인으로서도 가장 순수하게 만날 수 있기를 바란다.

수차례의 수정과 교정을 거치기는 했지만 오역이 없을 수 없다. 나의 재능 안에서 최선을 다했지만, 시의 번역에서는 번역자의 시적 감수성과 재능에 따라 여러 의미에서의 더 좋은 번역이 얼마든지 가능하다고 생각한다. 오역에 대해서는 독자 여러분들의 가차 없는 질정叱正이 있기를 바라며 더 좋은 번역이 이어지기를 기대한다.

역자 장영태

I

1784

~

1788

덴켄도르프와
마울브론 학창시절

An Lordan. 1700.

사은의 시

한때 당신들의 현명한 의지
저희도 교회에 봉사함을 허락하셨습니다.
저희가 그러한 은혜를 기뻐하는 감사의 빚
그 갚음을 형제들 중 누가 머뭇거리겠습니까?

방랑자는 어두운 숲을 지나   5
뜨거움으로 타오르는 황야를 건너 기꺼이 서둘러 갑니다.
그는 평온과 평화 피어오르는 곳
대지의 복된 평원을 멀리서만 바라볼 뿐입니다.

그렇게 저희는 즐거운 길을 서둘러 갈 수 있습니다.
이미 드높은 목표가 저희들에게 웃음 짓고   10
숙명의 박차, 게으른 지체의 적대자가
저희들을 기쁘고도 부지런하게 만들어주기에.

그렇습니다. 이 행복, 위대하신 후원자들[1]이신
당신들이 보내주는 이 행복으로 결코 게으름이
저희들 곁을 어둡게 하지 않을 것입니다. 아닙니다!   15
근면과 행동과 덕망을 변함없이 존중할 것입니다.

그러나 얻은 자들이 언제나 갚는
명예와 드높은 공경이 당신들을 치장하고

미래의 매일이 당신들을 드높이며

20
당신들을 장식하는 광채 더하게 되기를.

그런데 당신들에게 가장 아름다운 왕관은 무엇입니까?
교회와 나라의 안녕,
언제나 그대들 근심의 표적. 어서, 하늘이
평안으로 항상 그대들을 보답해주시기를.

M. G.

주여! 당신은 무엇이시며, 사람의 자식들은 무엇입니까?
그대 여호와여, 저희는 허약한 죄인들,
그리고, 주여, 당신에게 헌신하는 이들은 천사들입니다.
거기 영원한 보상, 거기 지복이 최고에 이릅니다.

그러나 저희는 쓰러져 당신의 선한 빛을   5
용서받을 수 없이 원한으로 바꾸며
지옥의 죽음을 고통스러워하지도 말아야 할,
축복을 잃어버린 그런 자들입니다.

그러나 오 주여! 당신은 저희 죄지은 자들이
당신의 구원을 보도록 용납해 주시나이다. 마치 아비들이   10
자식들에게 그러하듯. 당신은 당신의 천국의 선물
나누어 주시니, 은총을 목말라하는 저희들의 생기를 북돋
아 주시나이다.

당신의 아이가 압바를 소리쳐 부르고, 아버지를 외칩니다.
그처럼 당신은 도움을 주시는 분, 충고해 주시는 분,
죽음과 지옥이 광란하며 큰 소리낼 때,   15
아버지로서 당신은 지키시려고 서둘러 오십니다.

밤

인사받으라, 그대들 은신처를 가득 메운 혼백들이여,
고독하게 나를 에워싸 쉬고 있는 그대 들녘들이여,
그대 고요한 달님이여, 비방자들이 숨어 기다리는 것과 달리,
그대는 그대의 진주 같은 광채에 취한 내 심장의 소리를 듣
고 있네.

5   참으로 어리석은 자들이 텅 빈 허상을 얻으려고 애쓰며
조롱을 보내는 세상으로부터
덧없는 세상이나 희미하게 깜박이는 소동이 아니라,
그렇다! 오로지 덕망만 사랑하는 자, 그대들에게로 도망쳐
가네.

오로지 그대 곁에서, 역시 이곳에서 영혼은 느낀다네,
10   언젠가는 이들이 신적으로 변화되는 것처럼,
그 헛된 가상에게 그처럼 많은 제단
그처럼 많은 제물이 바쳐졌던 환희도 그러리라는 것을.

그대들 별들이여, 그 위에 멀리, 그대들 너머 멀리
영혼은 황홀해져 성스러운 천사의 날개를 달고 날아가네.
15   그대들의 위를 신적으로 성스러운 눈길로 내려다보네,
졸면서 쉬고 있는 대지를…

황금빛 잠, 오로지 그 가슴이 만족하며
자선을 베푸는 덕망의 참된 기쁨을 알고 있는
그 잠만이 그대를 느낀다네. ― 그대는 곤궁하여
그의 도움을 찾아 연약한 두 팔을 그 앞에 내미네.   20

재빠르게 그 황금빛 잠이 불쌍한 형제들의 고통을 느끼네,
불쌍한 형제가 울면, 그 역시 그와 함께 우네.
이미 위안은 넘친다네! 그러나 그는 말하네, 하느님께서
나에게만 은사를 베푸셨나? 아니다, 다른 이들을 위해서도
내가 살고 있다고.

오만에, 허영심에 내몰리지 않은 채,   25
그는 헐벗은 자에게는 옷 입히고, 창백하게 허기로
허약한 갈비뼈가 셀 수 있게 된 자를 배부르게 한다네.
그러면 그의 감동의 마음은 천국처럼 황홀해진다네.

그처럼 그는 쉬고 있다네. 다만 패덕의 노예들을
양심의 무서운 호령이 괴롭히고,   30
죽음의 공포가 쾌락 자신이 회초리를 들고 있는
부드러운 잠자리 위에 그들을 뒤척이게 한다네.

M. B.에게

오 즐겁게 순진한 기쁨으로 미소 지으라,
그렇다, 생기발랄한 소년이여, 기뻐하라,
그리고 무심하게, 봄의 언덕 위에 있는 양처럼
그대의 싹들 움트고 있다.

5   근심도 온갖 격정도
그대의 영혼으로 밀려들지 않네.
그대는 얼마나 진짜 바보들이 덕망이 활짝 피어나는 것을
시샘하며 입 벌리고 구경만 하는지 아직 본 적이 없으니까.

뻔뻔한 패덕자의 혀가 아직은 그대를 찾지 않고 있네.
10   우선은 그 혀가 칭찬을 하지만, 그 독사의 독은
칭찬을 곧 변화시킬 것이네. 그 혀가 그렇게 빛나게
노래했던 찬미는 죽음에 이르도록 찔러대는 책망으로 변한
다네.

그대는 이 아름다운 대지가 그처럼 많은
불만의 인간들을 짊어지고 있다는 것을,
15   창조주가 그대를 보낸 이 세계의 괴로움이 아니라, 오로지
저 자신의 걱정이 한숨을 쉬게 한다는 나의 말을 믿지 않네.

그러니 그대 고귀하고 선한 영혼이여,

오로지 덕망이 그대를 재촉하는 곳으로 그것을 따르라,
그리고 말하라, 세계여! 그것은 공허한 그림자가 아니니
나는 나에게 영원히 머물 지혜만을 선택하리라고.   20

만족하지 못하는 사람

호라티우스. 일그러뜨리는 근심[1]

"운명이여! 그대는 필멸의 존재들에게
불행으로 가득한 고뇌를 기쁨이라고 부르네,
가파른 행로가 지니고 있어,
잔인하게 **빼앗아가는** 기쁨. 죽음의 들것을
5   동경하는 두려운 눈물을
그대의 충고가 강요할 수 있다네."

한밤중의 나그네

아이구나! 올빼미네! 그것이 큰 소리로 우네,
그 공포의 외침이 크게 울리네.
목 졸라 죽이기 — 하! 너 교살당한 짐승의 썩은 고기 먹고
싶어 하네
너 가까이 있는 교살자 다가오게, 다가오게.

보라! 그가 귀 기울이고 있네, 씩씩거리는 죽음 —   5
사방에 살해의 무리 거칠게 숨 쉬네,
그가 듣고 있네, 그가 듣고 있네, 꿈속에서 듣고 있네.
나 길 잃은 교살자, 잠자네, 잠자네.

기억하기

나의 나날, 많이도, 많이도
죄로 인해 더럽혀져 아래로 가라앉는다.
오, 위대한 심판자여
왜냐고 묻지 말아주시기를, 오 그 무덤에
5 동정 어린 망각을 허락해주시기를
자비의 아버지여, 아들의 피가
그것을 덮어주도록 허락해주시기를.

아, 흘러간 나날
경건으로 장식된 적 거의 없었다.
10 흘러간 나날은 나의 천사, 그것들을
영원한 보좌 앞으로 데려다주시기를,
하찮은 숫자라도 어슴푸레하나마 드러나게 하여
언젠가는 심판자의 선택이
나로 하여금 그의 순종하는 자로 헤아려지게 되기를.

아드라메레크

지옥에 사는 자, 아드라메레크의 분노[1]가 깨어났다.
지옥은 더 깊이 가라앉을지어다, 아드라메레크가 광란했다
사탄 너는 놀라고 절망할지어다 너 지옥의 왕,
아드라메레크만이 여전히 위대하도다 ― 나는 올림포스를
지배할,[2]
약한 자들이 하품을 하게 될, 그의 신탁을 헛되게 할   5
위대한 계획들과 나의 생각을 찾고 있노라.
사탄은 왕좌에서 시기심에 찬 오만으로 아래를 내려다보리라,
그대 여호와는 곧 그대의 심판하는 분노 가운데 임해야만
하리라.
그대의 복수의 우뢰가 이 이스라엘을 박살내야만 하리라,
아니면 나의 혼백은 사라지리라 ― 그 가장 막강한 힘을 잃   10
고서.
그렇게 그는 말했다 ― 그리고 격분하며 지옥으로 돌아갔다.
그의 교활한 오만은 죽음의 온갖 형상들을,
죽음의 온갖 공포를 자신 주위로 모아, 자신의 지배의 끔찍한
휘황찬란함을 혼백들에게 보여주었다.
그리고 그렇게 첫인상을 주며 등장했다. 정문에서 떨고 있   15
던 혼백들[3]은
그 찌걱대는 문을 활짝 열었고, 놀라워하면서
그의 섬뜩한 분노를 바라다보았다. 사탄도 별로 타오른 적
이 없는

불타는 분노로 그는 지옥의 음모를 꾸몄다.

이수스에서 알렉산드로스가
그의 병사들에게 행한 연설

장엄하게 광채를 내며 마치 신처럼
알렉산드로스 장군이 휘하의 군대를 바라본다.
거기 창[槍]마다 널리 흩어져 있는 적에게
똑같은 용기로 한데 모여 도주하라고 권하고 있다.
그의 날카로운 영웅다운 눈길은 군대에 생기를 불어넣어   5
군대는 다가오는 모든 위험을 잊는다.
승리의 환희를 토하는 그의 준마가
대열을 뚫고 그를 태우고 온다. 그리고 그는 말한다.
그대들 마케도니아의 사람들이여, 그대들의 용기,
용감함에 있어 그대들과 비견할만한 아테네를   10
나약한 도주를 모른 채 한때 제압했었다.[1]
오 용감한 전사들이여, 그대들은 나의 선친 필리포스의 왕
좌[2]를
굳건하게 해주었고, 또한 나에게도 충성을 다하고 있도다!
그대들의 창칼 높이 들렸고, 죽음 가득하게
촘촘한 성벽으로 그대들 갇혀 있지 않았다.   15
맨 먼저 보이오티아가 함락되었다. 그중 가장 강한 도시[3]
(성의 방어는 완강했다) 테베도
깡그리 그대들의 발아래 쓰러져버렸다. ―
그리고 전사들이여, 그대들은 헬레스폰트[4]로부터 멀리
동방에서 승리를 예비하기를   20
얼마나 갈망했던가. 용감하게

내 나라의 자랑거리인 나에게 날듯이 달려와
전쟁의 어느 창칼도 위험을 진정으로 두려워하지 않았도다.
그리고 이제, 그대들 용감한 마케도니아의 전사들이여,
여기에 개선이, 그대들 용기의 승리가 자리하고 있도다. ―
그대들의 눈으로 바라다보는 이 승리는
모든 백성을 오만하게 괴롭히고 있는
독재자의 가혹한 노예의 멍에[5]를
박살낼 것이며, 그리고 그대들, 친구들이여,
한때 헤라클레스처럼 그런 이름 가지리라.[6]
보라, 모든 백성들이 그대들을 승리자라 부르는 것을,
어떤 속박도 필요치 않는 그대들의 팔을
공손하게 존중하며, 각자는
자진하여 그대들에게 봉헌하려 한다. ― 용사들이여, 믿을
진대, 그것은 트라키아[7]도
돌투성이의 일리리아도 아닐 것임을 믿어라,
아니다! 박트라[8]이다, 그 아름다운 인도,
갠지스 강의 평야가 바로 승리자의 것이 되는 것이다.
승리자가 받을 보상 넘쳐나도다.
오! 영웅들이여, 보라 그대들의 아름다운 승리,
그 얼마나 빛나기 시작하는지를.
보라 그대들의 등 뒤, 패주로 결코 얼룩지지 않고
순전한 명성의 상패가 따르고 있는지를.

25
30
35
40

그리고 너, 그리스의 용감한 군대여,

그대는 그대의 발아래

크세르크세스 후손들의 오만,[9]   45

모든 잔악한 파괴자들이 뻗어 있음을 보게 되리라.

그대의 조국, 그대의 집 — 그것이 그대의 것이었던가?

그대의 나그네의 샘은 누구의 것이었던가,

그대의 파종은? — 그것은 그대들의 어머니가

밭을 갈아 그대에게 지불한 땀의 대가였던가? —   50

그들이다, 무리지어 그대들의 백성은 쓰러졌다.

그대가 공경하는 신들의 전당들[10]과

그들의 성스러움은 그저 다른 이들이

몸서리치도록 약탈로 훼손되었고,

황폐해진 채 거기에 놓여 있었고, 피로   55

흩뿌려진 채, 그대의 도시는 재로 뒤덮였다.

그대들, 트라키아의 자손들이여, 그대들의 손은

그대들의 용감한 승리의 창칼을 알고 있을 뿐이다.

보라, 적이 황금으로 짐 지고 있음을,

형제들이여, 그것은 그대들을 더 훌륭하게 장식할 것이다.   60

노예의 나약함은 그것을 마련해주지 않을 것이다.

그것은 그대들의 용기를 환기시키고, 그대들의 승리를 상

기시킨다.

가자, 겁쟁이들에게서 그들의 짐을, 그들의 황금을 뺏자,

그대들의 헐벗은 언덕의 얼음장과

65 해묵은 이끼 낀 바위 대신에 그대들의

적의 만족스러운 평야의 옥토에서 살도록 하자.

인간의 삶

인간들이여, 인간들이여! 그대들의 삶은 무엇인가,
그대들의 세상, 눈물 가득한 세상,
이 연극의 무대, 그것이 슬퍼함과
나란히 하지 않는 기쁨을 줄 수 있는가?
오! 그대들을 에워싸 떠도는 이 그림자들,   5
그것들이 그대들의 기쁨의 삶이다.

눈물이여, 흘러라! 오 흘러라, 동정의 눈물이여,
비틀거림, 회한, 덕망, 세상의 조롱,
그 눈물로 되돌아옴, 새로운 동경,
고뇌를 말해주는 두려운 한숨,   10
필멸하는 가련한 인간의 동반자이도다.
오, 너무도 유쾌하지 못한 것이여!

두려운 전율이 이 음울한 영혼을 사로잡는다.
영혼이 그 바보들의 기쁨을 보고,
세상, 유혹, 많은 선지자들의 저주를 보면,   15
나에게서 영혼은 달아난다, 영원히 달아난다!
그렇다, 벌써 많은 착한 영혼, 속임을 당하고,
그대들의 죽음에 이르는 독약을 들이마셨다.

그다음 죄악에게 그것의 심판이 울리면,

20 　양심의 무서운 회한이 그 죄업에 대고
　　악덕의 길 그 종말은 어떠하며
　　그 사지에 상처를 입히는 고통이 어떠한지 일깨우리라!
　　그러면 길 잃었던 가슴 뒤돌아보리라,
　　그의 눈 회한으로 흐느끼리라.

25 　또한 그 기쁨에 미소 지으며
　　동정을 권하리라.
　　그러나 세상은 — 만족스러운 명랑한 길 위에도
　　곧 고통을 흩뿌린다.
　　덕망의 기쁨을 아는 자에게
30 　세상은 만족의 마음을 허락하지 않는 탓이다.

　　세상은 덕망과 견줄
　　수많은 시기질투의 패덕을 찾는다.
　　그러면 질투의 혀는 불쌍한 순진무구가
　　피해 갈 때까지 물고 조롱한다.
35 　수많은 기쁨의 나날이 흘러가자마자,
　　보라, 덕망의 저울이 무게를 잃는다.

　　많고 많은 투쟁 — 덕망과 양심 —
　　그것이 아직은 가슴을 약하게나마 움직이나,

다시금 쓰러졌도다! — 새로 솟는 눈물,
새로운 고통이 흐른다!   40
오 너 죄악이여, 고상한 영혼의 흠결,
각자는 너를 선택할 수밖에 없단 말인가?

허약함, 아직 많은 순간들,
그처럼 너는 달아나고, 그런 다음 신적으로
아름답게, 정신은 신성해지고, 더 나은 행복이   45
더욱 빛나는 것 나의 눈이 보게 될 것이다.
곧 그대를, 온전치 못한 덮개,
어두운 밤, 무덤의 고요가 에워싸리라.

나의 일가

세상의 주님이시여! 당신께서는 그처럼 사랑 가득히
당신의 인간들을 향해서 당신의 얼굴 빛내 보이십니다.
세상의 주님이시여! 기도하는 자의 지상의 소망들에게 미
소를 지으시나이다.
오 당신께서는 알고 계십니다! 그 소망들 죄 있지 않음을.
5   당신의 위대한 아들 그 제자들을 위해 기도하듯 ─
저는 사랑하는 저의 일가를 위해 기도드리려 합니다.
오 당신의 아들도 인간들을 위해 기도드리며
당신 앞에 섰을 때 인간의 눈물로 울 수 있었습니다 ─

그렇습니다! 그의 이름으로 저는 기도드리려고 합니다.
10   그리고 당신께서는 이 기도하는 자의 지상의 소원에 화내
지 않으실 것입니다.
그렇습니다! 열린 자유로운 가슴을 안고 당신 앞으로 다가
서려고 합니다.
당신의 루터가 말하고 있는 대로, 저는 말하고 싶습니다. ─
당신 앞에 저는 한 마리의 벌레와 같은, 죄 지은 자입니다 ─
당신은 저를 위해서도 골고다의 피를 흘리셨습니다.
15   오! 저는 믿습니다! 선한 분이여! 당신 자손들의 아버지시여!
믿으며, 믿는 가운데 저는 당신의 보좌 가까이로 나아갑니다.

나의 어머니! ─ 오 기쁨의 눈물로서

위대한 시혜자, 사랑하는 아버지! 당신에게 감사드립니다.
오, 수많은 아들 중 가장 행복한 아들, 저에게
당신은 또한 가장 훌륭한 어머니를 주셨습니다.   20
하느님이시여! 저는 어떤 인간의 입으로도 말하지 못하는
황홀함으로 당신 앞에 꿇어 엎드립니다.
눈물을 흘리며 이 먼지를 뚫고 당신을 바라다볼 수 있습니다.
이 제물을 받아주시옵소서! 더 이상 저는 할 수 있는 일이
없나이다! ―

아 언젠가 우리의 고요한 오두막에   25
무서워라! 당신의 죽음의 천사 내려와
한탄하는 사람들, 애원하는 사람들 그들의
한가운데서 영원히 귀중한 아버지! 당신을 데려갔을 때,
놀랍도록 고요한 죽음의 침대에
나의 어머니 정신을 잃고 그 먼지 속에 누워 있었을 때 ―   30
슬픕니다! 아직 그녀를 보는 듯합니다,
그 괴로움의 장소, 그 검은 죽음의 날 영원히 저의 눈앞에
어른거립니다.

아! 그때 어머니에게로 달려가 엎드려
목이 쉬도록 흐느끼며 그녀를 올려다보았습니다.
갑자기 성스러운 전율 소년의 사지로 울려왔고   35

어린아이처럼 나는 말했습니다 ― 짐을 지우시라,
그러나! 또한 도우시라, 선하신 ―
그렇습니다, 선하신, 사랑하는 하느님 도우시라 ――
아멘! 아멘! 여전히 저는 알고 있나이다, 당신의 채찍
40 아버지답게 때리시는 것을! 당신은 온갖 고난에서 도우십
니다!

오, 선한 분이시여, 지금까지 도와주신 대로
슬픈 나날에 그처럼 도와주시옵소서.
아버지여! 사랑의 아버지여! 도와주옵소서,
나의 어머니가 그 짐을 질 수 있도록 도와주옵소서 ― 어떤
삶의 짐도.
45 어머니는 홀로 양친의 근심 도맡아 계십니다!
외롭게 그의 아들의 매 걸음을 걱정하십니다.
아이들을 위해서 매일 저녁, 매일 아침 ―
아! 그리고 눈물의 제물 당신 앞에 드립니다!

그처럼 많은 슬픔의 시간 속에서 어머니는
50 홀로되신 고통으로 침묵 가운데 우십니다!
그리고 다시금 찢기어 모든 상처 피 흘리시고
슬픈 기억들 모두 한 덩어리가 됩니다!
검은 장례행렬에서 고통스럽게

자신의 무덤을 바라다봅니다!
거기 모두 눈물 말라서 흐르지 않고, 모든 근심   55
모든 한탄이 사라져버리는 그곳에 있기를 소망하십니다.

오, 선한 분이시여! 지금까지 도와주신 대로
슬픈 나날에 그처럼 도와주옵소서!
아버지여, 사랑의 아버지여, 도와주소서,
보십시오! 그녀가 울고 있습니다! ─ 그녀가 삶의 모든 짐   60
질 수 있도록 도와주소서.
언젠가 위대한 세계의 아침이 되면
온갖 유순함, 온갖 충실한 염려,
온갖 걱정거리, 온갖 모정 어린 돌봄
고독 가운데 온갖 눈물의 제물에 보답해주소서.

아직 이 지상의 삶 가운데서 그 신실한 여인   65
우리에게 행한 모든 것에 보답해주소서.
오! 저는 기쁘게 알고 있습니다, 당신께서는 하실 수 있으며
제가 간청하는 것을 언젠가는 주시며, 채워주실 것임을.
그녀를 에워싸고 딸들 ─ 아들들 ─ 손자들이 서서, ─
하늘을 향해 두 손을 펼치고, 지난 세월에   70
아름다운 광채를 되돌아보게 될 때
그녀에게 천국의 밝은 눈길을 허락해주옵소서.

그런 다음 감사의 기도 가운데 그녀가
우리와 더불어 은빛 머리카락을 하고 당신 앞에 무릎을 꿇고,
75   그 성스러운 장소 위로 천사의 합창 울려내리는 것을
황홀감에 젖어 눈여겨 바라볼 때,
하느님이시여! 그때 저의 노래 어떻게 해야 당신을 드높일
수 있으리오!
할렐루야! 할렐루야! 그때 저는 환호하겠나이다.
저의 하프에서는 환호하며 생명이 솟아나리다.
80   은총 주시는 위대한 분 만세! 라고 저는 하늘을 향해 외치
겠나이다.

저의 누이동생을 위해서도 제가 간절히 빌게 하소서.
하느님이시여! 그녀가 저의 영혼을 얼마나 사랑하는지 당
신은 알고 계십니다.
하느님이시여! 그녀의 고통을 보고 저의 눈이 얼마나 눈물
로 가려지는지
당신은 알고 계시고, 그 마음을 아시고, 또 보셨습니다. —
85   장미꽃 아래로, 마치 가시밭길이듯이
그녀의 걸음걸음 하늘로 인도해주소서.
고통으로 하여금 그녀를 경건한 평온으로 인도하게 하시고
그녀가 기쁜 삶의 여정을 현명하게 걷도록 하여주소서.

그녀로 하여금 일찍이 최선의 것을 선택하게 하시고
그녀의 구김 없는 마음속 깊이 그것을 새기게 해주소서,   90
아름답고도 깊숙하게 — 천상의 꽃들은 젊은 영혼 안에 피
어납니다.
그리스도의 사랑과 하느님을 향한 두려움 얼마나 아름다운
지요!
그녀에게 당신의 현명함의 순수한 기쁨을 내보여주십시오.
그 순수한 기쁨이 당신의 뇌우가 전율케 하는 밤을 한층 숭
고하게,
당신의 하늘을 더욱 밝게, 당신의 태양을 더욱 아름답게,   95
우주를 당신의 보좌에 더 가깝게 해주는 것을.

그 순수한 기쁨이 전사의 가슴에 평화를,
두려워하는 인내자의 눈에 눈물 고이게 하심을 —
그러고 나서 어떤 폭풍우도 더 이상 잠잠한 가슴을 지치지
않게 하시며,
어떤 비탄도 더 이상 영혼을 우울하게 하지 않으심을.   100
그녀가 소동 가운데에도 자유롭게 지나가고
조롱하는 어떤 자, 증오하는 어떤 자 앞에서도 두려워하지
않음을,
그녀의 눈이, 마치 당신의 하늘처럼,

유혹자의 눈을 경악하게 하며 들여다봄을.

105 그러나 하느님! 봄의 꽃다발 안에는
노회한 악덕이 자주 가시를 숨기고 있습니다 —
그리하여 그처럼 자주 즐거운 청춘의 춤 안에
뱀이 재빠르게 움직이고, 그처럼 재빨리 순수함의 목을 조
입니다 —!
누이여! 누이여! 순수하고 착한 영혼이여!
110 하느님의 천사가 항상 네 위에 임하기를!
이 뱀의 구덩이에 매달리지 말기를,
우리의 영원한 거처는 — 하느님 감사합니다! — 이곳이 아
니므로.

그리고 나의 카를![^1] —— 오 천국의 눈길이여! —
오 그대 고요하고 경건한 축복의 시간들이여! —
115 나는 복 받았도다! 그 시절 돌이켜 생각하나니 —
하느님! 그때가 나의 가장 행복했던 시절이었습니다.
(오 이 나날이 되돌아온다면!
오 젊은이의 마음에 여전히 구름 한 점 없고,
여전히 천진하고, 비탄도 모른 채
120 격심한 고통으로부터 침해받지 않는다면!)

착한 카를! ― 그 아름다운 나날
너와 함께 나는 네카 강변에 앉았었지.
우리는 즐거워하며 물결이 강변에 찰랑이는 것을 보았지,
작은 시내들이 모래밭을 넘어 우리를 이끌었었네.
마침내 나는 눈길을 들었지. 저녁의 지는 햇살 가운데   125
강물은 서 있었지. 어떤 성스러운 감정이
나의 가슴을 뚫고 움직였다네. 그리고 갑자기 고통을 모르
게 되었지,
갑자기 나는 한층 진지하게 소년의 유희에서 일어섰었지.

떨며 나는 속삭였네, 우리 기도드리자!
우리는 덤불 안에서 조심스럽게 무릎을 꿇었네.   130
우리 소년의 마음이 읊조린 것은 단순하고 순진했다네 ―
사랑하는 하느님! 그 시간은 그처럼 아름다웠습니다.
어떻게 낮은 목소리가 당신을 압바!라고 불렀는지요!
어린 소년들이 어찌 서로 포옹했었는지요! 하늘을 향해
이들의 손을 뻗쳤는지요! 두 소년의 가슴 ―   135
자주 기도드리겠다는 맹세 가운데 ― 얼마나 불타올랐는지
요!

나의 아버지시여! 이제 제가 간청하는 것을 들어주소서,
그의 마음에 대고 당신의 보좌 앞으로 가도록 불러주시옵

소서.

폭풍이 위협하고, 파도가 그의 발걸음을 에워싸 일어날 때

140   오 그에게 당신께 간구하도록 경고해주시옵소서.

싸움 가운데서 그의 팔이 맥없이 떨어져내릴 때,

그의 눈길이 구원을 향해 주위를 살피도록 두렵게 하시고,

탈선의 유혹이 이성을 조정할 때,

오 당신의 정령이 그가 당신에게 간구하도록 경고해주옵소서.

145   그가 언젠가 깨끗한 영혼을 한 채

인간들 가운데서 길 잃고 헤매며, 파괴자들이 틈을 노리고,

이 뱀 굴의 독기가 그에게 달콤하게 여겨질 때는,

오! 그에게 당신에게 간구하도록 경고해주옵소서.

하느님! 우리는 어렵고, 가파른 길을 걷고 있습니다,

150   천 명은 쓰러지나, 열 명은 그래도 바로 섭니다, ─

하느님! 그렇게 당신의 자비로 그를 이끌어주옵소서,

당신의 정령을 통해서, 당신께 간구하도록 그에게 경고해

주옵소서.

오! 그리고 경건한 은빛 머리카락을 한 그녀,[2]

그렇게 위대하게 아름다운 많은 세월 되돌아볼 때,

155   그처럼 뜨겁게 소년으로 하여금 기쁨의 눈물 흘리게 하는

그녀,

그렇게 선하게, 그처럼 충만한 사랑으로 나를 손자라 부르
신 그녀,
오 사랑하는 아버지여! 당신의 은총이
그렇게 많은 거친 엉겅퀴 들판을 뚫고
그렇게 많은 어두운 가시밭길을 뚫고 이끌어주신 그녀 —
이제는 그녀가 받을 종려나무를 기다리고 있습니다. —   160

오 그녀로 하여금 그녀가 보낸 세월
보답하는 회상을 오래도록 누리게 하소서,
우리로 하여금 매순간 그녀처럼
신성함을 향해 애써 나가도록 하소서.
이 신성함 없이 아무도 당신을 뵙지 못하고   165
이 신성함 없다면 당신의 심판이 우리에게 내려질 것입니다.
저로 하여금 신성케 해주시옵소서! 그렇지 않으면 나의 일
가들이
당신의 성스러운 얼굴을 뵈올 때, 저는 밖에 머물 수밖에
없을 것입니다.

그렇다, 눈물로 씨 뿌린 것 기쁨으로 거두는 곳
거기에서 우리 모두 서로 만나도록 하자,   170
우리가 치품천사와 우리의 환희의 노래 함께 묶을 때
영원히, 영원히 당신 앞에 복되게 서리라.

오! 그렇게 곧, 그대 고통의 길 끝내라!
순례의 시간이여, 서둘러 흘러가라, 서둘러 흘러가라!
175 천국이여! 저는 벌써 그 환희를 느낍니다 —
당신의 — 기쁨의, 영원불멸의 재회를!

스텔라에게

그대 착한 스텔라여! 내가 계곡에서
 말없이 고독하게, 그대에게서도 잊힌 채
  거닐고 있을 때, 덧없음 속에서 그대의 생명
  기쁨으로 도약할 때, 그대는 내가 행복하리라 여기는가?

이때 자주, 나의 형제들이, 그 행복한 자들이   5
 그처럼 순진하게 잠자고 있을 때, 나는 위를 향해 바라다
 보며
  마음속으로 내가 행복한지를 물었었다. ―
  나는 한 사람의 행복한 청년인가? 스텔라여.

창조자께서 나의 나날 가운데 때때로
 축복의 미소를 뿌려주시고, 성스러운   10
  감각을 나에게 주시어, 그 많은 기쁨을
  바르게 행하시네, 선하신 창조자께서는.

그러나 소망들이 있고, 그것을 조롱자들이 조롱하고 있네 ―
 오 스텔라여! 그대는 안 된다네, 불쌍한 자를 조롱하지 말
 기를!
  채워지지 않은 소망이 있네 ── 덕망이.   15
  숭고한 동반자여! 그대는 그 소망을 알고 있다네.

아 나로 하여금 울도록 버려두라! ─ 아니다! 나는 명랑해
지고 싶다!
  아무것도 원할 것이 없는 곳,
    필멸의 인간이 자신의 운명을 찬미하는 곳, ─
20   그런 곳이 있다네, 거기가 내가 그대를 재회하는 곳.

또한 마침내 구원받고자 하는 오랜 동경 끝에
  회색의 숙여진 머리를 하고 죽을지도 모르겠네.
    그러나 순례자로서의 그대를 보지는 않게 되기를,
      스텔라여! 나 그대를 저세상에서 다시 만나게 되기를.

나이팅게일에게

그대에게 나지막이 속삭이네 ― 나이팅게일이여, 오로지
그대에게만,
　그대를 향해, 감미로운 눈물 깨우는 이여! 오로지 그대에게
　칠현금七絃琴은 말하네. ― 스텔라의 우수에 가득 찬
　　한숨소리 ― 그것이 나의 가슴 앗아갔다네 ― 그대의
　　작은 목 ―

슬피 울었네 ― 오! 슬피 울었네 ― 스텔라 같네.　　　　　　5
　탄식에 나는 거기를 응시했었네. 그대의 노래
　　가장 사랑에 차 울렸을 때, 가장 아름답게
　　듣기 좋은 목청으로 터져 나왔을 때.

그다음 나는 눈길을 들어, 떨면서 바라보았네, 스텔라의
　눈길 나에게 미소 짓지는 않는지 ― 아! 나는 그대를 찾는　　10
　다네, 나이팅게일이여!
　　그러면 그대는 자취를 숨기지. ― 오 스텔라여! 그대는
　　누구에게 탄식하는가? 나에게 노래하는가? 그대 감미
　　로운 이여!

그러나 아니다! 아니다! 나는 그걸 원치 않는다, 그대의 노래,
나는 멀리에서 귀 기울여 듣고 싶다 ― 오! 그때 노래 부르
　기를!

15   영혼은 잠자네, — 그리고 갑자기 나의 가슴
        숭고한 월계수를 향해[1] 치솟아 오르네.

        오 스텔라여! 말하라! 말하라! — 나는 두렵지 않다! —
        사랑받는 환희는 도취한 자를
        살해할지도 모르는 일 — 그러나 눈물 흘리며
20   나는 그대의 행복한 연인을 축복하려네.

나의 B에게

친구여! 계곡 위로 두렵게 숲과 바위
 매달려 있는 곳, 에름스 강[1]이 조용히 들판을 지나 흐르는 곳
  그리고 고지[2]의 사슴이
   당당하게 그 물가를 거닐고 있는 곳 ―

소년의 고수머리 속에 명랑하고 순수하게   5
 얼마 되지 않는 시간 한때 나에게 미소 지으며 흘러갔던
 곳 ―
  거기 축복의 오두막들이 있지,
   친구여! 그대는 그 오두막들을 알고 있으리라.

거기 그늘진 언덕에 아말리아[3]가 거닐고 있네.
 축복해다오, 나의 노래를, 나의 하프에 화관을 씌워다오,   10
  그 하프 소리가 소란 속의 귀가 알아듣지 못하는
   그 이름 불렀기 때문에.

덕망에만 그리고 우정에 익숙하여,
 그 착한 여인 말없이 거기를 거닐고 있네.
  사랑스러운 아가씨여, 그대의   15
   천국 같은 눈 결코 흐려지지 않기를.

시

이것으로 뷔르템베르크의
프란치스카 공비公妃 전하의
마울브론 수도원에의
지극히 축복된 도착에 즈음하여
가장 겸허하고 깊은 경건을
증언하고
지존의 전하께 지극한
은총과 자비에 대해 머리 숙여 감사드리고자 합니다.
요한 크리스티안 프리드리히 횔덜린

오랫동안 젊은이의 가슴 안에 느낀 뜨거운
소망은, 그 오랜 소망은 —! 완벽을 향해
불길처럼 향했던 시간의 사념은 —
그의 가슴 안에 얼마나 경외심이 타오르는지,

5   당신께 말씀드리는 일! 그러나 보다 더 독일적
마음의 토로에 대해, 자상한 —
그 모정의 눈길로 예의 바름이
진정하라고 눈짓을 보냈습니다, — 그 물밀듯 한 감사
의 마음을 향해.

당신께서 오십니다. ― 이제는 그 착한 마음으로 그
예의 바름이 눈짓을 보냅니다! 저의 입술이 떨리지 않습니   10
다!
　저분이 프란치스카다, 프란치스카다! 아, 입술이
　　그 더듬거림을 걱정하지 않습니다!

너 인간의 적, 자신의 곁에 있는
약한 자에 대한 무자비한 압제자여 당해보아라!
　약한 자 그의 고통 어린 눈길로부터,   15
　　굶주려 드러난 갈비뼈로부터

누그러질 것이다 ― 사랑하는 수호자,
그녀가 만방에 미소 뿌리는 것을 보라!
　순례자가 벌써 거기 묘지에 주저앉았다.
　　어떻게 그가 그처럼 침착하게 지금 고통을   20

되돌아보겠는가? 그러면 당신께서 그를 구출해주십니다,
당신은,
프란치스카여, 그의 상처에 향유를 부어주십니다! ――
　저는 이미 입을 너무 크게 열었습니다,
　　입술이 떠는 것을 보십시오, 저는 말을 잃었습니다.

그 이마를 월계수 보답이 가장 밝은 빛으로 반짝이며 감싸
고 있는
　노인만이 오로지 이것을 말하게 되리!
　　그에게 마지막 지상의 희망은 프란치스카 님이시며,
　　　그리고 그는 평온하게 그 지휘봉에 순종하리라고.

　　또한 카를 오이겐 공작께 부지런한 손길 축성하는 일,
30　　이 남아의 첫 번째, 불타는 욕심이라고! 그러면 —
　　　이 젊은이에게도 이 지상에서, 카를 오이겐 공작을 위해
　　　살리라고 조용히 생각하는 것 허락된 것인가?

비탄
– 스텔라에게

스텔라여! 아! 우리는 많이도 괴로움을 당하고 있네! 오로
지 무덤만이 —
　오라! 서늘한 무덤이여 오너라! 와서 우리 둘을 데려가다
　오!
　　보라 스텔라의 눈물을, 오라
　　　서늘하고도 평온한 무덤이여.

오 그대 인간들이여! 오 그처럼 나는 그대들　　　　　　5
　모두를 사랑하고 싶었노라, 따뜻하고 충실하게! 오 그대
　인간들
　　이 스텔라를 보고 미워하고 있도다!
　　　하느님께서 그대들을 용서하시기를!

그대들! 괴롭히는 자들이여! 그대들은 그녀를 나에게서 낚
아채갈 뿐이도다!
　나는 침묵하리라 — 하느님 — 하느님이 말씀하시리.　　10
　　잘 있어라! — 곧 나는 죽을 것이다 — 오
　　　스텔라여! 스텔라는 나를 잊게 되리라.

당신은 저에게 많은 환희의 순간들을 주셨습니다. —
　아버지, 아버지여! 나는 때때로 영원함을 향해 전율했었
　습니다.

15   그러나 그녀가 그처럼 순수하게 당신의 눈을 사랑함을 압
      니다.
        아버지는 물론 저의 진심을 알고 계십니다.

스텔라여! 나는 무덤에 이르기까지 그대를 위해 눈물 흘리
겠네,
  스텔라, 그대는 나를 위해 울게 되리라 ― 울게 되리라! 그
    러나
    심판의 날 나는 지상의 모두가
20   모인 앞에서 말하려 하네,

이 자들이 스텔라를 괴롭혔던 자들입니다 라고 ― 그러나
아닙니다!
  하늘에 계신 하느님이시여! 아닙니다! 이 괴롭힌 자들을
    용서하시고
    저로 하여금 죽게 하소서― 아니면 이 고통을
      짊어지게 하소서― 나의 하느님.

나의 여자 친구들에게

아가씨들이여! 나의 마음, 나의 운명을 아는 사람들
　그리고 골짜기 안에서 때때로
　　번민의 시간에 눈물 흘리는 눈을 ―
　　　이 나의 슬퍼하는 눈을 보고 있는 사람들이여!

한밤의 고요함 가운데서 나의 노래는 그대들을 생각한다,　　5
　나의 영원한 비탄은 아늑한 무덤으로
　　나를 가까이 데려다주는
　　　매 시각을 알려주는 소리를 감사와 함께 맞는다.

그러나 내가 나의 마음을 정직하고 충실하게, 그리고 순수
하게
　세상의 소란 가운데서, 온갖 중상모략자들 가운데서　　10
　　충실하고도 순수하게 지키고 있음은
　　　고통을 겪고 있는 자에게 천국의 환희이다.

아가씨들이여! 그대들도 변함없이 정직하고 순수하고 충
실하시라!
　착한 영혼들이여! 어쩌면 나의 것과 비슷한
　　하나의 운명이 그대들을 기다릴지도 모르는 일, 그때　　15
　　　고통 가운데서도 나의 위로가 그대들을 강하게 해줄 것
　　　이다.

나의 결심

오 친구들이여! 친구들이여! 충실하게 나를 사랑하는 사람
들이여!
　무엇이 나의 고독한 눈길을 그처럼 흐리게 만드는가?
　　무엇이 나의 이 가엾은 가슴을 이러한
　　　구름으로 가려진 죽음의 정적으로 억지로 끌고 가는가?

5　나는 그대들의 감미로운 악수도
　　영혼 가득한 형제의 입맞춤도 피하고 있다.
　　　오 내가 그것을 피한다고 노하지 말라!
　　　　나의 깊은 마음속을 보아라! 시험하고 심판하라! ─

　이것은 남아의 완전함을 향한 목마름인가?
10　이것은 많은 보상을 위한 은밀한 열망인가?
　　　이것은 핀다로스의 비상[1]을 향한 허약한 날갯짓인가?
　　　　이것은 클롭슈토크의 위대함[2]을 향한 분투인가?

　아 친우들이여! 이 지상의 어느 구석이 나를
　　숨겨서 내가 영원히 한밤에 감추어진 채
15　　거기서 눈물을 흘릴 수 있겠는가? 나는 결코
　　　위대한 사람들의 세상을 에워싼 재빠른 비상에 이르지
　　　　못하리.

그러나 아니다! 거기 그 찬란한 영예의 길로 다가가자!
　다가가자! 다가가자! 불타는 과감한 꿈 가운데
　　그들에 이르도록. 언젠가 나 또한 죽어가면서도
　　　더듬거리며 말해야 하리, 나를 잊어다오, 아이들아! 라고.　　20

어느 언덕 위에서 쓰다

기쁘도다! 내가 바보들의 무리를 결코 다시 보지 않게 됨이,
이제 눈길이 구름 한 점 없는 대기를 향해 높이 치켜보고
고뇌의 성 안에서 그리고 미망의 모퉁이에서,
가슴은 한결 자유롭게 숨 쉬게 됨이. 오! 아름다운 복된 시
간들이여!

5   헤어졌던 연인들 오랫동안 아쉽던 포옹을 향해
서로 달려가 품에 안기듯, 그처럼 나는 서둘러 언덕 위로
올랐네,
내 고독한 언덕 위에서 축제를 예비하려고.
그리고 나는 그것들을 다시금 찾아내었네, 잔잔한 환희
모두를 다시 찾아내었네. 나의 그늘진 참나무들

10 여전히 그처럼 당당하게 거기 서 있고, 오래고
위풍당당한 대열 가운데 그늘진 참나무들 언덕을 어스름지
게 하네.
매번 나의 천년 된 참나무 곁으로
대머리를 한 사냥꾼 지나가고,
시골풍의 전설을 요청한다네, 장려한 대열 아래 오래전 철
기시대

15 쓰러진 영웅들 단잠을 자고 있기 때문에.
그러나 들어보라! 어두운 덤불 안에서 무엇이 살랑거리는가?
떨어져 있어! 가수의 방해꾼이여! ─ 그러나 보라,
보라고! ─ 얼마나 멋진가! 얼마나 위대한가! 긴 가지 뿔을

단 사슴 떼

천천히 지나가고 있다. — 계곡의 샘을 향해 아래쪽으로 —

오! 이제 정신이 드는구나, 사람들을 미워하는 우울증   20

그렇게 완전히 나의 가슴으로부터 온통 사라져버렸다.

영원히 고통의 성으로부터 멀리 떨어져 있다면 좋으련만,

이 미망迷妄의 성으로부터! — 거대한 궁궐의 빛나는

지붕들이 위쪽으로 반짝이며, 해묵은 탑들의 꼭대기들도

반짝인다.

거기에 그처럼 하나씩 떨어져 너도밤나무와 참나무들 서   25

있다. 계곡으로부터는

궁정의 마차 덜그럭거리는 소리가 둔하게 들려온다!

그리고 화려한 장식을 단 말의 발굽소리도 —— 궁궐의 조

신朝臣들이여!

항상 그대들의 마차가 내는 덜그럭 소리에 그대로 머물러

계시라,

거대한 궁궐의 바보들의 무대에서 깊이 허리 숙이고

언제나 그대로 계시라! — 그리고, 그대 고귀한 사람들이   30

여, 오라!

고상한 노인들과 장년들, 그리고 고귀한 청년들이여, 오시라!

와서 오두막을 짓자 — 순수한 게르만의 사나이 정신과

우정의 오두막을 나의 고독한 언덕 위에 짓자.

영혼의 불멸성

거기 언덕 위에 서서, 사방을 둘러본다,
　삼라만상 소생하고, 모든 것이 솟아 퍼져가며
　　작은 숲과 초원과 계곡과 구릉 들
　　찬란한 아침 햇살 안에서 환호성 울리는 것을.

5　오 이 밤 — 그때 그대들 피조물들이여, 두려워했었노라!
　그때 가까이 다가온 천둥이 잠자는 자들[1] 깨웠고,
　　그때 들판에서는 무섭고 날카로운
　　번개가 고요한 그늘을 놀라게 했었다.

이제 대지는 환호성을 울린다, 진주의 장식을 달고
10　한밤의 두려움을 넘어선 한낮의 승리가 축제를 벌인다 —
　　그러나 나의 영혼은 더욱 아름답게 기뻐하노라,
　　파멸의 두려움을 이겨냈기 때문에.

왜냐면 — 오 그대 천국이여! 이 대지를
　낮은 무릎에 안고 있는 것은 아담의 후손들이기 때문에.
15　　오 아담의 후손들이여, 경배하라!
　　천사들과 함께 환호하라, 아담의 후손들이여!

오 그대들은 아름답다, 그대들 빛나는 피조물들이여!
　진주로 장식되어 꽃밭은 반짝거린다.

그러나 더욱 아름다운 것은 인간의 영혼,
  그것이 너희들로부터 하느님을 향해 날아오를 때.   20

오, 그대가 하느님의 손길에서 떠나
  수천의 피조물 위로 숭고하게 갔을 때의 그대를,
    그대가 하느님을 향해 날아오를 때
    그대의 밝음 안에 있는 그대를 생각하라, 오 영혼이여!

——————

아! 이 참나무 — 이 당당한 것 마치 영원히 그렇게 서 있을   25
듯이
  머리를 치켜들지 않는가?
    또한 여호와의 천둥, 이 당당한 참나무
    땅에 쓰러뜨리려고 위협하지 않았던가?

아! 이 절벽들 — 그 당당한 것들
  마치 영원히 그렇게 서 있을 듯 계곡을 내려다보지 않는가?   30
    수백 년을 — 그리고 그 자리에서
    방랑자는 모래알을 가루가 되도록 씹고 있다.

또한 나의 영혼 — 죽음이여, 어디에 너의 가시가 있는가?
  오 절벽들이여! 허리를 굽혀라! 경건하게
    머리를 숙여라, 너희들 당당한 참나무여! 귀 기울여 들   35

고 굴복하라!
　　인간의 영혼 영원하고, 영원하다.

폭풍이 두려운 쉿쉿 소리와 함께 돌진해 온다.
　　그는 말한다, 내가 왔노라고, 덤불 우지끈 소리 내고
　　탑들은 흔들리며, 도시들은 가라앉는다,
40　　　　땅들도 날아간다, 내가 노하게 되면.

그러나 — 바람들의 위협은 침묵으로 변하지 않는가?
　　한낮이 그 거칠게 날뛰는 것들 숨도 쉬지 못하게 만들지
　　않는가?
　　　　그날 또 다른 폭풍은
　　　　부패한 자들의 유골을 주워 모을 것이다.

45　　하늘을 향해 대양은 분노 가운데 거품을 내며
　　물결친다. 태양과 달의 군대는
　　　　그 높이에서 내려와 오만한 자들
　　　　그 깊이로 낚아채 가라앉힌다.

대지여, 너는 누구냐? 대양이 다툰다.
50　　너는 누구냐? 독수리가 사슴 위에
　　　　날개를 펼치듯 내가 연약한 자들 위에

나의 팔을 내뻗지 않느냐? ― 너는 누구냐,

비와 아침이슬과 함께 너를 마시려고,
　나의 숨결이 태양을 향해서 축복하면서 일어나지 않는다면?
　　그리고 그 숨결 한밤의 구름 속으로　　　　　　　　　55
　　　가까이 다가서고 천둥과 함께 다가서려 날아오를 때,

아! 허약한 자여, 그대는 떨지 않느냐? 두렵지 않느냐?―
　그렇겠지! 매일 앞에서 바다는 숨어들고
　　그의 불멸 어느 하나도 소생의 환호 가운데로
　　　울려 퍼지지 않는다.　　　　　　　　　　　　60

태양이여, 얼마나 찬란한가! 그대는 이리로 거닐지 않는다!
　그대 오시는 것과 그대의 작별은 영원함의
　　보좌의 반사. 신적으로
　　　그대는 인간자손들을 내려다보신다.

들짐승들은 속눈썹을 떨며 그대를　　　　　　　　　65
　오 영웅이시여, 그대를 뚫어지게 바라보고
　　성스러운 예감에 전율하며 재빨리 머리를 감싸 쥐고
　　　그대를 신이라 부르며 그대를 위해 신전을 지을 것이다.

그러나 오 태양이여! 언젠가는 그대의 운행이 끝나고
그날에 그대의 밝은 빛도 꺼지겠지.
그러나 태양은 그날 연기를 내뿜으며
하늘을 가로질러 소용돌이치고, 큰 소리로 외치리라.

오 그대 나의 영원불멸의 감격이여!
오 그대 감동이여 돌아오라! 그대 나를 강건케 하도다!
그리하여 나는 주저앉지 않으리, 거대한 멸망의
공포 가운데서 가라앉지 않으리.

이 모든 것이 시작될 때, 오 인간이여! 온전히 느낄 일이다.
그대의 가시, 죽음이 있는 곳에서 그대는 환호하게 될 것
인가?
그때는 인간의 영혼 영원하며 — 그 영혼 따라
하늘의 칠현금이 울려 퍼질 것이다.

오 영혼이여! 그대는 벌써 그처럼 멋지구나!
누가 그대를 생각해내는가? 그대가 하느님을 향해
다가갈 때, 장엄한 자여, 나의 눈길 안에
그대의 장엄함이 반짝인다, 그대 영혼이여!

속세의 눈이 들판을 바라다볼 때

그처럼 감미롭고, 그처럼 천국같이 내 마음에 그대 일어
선다 ─
　누가 육신에 영혼이 묶인 것을 보았으며,
　　누가 소멸과 함께 영혼의 말에

귀 기울였던가? ─ 오 영혼이여 이미 그대는
　그처럼 위대하고 그처럼 천국과도 같다. 그대가　　　　90
　　지상의 허튼소리와 인간의 억압으로부터 벗어나
　　　위대한 순간에 그대의 원소를 향해

치솟아 오를 때면. 천사의 머리를
　광채가 에워싸듯, 그대의 사념의
　　주변이 에덴의 황금빛 강물처럼 그대를　　　　　　95
　　　에워싸고, 그대의 성찰은 한데 모인다.

그리고 오! 지상의 허튼소리와 인간의 압박이
　영원히 사라져버린다면 어떻게 될는지,
　　내가 하느님의 보좌 곁에 있어
　　　지고한 자의 밝음을 바라다보게 될 때에.　　　　100

그리고 너희 의심들! 괴로움을 안기는 영혼의 독약 사라지라!
　꺼져버리라! 영혼의 환호는 영원무궁하다! ─

그런데 환호가 있지 않다, 아직 오늘날 여전히
죽음과 삶의 부패가 위대한

105   법칙들을 파괴하고 있는지도 모른다. 아들이
자신의 불행 가운데 아버지와 어머니의 심장을
갈라버리고, 가난이 성전에서
빵을 훔치고, 동정이

범들에게로 도망치고, 정의가 뱀들에게로 향하며[2]
110   야만의 복수심이 아이의 가슴에
옮겨 붙고, 악당의 기만이 순진무구한
천상의 옷깃에 숨어 있는지도 모른다.

그러나 아니다! 영혼의 환호는 영원무궁하다!
여호와가 말씀하셨다! 너희들의 환호 영원하다고!
115   그의 말씀 그의 이름처럼
영원하고, 인간의 영혼도 영원하다.

그렇게 그를 따라 노래하라, 너희들 인간들이여!
무수한 영혼들 환호를 따라 노래하라 —
나는 나의 하느님을 믿으며, 천국의
120   황홀함 가운데서 나의 위대함을 보고 있도다.

월계관

고맙다, 그대여! 그대는 재잘거리는 패거리로부터
나를 빼내어주었다, 신실한 이여! 고독이여!
그리하여 나의 마음 유일하게 바치는
월계관을 나는 열화 같이 노래한다네.

그대들을 따르리라, 위대한 이들이여! ─ 그러나 내가 할   5
수 있는가?
그대들 젊은이의 노래, 언젠가는 더 강해질까?
이 눈이 그처럼 마주하고 타오르는,
그 목적지로 달리기 위해, 이 행로 안에 들어서야 하는가?

클롭슈토크 같은 이가 사랑의 넓은 방에서
자신의 신에게 불의 제물을 바칠 때   10
그리고 자신의 시의 환희에 찬 울림을 통해
그의 영혼이 하늘에 닿도록 날아오를 때 ─

나의 시인 영[1]이 어두운 고독 속에서
사방으로 자신의 죽은 자들을 깨워 모으고
한밤의 도취를 위해서   15
자신의 칠현금을 더욱 천국처럼 울리게 할 때 ──

아! 환희여! 멀리 그저 서서

그 칠현금의 노래에서 불길 쏟아지는 소리 엿들으며
그 정신의 창조를 바라다보는 일
20   정말이로다! 그것은 천국을 미리 맛보는 일.

아니다! 나는 이 지상에서 아무것도 원치 않았다!
세상의 모든 박해,
모든 압제, 모든 짐,
시기하는 자의 쓸쓸한 모든 비방 참으려 하지 않았다 ──

25   사랑하는 하느님이시여! 얼마나 자주 제가 연약하게 생각
했고
저의 가엾은 마음을 스스로 위안했는지
여러 밤을 괴로움에 차서 꼬박 새우고
오 그렇게 자주, 고통 가운데 새워 보냈을 때,

오만한 자가 업신여기며 깔보았을 때,
30   나의 격언 앞에서 두려워하는
우쭐대는 자가 나를 조롱했을 때,
때때로 심지어 조금 더 고상한 자가 ─ 나를 멀리할 때 ─

오 어쩌면, 이러한 괴로움들이 ─ 내가
생각하건대 ─ 너의 정신을 더 강하게 만들어준다!

정적靜寂이 너의 칠현금을 더 높이   35
소리 나게 하고, 남아다운 노래로 너를 끌어당긴다!

그러나 조용히! 미래는 그의 밤에
황금빛 소년의 꿈들에 귀 기울이지 않고—
이미 그렇게 많은 아름다운 씨앗의 열매들
나의 면전에서 무참히 거짓이 되었다.   40

명예욕

거창한 이름! — 수많은 마음을
바다 요정의 소리가 불행으로 유혹하고
수없는 약자들 흐느껴 울며, 명예심의
공허한 거짓 왕관을 에워싼 수많은 고통.

5   정복자에게는[1] 그의 검고 피 묻은 손이
신처럼 아름답게 생각되는 법 —
약자를 살해하는 것 그에겐 결코 죄 아닌 것으로 보이고
자신의 폐허에 대고 기뻐서 소리친다.

왕들처럼 과시하기 위해서
10   하찮은 폭군들[2]이 저들의 불쌍한 나라를 모욕한다.
팔려나가는 훈장의 대가를 치르려고
통치를 포기하기도 한다.

사제들은 사도使徒를 숭배하기 위해서
그의 바보들에게 검은 기적을 비쳐 보이고
15   마리아를 숭배하기 위해서 수녀합창단은
광기를 마리아 상에 대고 목이 쉬도록 외쳐 부른다.

늙은 죄인들 그들의 허점을
떨쳐버리려고 난폭하게 무죄한 자들에게 큰소리친다.

하느님을 부정하는 것을 그처럼 위대함으로 여기고
여전히 자주 위대한 자로 여겨진다 ― 한 남자.   20

악동의 입에서 여신으로 불리고자
처녀는 그의 매력을 대가로 치른다.
유혹자의 무리 안에서 함께 날뛰고자
악동은 일찍이 술고래가 되고 만다.

그러나 젊은이의 권리[3]는 저항한다.   25
나는 좀처럼 바보들을 노래하지 않으리라.
알고 있어라! 허약하고 비천한 족속이여!
바보가 악한에 가까이 서 있는 법이다.

겸손

들어라, 슈바벤 아들들 중 한층 위대하고 고귀한 아들들아!
너희들 어떤 도미니크의 얼굴[1] 앞에서도
허리를 굽히지 않고, 작고 허약해진 가슴
어떤 비굴한 눈물도 흘리지 않는다.

5 들어라, 슈바벤 아들들 중 한층 위대하고 고귀한 아들들아!
가슴 안에 아직 보물인 자유가 고동치고[2]
너희들 어떤 부유한 조상의 얼굴 표정과
어떤 군주의 기분에도 굴복하지 않는다.

높은 곳에서 온 족속이여! 조국의 월계관이여!
10 그대들만을 신께서 오만에서 보호하시기를!
오! 형제들이여! 기억은 우리에게 보답하리,
헤르만[3]의 가슴 안에 폭군의 피 용솟음치지 않았네.

그가 자신의 위대함의 묘지를 판다면,
당당함의 종말은 슬퍼할 만한 일,
15 그러나 그가 다행히 다른 이들의 위로 일어선다면
그의 사형집행인의 두 손은 두려워하리.

평온한 남아의 기쁨 많고도 아름다우나
그에게도 많은 고통은 밀려들었다.

그는 자신의 고통 가운데 하늘을 향해 바라보고
익살꾼의 익살극을 결코 부러워하지 않는다.   20

지상에서의 그의 열화 같은, 그의 첫 번째 소망은
모든 인간에게 쓸모 있게 되는 것,
그리고 그의 행동을 통해 그들이 기뻐하게 되면
그 고상한 자 그들의 감사를 즐기고 싶어 한다.

오! 겸손, 겸손이여! 우리 모두가 그대를 사랑하도록 하라,   25
그대는 우리를 하나의 유대로 합치게 한다.
그 안에서 선량한 마음 결코 흐려지지 않으며,
그 안에서 학대받는 순수한 자 결코 울지 않는다.

그럼으로 슈바벤의 한층 위대하고 고귀한 아들들아
겸손, 겸손이 그대들의 첫 번째 덕목이 되도록 하라,   30
마음이 외부의 광채를 심히 동경할지라도
겸손, 겸손이 그대들의 첫 번째 덕목이 되도록 하라.

신께서 위대하고 당당하며 불꽃 같은
마음을 주신 자들 누구보다도 먼저
덕망 자체를 위해서 단두대에서도   35
위험 가운데 오로지 기쁨으로 몸을 떤다.

누구보다도 먼저, 그러한 슈바벤의 아들들
오 그런 아들들을, 겸손이여, 그들을
온갖 조잡하고 오만한 바보들의 무대에서 빼내어
40   그런 유대의 조용한 대열로 이끌어주기를.

고요

그대는 나의 어린 마음을 매혹하여,
나는 벌써 어린아이의 눈물 흘렸었고,
그대 일찍이 더욱 훌륭하게 나를 가르치려고, 바보들의 소
음에서
나를 떼어내, 어머니의 품으로 데려갔었네,

그대 부드러운 이여! 모든 사랑하는 이의 여자 친구여!   5
그대 언제나 충실한 이여! 나의 노래는 그대의 것!
그대는 폭풍과 햇빛 가운데도 변함이 없으며,
언젠가 모든 것이 나를 피해 달아나더라도 충실히 나에게
머무네.

그 평온 — 그 천국적인 기쁨 —
오 나에게 무슨 일이 일어났는지 나는 몰랐었네,   10
그처럼 때때로 말없는 장관 가운데, 석양이
어두운 숲을 뚫고 나를 향해 내려다보았을 때 —

그대, 오 그대는 소년의 감각 안으로
그 평온을 그저 쏟아부었고,
그 천국적인 환희 그대로부터 흘러내렸었네,   15
숭고한 고요여! 착하게 기쁨을 주시는 이여!

임원林苑에서 꺾인 산딸기 가지 위에
내가 흘린 눈물들 그대의 것이었으며,
그대와 더불어 달빛을 받으며 나는
20 사랑하는 부모님 계신 집으로 돌아왔었네.

멀리로부터 촛불 가물거리는 것 나는 보았고,
때는 벌써 식사시간, 그러나 나는 서둘지 않았네!
조용한 미소로 교회 묘지의 흐느낌 소리 엿듣고
사형장의 세 발 달린 말¹을 엿보았네.

25 마침내 나는 먼지를 쓴 채 도착했었네,
시든 산딸기 가지를 얼마나 힘들여
손에 넣었는지 자랑하면서,
고마워하는 나의 형제자매들에게 나누어 주었네.

그러고 나서 저녁식사 중 내 몫으로
30 남겨둔 감자를 서둘러 먹었고,
배가 부르자 나의 즐거워하는 형제자매들을
떠나서 고요 안으로 가만히 물러났네.

오! 내 작은 방의 고요 가운데서
모든 것에 나는 즐거웠었네.

그처럼 고독하게 종탑에서 종이 울렸을 때,   35
한밤의 품 안에서 나는 마치 신전에 있는 것 같았었네.

모든 것은 침묵 가운데 잠들었고, 나 홀로 깨어 있었네,
마침내 고요가 나를 흔들어 잠재웠고
나는 나의 어두운 딸기 언덕을,
고요한 달빛 속에서의 산책을 꿈속에서 보았네.   40

내가 나의 가족으로부터 떨어져 나와
사랑하는 부모님의 집을 나와서
결코 울어서는 안 되는 낯선 타향에서
잡다한 세상의 혼돈 속을 헤맬 때,

오 그대는 불쌍한 젊은이를 충실하게,   45
어찌 그처럼 어머니의 부드러움으로 돌보았는지,
그 젊은이 세상의 혼잡 안에서 싸우다 지쳐
사랑하는, 그러나 비감에 찬 고독 가운데 있을 때.

나의 젊은이의 피 그때 더 따뜻하고, 충실한
가슴을 향해 더 열렬하게 돌진했을 때,   50
오! 그대는 얼마나 격심한 고통을 침묵케 하고
허약한 자를 새로운 용기로 강하게 만들어주었는지.

이제 나는 때때로 그대의 오두막에서
나의 용맹의 전사 오시안²에 귀 기울이고
55 희미하게 비치는 치품천사들의 한가운데서
신의 가인歌人, 클롭슈토크와 함께 하늘에서 떠도네.

신이시여! 고요한 그늘진 덤불을 뚫고
나의 여인 내 품으로 날아들고,
사랑하는 자들을 덮으려고 개암나무가
60 조심스럽게 그 푸른 가지를 우리 주위에 바짝 붙일 때 ─

온통 축복으로 가득한 계곡에서
모든 것이 그처럼 고요할 때,
그리고 기쁨의 눈물을, 저녁노을 가운데 밝게
나의 여인이 말없이 나의 볼에서 닦아줄 때 ─

65 아니면 평화로운 들녘에서
나의 마음의 친구 내 곁에서 걸으며,
고귀한 젊은이를 온전히 본받으려고
상념이 오로지 영혼 앞에 서 있을 때 ─

그리고 우리는 작은 걱정거리에도

그처럼 조심스럽게 눈을 들여다보네.   70
그처럼 자주 불충분하게, 그처럼 더듬거리며
우리의 말이 진지한 입술에서 나올 때면.

아름답도다, 오 그것들은 아름답도다! 바보들의
거친 소음을 모르는 고요한 기쁨,
더욱 아름다운 것은 고요하며 신에 순응하는 고통,   75
눈에서 경건한 눈물이 흘러내릴 때.

그 때문이다, 폭풍이 언젠가 그 사나이를 에워싸고
청춘의 감각이 그를 생기 있게 하지 못하며,
검은 불행의 구름이 위협하며 그를 에워싸 떠돌고
근심이 그의 이마에 깊은 주름지게 하면,   80

오 그러면 그를 혼란으로부터 빼내고,
그대의 그늘 안으로 감싸주기를,
오! 그대의 그늘 안에서, 충실한 자여! 하늘은 깃들며
폭풍 가운데서도 거기서는 평온해질 것이기에.

그리고 언젠가 수많은 암울한 시간 지나고   85
나의 회색 머리가 땅으로 숙여지며,
나의 가슴 싸움에 지쳐 많은 상처 입고

삶의 짐이 연약한 목을 휘게 할 때면,

오 그처럼 그대의 지휘봉으로 나를 이끌어주시기를 —
90 나는 몸 굽히고 그 지휘봉을 학수고대하려네.
반가운, 평온이 가득한 무덤에서
모든 폭풍, 그리고 바보들의 모든 소음 침묵할 때까지.

몽상

친구들이여! 친구들이여! 그 순간이 오늘 온다면
오늘 우리의 동아리에서 나를 끄집어낸다면
그 마지막 위대한 순간이 —
기쁨의 맥박이 그처럼 갑자기 멈추고
분명치 않은 친구의 목소리 울려오고   5
안개가, 현세의 행복이 나를 에워싼다면 얼마나 좋을까.

아! 그처럼 갑자기, 모든 사랑스러운
아름답게 지내온 나날에 작별을 고하는 일 —
그렇지만 — 나는 믿는다 — 아니다! 나는 떨지 않았다!
"친구들이여! 내가 말했지, 거기 그 산정에서   10
우리들 모두 재회하게 되리라고,
친구들이여, 그때 한층 아름다운 날이 구름을 가르리라고.

그러나 스텔라여! 그대의 오두막은 멀리 있고
교살자의 발걸음은 벌써 가까이 들려온다 —
스텔라여! 나의 스텔라여! 울지 말라!   15
한 번만 더 나는 그녀를 포옹하고 싶구나,
그런 다음 나의 스텔라 품에서 죽고 싶다,
서둘러라, 스텔라여! 눈이 풀리기 전에, 서둘러 오라.

그러나 멀다, 그대의 오두막은 멀고

20　교살자의 발걸음소리는 벌써 가까이 들려온다 —
　　친구들이여! 그녀에게 나의 노래를 전해달라,
　　사랑하는 신이시여! 위대한 사람이 되리라는 것
　　그것은 때때로 저의 소망이었고, 지상에서의 꿈이었습니다.
　　그러나 — 형제들이 — 더 큰 역할들이 나에게 눈짓합니다.

25　그대들 슬퍼하라! 형제들이여! 그처럼
　　미래의 아름답게 꿈꾸던 시간들 모두
　　모든, 모든 나의 희망들 사라져버렸음을!
　　내가 하나의 기념비를 세우기도 전에
　　흙이 나의 죽은 몸을 덮어버리고
30　자손이 잠들어 있는 자를 결코 생각하지 않을 것임을.

　　그가 나의 묘비에 차갑게 기대어 서서
　　썩고 있는 자의 해골에 대고
　　어느 젊은이도 침묵의 인사도 보내지 않을 것임을,
　　나의 묘지의 장미 덤불 위에
35　곰팡이를 덮고 있는 백합화 위에
　　어느 소년도 마음 쏟는 눈물 흘리지 않을 것임.

　　순례하는 남자들로부터
　　젊은이여! 그대 너무 일찍 잠들었구나!라는

소리 무덤으로 울리지 않음을,
어린아이에게 어떤 은발의 노인들도   40
아이들아! 나와 그 무덤을 결코 잊지 말아라! 하고
인생여정의 목적지에서 말하지 않음을.

모든 미래의 오랫동안 동경해온 시간들
기쁜 희망의 모든 축복이
나에게서 그처럼 무참히 사라져버렸음을,   45
이 지상의 가장 아름다운 꿈들이
사라져, 영원히 현실이 결코 되지 않으며
불멸에 대한 꿈들도 사라져버렸음을.

그러나 치워라! 이 죽어버린 가슴 안에
나의 불쌍한 스텔라의 고통이 피 흘리고 있다.   50
따르라! 나를 따르라, 버려진 여인이여!
그대 어찌 나의 무덤 곁에 미동도 없이 서 있는가,
그리고 하늘에 대고 죽음을, 죽음을 간청하는가!
스텔라여! 오라! 이 잠들어 있는 자 그대를 기다리고 있노라.

오 나의 곁에! 오 그처럼 끝내라,   55
비탄의 상황을! 어쩌면, 부패가
우리의 손을 겹쳐놓을 것이다!

거기에서는 어떤 음울한 질투꾼도 엿보지 않고
거기에서는 어떤 험담꾼도 비방하지 않을 것이다.
거기에서는 나팔소리가 깨울 때까지, 어쩌면 우리 꿈을 꾸
리라.

우리의 비석에 기대어 서서
젊은이는 말하게 되리라 — 잠들어 있는 해골들이여!
사랑하는 사자死者들이여! 그대들의 운명 아름다웠도다!
손에 손을 잡고 그대들은 그대들의 고뇌를 벗어났도다.
서늘한 대지의 어머니 같은 품 안에서
오랫동안 쫓김을 당했던 자들의 잠은 성스럽도다.

또한 백합과 장미의 덤불로
아가씨는 우리의 무덤을 덮을 것이다,
예감에 가득 차 우리의 무덤 곁에 설 것이고,

잠들어 있는 사람들을 향해 생각하며,
합장한 손을 하고 꿇어앉을 것이며,
이러한 사자들의 운명을 위해 하늘을 향해 간절히 빌 것이다.

순례하는 조상들로부터는
축복이 우리들 위에 울려 퍼질 것이다 —

편안히 쉬어라! 너희들 쉴 만하다!   75
신이시여! 한 아이를 고문의 손아귀에 집어넣은 조상들
죽음 가운데서 얼마나 두려워했는지 모릅니다,
편안히 쉬시라! 그대들 우리들에게 애정어림을 가르쳐주
었노라.”

열정의 싸움

나는 영원히 광란하는가? 아직
열정의 뜨거운 싸움은 끝나지 않았는가?
불쌍한 자 나는 충분히 고통을 겪지 않았는가?
전사戰士의 힘 — 홀연히 — 꺼져버렸도다.
5 천사의 눈동자여! 항상 나를 에워싸고 떠도는구나 —
오 왜? 무엇 때문인가? 그대 사랑하는 매정한 이여!
살펴주시기를! 아껴주시기를! 보라! 이 가냘픈 떨림을!
패배한 사내가 여인의 눈물을 흘리고 있다.

여인의 눈물을 흘린다고? 여인의 눈물이라고?
10 정말? 고통의 여인이여, 내가 정말 울고 있는가?
그리고 이 두근거림, 이 두려운 동경이
루치아의 포옹을 위해서란 말인가?
아니다! 그럴 수 없다! 원하지도 않는다! 이 눈물은
분노가 눈으로 밀어낸 것이었고, 분노가 쏟아낸 것이었다.
15 오! 어떤 아가씨의 표정도 나를 감동시키지 않는다.
오로지 자유만을 이 격렬함이 흔들어 깨울 뿐이다.

그러나 어떻게! 그대의 오만은 스스로를 기만했다,
보라! 사랑은 나의 거짓을 책망하고 있다.
그대의 가슴이 사나이의 위대함을 가장했고,
20 허약한 싸움 가운데서 그대는 스스로를 부인하고 있는 것

이다.

그대는 오만하게도 모든 여인의 진심을 경멸하고 있다,

왜냐면 루치아는 그대에게 그녀의 넓은 마음을 주지 않기 때문에,

그대는 유치하게도 성난 고통을 가장하고 있다,

불쌍한 위선자여! 루치아가 그대를 사랑하지 않음으로.

슬프도다! 그녀는, 그녀는 나를 결코 사랑할 수 없다,   25

어떤 포악한 멍에로 내가 약탈을 당했고,

오로지 상처만이 나에게 남겨져 있을 뿐이다,

그대는 그것을 느끼는가? 느끼고 있는가? 여인이여! 여전한 상처를.

아! 하나의 심연이 나의 감각 앞에서 위협하고 있도다 —

나를 놓아달라! 놓아달라! 죽음 가득 찬 열정이여!   30

지옥의 불길인가? 그대는 영원히 타오르고자 하는가?

살펴주시라! 아껴주시라! 사라지고 없도다, 투사의 힘은.

헤로[1]

오랫동안 나의 족속들 태평하게 졸고
정적靜寂은 한밤중 내내 숨 쉬고 있다.
그러니 일어나라! 헤로여! 일어나 울음을 멈추어라!
고맙도다, 신들이시여! 헤로의 용기가 깨어났도다.
5   바다로 계속 나아가라! 바다로! 물보라치고
폭풍이 나의 얼굴에 계속하여 사납게 돌진하기를!
바다로 계속 나아가라! 그 없이는 모든 것이 지옥 ―
사랑은 나를 두렵게 하나 ― 폭풍과 물결은 그렇지 않다.

조용히 나는 거기를 향해서 귀 기울이려 하네,
10   거기 그의 오두막이 절벽 위에 달려 있는 곳,
나는 파랑波浪의 쏴쏴거리는 소리에 대고 외치고 싶네,
그의 망설임이 헤로의 마음을 얼마나 상하게 하는지를.
아! 그는 용기를 내어 그의 해변으로부터
몸을 던지리라, 사랑이 그에게 포세이돈의 힘을 주고
15   사랑이 바다의 두려운 길로 그를 인도하리라,
신들이시여! 어떻게 ― 어떻게 우리가 다시 한데 있게 될
것인가요?
            그녀가 바다로 온다

그러나 하늘이여! ― 파랑은 얼마나 높이 거품을 내고 있는가!
그렇게 나는 폭풍을 생각해본 적이 없는 것 같다.

슬프도다! 파랑이 얼마나 위협하며 나의 해안에 부딪히고
있는가!
신들이시여! 이 진지한 밤에 저를 강하게 해주시기를! ― 20
아니다! 나의 죽음과 삶은 나를 두렵게 하지 않는다 ―
죽음과 삶, 운명이 원하는 대로 되라!
사랑은 두려움을 이긴다, 내 주위를 떠도는
뱀들이 내는 소리, 전갈들, 그리고 사자의 울부짖음을.

젊은이여! 그러한 공포의 일곱 밤을 25
나는 그대, 겁 많은 젊은이인 그대를 벌써 기다리고 있다.
나의 젊은이가 나의 두려움을 생각하기라도 한다면
오! 그가 태풍과 물결에 대고 조롱을 보낼 것인데,
아니면 그 무서운 맹세를 깨버렸는지도 몰라,
그는 정부情婦의 품 안에서 나를 조롱하고 있도다 ― 30
아, 그렇게 쉽사리, 그렇게 멋지게 복수를 당하고 있도다,
쉽고도 멋지게 복수를 ― 나는 여기서 그 때문에 죽으리라.

그러나 나에게서 물러나라! 너 몹쓸 생각이여!
물러나라, 지옥이 나에게 속삭였도다,
그리하여 나의 젊은이, 나의 레안드로스 비틀거리나보다, 35
아니다! 사랑하는 이여! 머물러라, 그대 머물러 있기를!
내가 이 물결 안에 있을 그대를 생각한다면,

그렇게 무섭도록 불확실하게 그대의 길을 생각한다면,
아니다! 나는 홀로 이 두려움의 밤들을 헤매면서도 뚫고 가리,
40   그대를 기다리는 일, 사랑하는 이여, 벌써 그렇게 감미롭도다.

그러나 들어라! ― 오 하늘이여! ― 이 소리들을 ―
참으로! 그것은 폭풍의 소리가 아니었다 ―
그대인가? ― 아니면 바보의 장면이
나를 속여 가며 무서운 환상을 펼쳐지고 있는가?
45   신들이시여! 다시금 헤로가 여기를 향해 외치나이다,
사랑의 목소리가 저 너머에서 다시금 나에게 속삭이나이다
―

일어서라! 그를 향해, 파도 가운데로 그를 향해서,
그가 지쳐 있다면 ― 사랑하는 이를 마중하여 바다 안으로.

보라! 마치 춤을 추듯이, 나는 그대를 향해 해변에서부터
돌진한다.
50   사랑이 나에게 포세이돈의 힘을 줄 것이다,
사랑이 나를 바다의 두려운 길에서 이끌어가리라 ―
신들이시여! 신들이시여! 우리는 다시 한 곳에 있게 될 것
입니다!
싸워가며 파도를 넘어서 나는 그를 껴안으렵니다.
죽음의 위험을 안고 그를 포옹하고 입맞추렵니다.

아! 가라앉는구나, 그처럼 나의 황홀함은   55
심연에서도, 시간들이 얼마나 아름다웠는지 계속 꿈꾸는구나.

그러나 신들이시여! 내가 무엇을 보고 있는가요? 나의 해안에
벌써 그렇게 가까이 있는가? — 이겼도다! 나의 영웅이 승리했도다!
보아라! 그는 그 두려운 길을 경멸하며 떠 온다
용감하게 바다로부터 여기로 뜻대로 노련하게.   60
기뻐하며 아! 그는 나를 찾을 테지 — 이 바위 뒤에서
나는 엿볼 테야 — *조용히* 신들이시여! 얼마나 멋진가요!
하얀 팔이 파도를 뚫고 그처럼 그리워하며,
아! 그처럼 애써가며 헤로의 해변을 향해 소리 내며 오는 것이.

그러나 저승의 전율이여! 신음소리여!   65
저승의 전율이여! 저기 바위를 향해서!
어찌된 일인가? — 나는 이 죽음의 잔재를 알아보겠네!
슬프도다! 그대는 그러니까 죽음으로 이겼다는 것인가?
그러나 비켜라! 너희 지옥 같은 공포의 얼굴들이여!
환멸의 복수의 여신들이여! 비켜라! 그는 그렇지 않다!   70
그렇게 신들의 심판은 파멸시키지 않는다 —

그녀는 죽은 이 위로 횃불을 가까이 가져간다
그러나 이 죽은 자의 얼굴 위의 이 미소 —

그대는 아는가? 헤로여! 그대는 아는가? 결코,
죽은 미소가 그대에게 사랑을 말하지 않는다 — *그녀가 격*
하게 운다
75   천사의 눈동자여! 그대의 빛이 그렇게 꺼져버렸구나 —
한때 그렇게 뜨거운 사랑 나를 바라보았다.
젊은이여! 사랑하는 여인의 눈물이 그대를 깨우지 않는가?
이 피투성이 포옹도 그러하지 않는가?
젊은이여! 젊은이여! 이 죽음의 표정 —
80   슬프도다! 그 표정이 나를 죽이는구나! 슬프도다! 이 경련.

그리고 그는 그 죽음의 시간에
싸움 중 가장 두려운 싸움 가운데서도 그를 생각했다
헤로여! 그는 아직 죽어가는 입술로 더듬거렸다 —
그의 종말이 그렇게 처참해야만 하는가?
85   아! 이 사랑은 살아남으리라 —
이러한 죽음 없이 이 세상에 —
치워라! 죽음 앞에서 헤로는 떨지 않으리라,
고독한 여인 이 죽음에 한데 어울리도다.

짧은 놀라움의 순간 —

그리고 그대는 젊은이의 가슴에 몸을 낮춘다.   90

그리고 그대는 영원히 그를 다시 발견해냈다.

드높은 천국의 기쁨으로 영원히 웃음 지으며 ——

       쉼

아! 나는 승리했도다! 지옥의 문을

두드리는 일 — 아니다! 나는 그렇게 약하지는 않다!

헤로여! 헤로여! 그는 소리쳤다, 신들의 말씀이여,   95

나를 강하게 해주시라! 어둠을 뚫고 나를 강하게! 나는 뒤

를 따르리라.

테크 산[1]

아! 황금빛 원경遠景에 반짝이는 빛살 가라앉기 전에
나는 겨우 포도밭 언덕에 다다랐다.
얼마나 행복한가! 나는 당당한 마음으로
나의 팔이 무한함을 껴안듯이 ― 구름을 향해서
5   움켜쥔 두 주먹을 뻗는다, 고귀한 마음으로
이 고귀한 감정의 창조자에게 이 마음 주셨음에 감사하고자.
즐거워하는 사람들과 함께 기뻐하고, 그들이 기뻐하며 놀라는
눈길로 맛있는 포도 들어 올리고 반짝이는 열매를
발로 밟아 짜는 사람들의 손길에 건네기를 주저하는
10   그 가을의 환호를 바라보는 마음 주셨음에 감사하고자 ―
열매 모두 걷은 줄기 곁에서 감동 어린 은빛 머리의
노인이 당당하게 기뻐하며 가을의 식탁에 어린 것들과 함께 앉아서
오! 감사의 마음 충만하여 어린아이들을 향해
아이들아! 모든 것은 주님의 축복이라고 말하는 것을 보는 것 감사하고자.
15   즐거워하는 사람들과 함께 기뻐하고, 가을의 환호를 바라보고자
친절한 우정의 집들을 떠나 거기에 올랐었다.
그러나 보라! 맞은편 숲으로 가득 찬 리젠 산맥[2]
나를 진지한 감탄으로 힘차게 낚아채도다. ― 나로 하여금

그대의 즐거움을 잊게 해다오, 너 잎 우거진 덩굴들,
그리하여 충만한 영혼으로 그 리젠 산맥을 바라보도록!   20
아! 형제들 위로 그것 얼마나 당당하게 솟아 있는가!
그 이름 테크이다. 거기 한때 갑옷 쩔랑대고
왕들의 이끼 낀 성벽과 반짝이는 투구 사이 긴 칼들 소리
울렸다.
거기 사는 사람들 의연하고 위대하고 성실했었다.
동이 트면 청동의 무장을 한 채, 왕은   25
자신의 산을 바라보고자 이끼 낀 성벽 위에 섰다.
이 리젠 산맥이 나의 것인가 ― 그렇게 당당하고 ― 그렇게
찬란한 것이 ― ?
그는 진지한 이마를 하고, 높고, 생각에 잠긴 눈을 하고 말
했다 ―
떡 버티고 있는 이 암벽, 수천 년을 묵은 이 참나무도 나의
것인가?
아! 그리고 나는? ― 그리고 나는? ― 나의 갑옷은 곧 녹슬고   30
오! 모욕이로다! ― 나의 갑옷은 이 산맥 속에서 녹슬는지
도 모른다.
그러나 나는 맹세한다 ― 나의 리젠 산맥을 피하리라 맹세
한다,
나는 나의 아내를 피하리라, 푸르고 성실한 눈길을 떠나리라,
피와 명예의 싸움에서 확실하게 이길 때까지.

나의 말이 독일의 당당한 결투장으로 나를 데려가주기를

아니면 그리스도교의 적대자들의 광란하는 칼에 맞서서 ―

내가 확실히 이길 때까지, 나는 이 당당한 산맥을 떠나리라.

참을 수 없도다! 맞서 있는 이 바위가 나보다 강함을!

이 수천 년 묵은 참나무, 나의 이름보다 더 영원함을!

내가 확실히 이길 때까지, 나는 이 당당한 산맥을 떠나리라.

그리고 그는 갔고 싸웠도다, 그 산맥의 불같은 왕.

그렇도다! 그처럼 영혼이 일어서고, 바위 많은 한밤의 숲들

경탄으로 그 영혼을 끌고 가도다, 모두를 느끼는

그 시간 모두 요동치고, 가슴에 베풀어졌도다. ―

구원의 진리를 오만하게 조롱하는 자 여기로 데려오라,

오! 그리고 때가 오면, 그는 놀라워하며 말하게 되리라,

참으로! 하느님께서, 하느님께서 이 산맥을 만드셨다고.

혐오스럽게 지어진 외국의 원숭이들[3] 이리로 데려오라,

어리석게 껑충대는 인형들 이리로 데려오라,

이 리젠 산맥이 그처럼 꾸밈없이 아름답고 그처럼 숭고함

을 보도록.

오 그러한 시간이 오면 아이들은 부끄러움에 얼굴 붉히리라,

그들이 하느님의 가장 찬란한 창조물을 그렇게 가련하게

망가뜨렸음을. ―

독일의 성실한 미풍양속을 멸시하는 자들 이리로 데려오라,

곰팡이와 엉겅퀴가 성벽과 당당했던 성문의

회색 폐허를 뒤덮고 있는 곳,   55
부엉이의 울음소리, 수리부엉이의 신음소리가
어둡고 질척거리는 동굴에서부터 그들을 향해 부르는 곳에서
그들과 더불어 밤을 새워보라.
슬프도다! 슬프구나! 폭풍 가운데 조상의 정령들 속삭인다,
슈바벤의 정직하고 성실한 풍습에서 지워졌구나!   60
기사騎士의 말, 기사의 인사 그리고 신실한 악수가!—
경고받으라, 슈바벤의 아들들이여! 선대의 폐허들이여!
그들이 그대들에게 경고토록 하라! 한때 그것들 높이 서 있
었노라, 쓰러진 폐허들,
그러나 신실한 악수 지워져버리고,
확고한 말도 없어져버렸다, 슈바벤의 아들들 울리고자.   65
슈바벤의 아들들이여! 선대의 폐허들이 그대들에게 경고
케 하라!
그런 후 그것들, 선한 풍습을 업신여기는 자들을 떨게 하리라,
그리고 더 오랫동안 몰락을 예고하는 말 탄식하며 내뱉으
리라 —
슈바벤에서 진실하고 성실한 풍속 지워졌도다!
그러나 아니다! 성실한 풍속 지워지지 않았다,   70
슈바벤의 평화로운 땅에서 모두 지워진 것은 아니다 —
오, 나의 계곡! 나의 테크 산에 이웃한 계곡이여! — 나는
그곳에서 우정의 오두막들을 보기 위해 나의 산맥을 떠나

려 한다.

보리수로 수관樹冠 두르고 겸손하게 연기 뿜는 지붕들을 평평한

75 밭들에서 들어 올리고 있다, 성실한 우정의 오두막집들이.
오 너희들, 멀리 또 가까이에서 나를 사랑하고 있도다, 사랑하는 것들이여!
그대들이 나를 에워싸 있다면, 나 그처럼 따뜻하게 그대들 손을 잡으리라, 사랑하는 것들이여!
지금, 오! 지금 저녁의 온갖 사랑하는 것들을 넘어서.
그늘진 통로로 가축의 무리 딸랑거리며 되돌아오고,

80 만일을 위해서 가을에도 여전히 풍성하게 초원의 세 번째로 새로 돋은
풀을 베면서 벌초꾼의 반짝이는 낫은 부딪치며 소리 울린다.
가까이 있는 저녁의 종들이 한꺼번에 아늑하게 울리고
즐거운 젊은이 입술 사이에 배나무 잎사귀를 물고
엿듣고 있는 처녀를 향해 익살스러운 가락을 불고 있다.

85 우정의 오두막들이여, 주님의 축복이 너희 모두에게 내리기를!
그러나 그러는 사이 나의 숭고한 리젠 산맥은
찬미받은 그의 머리를 안개 속으로 감추었네,
그리하여 나는 성실한 우정의 오두막으로 되돌아가네.

우정을 위한 축제의 날에

그대 친구들이여! 나의 소원은 영웅들을 노래하는 것,
나의 하프의 첫 울림,
믿어달라, 그대 친구들이여!
나는 벌써 그렇게 조용히 나의 계곡을 빠져나온다,
나의 눈은 벌써 불꽃을 내지는 않으나 이글거리고 있다.   5
나의 하프의 첫 울림
그것은 전쟁의 외침과 전장의 소동이었다.

나는 보았다, 형제들이여! 나는 보았다
전장의 소동 가운데 말들이
그르렁대는 시체들 위를 비틀거리며 나아가고,   10
피를 뿜는 몸통을 보고 움찔하는 것과
참혹하게 쪼개진 두개골을.
또한 몹시 화를 내뿜는 칼이 번쩍이며 부딪치고,
천둥치는 대포가 김을 뿜고 요란한 소리를 내는 것을.
그리고 기사들 창 위로 몸을 숙이고   15
격분한 표정으로 돌진하는 것을.
그러고는 마치 불굴의 성벽처럼 끄덕하지 않은 채
무서운 정적靜寂과
죽음을 조롱하는 침착함으로
기사들을 마주하여 창들이 내뻗치는 것을.   20

나는 보았다, 형제들이여! 나는 보았다
전투적인 스웨덴의 강건한 아들들
풀타바의 광란의 전투[1]에서 패배하는 것을.
서러워 말라! 투사들은 말했었다,
25 깨물어 피 흘리는 입술에서
작별의 소리 울리지 않았었다! —
누를 수 없는 절망 가운데
침묵한 채 서서
그리고 김을 내뿜는 칼을 바라다보았고
30 그 칼을 더욱 더 높이 들어 흔들었다.
그리고 겨냥했다 — 그리고 겨누었다 —
그리고 씁쓸하게 미소 지으면서
거칠게 끓어오르는 가슴에 꽂았다.

나는 여전히 많은 것을 보고 싶다,
35 아! 아직 많은 것을! 아직 많은 것을!
구스타프[2]의 칼 내려침을
오이겐 왕자[3]의 승리의 주먹을.
그러나 형제여! 그 전에
그대들의 품 안에서 쉬고 싶구나,
40 그런 다음 나는 다시 용기를 얻어 일어나,

구스타프의 내려치는 칼을
오이겐 왕자의 승리의 주먹을 보련다.

어서 오라, 그대여! ―
그리고 그대여! ― 어서 오라!
우리 셋인가?   45
지금이다! 그렇게 홀이 닫힌다.
그대들 장미 흩뿌려진
식탁을 보고 놀라고 있다. 그리고 향을 태우는 연기
창가에 피어오르며,
나의 수호신 ―   50
나의 스텔라의 실루엣
그리고 클롭슈토크와 빌란트⁴의 영상, ―
꽃으로 에워싸인 것을 보며 놀라워하고 있다.

나는 나의 홀 안에다 노래하는 붉은 뺨의 소녀들과
화환을 들고 있는 피어오르는 소녀들의   55
합창대를 모으려 했었다.
그리고 현악의 탄주와 함께, 플루트 소리와
오보에 소리와 함께 그들을 맞으려 했었다.

그러나 ― 내가 맹세하지 않았는가, 그대 친구들

60 우리 영주의 축제[5]에서의 만찬 때
    오로지 하루만 현악의 탄주와 함께
    플루트 소리와 호른과 오보에 소리와 함께
    노래하는 붉은 뺨의 소녀들과
    화환을 들고 있는 피어오르는 소년들의 합창과 함께
65 오로지 하루만 잔치 열리라 맹세하지 않았는가?

    한 현자와
    성실한 젊은이들과
    그리고 독일의 처녀들
    나의 하프 곁에서 말하게 되는 날에,
70 그대는 우리에게 사랑스럽게 하프를 귀에 울리고
    우리에게 고귀한 용기를,
    우리에게 부드러운 용기를 영혼으로 불어넣으리라.

    그러나 오늘, 형제여!
    오, 나의 품으로 오라!
75 우리 오늘 우정을 위한
    축제를 열자.

    아주 근래에 처음으로
    풀 베는 사람이 아침에

초원의 풀을 베고, 목초의 내음
이제 다시금 처음으로   80
나의 계곡에 향기를 뿜어냈을 때

그대들 나의 형제들이여!
그때였다!
우리가 우리의 결합을 맺었다,
아름답고, 복되고, 영원한 결합을.   85

그대들 그처럼 자주 내가 하는 말을 들었다,
얼마나 오래 내가
이 종족이 있는 곳에 살게 될는지를,
그대들은 그 비탄의 시간에서
삶에 지친 이들을 보았다.   90

그때 나는 밖으로 나와 폭풍 속으로 내달았다
그때 나는 서둘러 지나가는 구름들을 통해
나날의 불굴의 영웅들이 내려다보는 것을 보았다.
그때 나는 영웅들의 이름을 불렀다,   95
뚫린 암벽의 어두운 틈바구니 안에 대고,
뚫린 암벽의 어두운 틈바구니는
한층 진지하게 나에게로 메아리를 보냈다.

그때 나는 가시투성이 폐허 위에 비틀거렸다

100 또한 가시장미 덤불을 뚫고 늙어가는 탑 안으로 뛰어들어

거무스레한 벽에 몸을 기대고 서서

그 탑에 도취한 눈을 하고 위를 향해 말했었다.

그대들 앞선 시대의 잔재들이여!

힘찬 팔뚝이 그대들을 세웠었노라,

105 그렇지 않았더라면 폭풍이 벽을 갈라놓고

겨울이 이끼 낀 정수리를 꺾어버렸으리라,

노인들은 자기의 주변에

소년과 소녀들을 모이게 하고

이끼 낀 문턱에 입을 맞추고

110 이렇게 말했어야만 하리 — 너희 조상처럼 되라! 라고,

그러나 그대들의 돌로 된 벽들에는

시든 이파리들이 살랑대며 떨어진다,

그대들의 궁륭에는

찢어진 거미줄이 매달려 있다 —

115 그래서 그처럼 그대들 앞선 시대의 잔재들

폭풍의 주먹에, 겨울의 이빨에 저항했다.

오 형제들이여! 형제들이여!

그때 몽상가는 탑의 엉겅퀴 위에
피나는 눈물을 흘렸다,
그리하여 어쩌면 그는 아직 오래   120
이 족속들 가운데 머물러야만 하리.
그때 그는 허약한 독일의 아들들의
모든 치욕을 보았다.
그리고 구제할 수 없는 외국을 저주했고,
외국의 타락한 원숭이들을⁶ 저주했다,   125
그는 피눈물을 흘렸고,
그리하여 어쩌면 그는 아직 오래
이 족속들 가운데 머물러야만 하리.

그러나 보라
복된 날이 왔다 —   130
오 형제여, 나의 품으로! —
오 형제여, 그때 우리는 우리의 결합을 맺었다,
아름답고, 복되고, 영원한 결합을.

그때 나는 마음을 보았다, —
형제들이여 나의 품 안으로! —   135
그때 나는 그대들의 마음을 보았다.

이제 나는 기꺼이
이 족속들 가운데 살며,
이제 바보가 되리
140   점점 더! 더욱 더!
나는 그대들의 마음을 지니고 있기에.

그리고 이제 ─ 나는
그날을 생각했다,
그때 처음으로 다시금
145   풀 베는 사람의 낫이
황금빛 이삭 사이에서 소리 내는 날을.
그렇게 나는 그날, 그 복된 날을 기리리라.

그리고 이제 ─ 처음으로 다시금
풀 베는 사람의 낫이 황금빛 이삭 사이에서 소리 내고 있다.
150   이제 우리 잔치를 열자,
나의 홀에서 이 축복의 날
우리 잔치를 열자.

이제 그대들의 품 안에서
그렇게 많은 기쁨 나를 기다린다,
155   오 형제들이여! 형제들이여!

그렇게 많은 고귀한 기쁨이.

그다음 나는
그대들의 품 안에서 쉬고 나서,
그렇게 나는 용기 있게 훨훨 날아올라,
구스타프의 내려치는 칼을 보고   160
오이겐 왕자의 승리의 주먹을 보리라.

루이제 나스트에게

폭풍우, 고통이 갈라놓으려
　위협하는 것 내버려두라, 갈라짐의 세월
　　우리를 가르지 못한다!
　　　우리를 가르지 못한다!
5　왜냐면 그대는 나의 것이기 때문에! 무덤을 넘어서
　가를 수 없는 사랑 이어가리라.

오! 왕관이 고통받는 순례자에게
　종려나무가 승리자에게 눈짓하는
　　위대하고 복된 피안이
10　　언젠가 거기에 있게 되면,
　그때는 연인에게 ― 또한 우정에게 ―
　우정에 대해 ― 영원한 자가 보답하리라.

II

1788

~

1793

튀빙겐 신학교
재학시절

134

Augsburg. 1809.

남아들의 환호

신의 고결한 딸이시여! 그대 삼중의
　성자를 처음부터 에워싸 비치는
　　정의이며, 진지하기 이를 데 없는
　　　심판의 나팔소리 울리는 날에 두루 비칠 정의이다.

그리고 그대, 오 자유여! 에덴의 나날로부터의　　　　　　　5
　성스러운 유물이여! 성실한 자들의 진주여!
　　그 전당에서 백성들의 왕관들
　　　환영받고, 행동들 맹세받는다.

그리고 그대, 가장 강건한 정신력이여!
　그대 사자처럼 당당한 이여! 조국에 대한 사랑이여!　　　10
　　그대 살해의 무기들에게 미소 지으며
　　　피 끓어올라 이제까지 승리하고 있다.

누가 리첸 산맥에 맞서 감히 솟아오르고,
　그대들의 숭고함의 시초를 감히 보려고 하는가?
　　그대들, 고상한 자들 앞에서　　　　　　　　　　　15
　　　몸 숙이고자 이를 데 없는 깊이를 찾는 자 누구인가?

그리고 우리들 ― 오 울려라, 그 환호성을 따라 울리라,
　그대들 우라노스[1]의 먼 빛나는 들녘이여!

133

오 머리 숙여라, 오리온 별자리여!

20   너희들 머리 숙여라! 우리는 고결한 여인의 아들들이다.

우리의 가슴 안에는 신성神性의 불꽃이 타고 있다.

그리고 지옥의 권세도 우리 사내의 가슴으로부터

그러한 불꽃을 빼앗아가지 못하리라!

들어라, 압제자의 심판이여, 이 소리를 들어라!

25   신들 가운데의 신께서 아담의 자손의 가슴에

자신의 세계를 밝히라고 그 불꽃을 주셨다.

그것으로 우리는 신들 가운데의 신을 찬미하노라!

들어라, 너희들 거짓말쟁이의 노예들이여, 이 소리를

들어라!

그 무엇이 찬란한 자, 신의 딸의

30   존귀한 아들이 되는 기쁨보다 더 클 수 있는가?

그 성스러움 안에서 거닐면서

그 딸을 위해서 참고 견디는 자랑보다 더 클 수 있는가?

저항하는 대양처럼 폭군의 저주가

증오를 내뱉으며 우리들 위로 화나 소리치고,

35   그것들의 복수의 헐떡거리는 소리가

시리아의 저녁 공기처럼 독기를 품을지라도―

또한 수천의 팔을 가진 오합지졸이
  우리를 질식시키고자 위협하고, 수천의 혓바닥으로
    내뿜는 분노가 새로 탄생한 자를 질식시키려 할지라도,
      신의 딸들의 아들들 큰 소리로 웃는도다.   40

또한 우리의 자손들 칼에 쫓김을 당하고
  우리들 위로 어둠 속에서 늑대가
    울고 사자와 그 사냥거리를
      나누고자, 식인 인간의 집에서

그 조상들, 아프리카의 사막에서   45
  손님의 권한을 찾을 때라도, 그들은
    기꺼이 인내하고 그대들의 피의 무기를 비웃으며
      칼과 고뇌를 향해 조상을 따르리라.

그러니 울려라, 울려라, 환호를 울려라
  그대들 우라노스의 멀리 빛나는 들판이여,   50
    그러니 그대들 머리 숙여라, 오리온 별자리여!
      고개 숙여라! 우리들은 고귀한 자들의 아들들이다.

시대의 책들

주여! 주여!
　저는 떨리는 찬미가를
　　당신에게 불러드릴
　　일을 떠맡았습니다.

5　저기 저 위편
　　하늘 가운데 가장 높은 하늘 안에
　　시리우스 별자리 넘어 드높이
　　우라노스의 정수리 넘어 드높이

거기 태초부터
10　성스러운 치품천사 있어
　　칭송하며 전율하는 숭배의 마음 안고
　　형언키 어려운 자의 성전 주위를 거닐고 있었습니다.

거기 성전 안에 책 하나 있고
　그 책 안에는 수백만 행에 걸쳐
15　모든 인간 일상이
　　적혀 있습니다 —

거기에 기록되기를 —
　여러 나라의 황폐와 백성들에 대한 약탈

그리고 적대적인 병사들의 살육,

또한 목을 조르는 왕들—   20

말과 마차들

또한 기사와 무기들

그리고 왕홀王笏을 주위에 지닐 것이다.

또한 악의에 찬 폭군들

잔인한 독침을 가지고   25

죄 없는 자의 심장을 깊숙이 찌르리라.

또한 두려운 파랑 일어

경건한 자들을 삼키고

죄지은 자들도 삼키며

경건한 자들, 죄인들의   30

집들을 무너뜨리리라.

또한 번지는 불길 —

왕궁들과 첨탑들

단단한 철문들과

거대한 성벽들과 함께   35

순식간에 파괴시킬 것이다.

입 벌린 대지

유황의 냄새 풍기는 아가리를 하고

연기 피어나는 어둠 속으로

아비, 아이들,   40

어미, 젖먹이들을,
괴로운 가르랑 소리와
단말마의 신음 가운데
아래로 삼켜버리리라. ―.

45   거기에 기록되기를
부친 살해! 형제 살해!
젖먹이 목 졸라 죽이기!
극악무도하도다! 극악무도하도다!
보잘것없는 것을 얻기 위해
50   선하고 마음 놓고 있는 친구에게
창자를 좀먹는 독약을 섞어주리라. ―.
켕한 눈의 불구자
그들의 오난의 치욕[1]
악마 같은 희생―.
55   인육으로 살찐
식인종 ―
인간의 사지를 뜯어 먹고
인간의 해골로
김이 오르는 인간의 피를 마시리라.
60   배를 가르는 칼 위로는
도살당한 자의

분노하는 고통의 외침.
오장육부에서
따뜻하게 김 솟고 있는
향기로운 냄새 위로는   65
적대자의 환호성. ―.

거기에 기록되기를 ―
　한밤중의 올가미에
　음울한 절망
　지옥을 예감하는 순간   70
　여전히 괴로운 생명의 투쟁을 벌이고 있는 영혼.

거기에 기록되기를 ―
　아비가 아내와
　자식을 굶주림에 버려두고,
　비틀거리며, 유혹하는   75
　달콤한 패륜에 몸을 던진다. ―.
　흙먼지 가운데 공덕은
　배신자들에 의해서
　명예에서 비참함으로
　떠밀려 돌아간다 ―   80
　거지의 차림새를 하고

거지 밥을 찾아서
불구가 된 팔다리를 하고
방랑자는 돌아오리라.

85   거기에 기록되기를
명랑한 장밋빛 소녀의
무덤에 다가가는 열병의 싸움.
어머니의 손의 움츠림,
가시에 찔린 소년의
90   거칠고 말을 잃게 하는 마비.
        감정의 한숨 돌리기

두렵고도, 두렵도다!
그 책에 쓰여 있는 것 모두
두렵고도, 두렵도다!

아 땅 위 족속의 공포!
95   심판자여! 심판자여!
어찌하여 죽음의 사자 불의 칼로
이 지상으로부터 모든 두려움
모조리 없애지 않는가요?

심판자들 경건한 자 죄지은 자
　바르게 판결하고　　　　　　　　　　　　　　　　　　100
　　파랑과 불길
　　　지상의 심판 모두 그러하다.

그러나 보시라, 저는 침묵합니다 —
　그것이 당신에겐 찬미가가 되기를!
　　당신, 현명하기 이를 데 없는　　　　　　　　　　　105
　　　전능의 손길로
　　　　갖가지 시대의 혼돈을 조정하시는 당신.
　　　　　다시 한 번 숨 돌리기

할렐루야, 할렐루야,
　갖가지 시대의 혼돈을
　　생각하시는 분　　　　　　　　　　　　　　　　　　110
　　　사랑이도다!!
　　　　하늘과 땅은 들을지어다!
　　　　　불가해한 사랑을!

성전에 하나의 책이 있고
　그 책에는 수백만 행의　　　　　　　　　　　　　　115
　　인간 일상 모두

기록되어 있도다 ―

거기에 기록되어 있기를
　예수 그리스도 십자가에서 죽으심!
120　하느님의 아들 십자가에서 죽으심!
　왕좌에 앉으신 순한 양 십자가에서 죽으심!
　세상을 복되게 하시려고
　천사의 기쁨을
　자신을 믿는 이들에게 주시려고.―
125　치품천사들, 치품천사들의
　놀라워하는 침묵
　하늘 안에 멀리 감돌도다―
　하프 소리도 침묵하고
　성전을 에워싼 강^{2}도 거의 숨도 쉬지 않는다.
130　숭배를 ― 숭배를 ―
　쓰러진 두려움의 족속
　구원하신
　아들의 과업에 대해서.

거기에 기록되기를―
135　죽으신 분
　예수 그리스도

돌무덤에서 죽음을 뿌리치신다![3]
하느님의 권세를 통해서 거기서 나오신다!
그리고 살아나시고 — 살아나시고 —
흙먼지에게 외쳐 부른다.   140
다시 오너라, 인간의 자손들아![4]
이제 나팔 소리가
끝없는 인간의 무리 안으로 울려 퍼진다.
심판대로 다가오라! 심판대로!
정의의 공정함을 보여주는   145
보상을 향해서!

경건한 자여, 아직도 비탄하는가?
인간존재의 압박 밑에서?
그리고, 조롱하는 자여, 그대는
춤추는 환희 가운데서   150
여전히 두려운 심판대를 조롱하고 있는가?

거기에 기록되기를—
　인간의 거대한 작품
　깊은 바다 위로
　위풍당당하게 헤쳐 나간다!   155
　대양의 방랑자여! 폭풍을 제압하는 자여!

바람의 힘을 타고 재빠르게
한 번도 본 적 없는 바다를
인간과 땅으로부터 멀리 떨어져
160   당당하게 윙윙거리는 돛과
떨리는 돛대를 달고 가로지른다.
바다의 괴물을 물리치는 자
빙산을 비웃으며
세계를 발견한 자
165   태초를 생각하지 않는다.

거기에 기록되기를—
백성들의 축복
가득 찬 빵
사방이
170   기쁨의 들녘 —
선량한
영주의 손에서
흘러내려
만방에 펼친 환희.

완성에게

완성이여! 완성이여!
오 그대 정령들의 성스러운 목표여!
언제 내가 승리에 취하여
그대를 껴안고 영원히 쉬게 될까?

또한 자유롭고도 위대하게   5
무리들의 마중하는 미소
수없이 세상을 벗어나
그대의 품 안으로 흘러들어갈까?

아! 그대로부터 멀고도 멀구나!
나의 지극히 거룩하고 아름다운 사념은   10
세상의 먼 끝처럼
그대로부터 멀리 떨어져 있었구나!

또한 폭풍의 날개를 타고
영원토록 사랑은 그대를 향해 날고 있으나
그 사랑은 여전히 그대로부터 멀리 떨어져 그리워하도다,   15
아! 그대로부터 멀리 떨어져!

그러나 더 과감하게 더 힘차게
억제할 수 없이 언제나

만 겹의 영원을 통해서
20 타오르는 사랑 그대를 향해 날고 있다.

  드높은 단순함 가득하고
단순하게 조용하며 위대하게[1]
승리를 확신하면서
선조들은 그대를 향해서 분투했었다.

25 시간이 그들의 육신을 삼키어
없애버렸고, 티끌은 흩뿌려졌으나
승리를 확신하면서
신의 불꽃, 그들의 영혼은 그대를 향해서 분투했었다.

태초에 거기에 살았던
30 그들 그대에게로 간 것인가?
그 경건한 조상들 이제는
쉬고 있는가?

완성이여! 완성이여!
정령들의 성스러운 목표여!
35 언제 내가 승리에 취하여
그대를 껴안고 영원히 쉬게 될까?

성스러운 길

그러니까 이것이 성스러운 길인가?
 찬란한 광경 — 오 나를 현혹하지 말라!
 이 길을 내가 가고 있는가? 노래의
  드높이 날고 있는 아침 구름 위로 떠돌면서?

그리고 이 길은 어떤 길인가? 정교하게 지어지고   5
 대리석으로 다듬어져 곧바르게
  마치 햇살처럼 당당하게 뻗어 있는 길—
   그 입구에 있는 하나의 드높은 심판대는?

아! 심판대를 자줏빛이 에워싸 흐르듯
 에메랄드가 눈부시게 하며 빛나듯   10
  심판대 위에 커다란 왕홀을 들고
   아리스토텔레스[1]가 저편으로

밝고 날카로운 눈으로 노래의
 불같은 경주를 바라본다. — 또한
  그 성스러운 길 그 산맥을 서둘러 떠난다 —과감하게   15
   계곡으로 그 길, 성급하게, 떨어진다. 그리고

그 바닥은 북방의 불꽃구름처럼
 달리는 발걸음의 디딤으로 출렁인다—

그의 발 디딤은 연륜을 더하고 있는
20   구름절벽 위로 무기 부딪치는 소리를 낸다.

아! 성스러운 길은 뜨겁다—
아 숙련된 듯 위대한 자
그를 둘러싸고 달린다 — 놀라운 듯 거기
친구 — 조국 — 먼 타국이 붐빈다.

25   또한 모기의 윙윙거리는 소리를 내며 나는
그의 주위를 낮게 — 먼지 속에서 — 아니 위대한 자여, 아
니다.
용기를 내어 다가가자! —! — 지금 그것이 있을 때, 가득

케플러[1]

별들 아래에서 나의 영혼
 거닐고 있다, 우라노스의 들판을
  넘어 떠돌며 생각한다, 고독하고
   또한 대담하게, 길은 끄떡없는 걸음을 명령한다.

영웅처럼, 힘을 가지고 의젓하게 걸으시라!   5
 얼굴을 들어 올리시라! 그러나 너무 오만하지 않게,
  왜냐면 승리가 환호성을 울리는
   우라노스의 들판으로부터 그 사나이 다가오고 있기 때문에.

그 사람 영국의 사상가[2]를,
 한밤중에 하늘을 엿보는 자를   10
  더 깊은 관찰의 들판으로 이끌었으며
   앞서 불 밝히며 미로로 뛰어들었으니,

하여 장엄한 템스 강의 자랑도
 정신으로 그의 묘지 앞에서 허리를 굽히고
  마땅한 보답의 들판으로 그를 불렀다.   15
   "슈바벤의 아들이여! 그대가 시작했도다

수천 년의 눈길에 현기증을 일으켰던 그 자리에서,
 그리고 아! 나는 그대가 시작했던 것을 마무리하려 한다,

왜냐면 앞서서 그대가, 위대한 자여! 그대가

20   미로 가운데 빛을 밝히셨고,³ 한밤중 안에 빛살 불러내셨
기 때문에.

가슴속의 불길이 생명의 골수를
  다 태워버린다 할지라도 ― 나는 그대를 쫓아가리라,
  나는 마무리 지으리라! 왜냐면 그대의 길은
  진지하고 위대하며, 황금을 비웃고, 보람을 가졌기 때문
에.”

25 발할라⁴의 환희여! 나의 조국이
  그대를 낳았던 것인가? 템스 강이 찬미했던 그를?
  미로에 처음으로 빛살을 창조해내고
  극에 이르는 길을 천체에게 가리켜 보였던 그를.

그리하여 나는 헤클라 화산⁵의 우레 소리를 잊었고
30 살모사 위를 걸었으며, 그가, 그대 슈바벤이여!
  그대에게서 태어났으며, 영국의 고마움도
  우리의 것이라는 자랑으로 전율하지도 않았었다.

성실한 자의 어머니시여! 슈바벤이여!
  그대 겸손한 이여! 영겁의 시간이 그대를 환호하리라,

그대는 빛의 사나이들 수없이 낳았으니,   35
후세 사람들의 입 그대에게 경의를 표하리라.

틸¹의 묘지에서

장례행렬이 조용히 다가왔고
  횃불이 귀한 이의 관 위를 비췄습니다,
  그리고 당신, 사랑하는 착한 어머니여!
  넋을 잃고 비탄의 오두막에서 내다보셨습니다.

5 제가 아직 연약하고 말도 더듬거리던 아이로서
  오 아버지여! 사랑하는 고인이시여! 당신을 잃었을 때,
  당신이 저에게 어떤 분이었는지 느끼지 못했으나,
  버려진, 아비 없는 자식은 곧바로 당신 없음을 한탄했습
  니다.

그처럼 소년의 잔잔한 감정으로 울음을 울었고
10 당신의 슬픈 운명에 대해 비탄의 눈물을 흘렸습니다.
  그러나 지금, 오 틸이여! 당신의 무덤을 보면서
  저는 더 진지하게, 더 고통스럽게 느끼고 있습니다.

여기 이 무덤 안에서 슈바벤의 성실하신 분,
  천국으로 다가가시는 고독하신 분을 썩게 하는 것이 무엇
  인지,
15 또한, 오 나의 틸이여! 당신은 그들을 아비 없는 자들로 버
  리셨는지요?
    당신 선하신 분이시여, 그처럼 일찍이 그곳으로 서둘러

가셨는지요?

그의 라일락나무의 그대들 고요한 그늘이여!
 나를 숨겨달라, 하여 어떤 조롱하는 자도 이 눈물 보지 않
 도록,
  그리고 내가 그의 무덤에 몸을 기대고
   떨리는 뺨에서 눈물을 닦을 때 비웃지 않도록.   20

오 편히 쉬시라! 잘 지내시라, 착한 분이여! 당신은
 당신의 라일락나무의 고요한 그늘 안에서 그처럼 편안히
 잠들어 계십니다.
  그 라일락나무 당신을 기념하는 나무, 그리고 마을의
   노인들 그대의 노래를 잘 지키고 있나이다.

오 그대의 무덤이 저에게 그늘을 짓고   25
 손에 손을 잡고 우리가 잠들어 수확이 이루어질 때까지
  어떤 지레짐작도 흘겨보지 않으며,
   조용한 순례자의 어떤 모방자도 웃지 않으리라.

오 틸이여! 저는 머뭇거립니다, 왜냐면
 완성에 이르는 길 가시로 가득하고 그처럼 멀기 때문에.   30
  강한 자들도 그들의 머리를 굽힙니다, 어찌

이 허약한 젊은이 그 길을 싸워 얻을 수 있겠습니까?

그러나 아닙니다! 저는 감행하려 합니다! 제 곁에서는
바위처럼 믿음직하고, 용감한 저의 형제가 함께 싸울 것입
니다.
³⁵ 오 기뻐하시라, 복된 유골들이시여!
　　그 이름을 들으시면! 그 사람은 ― 나의 노이퍼²입니다.

구스타프 아돌프[1]

오라, 너희 토이트[2]의 자손들이여!
너희 토이트의 자손들이여! 전투의 계곡[3]으로
모자를 벗고, 너희 토이트의 자손들이여!
성스러운 눈길로 아래를 바라다보라!
왜냐면 여기 ─ 여기서 그분이 죽었기 때문에.   5
이 땅이 그 행동하는 분 보았고
그 바위들에 명하기를
그분의 행동에 머리 숙이라 하고
그 구릉에 명하기를
그분의 행동에 머리 숙이라 했노라,   10
바다들도 그 행동하는 분 보았고,
물결 높이 치솟게 하고,
폭풍에 외쳐 명하기를
그분의 행동에 찬미 크게 외치라 했노라,
모자를 벗고, 너희 토이트의 자손들이여!   15
왜냐면 여기 ─ 여기서 그분이 죽었기 때문에,
언젠가 대양의 섬들
서로 입맞춤하고
콜럼버스의 세계가 포르투갈의 해안을 포용할 때
먼 곳의 백성들 그 이름 찬미하고   20
낯선 입들 그 이름 불렀으니
성스러운 기념비에, 고상한 자들의 가슴에

마치 신의 성좌에 서 있듯 영원히 새겨 있네,
모자를 벗고, 너희 토이트의 자손들이여!
25 성스러운 눈길로 아래를 바라다보라!
왜냐면 여기서 ―구스타프― 죽었기 때문에.

승리로 최후를 장식하려고 계곡에서
전투는 소란스러웠다, 피비린내 나는 전투,
영웅들의 무릎이 가라앉았고, 바위 같은 심장도
30 구스타프 아돌프의 칼 앞에서 떨었다,
도적들의 피가 흘렀고
과부 살해자들의 피
자유를 찬탈한 자들의 피가 흘렀다.
또한 도적들의 피 안에는
35 복수자의 복수의 번갯불처럼
충신들과 함께 구스타프 돌진했었다.
자신의 행동을 생각했고,
그의 눈은 신들의 기쁨으로 불타올랐고,
신 앞에서 그의 행위를 생각했었다,
40 또한 천국의 평온이 그의 얼굴을 밝게 했고
그 천국의 평온 가운데서
충신들의 맨 앞에서 구스타프 돌진했었다 ―
그러나 슬프도다! 충신들 가운데

한 배신자4 엿보고 있었다,

그 배신자 — 흉악한 계획을 생각했고   45

그리고 — 구스타프— 쓰러졌다.

아! 배신자여! 배신자여!

죽음의 시간에 너의 아내도 너를 저주하리,

그리고 슬프도다! 너에 대해서는 너의 아들들,

너의 손자들 너의 귓전에 그 범행을 울부짖으리라,   50

너의 눈길이 암살의 공포 가운데 얼어붙고

너의 영혼이 영원한 공포 앞에서 도망칠 때까지.

우리는 그대의 계곡에서

그대 찬란한 자여! 축복하려고 했을 뿐

성스러운 장소를 저주로 더럽히려 했겠는가?   55

오 구스타프여! 구스타프여! 용서하시라,

그대 족속의 격분을 용서하시라,

그리고 보답의 들녘으로부터 다정하게

내려오시라, 감사하는 찬미가의 목소리를 향해서.

자유를 구출하신 분에게 감사!   60

과부 살해자들을 심판하신 분에게 감사!

라이프치히에서 승리하신 분께 감사!

레크 강에서 승리하신 분께 감사!
죽음의 계곡에서 승리하신 분[5]께 감사!

65   약한 자들의 형제에게
자비롭게 미소 짓는, 승리하신 분께 감사와 영광!
정의를 헤아리시는 분에게 감사와 영광,
정복자의 적, 오만한 자들을 증오하는 분에게,
틸의 무덤에서 다감하게 울음을 우는 분에게!
70   경건한 자들의 보호자에게 감사와 영광과 행운을,
순교자의 눈물을 닦아주는 분에게
성직자에 대한 분노를 조종하신 분에게 ──

오 구스타프여! 구스타프여!
그대 족속의 축원 침묵하도다,
75   영생하는 분의 축복만이 그대에게 보답하리라,
최후의 심판의 우레 같은 환호성이.

구스타프 아돌프에 대한 연작시의 종결부

모든 광야, 모든 언덕으로부터
무장한 잔인한 자들의 소름끼치는 소란 울려 퍼졌네.
그러나 한밤중에 그 영웅 긴 시간 생각지 않고
사나워지는 손으로 빠르게 지나간 한낮 생각했던 일 완수
하였네,
그리고 아! 낯선 이들의 분노는 어디에 있었는가?　　　　　　5
복수의 눈길들, 어찌 그렇게 두려워 눈을 굴렸는가?
말들의 씩씩거리는 소리 그르렁 소리로 변했고,
도망자의 피 속에서는 황금빛 깃발이
찢기어 썩고 있었네, 시체 가득한 함정에서는
까마귀들 까옥까옥 울었고, 두려움의 울부짖음　　　　　　10
모든 임원, 모든 언덕으로부터 울려 퍼졌네.
더 큰 강물이 그 울부짖음 삼켜버렸네.

최후 심판의 날 ― 그 역시! 그 역시!
백성들의 면전에서 언젠가 증언하리라.
여호와는 말씀하리라: 그대가 받을 보답은 찬란하리라!　　　　15
그들 혈흔 낭자한 전율로 욕보였고
내 나라의 깃발 ― 내 입의 교훈
인간의 살해자, 형제 살해자로 모독당했네.
그들 형 집행자의 주먹으로, 나의 루터의 자손들을,
광기의 멍에를 목에서 벗기려 했던 그들을,　　　　　　20

조국으로부터 죽음의 광야로 내몰았네.

그때 이들의 눈물 구스타프가 닦아주었고

그 경건한 사람 나의 길 잃은 자들에게 집을 지어주었네.

그대가 받을 보답 찬란하리라, 그대 축복받은 이여!

25   그렇게 여호와는 말씀했었고, 수백만의 사람들

        모여 머리를 들어

        구스타프를 향해 팔을 펼치도다,

        그리고 환호하리라, 아멘! 그가 받을 보답 찬란하다고.

————

오 구스타프여! 구스타프여! 그대는

30   그대의 위대함의 증언에 귀를 기울였도다 ― 그대 찬란한

        이여!

        그리고 그대는 화내지 않으며, 오히려 영웅들의

        품 안에서 우리를 향해 미소 짓고 있는 것인가?

용서하시라, 하느님의 총아여! 나는 당신을 사랑합니다! ―

        천둥이 나의 사랑하는 골짜기 위에서 울릴 때,

35   나는 당신을 생각합니다. 또한 사과나무가

        다정하게도 열매를 아래로 건네줄 때

나는 당신의 이름을 부릅니다. 왜냐면 사방으로

        나의 놀란 눈은 당신의 활동의 기념비를 보기 때문에.

그리고 아! 이 눈이 놀라게 되는 것처럼

　미래로 나를 저 사당으로　　　　　　　　　　　　　　　40

그의 숭고함의 지극한 사당으로

　구름 없는 용기로써 감동은 인도하리라 ─

　　놀고먹는 자들에게는 어지럼이 일고,

　　죄지은 자는 결코 오르지 못할 그 위로![1]

되돌려 천둥 울리라, 바다의 파도여! 고독하고　　　　　45

　대담한 길이여! 칠현금도 너희들을 진동시키지 못한다!

　　절벽이여, 솟구쳐 오르라! 너희들

　　가인의 도약하는 발을 지치게 하지 못한다.[2]

다만 내가 결코 진지한 경탄의 노래를

　헛된 소리로 더럽히는 일 없기를 ─ 위선자의 찬미로부터　　50

멀리하기를!

　　그리고 하느님으로부터 보내진 실행의

　　어느 하나도 잊지 않기를 ─ 왜냐면 이것은 불경이기 때

　　문에!

슈바벤의 아가씨

슈바벤의 아가씨만큼 그렇게 예쁜 이
천지사방 어디에도 없어
천국의 천사들도 그녀의 성실을
즐거워한다네.

5   언제나 즐겁게 내 생각에 떠올랐었네,
내가 그녀의 곁에
금빛 곱슬머리를 한
내 마음의 여왕 곁에 있는 한.

그녀는 사랑스러운 주님의 세계를 바라보고
10   그처럼 다정하게 자신을 맡기고 있네.
그리고 곧바르게 또 흩어짐 없이
생명의 길을 따라 걷고 있네.

그녀가 물을 부어 대지를 적시면
꽃들은 눈에 띄게 자라나고
15   그녀가 임원에 인사를 보내면
자작나무와 오리나무 머리를 숙이네.

그녀를 향해서 모든 아이들 뛰어오르고
친밀하게 품에 안기네.

마을의 어머니들 그녀를
특별히 사랑하고 있다네.   20

가까이 또 멀리 모두들
이 정숙한 아가씨 보기를 즐거워한다네.
사랑하는 당신 하느님이시여! 어찌 제가
그 감미로운 사랑을 부끄러워할 수 있겠나이까.

　슈바벤의 아가씨들 모두를 나는   25
이보다 덜 칭송하지 않았고
마음 가운데 나를 위해서도
그녀들의 호감을 기뻐하려고 했네.

그리고 언젠가는 명성을 얻기 위해
투구와 갑옷을 걸치고 출정하리라 —   30
그대들 오라, 사랑하는 그대들 내 생각 안으로,
곧장 영웅은 집으로 돌아오리.

그리고 언젠가는 달콤한 꿈에서
아라비아의 땅 나에게 방울져 떨어지리,
그리하여 외치리라, 슈바벤의 사나이, 그가 귀향한다!   35
그러면 나는 날듯이 다시 거기에 있으리.

마음이 그 참한 이들을 공경치 않으면
그런 자는 나의 경멸의 소리 듣게 되리
그런 자는 조국에 어울리지 않으며,
40   그런 자는 슈바벤의 아들이 결코 아니네.

사랑은 나를 부끄럽게 만들지 않네
사랑은 충실하고 순수하네,
바보는 말한다네, 장미는 가시로 찌르니
장미는 장미로 놓아두라고.

성난 동경

나는 결코 참지 못하겠노라! 마치 갇힌 자처럼
 짧게 미리 정해진 걸음으로
  그 어린아이의 걸음을 날마다 걷는 것
   나는 결코 참지 못하겠노라!

이것이 인간의 운명인가 — 이것이 나의 운명인가? 나는 견   5
디지 못하겠노라,
 월계관이 나를 유혹한다. — 휴식이 나를 행복하게 하지
않는다.[1]
  위태로움이 사나이의 힘을 생기게 하고
   고뇌가 젊은이의 가슴을 날아오르게 한다.

당신에게 나는 무엇입니까, 나의 조국이여, 나는 무엇입니
까?
 눈물 흘리는, 희망을 잃어버린 눈길을 하고   10
  인내하는 품 안에서 어머니가
   흔들어 잠재우는 허약한 젖먹이.

반짝이는 손잡이 긴 포도주 잔도 나를 달래지 못했고
 미소 짓는 장난꾸러기 아가씨의 눈길도 마찬가지,
  영원히 슬픔은 나를 구름으로 가려야 하는 것인가?   15
   성난 동경은 영원히 나를 죽여야 하는 것인가?

친구의 정다운 악수가 나에게 무엇이란 말인가?
봄의 다정한 아침인사가 나에게 무엇이란 말인가?
떡갈나무의 그늘은 나에게 무엇인가? 꽃피는
20   포도덩굴, 보리수나무의 향기는?

백발의 마나²의 집에서! 나는 그대
환희의 술잔, 여전히 그렇게 아름답게 빛날 때에도 결코
만끽하지 못하리라
내가 사나이다운 작품에 성공할 때까지는,
내가 첫 번째 월계관을 움켜잡을 때까지는.

25   맹세는 위대하도다. 그것은 나의 눈에
눈물을 고이게 하고 다행히 완성이 그 서약에 왕관을 씌우면,
나는, 기뻐하는 자들의 무리여, 환호하며 감사하리,
그때는 오 자연이여, 그대의 미소 황홀하리라.

안식에 부쳐

수탉의 인사에, 낫질하는 소리에 깨어나
 나는 그대에게, 은혜의 여인이여! 찬미가를 부르노라,
  그리고 보라, 해맑은 한낮에[1]
   감동의 시간이 나에게 때를 알리고 있다.

아늑한 안식의 긴 의자처럼, 먼 곳 싸움터의 소동 가운데   5
 전사에게는 상쾌한 생각이 든다,
  갈기갈기 찢긴 팔들이 힘없이 내려앉고
   내동댕이쳐진 칼이 피 가운데 놓일 때 ─

안식이여! 그대가 바로 그렇다, 다정한 위로의 여인이여!
 그대는 멸시당한 자에게 거인의 힘을 선사한다,   10
  그 도미니크의 얼굴[2]을 비웃고
   쉿 소리 내는 독사의 혀를 경멸한다.

제비꽃 골짜기에서, 동터오는 작은 숲에 흔들리어,
 그는 잠결에서 깨어난다, 미래의 달콤한
  감동에 취해서, 날리는 소녀의 옷깃 속   15
   순수의 유희에 취해서.

그때 안식의 마법은 졸고 있는 자를 축성하여,
 용기를 가지고 미로 안에서 그의 빛을 전파하고,

어둠이 거세게 막아서는 곳에,

20   깃발을 재빨리 앞세우도록 북돋는다.

그는 벌떡 일어나 한층 진지하게 개울을 따라

자신의 집으로 내려간다. 보라! 신들의 작품,

위대한 영혼 안에 그것 싹트고 있다.

다시금 한 번의 양춘陽春, ―그리고 완성되었다.

25   그 장소에 찬란한 자가

신이 보내주신 안식이여! 그대에게 감사의 제단 짓는다.

거기에서 기쁨의 미소 지으며, 저무는 태양처럼,

더 긴 잠을 학수고대하고 있다.

그리고 보아라, 손자가 그의 묘지를 향해서

30   드높은 경외심 가득하여, 현자의 묘지³를 향하듯,

포플러나무 살랑대는 소리에 에워싸, 그 섬에 쉬고 있는

찬란한 자의 묘지를 향해 엄숙하게 걸어간다.

명예에 부쳐

한때 나는 한가하였네,[1] 근심 없이 고요한
 이끼 긴 샘가에서 졸았고, 스텔라의 입맞춤을 꿈꾸었네―
 그때 그대는 외쳤네, 숲의 강물 말없이
 일어나 진동하고 있다고, 굴참나무의 정수리에서―

나는 벌떡 일어났네. 비틀거리며 마력을 느끼고,   5
 거기로 나의 숨결 날았네, 거기 명예가 숲 안에서
 사랑하는 자의 땀 흘리는 이마 식히며
 참나무와 종려나무 마련해주고 있던 곳.

고독하게 감행한 길이여! 사방에 바다의 파도
 천둥처럼 울릴 때, 나의 과감한 가슴 너희를 비웃겠네,   10
 바위들 솟구쳐 오를 때, 너희 결코
 가인의 도약하는 발 지치게 하지 못하네.[2]

그렇게 나는 외쳤고― 외침의 마법 안에서 몸을 던졌네 ―
 그러나 아! 환멸 ― 몇 발자국 떼지도 못한 채!
 거의 알아차리지 못했네! 그리고 조롱하는 자들의 비웃음,   15
 음험한 자들의 환호가 불쌍한 자를 야유하네.

아! 여전히 나는 졸졸대는 이끼 긴 샘가에서 졸고 있었네,
 아! 여전히 나는 스텔라의 포옹을 꿈꾸고 있었네.

그러나 아니네! 마나의 곁에서는 아니네! 노력도
20   장식이 되고, 약한 자의 땀도 고귀하다네.

그때와 지금

그때, 눈물 고인 눈이여! 너는 그처럼 밝게 위를 바라보았
다!
 그때 너는 그처럼 유유히 뛰었다, 부풀어 오른 가슴이여!
  마치 숭어가 물가에서 미끄러지듯 가고 있는
   작은 시내의 흔들리는 물결처럼.

그때 아버지의 품 안으로─ 사랑을 주고   5
 받으시던 아버지의 품 안으로 ─ 살해자가 왔고
  우리는 울며 하소연했으나, 그 살해자
   화살을 당겼다,[1] 그리하여 그 기둥 쓰러졌다.

아! 그대 공정한 섭리여! 그리하여 곧바로
폭풍은 시작되었다, 그처럼 곧바로? ─ 그렇다 ─ 나의 배   10
 은을 벌하지 않는다,
  내 어린 시절 기쁨의 시간들이며
   유희와 평온한 미소의 시간들이!

나는 너희를 다시 본다 ─ 찬란한 순간을!
 그때 나는 닭들에게 모이를 주고, 그때 양배추와
  패랭이꽃을 심었고 ─ 그러나 봄과   15
   가을의 수확과 포도 수확의 분주함이 나를 기쁘게 했다.

그때 나는 숲속에서 나의 은방울꽃을 찾았고
그때 향기 나는 짚더미에서 뒹굴었으며
그때 꼴 베는 이들과 함께 젖소의 젖을 짰다, 그때
20   나는 포도밭 언덕에서 폭죽²을 던졌었다.

그리고 오! 얼마나 따뜻하게, 그처럼 따뜻하게 내가
내 순진함의 유희에 매달렸으며, 얼마나 우리들
탁 트인 곳 전쟁놀이터로 몰려갔던가, 소용돌이를
헤엄쳐 건너기, 참나무에 오르기를 수련했던가?

25   지금 나는 고독하게 시냇가를 거닌다.
아, 이 심정을 아는 영혼이 아무도 없는가?
너희 즐거운 윤무輪舞는? 그러나 슬프다,
동경하는 젊은이여! 그것은 지나가고 말았다!

그렇다면 감방으로 돌아가라, 경멸당한 자여!
30   그 고통의 장소로 돌아가라, 거기 그대가
잠 못 이룬 채 수많은 밤을 울며 보낸 곳,
사랑과 월계수를 목말라하며 울었던 곳.

잘 있어라! 너희 지난 시절의 황금빛 시간들이여,

너희 위대함과 명성의 사랑스러운 소년기의 꿈들이여,

잘 있어라, 너희 놀이의 친구들이여, 잘 있어라,   35

　그 젊은이를 위해 울어주라, 그가 경멸당했기 때문이다!

비탄하는 자의 지혜

사라지라, 너희 욕망들이여! 몰지각한 고문자들이여!
사라지라, 이 무상無常의 장소로부터!
묘지처럼, 나의 영혼이 진지해지기를!
조종弔鐘처럼, 나의 노래 성스러워지기를!

5   그대, 고요한 지혜여! 그대의 성전을 활짝 열기를.
세실리아¹의 묘지에 있는 노인에게처럼
죽음의 심판을 천둥처럼 울리기 전에,
그대의 신탁에 내가 귀 기울이도록 허락하시기를.

그대 청렴한 심판자는 심판한다,
10   폭군의 축제를, 거기 아첨꾼들의
기죽은 군대가 망상에 열광하고
거기 염치없는 로마인의 목구멍이

농부의 땀 흘려 이룬 소유물을 훔쳤을 때,
황금빛 목이 긴 술잔 안에 미친 쾌락이 거품을 내고,
15   아! 공포의 쾌락이! 층층이 쌓인
은그릇에 나라의 뼛가루 붙어 있을 때.²

멈춰라! 폭군이여! 교살자의 화살이
이리로 오고 있다. 멈춰라! 복수의 날이 다가오고 있다,

하여 번개가 독초를 흩뿌리듯,
  그날 비틀거리는 해골을 내던지리라.   20

그러나 아! 격노한 심판의 현악 연주에
 떨리는 나의 오른손은 아래로 흔들린다,
  밝은 홀 안에서, 선하신 여신이시여!─
  폭풍이 숲의 속삭임으로 변하기를!

그때 그대 사랑에 가득 차 선택된 자의   25
 무덤에서 어머니 같은 포옹으로 슬퍼하는 자들을 껴안는다.
  인간의 위안에서 그대의 아이를 지키려고,
  그들에게 눈물을 선사하고 나지막이

재회를, 복된 한때를 가슴에 대고 속삭인다 ─
 그때 그대의 홀 안에서 고통받는 사나이 잠든다.   30
  사제의 증오에 가슴 갈기갈기 찢긴 사람,
   그들의 심판이 감옥에서 고문을 가한 사람,

그 창백한 젊은이, 명예를 향한
 가슴의 목마름 가운데 절벽의 길로 쉬지 않고 기어올랐던
 사람.
  그리고 아 부질없었도다! 그 고요한 홀 안에서   35

그 얼마나 조용히 맴돌아 거닐고 있는가.

형제의 마음으로 고통의 눈길을 유쾌하게 만들고
작은이들의 마음을 끈에 묶어 이끌고,
자신의 집을 짓고, 자신의 밭을 가는 일
40   그의 소명이 되도다!³ 또한 욕망은 침묵한다.⁴

그대 신적인 자여! 두려운 눈물을 용서하시라!
어쩌면 나 또한 그러하리라! ― 하여 나의 가슴 안에
순수하고 과감하게 그리고 영원히 불꽃 타오른다, ―
그러나 월계수의 임원에서부터

45   영예는 슬퍼하는 자를 가차 없이 밀쳐냈다.
그처럼 오랫동안, 웃음 웃는 아이들의 유희로부터
조롱하면서 모든 도취의 기쁨 달아나버렸고,
충실하게   그리고 나의 마음 영예에 열중하고 있다.

그러니 그대 비탄하는 자에게 품을 여시기를,
50   그대의 청량한 음료 나로 하여금 자주 그리고 많이
또한 유일하게 맛보게 하고, 나를 아들이라 부르시라!
당당함으로 나를 무장케 하시라, 힘과 진리로!

왜냐면 많은 폭풍 아직도 젊은이를 기다리고 있고
잘못된 함정 많이도 방랑자를 기다리고 있기 때문에.
그대의 아들 그 모든 것 이겨낼 것이니   55
그대의 떠받치는 팔 그를 이끌어주시리라.

자책

나는 나를 미워하노라! 인간의 마음은
구역질나는 것, 그처럼 미숙하게 허약하고, 그처럼 오만하며
토비아스의 강아지[1]처럼 그렇게 다정하면서도
다시 그처럼 심술궂은 것! 치워라! 나는 나를 미워한다!
5   시인의 불꽃이 따뜻하게 하면 그처럼 열광적이나
아 친구 없이 외로운 젊은이가 우리 곁에 바짝
다가오면, 그처럼 오만하고 그처럼 차가운 것!
우리 삶의 폭풍이 고개를 숙이게 만들 때
그처럼 경건해지고,

튀빙겐 성

조상의 성채 말없이 쓸쓸하게 서 있다,
작은 성문과 탑은 검고 이끼가 긴 채이고,
암벽의 슬픈 잔재들 사이로는
한밤 겨울 폭풍 소리 내며 불고 있다,
이 으스스한 방들의 잔해들   5
승리의 기념비를 청하고 있지만 헛된 일이다.
또한 전투장비의 유물들
무기고에서 죽음의 잠을 졸고 있다.

여기에서 마나¹의 영웅의 땅을
찬미하는 축제의 노래 울리지 않고   10
어떤 깃발도 전사戰士의 손에
높이 들리어 승리를 장식하며 휘날리지 않는다,
위풍 있는 분들 무술시합에 다가올 때까지는
성문 안에서 우는 말들도 없고,
번쩍이는 갑옷 곁에 충실하게   15
그리고 선발되어 붙어 서 있는 맹견도 없다.

사냥꾼 나팔 울리는 소리에도
아가씨 누구 하나 사슴의 계곡으로 오지 않고,
승리에 목말라하며 허리에
조상의 칼을 매는 자손 하나도 없다,   20

자식이 당당해져 돌아오는지 보고
성가퀴에서 환호하는 어미도 없다,
어떤 신부도 더 이상 상처에 대고
부끄러운 표정의 첫 입맞춤 바치지 않는다.

25   그러나 여장부는 손자의 가슴에
소름끼치는 감동을 불러일으키고
조상들의 입으로 불렀던 노래들을
우수의 마법적인 쾌락이 지어낸다,
멀리 헛된 소란으로부터,
30   전사자들의 자부심으로부터,
예감하지 못한 감정들이
감동된 자의 영혼 안에 떠오른다.

여기 잿빛 암벽의 그늘 안에서,
도시 사람들의 눈길로 모욕당함 없이,
35   독일의 우직한 손길들이 우정 맺기를,
영원한 사랑을 맹세하기를,
여기 영웅의 그림자 드리우는 곳에서
아버지의 축복이 아들에게 방울져내리고
정경情景들이 사랑하는 이들에게 귀 기울이는 곳에서
40   자유가 전제군주들에게 조소를 보내기를!

여기 수줍어하는 눈물이 울음 울기를
부질없이 인간의 환희를 향해 애쓰는 자
가인의 영예의 왕관이,
사랑하는 연인의 백조 같은 품이 껴안지 않은 자,
의심 때문에 끊임없이 고통을 당하고   45
방황의 고통스러운 운명 때문에
잠 못 이루는 한밤중을 헤아리고 있는 자,
낫기 위해서 휴식의 품으로 오시기를.

그러나 형제의 잘못을
뱀의 혀 풀린 조롱으로 꾸짖는 자   50
고귀한 행동에 대해 황금의 대가로 만족시킨 자
노예 아니면 지령地靈이나 되기를
그가 조상들의 자랑스러운 발이 디뎠던
성스러운 땅을 모독하지 말기를
아니면 치욕의 길을 떠나기 위해   55
떨면서 성채로 흘러 흘러가기를.

그러면 영웅의 자식들 가슴을 단련시키고자
여기 자유 숨 쉬고 또한 남아의 용기 숨 쉬리라.
홀 안에는 조상들의 영혼이 계속 머물고

60   투이스콘²의 혈통을 기뻐하리라.
      그러나 아! 조롱하던 자들과 전제군주들에게
      저주의 판결 놀라움을 안겨주고
      양심의 두려운 저주는
      복수를 위협하며 거기에서 그들을 몰아내리라.

65   다행이도다! 내가 감미로운 진지함을 가르게 됨이,
      하프가 놀라움 없이 울리게 됨이
      인간의 환희를 위해 나의 가슴이 뛰는 것이
      입술이 단순함을 조롱하지 않음이.
      감미로운 진지함으로 나는 돌아가려 한다,
70   정령의 무리들에 의해 주위가 비춰지는 가운데
      불멸의 명예의 장소 발할라³의 품에 영혼이 쉴 때까지
      자유로운 남아의 용기 들이마시고자.

우정의 노래
-첫 번째 원고

신들이 성찬의 자리에서 그러하듯,
우리들은 목이 긴 잔을 에워싸고 자유롭게 노래한다,
이때 고귀한 음료 달아오르고,
떨림으로 충만하여, 진지하고도 고요하게,
어둠의 성스러운 장막 안에서   5
우리들 우정의 노래를 부른다.

서늘한 대기로부터 아래로,
졸음의 무덤에서부터
과거의 영웅들 떠돈다!
우리들 동아리로 내려와   10
놀라게 하며 말한다, 여기
우리들 독일의 순수함 다시 돌아왔노라고.

그들 환희의 노래들
독일 형제들의 기쁨을 노래하라,
크로노스[1]여! 영원한 진행 가운데서,   15
노래하라, 사이비 시간의 아들이여!
노래하라, 독일의 악수가
이상향의 영광을 보상했노라고.

아! 드높은 신들의 시간이여!

20　우리들의 마음에 귀 기울이고
　　우리를 에워싸 거인처럼 서서
　　감동을 주면서 고원을 향해
　　고귀한 자가 가고 있을 때!
　　그처럼 독일의 젊은이다울 때!

25　한층 기쁘게 가슴은 뛴다, 또한 한층 자유롭게!
　　친구가 우리들에게
　　동맹의 축제를 위해 술잔을 건넬 때.
　　그가 친구도 없이 있었을 때는
　　기쁨도 없이, 생명도 없이
30　그는 디오뉘소스의 포도를 수확했었다.

　　비방자들이 진리를 외칠 때,
　　폭군들이 불운에 빠진
　　남아의 용기를 위협할 때, 강함을
　　약한 자들 풀이 죽을 때, 인내를
35　사랑, 인내, 온기를
　　친구의 눈길에서 친구들이 들이마신다.

　　봄의 대기들 한층 부드럽게 숨쉬고,
　　보리수나무 향기는 한층 달콤하다,

참나무 숲은 한층 서늘하다,
갓 핀 장미로 치장하고   40
친구들 술잔을 맛보며
서로 저녁을 즐기고 있을 때.

형제들이여! 바보들로 하여금,
군주의 총애를 어떻게 얻을까,
재산과 황금을 어떻게 쌓을까 생각하게 내버려두라.   45
미소 지으면서 고귀한 자는 그것 없이 지낼 수 있으니,
스스로 사랑받고 사랑하는 것을 아는 일
그의 실천의 보상이다.

숙명은 소중한 회당으로부터
선택받은 자들 모두도   50
먼 곳으로 내동댕이친다.
하여 고통을 짊어진 채 지금
친구도 없는 길 위를 떠도는 것이다,
두려운 눈길 안에 어두운 비탄을 짊어진 채.

구름이 층층이 쌓일 때, 그는 비틀거린다,   55
이제 겨울의 폭풍 가운데 비틀거린다,
사다리도 없이, 지팡이도 없이.

185

창백하고 우울하게 그는
두려운 한밤의 속삭임에 귀 기울인다,
60   갓 생긴 무덤 곁에서 예감에 차.

오 거기 모든 시간들은
친구의 품 안에 사라졌다가
맹세하며 돌아온다. 참되게, 그리고 따뜻하게
모두들 부드러운 동경으로
65   그의 영혼이 껴안고, 달콤한 눈물은
비탄 끝에 평온을 짓는다.

그러면 죽음의 날개² 그에게 살랑댄다.
그는 평온하게 언덕 아래에 잠든다,
거기 그의 동맹이 화환을 엮어주는 곳에서.
70   그의 형제들의 머리카락 다발 사이로
또한 그의 영혼이 살랑대며 불어내리며,
낮게 속삭인다, 나를 잊지 말아다오! 라고.

우정의 노래
-두 번째 원고

승리의 만찬에서 영웅처럼
우리는 목이 긴 잔을 앞에 놓고 쉬고 있다.
이때 고귀한 포도주 달아오르고
열정으로 팔에 팔을 끼고서
감동에 취하여   5
우리들 우정의 노래 부른다.

서늘한 대기로부터 아래로,
졸음의 무덤에서부터
과거의 영웅들 떠돈다!
우리들의 동아리로 내려와   10
놀라게 하며 말한다, 여기
우리들 독일의 순수함 다시 돌아왔노라!고.

그 고귀한 자를 위해서
기쁨, 재물과 생명 우리에게 주어졌다,
우리의 마음을 위해 귀 기울이며,   15
당당한 윤무 가운데 헛된 요설饒舌 앞에
고개 숙이기에는, 너무도 위대하고
오로지 신과 조국을 공경하는 그 고귀한 자를 위해서.

벌써 가슴은 한층 자유롭게 일어서고

20   한층 따뜻하게 친구는
      즐거운 축제를 위해 술잔을 건넨다,
      친구 없이 지낼 때, 그는
      기쁨도 없이, 생명도 없이
      포도의 즙을 맛보았었다.

25   형제여! 그대의 나날이 두렵고도
      우울하게 살금살금 가고 있는가? 남아의 가슴
      사랑의 고뇌가 굴복시키는가?
      명예를 향한 뜨거운 목마름 가운데
      한밤중 그대에게 눈물이 쏟아지는가?
30   형제가 그대의 고통을 주문으로 물리치기를!

      우리가 신들의 손길로부터 그대에게
      기쁨과 고통을 베풀 수 있다면
      그대는 비탄으로부터 멀리 있을 것인데
      사랑의 신은 한층 더 현명하여
35   두려워하고 우울해하며 근심을 주시고,
      충실하고 따뜻하게 친구들을 주신다.

      비방자들이 진리를 외칠 때,
      폭군들이 불운에 빠진

남아의 용기를 위협할 때, 강함을
약한 자들 풀이 죽을 때, 인내를   40
사랑, 인내, 온기를
친구의 눈길에서 친구들이 들이마신다.

여름의 비처럼 사랑스럽게
그처럼 추수의 축복 충만하게
진주처럼 맑고 밝게,   45
에덴의 강물들 흐르듯이, 조용히,
영원처럼 끝없이
우정의 은빛 샘 흘러내린다.

그렇기에, 이별과 죽음이
친구들을 시샘하기 전에   50
우리들 숭고한 참나무 숲에서
또는 봄의 장미들 사이에서
술잔에 서풍 불어 어루만질 때
우리들 우정을 기뻐할 만하다.

숙명은 소중한 회당으로부터   55
선택받은 자 모두들 역시
먼 곳으로 불러낸다,

친구 없는 길을
고통을 짊어진 채 가려고
60 눈물 흘리며 한 사람 그저 뒤에 남아 있다.

구름이 층층이 쌓일 때, 그는 비틀거린다
이제 겨울의 폭풍 가운데 비틀거린다
사다리도 없이, 지팡이도 없이.
창백하고 우울하게 그는
65 두려운 한밤의 속삭임에 귀 기울인다
갓 생긴 무덤 곁에서 예감에 차.

오 그때 모든 시간 미소 지으며
마치 사라졌던 때처럼 되돌아온다,
서약 가운데, 참되고 따뜻하게,
70 마치 꽃들이 가라앉듯 조용하고 부드럽게
그는 쉰다, 조상들 그대를 향해서,
회상이여! 품 안에서 눈짓을 보낼 때까지.

그러면 죽음의 날개 그에게 살랑댄다.
그는 평온하게 언덕 아래에 잠든다,
75 거기 그의 동맹이 화환을 엮어주는 곳에서.
그의 형제들의 머리카락 다발 사이로

또한 그의 영혼이 살랑대며 불어내리며
낮게 속삭인다, 나를 잊지 말아다오! 라고.

사랑의 노래
-첫 번째 원고

천사의 환희 예감하면서
우리들 밖으로 나와 신의 초원을 걷는다.
거기 환호성이 자연의
사당 안에서 메아리친다.
5   오늘은 눈빛 흐려져서는 안 된다,
근심이 현세에 있어서도 안 된다,
모든 존재 우리들처럼, 기꺼이
사랑을 누려야만 한다.

환호성을 울려라, 자매들이여! 형제들이여!
10   단단히 부둥켜안아라! 손에 손을 붙잡아라!
드높은 존재의 연대에 대해서[1]
노래 중 가장 성스러운 노래를 부르라!
포도원 언덕을 따라 높이 올라,
그늘진 계곡을 내려다보아라!
15   사방에 사랑의 날개,
사방으로 벅찬 기쁨 웅성거리는 소리!

사랑은 미풍에게 풀밭 위
꽃들과 정답게 속삭이는 것 가르친다,
사랑은 갓 피어난 봄의 장미를 향해
20   구름에서 아침이슬 유혹하고

다정하게 속삭이며 물결에
물결 더 가까이 끌어당기고,
갈라진 틈새에서 샘물
부드럽게 초원으로 이끌어간다.

사랑은 단단한 사슬로   25
산들을 천공에 이어놓고,
모래가 초목을 불태우는
그 장소로 뇌우를 불러내며,
숭고한 태양의 주위로는
충실한 별들을 이끌어간다,   30
사랑의 눈짓 따라서 모든 강물 공손하게
넓은 바다로 미끄러지듯 흘러간다.

사랑은 사막에서도 유유히 거닌다,
메마른 모래밭에서 목마름도 비웃고,
독재자들이 위협하는 곳에서 승리하며,   35
죽음의 나라로도 내려간다.[2]
사랑은 암벽들을 무너뜨리며
낙원을 그 자리에 곧장 세운다,
태초에 그랬듯, 땅과 하늘을
신적으로 다시 만들어내기도 한다.   40

사랑은 신들 가운데의 신이 사시는 곳에서
치품천사의 날개를 펄럭인다,
암석의 언덕에서 땀에 보답한다,
심판자가 언젠가 보답하게 될 때,
45 왕들의 보좌들 무너져내릴 때,
모든 칸막이벽은 사라지고
고귀한 행위가 보잘것없는
왕관보다 더 밝게, 더 순수하게 빛난다.

이제 우리에게 시간이 울리고
50 이제 마지막 숨이 불어와도 좋다!
형제들이여! 저 위에 동터오리라,
자매들이여! 저기에 재회 있으리라,
신들 가운데 신이 주셨던
본성 가운데 가장 성스러운 본성에 환호하라,
55 형제들이여! 자매들이여! 사랑을 향해 환호하라!
사랑은 시간과 무덤을 이겨내므로!

사랑의 노래
-두 번째 원고

천사의 환희 예감하면서
우리들 밖으로 나와 신의 초원을 걷는다.
거기 환호성이 자연의
높고 낮은 곳에 메아리친다.
오늘은 눈빛 흐려져서는 안 된다,   5
근심이 현세에 있어서도 안 된다,
모든 존재, 우리들처럼, 자유롭고 즐겁게
사랑에 자신을 바쳐야 하리!

환호성을 울려라, 자매들이여, 형제들이여,
단단히 부둥켜안아라! 손에 손을 붙잡아라!   10
손에 손 잡고, 사랑의 연대를 대하고
복되게 노래 중 노래를 부르라!
포도원 언덕을 따라 높이 올라,
그늘진 계곡을 내려다보아라!
사방에 사랑의 날개,   15
사방으로 귀엽고 찬란하다!

사랑은 미풍에게 풀밭 위
꽃들과 정답게 속삭이는 것 가르친다,
사랑은 갓 피어난 봄의 장미를 향해
구름에서 아침이슬 유혹하고   20

다정하게 속삭이며 물결에
물결 더 가까이 끌어당기고,
갈라진 틈새에서 샘물
부드럽게 초원으로 이끌어간다.

25   사랑은 단단한 사슬로
산들을 천공에 이어놓고,
모래가 초목을 불태우는,
그 장소로 뇌우를 불러낸다.
숭고한 태양의 주위로는
30   충실한 별들을 이끌어간다,
사랑의 눈짓 따라서 모든 강물 공손하게
넓은 바다로 미끄러지듯 흘러간다.

사랑은 대양을 가로지르고,
메마른 사막의 모래밭을 지나 순례한다.
35   전쟁터의 깃발 곁에 피 흘리며,
죽음의 나라로도 내려간다!
사랑은 암벽들을 무너뜨리며,
낙원을 그 자리에 곧장 세운다,
태초에 그랬듯, 땅과 하늘을 ―
40   신적으로 다시 만들어내기도 한다.

사랑은 신들 가운데의 신이 왕좌에 오르는 곳에서
치품천사의 날개를 펄럭인다,
암석의 언덕에서 땀에 보답한다,
심판자가 언젠가 보답하게 될 때,
왕들의 보좌들 무너져내릴 때,   45
모든 칸막이벽은 사라지고
성실한 마음, 보잘것없는
왕관보다 더 밝게, 더 순수하게 빛난다.

작별의 시간 울리도록 버려두라,
살육자의 날개[1] 나부끼도록 버려두라!   50
형제들이여! 저 위에 동터오리라!
자매들이여! 저기에 재회 있으리라!
신들 가운데 신이 주셨던
본성 가운데 가장 성스러운 본성에 환호하라,
형제들이여, 자매들이여, 사랑을 향해 환호하라!   55
사랑은 시간과 무덤을 이겨내므로!

고요에 부쳐

거기 숲으로 에워싸여 그늘진 계곡에서
나는 장미가지 아래 졸면서
그대의 사랑의 숨결에 적셔져,
그대의 신적 술잔으로 감동을 들이마셨다.
5   보라 그대 젊은이의 뺨에
뜨겁게 달아오르며 아직 그 감동 불타고 있음을,
나의 가슴은 찬미가로 가득 차고,
날개는 독수리의 비상을 명하네.

필멸의 인간 누구도 아직 그대를 보지 못했던
10   하계下界로 과감한 생각에 내가 내려간다면,
용감한 새가 오리온성좌를 향해
날아 올라간다면, 그대는 아마 거기에 있을지 모른다.
강물들이 넓은 바다로 흘러들듯이
모든 시간이 옛 영겁의 품 안에서
15   그대에게로 돌진하면
혼돈의 심연에 그대는 깃들어 있으리라.

순례자의 아사餓死를 기다리는,
메마른 사막 공포의 들판에,
검고 거칠게 산맥이
20   차가운 갑옷을 입은 채 굳어버린 동토凍土에,

한여름 밤에, 아침의 바람결에,

임원에 그대의 누이 같은 인사 불어오고,

끔찍한 잠의 무덤 넘어서

그대의 신적 입맞춤은 연인들을 강하게 만들어준다.

전쟁이 시작될 때, 회당 안에서   25

영웅의 영혼에게 그대 평온을 부채질하고,

생각하는 자 한밤중에 사념에 잠기는,

바위 동굴 안에서는 감동을 속삭인다,

어두운 밀실 위에 그대 잠을 방울로 떨어뜨리어

참고 있는 자 그의 번민을 잊게 해주고,   30

아가씨가 첫 입맞춤 나누는,

그늘진 샘에서 그대는 친밀하게 미소를 보낸다.

아! 기쁨에 취한 눈물 그대에게서 방울져내리고

감동은 나의 사지에 물밀듯 밀려온다,

수많은 사람들 그대에게 제단을 지어 바친다,   35

화내지 마시라! 이 마음 역시 그대의 것이다!

그늘진 협곡으로 돌아가

거기 계곡에서 나 기쁨을 마시고 싶어라,

여신의 품이 더 친밀하게 눈짓 보내고,

신부新婦가 조용한 결합으로 부를 때까지.   40

엿듣는 자 아무도 잠자고 있는 곳으로 다가서지 않는다,
수의壽衣 안은 서늘하고 그늘져 있다,
노예의 사슬은 떨어져나갔고,
뇌우의 재앙은 마법의 산들바람이 된다.
45 시간의 굼뜬 흐름이 더 아름답게 소리 낸다,
사방이 근심의 무리들로 휩싸인 채일지라도.
꿈처럼 영원은 날듯 지나가고
젊은이는 신부의 품 안에 잠들어 있다.

불멸에 바치는 찬가

내가 삼라만상을 기쁘게 할 수라도 있는 것처럼, 즐거워하며,
별들이 나에게 경의를 표하기라도 하듯이, 당당하게,
그대의 빛나는 눈 들여다보려고,
사랑의 힘을 다해서 나의 영혼 그대를 향해 날아오른다.
벌써 기쁨에 취한 투시자에게   5
그대 회당의 황금빛 아침노을 달아오른다.
아, 또한 그대의 신적인 품 더 가까이에서
승리의 깃발은 무덤과 죽음에게 조소를 보낸다.[1]

오리온성좌의 무리 나를 에워싸 반짝이고,
일곱 자매별의 운행은 당당하게 울려 퍼진다.[2]   10
아, 이들 각기 지축의 극점 거친 천둥소리
영원히 계속하리라 여기고 있다.
혼돈이 진통했던 때로부터
당당하게 불꽃 마차 위에서,
불가해한 들판을 가로질러 날아가며,   15
헬리오스는[3] 불멸을 명령한다.

저기 무덤의 땅[4]에 있는 거인들도 역시,
암벽의 산맥과 폭풍과 대양,
영원한 우주계획 안에 뿌리박고,
그들 창조의 질곡 끝없이 생각하고 있다.   20

그러나 승리자의 칼날처럼 섬뜩하고 아름답게,
멸망의 시간들 다가온다. ―
번개가 치고 나서 사라지듯, 빠르게
대지와 하늘 멀리 사라져버렸다.

25 그러나 빛나는 새들,
생명이 깃들어 있는 회당으로 돌아오기를!
여신이 왕좌에 앉는 곳,
승리의 깃발 개선하기를, 다시 개선하기를!
지축의 극점들 울리고, 태양이
30 과거의 심연 안으로 가라앉을 때,
영혼은 승리의 기쁨을,
무덤과 시간을 높이 넘어서 마시리라.

아, 얼마나 자주 무서운 한밤중에,
고통의 뜨거운 눈물 흘러내렸을 때,
35 절망에 가득 찬 인간
신들과 운명과 다투기 시작했을 때,
그대는 흐린 구름장에서
위로하며 괴로워하는 아들을 내려다보았다!
그 위에, 그대는 사랑에 차 조용히 외친다,
40 그 위에 참고 견디는 자에게 줄 멋진 보답 기다리고 있다고.

인간이 삶을 저주할 필요 없다면,
가시밭길 위에서 덕망을
파멸의 품에서 위안을 찾을 필요 없다면,
거짓된 환상이 이들을 속였다는 것인가?
인간의 자유는 자연의 법칙들을   45
파괴하고 싶어 하며, 눈먼 분노 가운데,
마치 후회하는 마음이 그렇게 하듯,
이어받은 재화를 내동댕이쳐 깨고 싶어 한다.

그러나 아니다, 영혼은 그렇게 참되게 살아 있고,
저기 위에는 하나의 신이 계신다,   50
그리고 지옥도 무서워 떠는 한 분 심판관도.
아니다, 불멸성, 그대 있다, 그대 존재한다!
조롱하는 자들 그들의 뱀 같은 혀를,
의심하는 자들 그들의 변덕을 즐기고자 하더라도,
불멸성의 감격을 오만한 거짓이   55
더럽힐 수는 없다.

만세, 만세, 자유로운 영혼,
이끌어가는 여신을 유쾌히 따르고,
드높은 신적 명령에 충실히 따르면,

60   모든 하찮은 열정 이겨내리라!
        깊은 진지함으로 사유하는 자 눈여겨보고
        곡식의 낱알이 수확에 이르는 곳,
        거기 대지로부터 삶의 환희 불어와
        그대를 통해서 자신의 존재를 비로소 알게 될 때!

65   오랜 굴참나무들의 신성한 장소에서
        사나이들 여왕의 제단 주위에서
        단합을 위해 형제의 손길을,
        기쁨에 찬 모험의 단합을 위해 손길을 내밀 때.
        신적인 입맞춤에 황홀해하며
70   제각기 가장 아름다운 월계관을 써도 될 법한 자들,
        근심 없는 사랑과 월계관을 아쉬워하며
        조국의 안녕을 위해 충성을 맹세할 때!

         강한 자들이 독재자를 일깨우고,
        그에게 인간의 권리를 상기시키며,
75   욕망의 도취에서 소스라치게 놀라게 하고,
        팔려가는 노예에게 용기를 호소할 때!
        자유의 영웅들, 그들의 깃발 흩날리는,
        죽음으로 가득 찬 전투의 뇌우 가운데서,
        고단한 팔들이 산산이 부서질 때까지,

용감하게 명예의 빛으로 빛나는 스파르타식 밀집대열⁵이   80
서 있을 때!

무덤의 계곡 안에는, 지배자시여,
당신의 축복에 찬 보상 전능하시도다!
미래의 마법적인 술잔으로
지상의 아들 당당한 용기 마신다.
희망 가운데 그의 지상에서의 삶을 마치니,   85
그대의 어머니 같은 손을 붙잡고서
승리에 취하여 정령의 드높은 조국으로
언젠가는 솟구쳐 오르기 위해서이다.

덕망의 당당한 꽃
벌레 먹지 않고 피어나는 곳,   90
생각하는 자 성스러운 장소에서
밝고 열린 채 모든 심연 바라다보는 곳,
폐허 위에 어떤 독재자도 더 이상 군림하지 않고,
어떤 족쇄도 더 이상 영혼을 사로잡지 않는 곳,
영웅적 죽음에 승리의 영예가 보답하고,   95
조국을 위한 죽음에 천사의 입맞춤이 보답하는 곳.

오리온이여! 거기에 한동안 머물러다오!

조용하라, 일곱 자매별 운행의 천둥소리여!
태양이여, 그대의 빛의 왕관을 가리시라,
100 폭풍과 대양이여, 나지막하게 숨쉬시라!
시간의 그대들 위대한 창조물들이여,
엄숙한 충성의 맹세를 위해 서둘러 가자,
그러면, 감동에 빠져,
불멸성의 투시자 생각에 젖는다!

105 보라! 영혼의 즐거움 말할 수 없는 곳,
인간의 노래들 침묵하고,
유한성의 정신 잊히는 곳,
찬미가의 깃털 조심스럽게 내려앉는다.
영혼의 승리 때문에 정령들
110 언젠가 신 앞에 모이게 되면,
취한 인간들의 입술 닫았던 곳에,
치품천사는 환희를 더듬어 말해도 되리라.

나의 치유
– 리다¹에게

꽃잎 모두 줄기에서
떨어졌었다. 장래
나의 길을 갈 용기와 기력,
투쟁하는 중 나에게서 쇠약해졌었다.
욕망과 생명,   5
이전 세월의 자랑스러운 평온 사라졌었다.
나는 비탄에 파묻히고,
나는 조용히 무덤을 향해 비틀거리며 걸었다.

마음이 자주 고귀한 사랑을 찾아
헛되이 애썼듯이, 하늘은   10
자주 지상의 삶과 꿈과
희망들을 감쌌으나 환멸뿐이었다!
아! 고뇌를 떨쳐달라고
나는 다정한 자연에 기도했었다!
그대의 어머니 같은 두 손으로부터   15
한 방울 기쁨을 간청했었다.

아, 그대의 신들의 만찬에서
나는 이제 망각을 마신다,
가득한 마법의 잔으로
그대는 힘과 감미로움 건네준다.   20

황홀 가운데 나를 잃고서
나는 변화를 놀라워하며 바라본다!
들판과 숲이 새롭게 태어나고,
봄빛 신적으로 다가와 비친다. ─

25   내가 다시 기력을 되찾음과
한때처럼 자유롭고 행복함을,
그대의 천국 같은 마음에 감사드리네,
리다, 감미로운 구원의 여인이여!
그대의 눈길 지친 자에게 미소 지어
30   원기를 회복시키고 드높은 용기 주네,
그대처럼 만족스럽게 선할 것과
그대처럼 위대해지려는 용기를.

기쁨의 충만 가운데 힘차게
나는 이제부터 길을 가겠네,
35   구름 안에서 격려하면서
먼 목적지 나에게 불 댕기네.
고통을 주는 자들 뜻을 이룰지라도!
창백한 근심이 조용한 방
주위를 맴돌지라도!
40   리다여! 리다는 나를 위로해주리!

멜로디
-리다에게

리다여! 보라! 마법처럼 휘감기어
사랑의 창조자 손길 삼라만상을 붙들고,
대지와 하늘 충실하게 결합되어 변화하고,
사랑의 유대가 소리와 영혼을 잇고 있다.[1]
미풍은 살랑대고, 천둥이 아래를 향해 울린다 ―   5
놀라워하라! 사랑이여! 놀라고 즐거워하라!
영혼들이 천둥 속에서 자신을 다시 찾고,
영혼들이 미풍 가운데 자신을 알아본다.

관목의 숲에서 사랑의 꿈 가운데
처녀는 달콤한 도취를 들이마시고,   10
봄은 꽃나무들 사이에서 숨 쉬며,
작은 딱정벌레들 저녁노래 흥얼거린다.
잠에서 영웅들 벌떡 일어나고,
한밤의 폭풍 다정하게 그들에게 인사한다.
독재자의 쇠사슬 부숴버리려고   15
그들 친숙한 놀라움의 길 걸어간다.

무덤 곁에서 죽음의 화환이 속삭이는 곳,
벌레가 검은 상처를 갉아먹고 있는 곳,
잿빛 바위덩굴 그늘에 싸여,
황야를 뚫고 까마귀가 우는 곳.   20

종달새가 계곡에서 즐거운 노래 부르고,
시냇물에서 숭어가 찰싹대며 춤추는 곳,
거기에 사랑의 마법에 심겨,
영혼은 공감을 메아리치고 있다.

25   독수리 소리 높여 획득한 먹이를 기뻐하는 곳,
독수리 암벽의 둥지를 떠나 힘차게 날아오르는 곳,
성벽이 움찔하며 떨어져내릴 듯하는 곳,
폐허들 가운데 겨울 폭풍 사납게 날뛰는 곳,
태풍에 못 이겨 물결이 다시금,
30   검은 하늘을 향해서 노호하는 곳,
거인의 가슴 달래는 소리에,
사랑의 애무 받고 감동을 마시고 있다.

수많은 소리 내는 자연의 합창은
바위들에게 친밀한 공감을 요청한다,
35   그러나 더욱 달콤하게 칠현금의 탄주로부터
더욱 전능하게 그 마법의 음향 울린다.
재빠르게, 전해온 충동 가운데,
젊은 신부처럼, 두렵고도 감미롭게,
맥박마다 두근거린다, 취한 사랑 가운데
40   마음은 형제애 담긴 소리를 찾아낸다.

고통받는 자의 굳어버린 눈에서
플루트 소리는 시원한 눈물 이끌어내고,
음울한 재난 밀어닥침 가운데서
전쟁터의 트럼펫이 승리에 보답한다,
장미 줄기 사이 폭풍의 기세처럼,   45
칠현금의 격정 밀어닥친다,
부드러운 멜로디의 사랑의 입김 앞에
복수의 분노는 애무하며 섬기기를 맹세한다.

뺨의 장미 한층 매혹적으로 달아오르고,
진홍빛 입은 불꽃의 숨 쉬고 있다,   50
속삭이는 정담에 사로잡혀
사랑은 혼인으로 결합을 약속한다.
불린 적 없는 호사스러운 노래들
가인들의 가슴에서 솟아오른다,
찬미가의 날개들 당당하게 날고,   55
음향의 윤무가 귀를 감동시킨다.

가인들 처음엔 천천히 언덕을 걷다가,
승리자의 걸음처럼 당당히 걷듯이,
환희의 회당을 향해서 높이 솟구쳐,

60 사랑을 노래하고 개선의 합창 부른다.
또한 미로를 뚫고 옮겨져
장래 죽음의 계곡 안에서 가만히 걸으리,
밤의 들판이 더욱 아름답게 밝아올 때까지,
황홀함이 신들의 만찬에서 환호할 때까지.

65 아! 그리고 노래의 음향 가운데
나의 사랑의 영혼 더 가까이 나에게 떠돌면,
감동의 눈물로 쏟아지고
가인의 영혼 더 가까이 내 사랑에게 전율하면,
내가 육신으로부터 풀려 나와서
70 정령의 나라에서 환호하리라 생각지 않겠는가?
리다여! 리다여! 마법처럼 휘감기어
사랑의 창조자 손길 삼라만상을 붙들고 있다.

그리스의 정령[1]에게 바치는 찬가

환호! 구름 위에 있는
그대에게 환호!
드높은 자연의
첫째로 태어난 자여!
크로노스[2]의 전당으로부터   5
그대 아래를 향해 날고 있도다.[3]
새롭고, 축복받은 창조물들[4]을 향해
애정을 품고 당당하게 날아 내려오도다.

아! 그대를 낳은
불멸의 여인 곁에서,   10
형제들 중 아무도
민족의 지배자들 중 아무도
숭배자들 중 아무도
그대와 견줄 이 없도다.[5]

요람에 있는 그대에게 진지한 위험이   15
피 흘리는 갑옷을 입고 찬미가를 불렀노라
성스러운 자유는
정의로운 승리를 위해 그대에게[6] 칼을 건넸도다.
기쁨에
마법적인 사랑에 그대의 관자놀이   20

황금빛 고수머리 관자놀이 불타올랐도다.

신들 사이에서 그대 오랫동안 머뭇거리고
다가오는 기적을 생각했었노라.
은빛 구름떼처럼
25 그대의 사랑하는 눈길에
모든 종족들 지나가며 떠돌았도다!
복된 종족들이.

신들의 면전에서
그대의 입은 결단했었도다,
30 사랑 위에 그대의 나라 세우기로.
천상의 신들 모두 놀랐었도다.
형제 같은 포옹을 향해서,
천둥의 신[7] 그대를 향해
자신의 존엄한 머리 숙였도다.
35 그대 사랑 위에 그대의 나라 세우도다.

그대가 오고 오르페우스의 사랑
세계의 눈을 향해 솟아오르도다.
또한 오르페우스의 사랑
아케론을 향해 아래로 내려가도다.[8]

그대는 마법의 지팡이를 휘두르고   40
아프로디테의 허리띠를 엿보도다

취한 뫼오니데가.[9]
아! 뫼오니데여! 그대처럼!
그처럼 그대처럼 아무도 사랑한 이 없도다.
대지와 대양[10]   45
거대한 정령, 지상의 영웅들
그대의 가슴 껴안았도다!
또한 하늘과 천상의 신들 모두
그대의 가슴이 껴안았도다.
또한 꽃들, 꽃 위를 날고 있는 벌들[11]   50
그대의 가슴이 사랑하며 껴안았도다! —

아 일리온[12]이여! 일리온이여!
그대, 드높은 전사자여,
아이들의 피 가운데 얼마나 괴로워했던가!
이제 그대 위안받았네, 그대에게   55
그의 가슴처럼 위대하고 따뜻하게
뫼오니데의 노래 울렸도다.

아! 그대를 낳은

불멸의 여인 곁에서

60 오르페우스의 사랑

호메로스의 노래를 지었던 그대를 낳은

리다에게

취하여, 밝은 아침햇살 가운데
수로 안내자가 대양을,
천국으로 간 자들이 극락의 계곡을 바라다보듯
나는 내 사랑의 환희를 놀라워하며 바라다보았네,
계곡과 임원은 새로 태어나 큰 웃음 웃었고   5
내 거닐던 곳에서 나는 신성神性을 마셨네,
아! 나 그녀로부터 연인으로 뽑혀
당당한 용기로 숙명과 시간을 조롱했었네.

나의 정신이 사랑의 힘을 얻어냈을 때
열망은 더 당당해지고 고상하게 되었고,   10
내가 사랑을, 취한 사랑을 노래했을 때
수많은 것 껴안은 듯 생각했었네,
봄의 하늘처럼, 넓고 밝게,
진주처럼 아름답고 투명하게,
지혜의 샘처럼 순수하고 고요하게   15
나의 마음 그녀로부터 사랑받았네.

보라! 자랑 가운데 나는 자주 맹세했었네,
이 마음의 결합 변함없으리라고!
리다는 나에게, 나의 치유를 위해 태어났고
나의 영혼이 나의 것이듯, 리다는 나의 것이었네,   20

217

그러나 질투하며 작별의 시간이 들어섰네,
순정의 소녀여! 나와 그대 사이에는,
이 지구 위에서 결코, 결코
리다여! 아늑한 품 다가오지 않네.

25   이제 그대는 포도밭 언덕을 걷고 있겠지
거기 내가 그대와 그대의 하늘을 찾아냈던 곳,
거기 그의 눈, 그대 품위의 거울이
무한한 힘으로 영원히 나를 그대와 묶어주던 곳!
우리의 봄은 빨리도 흘러가버렸구나!
30   오 그대 단 하나뿐인 이여! 용서하라, 용서하시라!
나의 사랑이 그대의 평화를 그대에게서
눈물 가득히 그리고 슬프게도 빼앗았으니.

    내가 그대의 마법에 몸 바치고
대지와 그대 위에 있는 하늘을 잊었을 때
35   아! 사랑의 생명 가운데 그처럼 행복했을 때
리다여! 나의 리다여! 나는 그것을 생각이나 했었던가?

조화의 여신에게 바치는 찬가

> 빛나는 동정녀, 우라니아는 자신의 마법의 띠로 광란
> 하는 무아경의 우주를 잡아매도다.[1]
>
> 아르딩헬로

마치 내가 창조에 성공할 수 있기라도 하듯, 기쁘게,
정령들이 나를 섬기기라도 하듯, 용감하게,
그대의 성전을 바라보기 위해서,
드높은 이여! 나의 사랑 그대에게 다가가노라.
벌써 기쁨에 취한 영시자[2]는   5
환희의 예감으로 달아오르도다,
아, 또한 그대의 신들의 품 더 가까이에서
승리자의 깃발은 무덤과 시간을 조롱하고 있도다.[3]

마치 신들의 뜻처럼, 수천의 모양으로,
감동은 가인에게 불어오도다,   10
충만한 아름다움은 마르지 않고,
숭고함의 대양은 끝이 없도다.
그러나 무엇보다도 나는 그대를 선택했노라,
떨면서 멀리에서 그대를 바라보았을 때,
떨면서, 나는 그대에게 사랑을 맹세했노라,   15
온 누리의 여왕이시여! 우라니아[4]여.

정령들의 당당하기 이를 데 없는 열망이
깊은 곳과 드높은 곳에서 겨누었던 것,
나는 그대 안에서 한꺼번에 받았도다,
20   나의 영혼이 예감하면서 그대를 느낀 때로부터.
셀 수 없이 많은 생명 그대에게서 싹텄으니
그대가 그대 얼굴의 빛,
그대의 얼굴을 돌리게 되면
그들 떨며 스러지고, 세상은 아무것도 아니도다.

25   옛 혼돈의 큰 파도 위에 군림하며,
그대는 장엄하게 미소 지으며 눈짓했도다,
자연 그대로의 생명들 그대의 눈짓으로
사랑하며 날아갔도다.
존재에서 존재로 기뻐하며
30   축복의 혼례시간들 얽히었도다,
하늘에서, 둥근 대지에서 그대는
지배자시여! 광경 안에 그대 자신을 보았도다. ─

생명의 잔, 작은 시내 쏟아져 흐르고
태양계는 궤도에 들어서도다,
35   싱싱한 계곡들은 사랑에 취한 언덕에

사랑에 취해 몸을 비볐도다.
신들의 아들처럼 아름답고 당당하게
암벽들은 어머니의 젖가슴에 매달리고,
바다의 거친 품 안에 안기어서,
대지는 느껴본 적 없는 기쁨에 몸을 떨도다.   40

이제 바람은 따뜻하게 그리고 고요히 불고,
착한 봄은 계곡으로 사랑하며 가라앉도다.
절벽들에서 숲들은 싹을 내밀고,
새로운 빛살은 풀과 꽃들을 기르도다.
보아라, 보라, 솟구친 바다로부터,   45
언덕들로부터, 계곡의 품으로부터,
기쁨에 젖어 비틀거리는 피조물들의
셀 수 없는 무리들이 풀려나고 있도다.

숲을 나와서 봄의 들판으로
천상의 아름다움으로 여신의 아들, 인간이 모습을 나타내   50
도다,
당당한 자신의 모습대로
여신도 애초에 그를 선택했도다.
천국의 향기로부터 부드럽게 인사받으며
그는 기쁨에 찬 놀라움과 함께 거기 서 있도다,

55 사랑의 위대한 결합을 재촉하고자,
    우라니아 그를 향해 노래하도다.

    "오라, 오 아들이여! 달콤한 창조의 시간에서
    선택된 이여, 오라 그리고 나를 사랑하라!
    나의 입맞춤이 그대에게 결합하도록 영감을 주었고
60 나의 정신으로부터 그대 안으로 정신을 불어넣었도다. ―
    나의 세계는 그대 영혼의 거울,
    나의 세계는, 오 아들이여! 조화이도다,
    기뻐하라! 나의 사랑의 드러난 증표로
    나는 그대와 그들을 지었도다.

65 존재의 아름다운 외양은,
    나의 정신의 힘에 이어지지 않으면 폐허일 뿐이도다.
    나로부터 아름다움의 영원한 충만 흘러나오고,
    드넓은 대양의 위엄도 나에게서 나오도다.
    마법적인 사랑에 대해 나에게 감사하고,
70 강하게 만드는 기쁨의 누림에 대해 나에게 감사하라,
    그대의 눈물, 그대의 아름답기 그지없는 충동
    오 아들이여! 창조하는 입맞춤이 만들었도다.

    그대 안에서 더욱 찬란하게 나의 모습을 찾고자,

나는 그대에게 힘과 용기를 불어넣었도다,

내 나라의 법칙을 세우고자,   75

나의 창조물의 창조자가 되고자.

오로지 그림자 안에서만 그대는 나를 엿보게 되리라,

그러나 사랑하라, 나를 사랑하라, 오 아들이여!

저 위에서 그대는 나의 광채를 보게 될 것이고

저 위에서 그대의 사랑 대가를 얻으리라."   80

이제, 오 정령들이시여! 시간의 시초에,

그 씨앗에서 움터 오른 자들, 우리를,

그 찬란함의 유산인 우리를,

우리를 지으신 여신의 이름으로,

영혼의 온 신적인 힘을 다해서   85

장중한 충성의 맹세를 위해 오시라,

감동 가운데 가장 큰 감동과 함께

창조하고 영원히 창조할 그 여신 앞에 맹세하시라.

  여신의 사당 문지방에서의 봉헌이,

진리의 드높은 지킴이의 역할이,   90

마치 바다의 파도처럼 자유롭고 힘차며,

천국의 시냇물처럼 순수하기를.

낡은 망상과 함께!

오만한 거짓에게는 저주와 몰락이,
95   결백한 깃발의 예지에는 명예가,
정당한 자들에게는 명예와 승리가 내리기를!

아, 거짓의 샘 — 얼마나 죽은 듯하고 흐릿한가!
예지의 샘 힘차고 달콤하도다!
정령들이여! 형제들이여! 이 샘은 사랑이며,
100   환희의 낙원이 그 주위를 푸르게 감싸도다.
지상의 삶의 허튼소리로부터 정화되어,
섬세한 감각은 신들의 기쁨을 예감하고,
사랑의 청량음료로 쾌활해져,
영혼은 창조의 여신에게 다가가도다.

105   정령들이여! 형제들이여! 우리의 동맹
사랑의 신적 마법으로 달아오르기를.
무한한, 순수한 사랑이 다정하게
우리를 드높은 조화로 이끌어가기를.
우라니아가 영혼에 다가서면,
110   충실한 아들 눈에 띄게 고상하게 하고,
그들의 마음 안에 평온과 용기와 행동을 심어주고,
성스러운 감동의 눈물을 짓게 하도다.

보라, 오만과 불화는 근절되었고,
미혹도 사라지고 맹목적인 거짓도 침묵하도다,
빛과 어둠이 엄격하게 가려지고,   115
진리의 고요한 성전은 순수한 채이도다.
우리 소망의 투쟁은 끝났고,
뜨거운 싸움은 천국의 평온에 이르렀도다,
신적인 스스로의 만족5은
사제와 같은 봉헌을 보답하도다.   120

　사랑의 삶 속에서 강하고도 복되게
우리는 마음의 천국을 놀라워하며 바라보도다,
날고 있는 치품천사들처럼 빠르게, 우리들
드높은 조화를 향해서 날아가도다.
여기 이 세상에서 밤과 구름이 사라지고,   125
영혼이 저 자신을 잊게 되면,
우라니아가 영시자들에게 무엇인지,
칠현금도 알릴 수가 없으리라.

와서 우리와 함께 환희의 노래 부르자,
창조의 여신 우리에게 사랑을 주셨도다!   130
모든 이들이여, 오라
승리 가운데 여신에게로 힘써 솟구치자!

지상의 신들이여, 왕관을 던져버리라!

모든 이들이여, 멀리 그리고 가까이에서 환호하라!

135 또한 오리온성좌 이에 메아리치도다,

만세, 우라니아 만세!

뮤즈에게 바치는 찬가

위엄 있는 축제의 노래를 향해서는 허약하지만,
저는 충분히 오랫동안 비밀스럽고도 묵묵히
그대의 기쁨을, 드높은 뮤즈이시여!
가슴의 조용한 성전에 가두어두었나이다.
마침내, 마침내 칠현금이 울리어,   5
나의 영혼이 사랑에 달아오름을 알리고,
더욱 떨어질 수 없이 결합을 맺으려고,
이 축제의 노래 그대에게 바쳐야만 하겠나이다.

그처럼 나의 눈물 흘러내렸던 곳,
그 고원, 진지한 암벽에서는   10
벌써 그대의 마법적인 숨결이
어린 소년의 뺨에 살랑대며 불었나이다. —
신이시여, 제가 신들의 은총을 받은 사람입니까?
정령의 여왕이시여, 제가
지상의 헛된 것 벗어나, 그대의 전능한   15
포옹을 자주 허락받을 만한 가치가 있는가요? —

 아! 이제 저는 당신에게 이르기 위해,
여왕이시여! 당신의 신적인 힘을 통해서
당신 나라의 경계를 날아 이를 수 있으며,
당신의 마법이 행하는 것 무엇인지 말할 수 있나이다! —   20

보시라! 날개를 단 영겁의 시간
그대의 숨결이 단호하게 멈추어놓으며,
악령들 그대의 마법에 경의를 표하고,
티끌과 천공이 당신에게 복종하고 있나이다.

25   탐색자의 독수리 같은 눈길이 움직이고 있는 곳,
희망의 용감한 날개 내려앉는 곳,
옥좌에서 창조주가 눈짓을 보낼 때,
깊은 곳에서 기쁨과 생명 움터 오른다.
진리의 한없는 나라는 그 창조주에게
30   자신의 열매 중 가장 감미로운 열매 예비한다.
또한 사랑의 아름다운 샘을
지혜의 숲에서 여신의 손길을 이끈다.

잊은 채 레테 강변에서 떠도는 것,
자손의 허영된 물건이 숨기고 있는 것,
35   여신에 의해서 친절하게 깨어나서,
현란한 옷차림 가운데 빛을 비추고 있다.
오두막에서 그리고 영웅들의 나라에서
신적인 조상들의 시대에
위대한 영혼들이 견디고 행했던 것,
40   뮤즈는 영원불멸로 보답하신다.

보라! 가시덩굴에 장미가 움트고,
그렇게 봄의 다정한 빛살 달아오르고 있다. —
뮤즈의 어머니 같은 품 안에서
인간성의 고귀함은 피어오른다.
거친 이의 곱슬 수염의 뺨 위에   45
뮤즈는 마법적이며 신적으로 입맞춤하고
첫 번째 달아오르는 찬가 가운데
그는 놀라워하며 정신의 향유를 느낀다.

 이제 사랑하며 하늘은 아래를 향해 미소 짓는다,
모든 피조물들 생명을 숨쉬고,   50
아침노을의 깃털을 타고
불멸의 신들 다정하게 다가온다.
성스러운 감동은
숲에 이제 성전 하나를 짓는다,
또한 죽음 가득한 싸움 가운데서   55
영웅은 극락을 바라보고 있다.

법칙이 꽃피우기를 강요하는 곳에서
들판은 황량하고 시들어 죽어 있다.
그러나 풍성한 조화 가운데

60   뮤즈가 마법의 지휘봉 치켜드는 곳에서는,
        씨앗들 쾌락에 젖어 과감하게 꽃피운다,
        유성들의 운행처럼 빠르고 찬란하게,
        종족들의 희망과 행동들
        완성을 향해서 영글어간다.

65   그대 환희의 눈물 흐르도록 버려두시라!
        감동된 자들의 영혼이
        사랑의 도취에 넘쳐흐르게 버려두시라!
        오 여신이시여! 나로 하여금 경의를 표하게 해주시라! —
        보라! 날개를 단 영겁의 시간
70   그대의 숨결이 단호하게 멈추어놓으며,
        악령들 그대의 마법에 경의를 표하고 —
        나 또한 영원히 당신에게 복종하도다.

        오합지졸이 자신들의 우상에게 경의를 표할지라도,
        그대의 성전에서 추방되어 악덕이
75   그대의 사랑하는 이에게 천둥을 칠지라도,
        그 허약함 가운데 고통에 불타올라,
        오만한 거짓이 그대의 품위를 해칠지라도,
        또한 그대의 가장 고귀한 것 능멸에 바쳐지고,
        그것이 나에게서 번영과 힘을 탕진케 하더라도,

나의 사랑하는 이여! — 이 마음은 그대의 것이도다!   80

  사랑의 충만한 기쁨에 녹아들어,
마음은 시간의 굼뜬 진행을 비웃도다,
가장 깊은 마음속에 강하고 순수하게 향유되어,
순간은 영겁의 시간을 보상하도다. —
슬프도다! 생명의 아름다운 아침이   85
기쁘게 해주지 않고 도취한 사랑 주어지지 않은 자,
창백한 근심의 노예굴레에서
향유를 위한 힘과 용기 무기력하게 된 자는.

드높은 뮤즈시여! 당신의 사제들
자유롭고 즐겁게 순례의 지팡이를 흔들고,   90
단단하기 이를 데 없는 방패로써
그대는 어머니처럼 걱정을 물리치시도다.
거품을 일으키며 자연은 마법의 잔을
선발된 이들에게 건네주고,
아름다움의 신적 만찬에 취하여   95
즐거운 무리 행운과 시간을 조롱하도다.

자유롭고도 용감하게, 승리의 노래에서처럼,
그들 고귀한 정령의 길을 순례하도다,

드높은 뮤즈시여! 그대의 포옹은
100 당당한 행위에 불길을 당기시도다. ―
병정들로 하여금 상을 노리도록 버려두시라!
그들이 한숨 쉬면서 잘한 일에 대해서,
멍에에 홀린 땀에 대해서 보상을 간청토록 허락하시라!
고귀한 자들에게 용기와 행동은 보답의 대상이도다!

105 아! 이들로 인해 높이 추어올려져
취한 감각은 목적지를 바라다보도다 ―
들어라, 대지와 하늘이여! 우리는 굳게 약속하노라,
여왕의 영원한 사제 됨을!
여왕이 품위로 부여해주신,
110 형제애의 달콤한 동맹으로 오라,
이 땅 위에 있는 헤아릴 수 없는 많은 이들이여!
새롭고 복된 사명을 향해 오라!

잿빛 망상은 영원히 잊히기를!
순수한 정령의 눈이 알아낸 것,
115 인간의 뼘으로 잴 생각은 하지 말기를! ―
아름답고 장려한 것을 흠모하기를!
자연이 마련해준 것 자유롭게 맛보고,
뮤즈의 믿을 수 있는 손길을 따르기를,

순수한 사랑이 이끄는 곳으로 가고,
친구와 조국을 위해서 사랑하고 죽으시기를!　　　　　　**120**

자유에 바치는 찬가

별들의 궤적을 향한 거친 동경이
어두운 암벽에 있는 독수리에게 하듯,
내 환희의 격정이 나에게
장려한 노래를 향해 불길을 댕겨주네.
5 아! 아직 누린 적 없는 새로운 생명이
망상과 오만을 넘어서 솟아오르라!
새삼 달아오르는 결단을 마련해주네,
말로 다 할 수 없는 달콤한 누림이여!

그녀의 팔이 세속의 티끌에서 나를 떼어낸 이래,
10 심장은 그처럼 과감하고 행복하게 두근거리네.
그녀의 신적인 입맞춤에 불 댕겨져
아직도 나의 뜨거운 뺨 달아오르고 있네.
그녀의 마법적인 입에서 나오는 모든 소리
새롭게 지어진 감각을 여전히 고결케 하네 ─
15 들어라, 오 정령이여! 나의 여신의 고지告知를,
들어라, 그리고 지배자이신 그 여신을 섬기라!

"사랑이 여전히 양치기의 옷차림으로
순진함과 더불어 꽃들 사이로 갔을 때,
대지의 아들 평온과 기쁨 가운데
20 자연의 어머니 가슴에 매달렸을 때,

심판자의 의자 위에 앉은 오만도
맹목적으로 두렵게 하며 굴레를 깨지 못했을 때,
나는 기꺼이 내 자손의 고요한 천국을
신들의 유희와 바꾸었도다.

　사랑은 청춘의 충동들을 창조적으로　　　　　　　　　25
드높고 조용한 행동으로 불렀고,
사랑의 온기와 빛은 모든 씨앗을
향락에 넘치는 종자로 길러내었도다.
드높은 사랑이여! 그대의 날개는
미소 지으며 올림피아의 신들을 아래로 데려다주었도다.　　30
환호성 울렸고 — 신들의 가슴에는
심장이 거룩하게 두근거렸도다.

다정하게 기쁨의 달콤한 충만은
나의 연인들에게 순수함을 마련해주었도다.
틀림없이 아름다운 베일 안에서 덕망은　　　　　　　　35
자신이 얼마나 아름다웠는지를 알지 못했도다.
스스로 만족하는 자들 꽃동산의
서늘한 그늘 안에서 평화롭게 머물렀도다 —
아! 반목과 근심의 날갯짓은
행복한 자들로부터 멀리에서 소리 내었도다.　　　　　　40

이제 슬프도다! — 나의 천국은 요동쳤도다!
자연의 분노가 저주를 불렀도다!
또한 밤중의 검은 품에서
오만은 독수리의 눈을 하고 떠났도다.
45   슬프도다! 눈물 흘리며 나는 사랑과 함께
순수함과 함께 하늘로 달아났도다 —
시들어라, 꽃들이여! 나는 진지하고도 우울하게 외쳤도다,
시들어라, 결코 피어나지 말라!

사랑이 지어놓은 것 본뜨려고,
50   법칙의 회초리 뻔뻔스럽게 들려졌도다.
아! 오만으로 시달림 받아
어느 누구도 신적 소명을 느끼지 못했도다.
검은 뇌우 가운데 정신 앞에서,
심판의 복수의 칼 앞에서
55   눈먼 노예는 몸 떠는 것 배웠고, 부역당하다가
자신이 아무것도 아니라는 공포 가운데 죽어갔도다.

 이제 사랑과 충실로 되돌아가라 —
아! 사랑은 억지도 없이 나를
오랫동안 아쉬웠던 욕망으로 끌어당기도다 —

아이들아! 어머니의 가슴으로 되돌아가라!   60
내가 신들 앞에서 분노하며 서약했던 것,
영원히 잊히고 사라져버리기를.
사랑은 오랜 다툼을 화해시켰도다,
다시금 지배하라! 자연의 지배자여!"

그대의 고지는 즐겁고도 신적으로 위대하도다,   65
여왕이시여! 힘과 실행이 그대를 찬양하나이다!
벌써 새로운 창조의 시간 시작되고,
벌써 축복을 잉태한 씨앗 움트도다.
행성들처럼, 장엄하게,
활짝 열린 대양에서 깨어나,   70
그대 위엄을 갖춘 먼 거리에서,
우리에게 빛을 비추도다, 자유롭게 다가오는 세기여!

놀라워하며 위대한 종족 자신을 다시 알아보고,
사랑의 유대 수백만을 한데 묶어주도다.
열망하면서 그리고 당당하게 새로운 형제들[1] 서 있도다,   75
조국을 위해서 일어서 인내하고 있도다.
충실하고도 부드럽게 엉키어, 송악이,
떡갈나무를 향해 당당한 높이로 솟아오르듯,
영원히 형제애로 결합되어 수많은 사람들,

80   이제 영웅을 맞아 분기하도다.

      오만에 속아서, 자유로운 영혼이,
      이제는 더 이상 잿빛 환상에 굴복하지 않으리라.
      뮤즈의 부드러운 손길에 이끌리어
      그 영혼 용감하게 신성에 안기도다.
85   마법적인 뮤즈는 형제애의 보호 아래
      신들을 그 영혼에게 인도하여
      순수한 기쁨의 충만 가운데서,
      그 영혼 신들의 당당한 평온 맛보도다!²

         즐겁고 당당한 삶은 그대의 도취
90   저열하고 비겁한 욕망을 비웃으리라!
      완성의 예감들은 자랑스러운 가슴을
      행복과 시간³ 위로 들어 올리리라. —
      아! 옛 치욕은 지워졌도다!
      상속된 재물 새롭게 얻어졌도다!
95   모든 속박은 진토 가운데 썩고,
      오만은 지옥으로 달아나도다!

      그러고 나면 감미로운, 뜨겁게 도달한 목적지에서,
      수확의 위대한 날이 시작되면,

폭군의 의자가 황폐하게 되고,
폭군의 노예들이 곰팡이가 되면,   100
나의 형제들의 영웅적인 유대 가운데
독일의 피와 독일의 사랑이 피어오르면,
그때, 오 천국의 딸이시여! 나는 다시 노래하리라,
죽어가면서 그대에게 마지막 노래를 부르리라.

칸톤 슈바이츠[1]
– 나의 사랑하는 힐러[2]에게

여기 나른한 휴식 가운데, 나의 마음, 그리고 모든,
더 나은 사념이 있는 곳에 있고 싶은 씁쓸하면서 달콤한 욕
망 가운데,
회상은 나에게 마법적인 술잔을
거품이 일고 가득 넘치게 해 건네주고, 되돌아오는 영상들의
5   드높은 향유는 소중한 노래를 향해 졸고 있는 나의 날개를
일깨우네.

형제여! 그대에게 사랑의 신은 신적인 불꽃을 주시고,
무엇이 찬란하고 아름다운지 들여다볼 수 있는 섬세하고도
정화된 감각을 주셨네.
그대의 가슴은 당당한 자유로 불타고, 천진난만한 단순함
지녔네 —
형제여! 오라 그리고 나와 함께 마법적인 술잔 같이 맛보자.

10   저기, 저녁노을이 서쪽 하늘의 구름 금빛으로 물들이는 곳,
거기로 눈길을 돌리고 그리움의 눈물을 흘릴 일이다!
아! 거기에서 우리 걸었지! 거기 찬란함 아래에서
눈길은 사방으로 날고 탐닉했었지! — 가슴은
이 하늘을 담으려고 활짝 펴졌었네! — 뺨은 또 얼마나
15   달아오르고 아침 대기에 감미롭게 식혀졌던가! 노래들 가
운데

부드럽게 미끄러져 가는 보트 안의 작별하는 자들에게 취
리히가 모습을 감추었을 때!
사랑하는 이여! 얼마나 그대는 뜨겁게 떨리는 나의 오른손
을 붙잡고
천둥소리 내는 라인 폭포³에서 타는 눈길로 진지하게 나를
바라보았던가!
그러나 그대처럼, 자유의 근원지에서의 날⁴은 복되었도다!
그대처럼, 장밋빛 하늘로부터 장중하게 우리들 위로 내려   20
앉는 이 없었네.

예감이 가슴을 부풀게 했네. 벌써 예배를 알리는 수녀원⁵의
진지한 종소리 울렸네. 벌써 평화로운 오두막들
꽃동산 둘레에 급류가 흐르는 곳에서,
계곡의 소나무들 사이로 자취를 감추었네. 거기 그 땅은 성
스러운 원시에
조상들에게 만족하는 자손들의 유산으로 알맞다고 생각되   25
었네.
영원한 숲에서 밤은 오싹하게 그리고 서늘하게 우리를 맞
아주었지,
또한 우리는 무시무시한 하겐 고갯길을 기어올랐네.
거대한 산맥에서 날은 더욱 어두워지고 좁아졌네.
고독한 방랑자에게 길은 갑자기 더욱 가파르게 아래로 걸

쳐 있었네.

30 오른편으로 바짝 붙어 분노하고 있는 숲의 강물 큰 소리 내
며 흘러내렸네,
그 강물의 천둥 같은 소리만이 감각을 취하게 해주었네. 거
품 이는 물결을
바위의 덤불들이 우리에게 숨겨주었고, 태풍에 쓰러진,
절벽 위의 썩은 전나무도 그랬네. — 그때 산맥에서
밤이 두렵고도 경이롭게 밝아왔다네, 마치 레고 호숫가

35 영웅들의 정령처럼,[6] 눈 쌓인 임원 위로 싸우는 듯 구름떼
몰려왔네.
폭풍우와 서리는 단애에서 사라져버렸고, 폭풍에 실려
계곡에서 먹이를 잡아채려고 독수리가 소리 지르며 곤두박
질쳤네.
구름이 갈라지고, 단단한 갑옷을 입고
여장부, 그 당당한 뮈텐[7]이 나타났네.

40 놀라워하면서 우리는 지나갔네. — 그대들 자유인의 조상
들이여![8]
성스러운 대열이여! 이제 우리는 아래를, 아래를 바라다보
네, 그리고
예감 중 가장 과감한 예감이 약속한 것, 달콤한 도취가
언젠가 소년의 옷차림을 한 나를 깨우쳐주었던 것 충족되
었을 때

나는 마므레 동산의 숭고한 목자들[9]과 라반의 아름다운 딸
을 생각했네,
아! 그렇게 따뜻하게 가슴 안으로 돌아오네. ― 아르카디아   45
의 평화
귀중한, 미지의 평화 그리고 그대 지극히 성스러운 단순
함.[10]
그대들의 빛살 안에서 기쁨 어찌 이리도 달리 피어나는가!
―

영원한 감시자, 거대한 산맥에 둘러싸여
성스러운 계곡, 자유의 원천은 우리에게 웃음을 보냈네,
신성을 더럽히는 사회, 오만과 노예 같은 행실을 보면서.   50
먼 진지陣地로부터 호수[11]는 다정하게 눈짓을 보냈네,
산맥 안의 검은 협곡은 그 놀라운 팔[12]을 숨겨주었네
피어나는 가지들 안에 매혹하며 숨겨져, 환호하는 가축의
무리와
깊숙한 목장에 어린아이처럼 즐겁게 둘러싸여
평화로운 오두막들 깊숙이에서 다정하게 올려다보았네.   55
또한 우리들 사랑 안으로 서둘러 내려갔고, 미소 지으면서
애기괭이밥의, 그리고 생기를 돋우는 참소리쟁이의 오솔길
에서 사랑을 맛보았네,
하여 마침내 이탈리아 검은 포도송이로 감동을 주는 아들
이 진심으로 즐거워하는

오두막에서 미소로 우리를 대접하고,

⁶⁰ 새로운 생명을 우리들 안에 잉태케 했으며, 거품 담긴 유리잔들

큰 기쁨의 합창 가운데 부딪쳐 소리 내었네, 자유의 영예를 위해서.

사랑하는 이여! 그때 우리는 어떤 기분이었던가! ― 그런 만찬에서

가슴은 이 지상의 아무것도 탐내지 않으며, 모든 힘들 성장하는 법이네.

사랑하는 이여! 즐거운 날은 그렇게 재빨리 사라졌고, 차가운

⁶⁵ 어스름 가운데 우리는 작별했네. 자유의 성전들 곁을

우리는 경건하고 복된 정적 가운데 걸어 지나갔네,

그 성전들을 마음 깊이 새기고 그것들을 축복하고 그리고 헤어졌다네!

그럼 잘 있어라, 그대들 거기 복된 자들이여! 평화로운 계곡 안에서

그대 서약의 장소¹³여, 잘 있어라! 성스러운 밤에,

⁷⁰ 진지한 동맹이 그대를 방문했을 때 별들은 그대에게 환호했네.

장하다 산맥이여! 거기서는 창백한 전제군주가 노예들에게,

온건하게 어르며 용기를 청하나 헛되었도다 ― 하여 너무

도 강렬하게

거역에 대해서 당연한 그리고 가차 없는 복수가 제기되었
네 —

잘 있어라, 그대 장려한 산맥[14]이여. 자유로운 자들의

희생의 피 그대를 장식했도다 — 고독한 아버지의 눈물을   75
그 피가 막아주었도다.

고이 잠드시라, 그대 영웅의 해골이여! 오 우리 또한 그곳
에서

그대의 단단한 잠[15]을 잤네, 발터의 동료들과 텔의

동료들이여, 자유의 아름다운 전투 가운데, 조국에 희생을
바쳐!

내가 그대를 잊을 수 있게 된다면, 오 신적 자유의 땅이여!

내 더 즐거울지도 모를 일, 그러나 너무 자주 달아오르는   80
부끄러움 나를 엄습하네,

또한 그대를 그리고 성스러운 투사를 생각할 때 걱정이.

아! 즐거운 사랑 가운데 하늘과 땅이 나에게

까닭 없이 미소 짓네, 형제들의 찾는 듯한 눈도 까닭 없이.

그러나 나는 그대를 잊지 않으리! 나는 그날을 바라고 기다
리리,

부끄러움과 걱정이 기쁨을 주는 행동으로 변하는 그날을.   85

인류에 바치는 찬가

정신세계에서는 가능성의 한계가 우리가 생각하는 것
만큼 좁지는 않다. 이 한계를 좁게 만드는 것은 우리의
약함, 우리의 악습, 우리의 선입견이다. 수준이 낮은 영
혼들은 위대한 사람들을 믿지 않으며, 천박한 노예들
은 자유라는 말을 들으면 비웃는 표정으로 미소를 짓
는다.[1]

-장자크 루소

진지하기 이를 데 없는 시간이 왔다.
나의 마음은 명령한다, 갈 길은 선택되었다!
구름들은 도망치고 새로운 별들 떠오른다,
그리고 헤스페리데스의 희열[2] 나에게 웃음 짓는다!
5   그대를 위해 울었던 사랑의 잔잔한 눈물,
말랐도다. 나의 형제 같은 종족이여![3]
나는 그대에게 희생을 바치노라, 그대 조상들의 명예에!
가까운 구원에! 희생은 정당하도다.

벌써 한층 순수한 향유를 위해서
10   아름다움의 성전은 눈앞에 솟아 있도다.
그 어머니 같은 입맞춤에 정화되고
강해져서 우리는 자주 이상향을 맛본다.

창조의 달콤한 기쁨 느끼기 위해서
섬세하게 짜여진 감각과 함께 아름다움에 귀 기울인다,
또한 우리들의 칠현금 연주로부터는   15
진지한 여주인의 멜로디가 마법처럼 울린다.

벌써 우리는 별들의 인연, 사랑의 목소리
한층 사나이답게 이해할 수 있으며
군대의 힘으로 정령의 길을 가려는
형제의 권리를 기꺼이 건네준다.   20
벌써 우리는 오만의 나쁜 행실,
허례허식이 세워놓은 칸막이를 비웃는다.
그리고 농부의 깨끗한 부뚜막에
인류는 다시 맡겨진다.

벌써 자유의 깃발에서 젊은이들   25
마치 신들처럼, 자신이 선하고 위대함을 느낀다,
그리고, 아! 오만한 탕자들에게 경고하고자
모든 힘을 속박과 굴레에서 깨부순다.
벌써 쓰러지지 않는 진리의 정령,
과감하게 분노하면서 날개를 펴 날아오르고   30
벌써 독수리는 복수의 번갯불을 내리치고
크게 천둥소리 내고, 또한 승리의 향유 예고한다.

그처럼 독소에 닿지 않고
이상향의 꽃들 완성을 향해 서둘러 간다,
여걸들의 누구 하나, 태양의 어느 하나 쉬지 않고
오렐라나 강⁴은 폭포 안에 머물지 않는다!
우리의 사랑과 승리의 힘이 시작했던 것
호화로운 완성을 향해 번창한다.
자손의 무리 수확의 기쁨을 누리리라.
불멸의 종려나무가 우리에게 보답하리라.

그러면 그대의 행동과 더불어
그대의 희망과 더불어 내려오라, 오 현재여!
땀으로 적시어 우리의 씨앗 움텄도다!
그러니 투사의 휴식이 기다리는 곳으로 내려오라!
벌써 우리의 무덤으로부터 한층 영광스럽게
현세의 영광은 솟아오른다.
여기 무덤들 위에 이상향을 세우고자
새로운 힘은 신적인 것을 향해 일어선다.

멜로디를 통해 정신을 잠들게 하고자
칠현금의 마법이 울리기 시작한다.
똑같은 장인의 대열로 신적 자연의

고상함이 덕망에게 눈짓한다.
레스보스의 형상체들[5] 가득 떠돈다,
축복의 풀피리에서 감동이 그대에게로!
또한 아름다움의 넓은 기쁨의 들판에서   55
생명은 노예 같은 욕망을 비웃고 있다.

  드높은 사랑으로 강해져 날갯짓하면서
어린 독수리들 결코 지치지 않으며
우정의 강력한 마법이
새로운 틴다레우스 가문[6]을 하늘로 이끌어간다.   60
젊은이의 감동은 세련되어져
행동으로 가득 찬 노인들 품에 불길을 댕긴다.
그의 가슴은 사랑하는 조상의 현명함을 간직하고
그들처럼 용감하고 즐겁고 우애로워진다.

그는 자신의 본령을 찾아내었다,   65
자신의 힘을 즐거워할 신적인 행운을.
조국은 도적들로부터 간신히 벗어났고[7]
이제 자신의 영혼처럼 영원히 그의 것이다!
어떤 헛된 목표도 신적 충동 파괴하지 않고
그에게 쾌락의 마법적 손길이 눈짓하지만 헛된 일이다.   70
그의 지극히 드높은 자랑과 그의 지극히 따뜻한 사랑,

그의 죽음, 그의 천국이 조국이다.⁸

그는 그대를 형제로 선택했다.
그대 입술의 입맞춤으로 신성하게 하고
75   변함없는 사랑을 그대에게 다짐했다,
무찌를 수 없는 진리의 정령이여!
그대의 천국의 빛 가운데 부쩍 무르익어
엄청나게 찬란한 정의, 그리고
드높은 평온 영웅의 얼굴에서 빛을 발한다.
80   우리 안의 신이 지배자로 모셔졌다.⁹

그렇게 환호하라, 승리의 도취여!
기쁨이 없을 때 어떤 입술도 노래하지 않았다.
우리는 예감했었노라 ― 그리고 마침내 이루었도다.
영겁의 시간에 어떤 힘도 이루지 못한 것을 ―
85   무덤에서 옛 선조의 무리 일어서리라,
당당한 자손들을 보고 기뻐하고저.
천상세계들이 덧없는 인간의 명예에 종말을 고하고¹⁰
인류는 완성을 향해 몰두하도다.

미에 바치는 찬가
-첫 번째 원고

내가 신들의 귀에 대고
마법적인 뮤즈, 당신에게
사랑과 충성을 맹세하지 않았던가?
당신은 기쁨에 넋을 잃고
나의 품에 안기지 않았던가? —   5
아! 그리하여 나는 주저함 없이
사랑을 통하여 즐겁고도 과감하게
드높은 곳을 향해 미소 지으며 가고 있다
거기 마지막 밤들이 밝아오는 곳
거기 마지막 태양이 비치던 곳.   10

별들의 화음이 울려 퍼지는 곳
오리온성좌들 위에 통치하면서
제물을 바치는 데몬[1]에게
사랑의 눈길로 보상하고자
원초적 모습의 미[2]는 미소 짓는다.   15
거기 여군주의 드높은
신적 광채로 다가가고자
사랑과 긍지는 나에게 불길을 댕긴다,
왜냐면 해맑은 승리의 화관으로써
미는 용감한 길을 보상하기 때문에.   20

자유로운 영혼은 벌써
더욱 순수한 감동을 마시고
내 삶의 고통들을
새로운 기쁨이 삼켜버렸으며,
25   밤과 구름은 달아나버렸다.
놀라게 하는 심판에서
세계의 축이 재빨리 망가질 때
여기 사랑은 흔들리지 않을 것이다,
그 사랑의 얼굴에 대해서
30   사랑과 신들의 위대함이 말할 때.

높고 감미로운 마법적인 여인이여!
그렇게 그대는 지상에 내려왔다.
아! 진토塵土가 다시 깨어났고
비애의 썩은 사지들
35   그대 앞에서 거만하게 뛰어다녔다.
사랑의 눈길에 당황하여
원한과 거친 불화들
떨며 형제처럼 서로 입 맞추었다,
하늘처럼, 망상과 미혹은
40   밝게 마음을 열고 그대에게 인사했다.

벌써 푸르른 지구 안에서
나는 드높은 전채前菜를 맛보았고
떨면서 신들의 입에서
엄숙한 시간 일찍이 나는
달콤하고 어머니 같은 입맞춤을 마셨다.   45
나의 어린아이 같은 생각에는 낯설게
순박한 모습은 초원과 숲으로
나를 뒤따랐다.
아! 또한 놀라워하면서 나는
그 모습의 마법적 권능을 깨달았다.   50

우미優美의 여신으로부터
환희를 엿볼 수 있도록 뽑혀
쾌활케 하는 자연의
깊은 곳과 높은 곳에서
나는 사랑에 취하여 그 흔적을 발견했다.   55
계곡이 꽃동산의 품에
다정하게 안겨 있는 곳에서
샘물이 맑은 수면으로
흘러내리는 곳에서
나는 흔적들을 발견했다, 정숙하고 위대했다!   60

고수머리에 살포시 건드려져
진홍빛 뺨 달아오르고
입술에 스쳐, 달콤하고 두렵게
감은 두 눈에서
65 사랑의 열망에 몸을 떨면서 —
드높은 거장의 대열의
기쁨에 찬 화음 가운데
목소리의 멜로디 가운데
그들의 승리에 드러내어져
70 취한 영혼은 우미의 여신을 발견했다.

미에 바치는 찬가
-두 번째 원고

> 아름다운 형식을 통해서 자연은 형상표현으로 우리에
> 게 말한다. 그리고 그 암호문자의 해석재능은 도덕적
> 감정을 통해서 우리에게 부여되어 있다.[1]
>
> —칸트

모든 신들의 귀에 대고
마법적인 뮤즈여! 당신에게
하계의 문턱에 이르기까지
나의 영혼은 충실을 맹세하지 않았던가?
그대의 눈 나를 향해 웃지 않았던가?　　　　　　　　5
아! 그처럼 나는 동요함 없이
사랑을 통해서 즐겁고도 용감하게
진지하기 이를 데 없는 높은 곳을 향해 가고 있다.
거기 영원히 젊은 생명 안에서
가인을 위해 화관이 피어나는 곳.　　　　　　　　10

극점의 음향이 울려 퍼지는 곳
오리온성좌들의 위에서 통치하면서
완전한 데몬들의 사제와 같은
봉사에 보답하고자
원초적 모습의 미는 소리 내 웃는다.　　　　　　　　15

거기 광채 가운데 빛 쪼이고자
거기 창조의 여신에게 다가가고자
당당한 소망이 나에게 불길을 댕긴다,
드높은 승리의 기쁨으로써
20   그 여신 그 용감한 길을 보상하시기에.

  자유로운 영혼은 벌써
더욱 순수한 감동을 마시고.
내 삶은 그 고통들을
새로운 기쁨이 삼켜버렸으며,
25   밤과 구름은 달아나버렸다.
놀라게 하는 심판에서
세계의 축이 재빨리 망가질 때 ―
여기 기쁨은 식지 않을 것이다,
그 영혼의 얼굴을 대하고
30   사랑과 고요한 위대함이 말할 때.

그처럼 그대 지상에 내려오신다,
빛으로 차려입은 여왕이시여!
아! 진토가 다시 깨어났고
비애의 노쇠한 깃털이
35   환희의 나라로 훌쩍 날아드는 듯하다.

사랑의 눈길로 치유되어
원한과 거친 불화는
떨며 형제애로 서로 입 맞추었다.
하늘처럼, 망상과 미혹은
밝게 마음을 열고 그대에게 인사했다.   40

벌써 푸르른 지구 안에서
나는 전체를 맛보았고
떨면서 신들의 입에서
엄숙한 시간 일찍이 나는
달콤하고 어머니 같은 입맞춤을 마셨다.   45
나의 어린아이 같은 생각에는 낯설게
초원과 숲으로 나를 뒤따랐다,
그 순박한 모습이 ―
아! 또한 놀라워하면서 나는
그 모습의 마법적인 권능을 깨달았다.   50

우미의 여신으로부터
환희를 엿볼 수 있도록 선발되어
그대의 딸, 자연의
깊은 곳과 높은 곳에서
나는 순수하게 취하여   55

그 흔적을 발견했다.
계곡이 전나무 언덕의 품에
다정하게 안겨 있는 곳에서
샘물이 푸른 수면으로 흘러드는 곳에서
60 나는 행복을 그리고 위대함을 느꼈었다. —

뺨의 우아함이여! 미소 지으라!
신들의 눈, 순수하고 부드럽게!
노래가 살고 찬란하도록
그대의 품위 노래에 허락하고
65 나의 연인의 영상도 허락하라. —
어머니시여! 아들들의 과감한 사랑
멀리서 그리고 가까이에서 그대를 엿본다.
이미 사랑스러운 베일 안에서 보았고
연인의 아름다움 가운데서
70 나는 그대를 알았도다, 우라니아여!

보라! 그대처럼, 부드럽게
찬미와 보답을 마음에 두지 않고
그대의 사제의 기적을 낳는 재능,
그대의 아들들의 창조가
75 유한한 자의 감각과 가슴에 활기를 불어넣는다.

아! 수많은 충성의 맹세로
달아올라, 디오뉘소스가 기뻐하듯,
나는 그대들의 신성을 맛본다,
감격의 아들들이여!
맛보며 도취에 환호한다.   80

모이라, 과감한 목표를 향해 선택받았도다!
말없고 힘찬 사제들이여!
사랑스러운 이들이여! 그대들의 주문呪文에 따라
황금빛 계절의 여신들²에 에워싸여
그대들이 순례하는 곳에, 천국은 피어난다. ─   85
오! 그러니 그대들 축복받은 자들이여!
억압받은 형제들의 짐을 덜어주시라!
폭정은 미움받이가 되어라!
그대들의 축복을 맛보시라!
아첨꾼들이 흥청거리면, 궁핍하게 하라!   90

아! 사제들의 봉사 가운데
아름답기 그지없는 싹이 움튼다. ─
결코 시들 줄 모르는 환희,
신들이 지배하는 곳에 미소 짓는다 ─
이 환희 나는 예감했도다!   95

259

여기 광채 가운데 빛 쪼이고자
여기 창조의 여신에게 다가가고자
당당한 소망 나에게 불을 댕겼다,
또한 드높은 승리의 환희로써
100   그 여신 그 용감한 길을 보상하신다.

마치 드높은 제단에서의
이 정령들의 빛나는 무리처럼,
형제들이여! 잔치를 열고, 사랑의 눈물을,
여신을 공경하고자
105   용기와 행동을 제물로 바쳐라!
경의를 표하라! 이 왕좌로부터는
어떤 심판도 영원히 으르렁대지 않으리라,
그 나라의 감미로운 의무를
여신은 어머니의 음성에 실어 고지하리라 ─
110   들어라! 신의 음성이 울리고 있다.

"행복한 향유 중에서
마음속으로 나의 천국의
모든 감미로운 장소,
모든 세계의 조화
115   본받으라 충고하지 않는가?

영상의 고귀함이 마법적으로
그 마음을 화해시켜서
저열한 탐욕을 비웃고
삶 가운데 어떤 결점도 없이
순수한 신들의 기쁨 동경하는 자 나의 가족이도다.   120

  철의 영혼에서 힘들게
법칙이 강요하던 것,
헤스페리데스의 꽃[3]처럼
변함없는 자비로 빠르게 성숙한다,
그처럼 나의 빛은 내면으로 꿰뚫어 비친다.   125
법칙에 팔려, 하인들은
그들 노고의 대가를 요구한다.
그러나 나의 신성의 위대한 아들
참된 충성에 보답받고
사랑의 기쁨이 어김없이 보답되리라.   130

이 별들이 울리는 것처럼
운율에 따라 하늘을 향해서
과감한 기쁨의 비상으로
감미로운 찬미 합창 터지듯이
그 아들의 마음 나에게 다가서도다,   135

사랑의 장미여, 더욱 아름답게 피어나라!
비탄은 영원히 침묵하리라!
정령의 성소로부터
그리고, 자연이여! 그대의 품 안에서
140   천국은 그를 향해 미소 지을 것이다."

자유에 바치는 찬가

하계의 문턱에서 내가 기쁨을 노래한다면,
망령들에게 도취를 가르쳐준다면 얼마나 좋을까,
수많은 사람들에 앞서 선발되어
나의 여신의 온전한 신성을 내가 보았으므로.
마치 답답한 밤을 지내고 심홍의 빛살 가운데서   5
수로 안내자가 자신의 대양을 응시하듯,
복된 자들이 천국의 언덕을 응시하듯,
나는 사랑하는 기적이여! 그대를 놀라워하며 응시한다.

경건하게 그 사냥거리도 잊은 채
매와 독수리 그들의 날개를 접었고   10
완고한 사자 한 쌍 그들 앞에서
찬연한 고삐에 맡겨 충실하게 걸음을 걸었다.
싱싱하고 거친 강물들도 멈추어 섰고
나의 심장처럼, 두려운 기쁨에 침묵했다.
용감한 보레아스[1]조차 자취를 감추었고   15
또한 지상은 성소가 되었다.

아! 충실한 존경의 대가로써
여왕께서는 나에게 권리를 내어주셨다.
또한 마법적인 힘에 온전히 침투되어서
환호하는 감각과 가슴은 그를 더욱 아름답게 했다.   20

왕좌의 심판자, 그 여왕께서 하신 말
영원히 영혼 가운데 여운으로 울리고
영원히 피조물의 영역에 울린다 —
들으시라, 오 정령들이여, 그 어머니 하신 말씀을!

25   "옛 혼돈의 물결 안에서 비틀거리며,
      디오뉘소스의 여사제처럼 기뻐하며 거칠게,
      나는 나 자신을 자유의 여왕이라 불렀도다.
      청춘의 과감한 욕망에 배반당한 채
      그러나 고삐 잃은 요소들의 싸움이
30   파멸의 시간에 신호를 보냈도다.
      그때 나의 법칙은 우애 어린 결합을 향해
      무궁무진함을 명했도다."

      "나의 법칙, 그것은 다정한 삶을,
      과감한 용기를, 다채로운 기쁨을 죽이지 않도다.
35   모두에게 사랑의 권리 주어졌고
      사랑의 감미로운 의무 모두에게 행하도다.
      허물어지지 않은 걸음걸이로 먼 길을
      거대한 힘은 즐겁고 당당하게 걸어가도다,
      감미로운 사랑의 충동 가운데 확실하게
40   허약한 것은 위대한 세계의 뜻을 따르도다."

"어떤 거인이 나의 독수리의 기력을 빼앗을 수 있는가?
어떤 신이 그 당당한 천둥을 막겠는가?
독재자의 판결이 바다의 움직임을 멈추게 할 수 있는가?
독재자의 판결이 별들의 운행을 방해하는가? —
스스로 선택한 우상에 의해 성스러움 해 입지 않은 채   45
파괴될 수 없이 그 결합에 충실하며
사랑의 복된 법칙에 충실하게
세계는 그 성스러운 삶을 자유롭게 살고 있도다."

"정당한 영광에 만족하면서
오리온성좌의 밝은 무장은   50
형제애의 쌍둥이좌에 번뜩이지 않고
사자좌조차도 사랑 가운데 그들에게 인사하도다.
신들의 운명을 즐겁게 향유하고자
헬리오스는 감미로운 휴식 가운데
사랑스러운 지구를 향해서   55
젊은 생명, 호화로운 번영에 미소 짓도다."2

"스스로 선택한 우상에 의해 성스러움 해 입지 않은 채
파괴될 수 없이 그 결합에 충실하며
사랑의 복된 법칙에 충실하게

60   세계는 그 성스러운 삶을 자유롭게 살고 있도다.
일자—者가, 그 일자만이 떨어져
지옥의 치욕의 흔적을 지니고 있도다.
아름다운 궤도를 걸어가고자 충분히 강하게
인간은 타성의 멍에를 지고 따라가도다."

65   "아! 그는 존재 중 가장 신적인 존재,
그에게 분노하지 말라, 충실한 자연이여!
기적적으로 찬란하게 치유하고자
그는 아직도 영웅적 강건함의 흔적을 지니고 있도다. —
서둘러라, 오 서둘러라, 새로운 창조의 시간
70   아래를 향해 미소 지어라, 감미로운 황금빛 시간이여!
또한 더욱 아름답고, 상처받지 않은 결합 가운데
무궁무진함이 그대를 찬미하기를."

이제, 오 형제여! 시간이 꾸물댈 것인가?
형제여! 수많은 고통을 받는 자들을 위해서
75   치욕을 잉태하고 있는 자손들을 위해서
커다란 희망을 위해서
영혼을 가득 채울 재화를 위해서
본래의 신적 권한을 위해서
형제여! 우리들의 사랑을 위해서

현세의 왕들이여, 깨어나라! — 80

시대의 신이여! 무더위 가운데서
그대의 위안은 우리를 식혀주며 부채질해준다.
감미롭고 쾌활한 얼굴들 그처럼 기꺼이
황량한 가시밭길 위에 있는 우리에게 미소 짓는다.
아버지다운 공경의 그림자 85
자유의 마지막 부분 무너지면
나의 가슴은 작별의 쓰라린 눈물 흘리고
그의 아름다운 세계로 도망치리라.

시간이 빼앗으려 선택해둔 것
내일 새로운 꽃의 만발 가운데 서 있을 것이다. 90
파괴로부터 봄은 탄생한다,
밀물의 파랑에서 우라니아는 솟아올랐다.[3]
창백한 별들이 머리를 숙일 때
영웅의 길에서 휘페리온[4]은 빛을 비춘다 —
썩어버려라, 노예들이여! 자유로운 나날이 95
너희들의 묘지로 미소 지으며 일어서리라.

오래전에 미노스의 진지한 전당[5]으로
정의는 울며 달아났다 —

보라! 어머니 같은 만족감을 안고
100 정의는 충실한 지상의 아들에 입맞춘다.
아! 신적인 카토 가문의 영혼들[6]
천국 안에서 승리가를 부른다,
헤아릴 수 없이 덕망의 당당한 깃발 휘날린다,
명성의 성소가 무리에게 보답한다.

105 선량한 신들의 품에서부터
게으른 오만에게 더 이상 승리가 내리지 않고
세레스[7]의 성스러운 들판은
더욱 다정하게 갈색의 수확하는 여인을 축복한다.
뜨거운 포도원 언덕에는 더욱 크게
110 포도원 농부의 환호성 힘차게 울린다,
근심의 날개에 성스러움 다치지 않은 채
환희가 지어놓은 것 피어나고 미소 짓는다.[8]

하늘로부터 사랑은 내려오고
사나이의 용기, 그리고 드높은 생각 무성하다.
115 또한 그대는 신들의 날들 다시 가져오도다,
단순함의 아이여! 감미로운 유쾌함이여!
충성은 유효하도다! 또한 삼나무 쓰러지듯
장렬하게 친구의 구조자 쓰러지고

조국의 복수자들 개가를 올리며
더 나은 세계로 움직여나간다.   120

벌써 오랫동안 좁은 집에 갇혀 있어
이제 평화 가운데 나의 해골 졸음을 졸았으면! —
그러나 나는 희망의 술잔 만끽했고
우아한 황혼 빛 받아 생기를 얻었다!
아! 그리고 저기 구름도 없는 멀고 먼 곳,   125
자유의 성스러운 목적지 나에게도 눈짓 보낸다!
거기에서, 그들과 함께, 그대들 존엄한 별들이여,
축제처럼 나의 칠현금 연주 울리기를!⁹

우정에 바치는 찬가
-노이퍼와 마게나우¹에게

자매 같은 잔잔함 가운데 사방으로
피어나는 자연이 유심히 귀 기울이고 있네,
대담한 심정의 충만으로부터는
동맹의 목소리만 울려 나오네.
5   굴참나무 언덕에서는 느껴본 적 없는
바람이 부는 것 조용히 귀 기울여 듣네,
거기 한층 드높은 별빛 가운데서
우리는 진지한 축제 벌이네.

아! 감미로운 만족감 가운데
10   여기 조상들의 무리 소곤거리네,
세상을 떠난 친구들은 미소 지으며
이끼 낀 제단 주위를 거닐고 있네.
또한 밝은 쌍둥이별자리의
형제애 어린 눈은 즐겁게 웃고 있네,
15   마치, 아름답고 엄숙한 밤이여!
우리가 그대의 평화 가운데 그러하듯이.

이 가슴의 환호소리
더 성스럽고 순수하게 울린 적 없네,
맹세와 입맞춤 가운데, 우정이여!
20   그대의 온화함 이것을 아름답게 했네.

환희의 눈물을 탓하지 말라!
용납하라, 오 우리가 섬기는 것을,
올림포스 신들 중 가장 아름다운 신,
불사신들의 왕관이여!

정령들의 소망 이룩되고   25
시간이 성숙했을 때
아레스의 품에 안기어
키테레이아가 그대를 낳았다.
이제 대지의 아들이 꾸지람 받음 없이
이 여장부에 그렇게 다가갔을 때   30
아버지의 기품 가운데서 놀라워하며
어머니의 마법의 허리띠를 보았네.[2]

그때 태양의 높이를 향해서
시도된 적 없는 독수리의 비상 시작되었고
신들에 의해서 뽑힌 것   35
힘과 사랑을 가슴에 지녔다.
자랑스럽게 승리의 날개 부풀어 올랐고
평화는 유쾌하게 부풀었다.
꽃들의 동산을 에워싸고 환호하며
근심과 걱정 그대에게 인사했네.   40

그대의 품에서 나온 이
피 흘리며 승리의 깃발을 들었고
폭풍의 천둥소리 가운데
거친 대양을 뚫고 헤엄쳐 가네.
45   그대의 거인의 무기들 아래로
옛 밤에 이르기까지 쩔렁대었네 —
아, 지옥의 문들 부서졌네,
그대의 마법적인 힘 앞에 떨면서!3

헤베의 잔4을 마신 듯 취하여,
50   무더운 날의 무거운 짐을 벗고
동경하던 희생의 만찬에서
감미로운 휴식 가운데 그들 애무했네.
자신의 승리를 위해 마셨던
넘치는 청량음료의 잔에
55   자랑스러운 눈물 가라앉을 때
친구들의 비호자는 신들과 같았네.

뮤즈가 목가적인 이상향에서
신적인 날개를 달고
목자들 주위를 떠도는 그대를 보았을 때

뮤즈는 사랑하며 내려왔네.　　　　　　　　　　　　60
어머니여! 가슴과 입술은 불탔고
노래를 통해 그대를 칭송했네,
또한 감미로운 음성에서
그대의 아들들 환호하며 서로를 알아보았네. ─

아! 그대의 품 안에서　　　　　　　　　　　　　65
모든 근심 그리고 낯선 욕망 사라지네.
그대의 천국 안에서만
이 거친 가슴 포만을 찾아내네.
경건한 어린이의 마음
자연의 품 안에서 흔들리어 잠드네. ─　　　　　70
오만과 거짓 위에
그대의 선택된 자들만이 승리하네. ─

고마워라, 오 부드러운 축복의 오른손이여!
기쁨과 성스러움에 대해서
드높은 동맹의 밤들에 대해서　　　　　　　　75
감미롭고 과감한 도취에 대해서.
위안의 멜로디에 대해서
희망의 청량수에 대해서
헤아릴 수 없이 많은 사랑의 노고에 대해서

273

80   눈물 어리고 불타는 감사를!

      보라, 열매들과 나뭇가지들 떨어지고
      시간의 흐름이 바위를 넘어뜨린다.
      곧장 말없는 정령은 다정하게도
      미노스의 전당⁵으로 눈짓한다.
85   그러나 여기 지상에서
      아름다운 것, 신적인 것 시들게 한 것
      오, 형제들이여! 쌍둥이별자리여! 여기 살라,
      순수한 불꽃 타오르는 이곳에서. ―

      아! 기뻐하는 정령들 무한을 향해
90   오르려 애쓰고 있다,
      우리들 예감에 더욱 가득해져
      이 대양 더 깊숙이 밀쳐든다!
      그대의 환희를 향해 우리는
      폭풍과 어스름을 벗어나 떠돈다,
95   그대, 수백만의 생명
      성스러운 목표! 하나 됨이여!

      자신의 승리의 축제 가운데
      정신이 신들의 즐거움 향유하고

더욱 감미롭게, 성스럽고도 자유롭게
영혼이 영혼 안으로 자신을 쏟아놓을 때,   100
바다 안으로 강물들 흘러들 때
극점의 울림[6]과 함께 우리
정령의 여왕 중 가장 아름다운 여왕에게
언젠가 승리의 합창 함께 부르리라.

사랑에 바치는 찬가

감미로운 볼거리들을 즐기며
우리는 푸르른 풀밭 위를 거닐고 있다.
우리의 성직수행은 환희[1]이고
우리의 사당은 자연이다. —
5   오늘은 어떤 눈도 흐릿해져서는 안 된다.
근심이 이곳에 있어서도 안 된다!
모든 존재는, 우리처럼,
자유롭고 즐겁게 사랑을 기뻐해야만 한다!

자랑 가운데 조소하라, 누이들이여, 형제들이여!
10   소심한 종들의 겉치레를 조롱하라!
용감하게 노래들의 노래[2] 환호성을 울린다,
손에 손 꼭 붙들고!
포도원 언덕으로 올라가
넓은 계곡을 내려다보라!
15   도처에 사랑의 날갯짓
우아하고 찬란하다, 도처에서!

사랑은 갓 피어난 장미꽃에게
드높은 대기로부터 아침이슬 가져다주고
은방울꽃 향기 가운데서
20   따뜻한 대기 맛보라 가르친다.

사랑은 오리온성좌 주위로
충실한 대지 이끌어가고
사랑의 눈짓 따라서
강물마다 넓은 바다로 미끄러져간다.

거친 산들을 따라   25
사랑은 부드러운 계곡을 늘어세우고
고요한 대양에서
불타는 태양을 만끽한다.
보라! 하늘의 성스러운 기쁨
대지와 짝짓고 있다,³   30
뇌우에 덮여 가려져
어머니의 가슴 움찔 두근거린다.

대양을 뚫고 사랑은 거닐고
메마른 사막의 모래를 비웃는다.
조국을 위해서 환호하면서   35
승리의 깃발 곁에서 피 흘린다.
사랑은 암벽을 무너뜨리고
천국을 마법으로 불러온다 ─
미소 지으며 천진함은 돌아오고
신적인 봄들 피어난다.   40

사랑을 통해서 힘차게
우리는 속박에서 벗어나고
도취한 정령들은 별들을 향해
사라져간다, 자유롭고 위대하게!
45 맹세와 입맞춤 가운데
우리는 시간의 굼뜬 파랑을 잊는다.
그리고 영혼은 대담하게
그대의 환희로 다가간다, 무한함이여!⁴

청춘의 정령에게 바치는 찬가

만세! 졸고 있던 날개
새로운 비상을 향해 깨어났도다,
의기양양하게 나는 다시금
사랑과 자랑스러운 정신의 힘을 느낀다.
보라! 그대의 하늘의 불꽃   5
그대의 환희와 힘으로
신들 세계에서의 지배자여!
과감한 사랑의 표현 가득 채워져 있음을.

아! 형제애 어린 온화함에 대해
그대의 이마에 대해 그대는 말하는구나!   10
그러한 조화로운 형상체를
즐거워하지 않는 눈 없었도다.
그를 에워싸 독수리들 날면서
곱슬거리는 깃털 휘날리듯이! ―
무한한 삶 중 어디에   15
그처럼 감미로운 존엄이 살고 있는가?

 미소 지으며 충성된 자
겨울들판을 내려다보았다,
또한 잠 깨어난 자연
살아 다시금 사랑한다.   20

언덕들과 계곡들을 에워싸
나는 이제 그대의 향연에
즐거움을 누리며 환호한다,
당당한 정령이여!

아! 이 신들의 푸른 초원이
다시금 미소 짓고 번창하는 것처럼!
내가 느끼고 바라다보는 것 모두
*하나*의 사랑과 축복이도다!
매가, 이 마음처럼, 기쁨 누리고자
암벽을 날아올랐고,
똑같은 힘으로 가득 채워져
굴참나무 숲은 자라며 살랑거린다.

사랑하는 애무 가운데
파도는 파도에 휘감긴다.
사랑하며 감미로운 장미,
성스러운 미르테나무 그대를 느낀다.
수많은 즐거운 생명 수줍어하며
텔루스[1]의 가슴에 칭칭 감기고
푸르른 창공에게 수많은
환호성 그대의 기쁨 알린다.

25

30

35

40

그러나 나에게 그대의 은총
부여해준 가슴의 아름다운 불꽃,
신들의 계보에서의 지배자여!
나는 더 감미롭고 자랑스럽게 느끼고 있다.
그대의 봄들이 시들어버렸고   45
많은 사랑하는 것들 그대로부터 시들었다. ―
수년 전에 그것들 작열했듯이
나의 가슴과 이마 타오른다.

  오! 그대는 은밀한 청원에
내면의 누림으로 보답한다.   50
그리고 순례자의 발걸음을
환희의 신적인 입맞춤으로 이끌어간다.
향유의 방울로써
희망은 상처를 식혀준다,
그러나 달콤한 환멸들이   55
여전히 황량한 길을 감돌고 있다.

모든 품격에 바쳐지고
모든 레스보스의 형상체2에 바쳐져
도취한 삶은 여전히

60　　아름다움의 전능함에 경의를 표한다.
　　　어리석게도 나는 자주 싸움을 벌였으나,
　　　지극한 기쁨을 향해서
　　　달콤한 괴로움을 향해서
　　　사랑은 여전히, 이 가슴 안에서 지배하고 있다.

65　　수많은 옛 행동들을
　　　눈은 여전히 즐기고 있다.
　　　아! 위대한 선조들의 명예가
　　　여전히 목표를 향해 나에게 박차를 가한다.
　　　쉼 없이, 플루토의 전당[3] 안에 이르기까지
70　　나의 근심 중 가장 아름다운 근심 멈추어 있고,
　　　선택된 길을 가고자
　　　나는 여전히 힘과 용기를 느끼고 있다.

　　　넥타르를 담은 잔 눈부시게 빛나고
　　　제우스가 자신의 승리를 만끽하며
75　　그의 독수리, 멜로디에 감미롭게
　　　취하여, 눈을 감을 때,
　　　영웅들의 무리, 성스러운 이파리로
　　　휘감기어 기뻐할 때,
　　　나의 영혼은, 그대로부터 풀려나,

신성神性을 여전히 느낀다.   80

  찬양하라, 오 데몬 중 가장 아름다운 데몬이여!
찬양받으라, 자연의 지배자여!
신들의 영역들도
그대의 온화함을 통해서만 피어난다.
성스러운 분노 가운데서는   85
그대의 빛나는 얼굴도 흐려졌었다.
아! 그들 영원한 쾌락과
아름다움의 샘에서 마시지만 않았더라도.

에오스, 즐김으로 타오르고
사랑을 통해서 아름답고 위대하게   90
티토노스의 입맞춤⁴에서
나이 들고 쇠약해져 벗어난다면.
당당하게 서둘며
미소를 머금고 천공을 가로질러 가고
포이보스⁵의 화살을,   95
용감함과 형상을 슬퍼한다면.

게을리 사랑하고 또 미워하려고
아주, 그 승리의 기쁨,

그 거친 힘을 버리고
100 아레스[6]의 당당한 가슴이 졸음을 존다면,
아! 죽음의 잔을 천둥의 신의 힘[7]
스스로가 마신다면!―
대지와 하늘은 신음하며
혼돈의 밤으로 가라앉을지도 모른다.

105 그러나 이름 없는 기쁨 가운데서
세계는 영원히 그대를 찬미하리라,
청춘의 빛살 안에서
모든 정령 영원히 빛을 쪼이리라. ―
가슴의 불길이 식어버릴지라도
110 오랜 싸움 가운데서 나의
모든 달콤한 힘이 쇠퇴한다 할지라도
새롭게 장식되어 그 힘 그대를 향해 깨어나리라!

한 떨기 장미에게

어머니의 품 안에서
초원의 감미로운 여왕이여!
그대와 나를 고요하고 위대하며
모두에게 생명을 주는 자연이 영원히 품고 있네.
작은 장미여! 우리의 치장은 쇠잔해지고   5
폭풍은 그대와 나의 잎사귀를 떨어뜨리네.
그러나 영원한 씨앗은
곧 새로운 만개를 향해 움트리라.

힐러에게

그대는 살았네! 친구여! — 낙원의
귀중한 성유물을, 사랑의
황금빛 당당한 열매를,
그대처럼, 자신의 삶의 여정에서 깨뜨리지 않은 자,
5   자유로운 젊은이들의 동아리 안에서
우정의 달콤한 진지함으로 취한 눈물
성스러운 포도의 피 안으로 흘린 적이 없는 자,
그대처럼, 자연의 감동 어린
영원히 충만한 잔에서
10   용기와 힘 그리고 사랑과 환희 마신 적 없는 자
그런 자는 결코 살지 않았네. 또한 한 세기가
짐처럼 그의 어깨에 쌓여 있을 때도. —
그대는 살았네, 친구여! 그대에게 만개하듯
삶의 아침은 오로지 적은 수효의 사람에게만 만개하는 법.
15   그대의 단순함에서, 당당함에서
그대는 같은 가슴을 발견했네.
그대에게는 교제의 많은 아름다운
꽃들 움터 올랐네.
내면의 즐거움,
20   현명한 고독의 딸 역시 그대의 가슴 고귀하게 해주었네.
언덕과 계곡의 모든 우아함을 향해서
그대의 눈은 열리고 맑게 변했네.

행복한 친구여, 창조하는 자연의
거대한 딸 헬베티아¹는 그대를 껴안았네.
자유롭고 강렬하게, 오래고 당당한 라인 강   25
암벽에서 떨어지며 천둥소리 내는 곳에, 그대는 서서
장려한 혼돈 안에 대고 환호성을 질렀네.
암벽과 숲이 사랑스럽고 마법적인
이상향을 에워싸고 있는 곳, 하늘 높이 산들,
수천 년의 정수리를 만년설이   30
마치 노인의 은발이 이마를 그리하듯, 화관을 씌우고 있는 곳,
먹구름과 독수리들이 주위를 떠도는 가운데
무한이 먼 곳으로 뻗쳐 있는 곳,
영웅과 평범한 사람의 성스러운 유골이
깨끗하고 다정한 자연의 품 안에서   35
잠자고 있는 곳, 많은 영웅의 티끌
잔잔한 저녁바람에 솟아오르고
농가의 태평한 지붕을 물결치듯 둘러싸고 있는 곳,
거기서 그대는 위대하고 신적인 것을 느꼈네.
행복한 설계에 그대 타올랐고   40
수천의 황금빛 꿈에 그대 가슴 타올랐네.
또한 그대 이제 천진난만과 자유로운 예술의
성스러운 나라에서 작별을 고했을 때

아마도 그대의 이마는 구름이 뒤덮었으리라,
그러나 곧장 마법의 지팡이로
회상은 그대에게 많은 복된 시간을 마련해주었네.

작별의 시간, 이제 한층 진지하게 울린다.
아! 그 무정한 작별의 시간은
우리의 가장 사랑스러운 것 시들고, 영원한 청춘은
오로지 저 위쪽 천국에서만 번성하리라 고지하기 때문에.
그 시간은 우리를 던져 흩어지게 할 것이다, 진심 어린 친구여!
마치 갈기갈기 부서진 돛과 돛대를
거친 대양에서 폭풍에 날려 보내듯이.
어쩌면 가까이 그리고 멀리
알아본 적 없는 운명의 여신의 눈짓이 우리를
초원 또는 낙원을 거쳐 인도하는 사이에
그대는 한층 복된 새로운 세계로
그대의 필라델피아 해안²을 따라서
먼 바다 가운데 즐거운 용기로 충만해서 날아갈지도 모른다.
어쩌면, 어떤 감미로운 마법의 띠가
노쇠한 땅에 그대를 묶어놓을지도 모를 일이다!
실로 믿을 일이다! 인간의 심정은 하나의 수수께끼니까!
때때로 끝없이 계속 떠돌고 싶은 소망이

거역할 길 없이 우리의 마음속에 찬연히 타오른다.
때때로는 좁게 제약된 둘레 안에서도   65
한 친구, 하나의 작은 오두막 우리에게 생각나고
사랑하는 아낙 하나 모든 소망 채우기에 충분하다. —
그러나 작별의 시간, 서로 사랑하는
가슴을, 하고 싶은 대로, 내던져 흩어지게 하기를!
우정의 성스러운 암벽, 게으른 시간, 그리고   70
먼 곳도 또한 두렵지 않다.
우리는 우리를 알고 있다. 그대 사랑하는 이여! — 안녕!

노이퍼에게 보내는 초대

그대의 아침이, 형제여, 그렇게 멋지게 솟았다,
그처럼 찬란하게 그대의 아침 여명은 반짝였다 ―
그런데 또한 ― 검은 폭풍이 그 숭고한 빛을
무찌르고 만다 ― 또한 두렵게도
5   그대의 방심한 머리 위로 무서운 천둥을 굴린다!
오 형제여! 형제여! 그대의 영상은 그처럼 참되게
그처럼 놀랍도록 참되게 삶의 무상함을 의미하고 있구나!
꽃길의 뒤편에는 엉겅퀴 숨어 기다린다는 것 ―
또한 장밋빛 뺨으로 비탄이 훔쳐본다는 것!
10   또한 창백한 죽음이 젊은이의 혈관으로 살금살금 스며든다
는 것
또한 두려운 작별이 충실한 친구들의 운명이라는 것
또한 고귀한 심장의 운명이 압박과 비애라는 것!
그때 우리는 계획을 세운다, 그렇게 황홀하게
가까운 목적지를 꿈꾼다 ― 그런데 갑자기, 갑자기
15   번개 하나 아래로 번쩍이고 우리의 눈을 뜨게 한다!
그대는 이 모든 것이 무엇 때문이냐고 묻는가? ―진정한 변
덕 때문이다.
나는 정신 가운데 그대의 이마에 구름이 끼는 것을 보았다,
그대의 은둔 가운데서 ― 그때 우울한 눈길을 하고
나는 나의 네카 강을 향해 내려갔다.
20   그리고 어지럼이 일어날 때까지 나는 그 강의 물결을 바라

다보았다—

그리고 조용히, 어두운 미래로 채워져 —

우리를 기다리고 있는 운명으로 채워져

되돌아왔다 — 그리고 앉았다, 그러니까

우리의 삶의 불확실한 변화에 대한

수다가 — 물론 유익한 것은 아닌 — 수다가 생겨났다.　25

그러나 — 그대 오라 — 그대는 나에게서

미래의 수다와 예감을 이마에서 떼어내 희롱하기를.

오, 오라 — 꼭 알맞은 뚜껑 달린 잔이 그대를 기다리고 있

다 —

나의 작은 술통이 정말 불친절한 것이 되지 않기를.

그리고 그대는 분명 도시 사람의 식사를 만나지는 못하리　30

라, 그러나

나의 우정이, 그리고 나의 일가의 호의가 입맛을 돋우리라.

용맹의 정령에게
–한 편의 찬가

그대는 누구인가? 전리품을 향해서인 양
무한한 것 그대 앞에서 넓게 펼쳐지도다,
그대 찬란한 자여! 나의 칠현금 연주가
플루토의 어두운 집[1] 안으로까지도 그대를 동반하도다.
5   그처럼 오르티기아[2]의 해변에서
노래의 폭풍이 구름을 깨부수는 가운데
취하여 비틀거리는 시녀들 거친 쾌락 가운데
언덕과 협곡을 뚫고[3] 포도주의 신 뒤따라 날듯 걸었도다.

나에게인 양, 한때 고요한 섬광이
10   자유롭고 밝은 불꽃을 향해 그대에게 깨어났도다,
그렇게 그대는 젊은 환희에 취하고
자만심에 가득하여, 그대의 숲들의 밤을 뚫고[4] 돌진했도다,
지배의 여주인, 곤경에 이끌리어
그대의 비범한 팔이 몽둥이를 휘둘렀고
15   위협을 느끼면서 첫 번째 적으로부터 빼앗아
사자의 가죽을 그대의 어깨에 걸쳤을 때.[5]

그때 혈기 왕성한 전쟁에서
영웅의 힘 얼마나 자연에 필적했던가!
아! 얼마나 영혼은 경이로운 승리에
20   취하여, 죽어야 할 가련한 운명을 잊었던가!

당당한 젊은이들이여!⁶ 용감한 청년들이여!
그들은 즐겨 범에게 굴레를 씌웠고,
놀라워하는 돌고래들에 에워싸여 춤추며
당당하고 거대한 대양을 길들였도다.⁷

때때로 나는 그대의 무기 쩔렁대는 소리 듣노라,   25
그대 용맹의 정령이여! 또한
그대의 영웅적 백성의 경탄을 엿듣는 즐거움
때때로 삶에 지친 나의 가슴을 강하게 만들어준다.
그러나 그대는 보다 더 다정하게 조용한 집의 수호신 주위
에 머문다,
거기 예술가들의 한 세계가 과감하게 활기차고   30
거기 보이지 않는 것의 위용을 둘러싸고
문학의 한 고귀한 영혼이 베일을 짜는 곳.

삼라만상의 정신에게, 그리고 그 충만함에
성스러운 흔적을 따라서 메온의 아들⁸ 인사 건넸다.
그 앞에 모든 겉치장 벗어버리고   35
진지함 가득하여 영원한 자연이 서 있었다.
어두운 정경의 나라에서부터 그는 용감하게 자연을 불렀고
미소를 지으면서, 모든 환희의 합창 가운데,
인간의 차림을 한 채 한층 매혹적으로

40   이름 없는 여왕이 등장했다.

        그는 가슴이 두려운 욕망 가운데 갈망하는
        여명의 영역을 바라다보았다.
        그는 희망의 감미로운 꽃들을
        아무도 돌아오지 않는 미로 안에 흩뿌렸다,
45   거기에는 이제 부드러운 장밋빛 빛살 가운데서
        사랑과 평온의 미소 짓는 성소 빛났다,
        그는 거기에 헤스페리데스⁹의 열매를 심었고
        거기 이제 천국이 근심을 가라앉히고 있다.

        그러나 그대 용맹의 신이여! 그대의
50   성스러운 말 두려웠도다. 밤과 잠 가운데
        영원한 빛의 고지자告知者가 모습 보이고
        진리의 불길이 기만을 맞혔을 때.
        드높은 천후의 밤들로부터 천둥의 신 제우스
        번개를 두려워하는 계곡 위에 흩뿌리는 것처럼,
55   그대는 타락한 종족들에게 거인족의
        몰락¹⁰을, 백성들의 덧없음을 보여주었다.

        그대는 칼을 평상시의 옷과 바꿀 때
        엄정한 저울로 무게를 달았다,

그대는 판결하였고, 방탕의 왕들
그대의 현기증 일으키는 잔¹에 취해 비틀거렸다.   60
그들의 범 같은 분격으로도 소용없었으나
그대의 심판 옛 어둠을 놀라게 했다.
그대는 천진무구함의 낮은 목소리 진지하게 들었고
성스러운 정의의 여신에게 희생을 바쳤다.

그대의 신들의 방패를 들고   65
오 용맹의 정령이여!
순수함을 결코 떠나지 말라, 청년들의 마음
승리의 향유와 함께 얻어내고 형성하라!
오 머뭇거리지 말라! 경고하고, 벌하고, 승리하라!
그리고 진리의 위엄 언제나 확고히 하라,   70
시대의 비밀에 찬 요람에서부터
천국의 아이, 영원한 평화 일어날 때까지.

그리스
-St.에게

만일 내가 플라타너스 그늘에서 그대를 만난다면,
꽃들 사이로 케피소스[1] 강물이 흘렀던 곳
젊은이들이 명성을 상상해보았던 곳
소크라테스가 마음을 사로잡혔던 곳
5   아스파시아가 미르테나무 사이로 거닐었던 곳[2]
형제애 가득한 환희의 외침이
떠들썩한 아고라[3]로부터 울렸던 곳
나의 플라톤이 천국을 지었던 곳[4]

  축제의 합창이 봄의 흥을 북돋우던 곳[5]
10   미네르바의 성스러운 산으로부터[6]
수호의 여신에게 봉헌하고자 —
감동의 강물이 쏟아져내리던 곳 —
수천의 감미로운 시인의 시간 안에
마치 신들의 꿈처럼, 나이가 사라졌던 곳
15   마치 수년 전에 이 마음이 그대를 발견했듯이
거기서, 사랑하는 이여! 내가 그대를 발견한다면,

아! 어찌 내가 그대를 얼싸안지 않겠는가! —
그대 나에게 마라톤의 영웅들[7]을 노래할지도 모를 일,
또한 감동 가운데 가장 아름다운 감동이
20   그대의 취한 눈에서 미소 지을지도 모를 일,

승리의 감정이 그대의 가슴을 회춘시켰도다.

월계수 가지에 둘러싸여, 환희의 숨결이

그처럼 보잘것없이 식혀주는

삶의 둔한 무더위가 그대의 영혼을 짓누르지 않았다면.

사랑의 별은 그대에게서 사라져버렸는가?   25

또한 청춘의 우아한 장밋빛 빛살은?

아! 헬라스[8]의 황금빛 시간들 에워싸 춤추는 가운데

그대는 세월의 도주를 느끼지 않았으며,

베스타의 불꽃처럼[9] 용기와 사랑이

거기 모든 이의 가슴에 영원히 타올랐다.   30

헤스페리데스의 열매처럼, 거기

영원히 청춘의 자랑스러운 환희 피어났다.[10]

아! 그 더 좋은 나날 헛되지 않게

그처럼 형제 같이 그리고 위대하게,

기꺼이 환희의 눈물 흘렸던 민중을 위해   35

그대의 가슴이 두근거렸더라면! —[11]

이제 기다려라! 신성이 감옥에서 떠날[12]

시간 틀림없이 다가오리라 —

죽으라! 그대가 이 땅 위에서는

고귀한 영혼이여! 그대의 본령 찾으려 하나 헛되기에.   40

아티카[13], 영웅인 그녀 쓰러지고 말았다.
옛 신들의 아들들 쉬고 있는 곳,
아름다운 대리석 홀의 폐허 안에
지금은 두루미 고독하게 슬퍼하며 서 있다.
45 착한 봄은 미소 지으며 되돌아 내려오나
그 봄은 자신의 형제들을
일리소스[14]의 성스러운 계곡에서 다시 만나지 못한다 ―
파편과 가시덤불 아래 그들 잠자고 있다.

나의 마음 먼 나라로 건너가
50 알카이오스와 아나크레온[15]을 열망한다,
또한 마라톤의 성스러운 이들의 곁에
좁은 거처에서 차라리 잠들었으면 한다.
아! 이것이 나의 사랑하는 그리스를 향해
흘린 내 눈물의 마지막이었으면,
55 오 운명의 여신[16]이여 운명의 가위소리 내시라,
나의 마음은 죽은 자들의 것이기에!

III

1794

~

1795

발터스하우젠—예나—뉘르팅겐

노이퍼에게
–1794년 3월에

아직 내 마음 가운데로 감미로운 봄 다시 돌아오거니
아직 나의 철모르고 기쁜 가슴 늙지 않았거니
아직 사랑의 이슬 내 눈으로부터 흘러내리거니
아직 내 마음속에 희망과 기쁨과 고통이 살아 있거니.

아직 푸르른 하늘과 초록의 들녘   5
감미로운 위안의 눈길로 나를 달래주며
청춘의 다정한 자연, 그 신성이
환희의 술잔¹ 나에게 건네주거니.

위안받으라! 이 삶은 고통할 가치 있도다,
신의 햇빛 우리 가난한 사람들에게 비치고   10
더 나은 세월의 영상들 우리의 영혼을 맴돌며
또한 아! 우리와 함께 다정한 눈 울음을 우는 한.

운명

무릎을 꿇고 운명을 공경하는 자들은 현명한 자들이다.

—아이스킬로스

사랑이 화관을 휘감았던
평화의 성스러운 계곡에서부터
신들의 만찬을 향해서
황금시대[1]의 마력이 사라져버렸을 때,
5 　운명의 완고한 권세,
위대한 여지배자, 곤경이
강대한 족속에게
길고도 혹독한 전투를 명령했을 때,

　그때 어머니의 요람에서 그는 뛰쳐나왔도다,
10 그때 그는 자신의 덕망의 막중한 승리를 향한
아름다운 흔적을 발견했도다,
성스러운 자연의 그 아들.
신들의 한 아이가 괴물들로부터
획득한 승리 가운데
15 드높은 정령들의 지극한 선물
덕망의 사자 같은 힘은 시작되었다.[2]

황금빛 수확의 환희는
작열하는 햇빛을 통해서만 무성할 수 있다.
자신의 피를 통해서만이 전사戰士는
자유롭고 자랑스러워지는 법을 배웠다.   20
승리의 즐거움이여! 천국들은 사라졌다,
불꽃이 구름으로부터 그러하듯
태양이 혼돈으로부터 그러하듯
영웅들은 폭풍을 뚫고 나왔도다.

모든 환희는 곤경에서 움텄으며   25
고통 가운데서만 나의 가슴이 누렸던
가장 사랑스러운 것
인간됨의 사랑스러운 매력 융성한다.
어떤 유한한 눈길도 보지 못했던
깊은 분류 가운데서 길러져   30
키프리아³는 검은 파도로부터
미소를 머금고 당당한 만개 가운데 솟아올랐다.

곤경을 통해 하나 되고
젊은 시절의 꿈에 달콤하게 도취되어
디오스쿠렌⁴ 죽음의 결합을 서약했도다,   35

또한 칼과 창이 교환되었다.
가슴의 환호 가운데 그들, 마치 독수리 한 쌍처럼
싸움을 향해 서둘러 갔고,
마치 사자가 노획물을 나누듯
40   이 사랑하는 자들 불멸을 나누었도다. ―

  곤경은 비탄을 멸시하라 가르치고
젊은이의 힘 부끄럽게 명성도 없이
죽어가는 것을 버려두지 않는다,
가슴에는 용기를, 영혼에는 빛을 준다.
45   노인의 주먹을 다시 회춘시킨다.
마치 신의 번개처럼 곤경은 다가올지 모른다,
그리고 바위의 산들 무너뜨리고
거인들을 향해 자신의 길을 걸을 것이다.

그것의 성스러운 폭풍우의 내려침으로써
50   사정없이 어느 위대한 날
곤경은 수백 년이 미처
이루지 못한 것 이루어내리라.
또한 그것의 뇌우 가운데
이상향조차 스러지고
55   세계가 그 천둥을 두려워할 때에도 ―

위대하고 신적인 것 넘어지지 않으리라.[5] —

오 그대, 거인들의 놀이친구여,
오 현명하고, 분노하는 자연이여,
거인의 가슴에 안겨 있는 것,
그대의 배움터에서만 움튼다.   60
아르카디아[6]는 다행하게도 달아났다.
삶의 더 나은 열매는 그를 통해,
영웅들의 어머니,
엄정한 필연을 통해서 번성한다. —

내 삶의 황금빛 아침에 대해서   65
오 페프로메네[7]여! 그대에게 감사하노라!
그대는 칠현금의 탄주와 감미로운 염려와
꿈과 눈물을 나에게도 주었도다.
불꽃들과 폭풍우들이
나의 젊은 이상향을 보호해주었고   70
내 가슴의 성소聖所 안에
평온과 고요한 사랑이 군림했도다.[8]

  한낮의 불꽃으로부터
전투와 고통으로부터

75   신의 후손처럼
         끊임없는 혈통의 꽃, 이 가슴에 성숙하리라!
         폭풍의 날개 달고 나의 영혼
         삶의 드높은 환희 끌어오리라,
         덕망의 승리의 기쁨 보잘것없는
80   행복에도 나의 가슴 회춘케 하시기를!

         폭풍 중 가장 성스러운 폭풍 가운데
         나의 감옥의 벽[9] 무너져내리기를,
         또한 나의 영혼 한층 찬란하게
         그리고 한층 자유롭게 미지의 세계로 물결쳐 가기를![10]
85   여기엔 때때로 독수리 피 흘리며 날갯짓한다.
         위쪽에서도 전투와 고통이 기다리리라!
         태양의 마지막에 이르기까지
         승리로 양분을 얻으며 이 가슴 전력을 다하리라.

친구의 소망
－로지네 St.에게—

봄으로 사방 둘러싸이고,
아침의 숨결이 사방에서 불어와,
나의 깨어 있는 영혼이
취하여 회상을 엿보고 있을 때,
한때 먼 아궁이에서인 양   5
그렇게 감미롭게 태양이 나에게 빛나고,
그 빛살 대지의 심장,
지상의 아이들의 심장으로 꿰뚫어올 때,

그 너머로 시냇물이 흐르는
방목장 주변이 차츰 밝아오고,   10
고뇌와 환희에 깊이 동요되어,
나의 영혼 꿈꾸며 깊은 생각에 잠길 때,
임원에서 정령들이 소곤거릴 때,
달빛 속에서 고요한 연못들이
미처 잔물결도 일으키지 않았을 때,   15
나는 때때로 그대를 보고 그대에게 인사하노라.

고귀한 마음이여, 그대는 별과
아름다운 대지와 어울린다,
그대는 멀고 또 가까운 어머니
그대에게 그렇게 많은 선물 드릴 만하도다.   20

보라, 그대의 사랑으로
선택된 자들만이 더 아름답게 사랑을 나눈다.
그대는 충실하게 그대의 어머니,
자연에 머물러 있었기 때문이다!

25   임원의 노래, 그대처럼,
그대가 가는 길을 에워싸고 즐겁게 울리기를.
서풍에 부드럽게 흔들려서
그대의 평화로운 마음처럼, 씨앗도 나부끼기를.
그대의 가장 사랑스러운 꽃들 비처럼 내리기를,
30   그대가 거닐고 있는 들녘에서,
그대의 눈이 머무는 곳에서,
자연의 미소가 그대를 만나기를.

때때로 고요한 전나무 숲에서
그대의 얼굴을 에워싸고
35   저녁노을이 그 마법적이고
순수한 후광을 엮어 비추기를!
그대 마음의 걱정들
한밤이 달콤한 휴식으로 잠재우고,
자유로운 영혼이 사랑하면서
40   정령들을 향해 날아가기를.

청춘의 신

여름밤에
복된 환상들을 위해
그대의 사랑하는 눈 깨어 있을 때,
때때로 친구의 선한 넋들
마치 별들의 합창처럼,   5
고대 거인들의 정령들
어스름 가운데
그대에게 솟아오른다면,

신성이 아름다움 안에
몸을 숨기고 있는 거기에서,   10
때때로 그대 사랑의
깊은 동경 진정되리라.
마음의 애씀은
평온의 예감으로 보답받고,
영혼의 칠현금 탄주는   15
멜로디 따라 울리리라.

그처럼 지극히 고요한 계곡에서
가장 많은 꽃 피어 있는 임원을 찾고,
황금빛 잔으로
기쁨의 제주祭酒를 따르라!   20

여전히 노쇠하지 않은 채
그대 마음의 봄은 미소 짓고,
청춘의 신은 여전히
그대와 나의 위에 주재하신다.

25   거기 시인이 앉아서,
신들의 꿈 가운데
세월의 달아남을 잊었을 때,
느릅나무가 그를 시원하게 했을 때,
그리고 아니오 강의 물결
30   도도하고도 즐겁게
은빛 꽃들 주위를 노닐 때,
그때의 티부르[1]의 나무들 아래처럼.

또한 임원의 푸르름을 뚫고,
나이팅게일의 인사를 받으며
35   사랑의 별이 빛났을 때,
모든 대기 잠들어 있고
백조에 부드럽게 건드려져
케피소스 강[2]이 올리브와
미르테 숲을 지나 흘렀을 때,
40   그때의 플라톤의 전당[3] 주변처럼,

310

그처럼 여기 현세 여전히 아름답도다!
또한 우리들의 마음
평화로운 자연의
생명과 평화를 알게 되었도다.
아직 천국의 아름다움 꽃피고,   45
아직 우리들의 마음 가운데는
봄의 소리 형제처럼
한데 합쳐지도다.

때문에 지극히 고요한 계곡에서
가장 향기 가득한 임원을 찾고,   50
황금빛 잔으로
기쁨의 제주를 따르라,
노쇠하지 않은 채 여전히
대지의 영상 그대에게 미소 짓고,
청춘의 신 여전히   55
그대와 나의 위에 주재하시므로.

자연에 부처

그때 나 아직 그대의 장막을 맴돌아 놀았으며
한 송이 꽃인 양 그대에게 매달려
나의 연약하게 숨 쉬는 가슴을 에워싼
모든 소리 가운데서 그대의 가슴을 느꼈었노라

5 그때 나 아직 그대처럼 믿음과 동경으로 가득 차
그대의 모습 앞에 서 있었고
내 눈물 흘릴 한 곳
나의 사랑을 위한 한 세계를 찾아내었노라,

그때 마치 내 마음의 소리 듣기라도 하듯이
10 나의 마음은 아직 태양을 향했노라,
또한 별들을 형제라 불렀고
봄을 신의 멜로디라 불렀노라,
임원을 떠도는 숨결 가운데
아직 그대의 영혼, 환희의 영혼은
15 마음의 고요한 파도로 찰랑였고
그때 황금빛 나날들은 나를 안아주었도다.

샘물이 나를 시원하게 해주며
어린 풀줄기의 초록빛
말 없는 바위들을 에워싸 놀며
20 가지들 사이로 천공이 모습을 보이는 계곡,

그곳에서 내가 꽃들의 세례를 받으며
말없이 취하여 그들의 숨결을 들이마시고,
나를 향해서 빛살과 광채에 휩싸여
높은 곳으로부터 황금빛 구름 내려왔을 때 —

단애의 가물거리는 품 안에서부터   25
강물들이 거인처럼 부르는 노래 울려오며
캄캄한 구름들이 나를 휘감아드는 곳
저 멀리 불모의 들판을 내 유람하고 있었을 때,
폭풍이 뇌우의 파동과 함께
나를 스쳐 산들을 꿰뚫어가고   30
하늘의 불길이 나를 에워싸 날아갔을 때,
그때 그대 모습 나타내었도다, 자연의 정령이여!

그럴 때면 때로 취한 눈물과 함께
오랜 방황 끝에 강물들 대양을 동경하듯
아름다운 세계여! 사랑하며, 나   35
그대의 충만 가운데 빠져들기도 했노라.
아! 그때 온갖 존재의 힘으로
기쁨에 차, 시간의 고독으로부터 빠져나와
한 순례자 아버지의 회당으로 뛰어들듯이
영원무궁함의 품 안에 나는 뛰어들었도다. —   40

축복받으라, 황금빛 어린 시절의 꿈들이여,
그대들 나의 삶의 궁핍함을 숨겨주었고
너희들 마음의 착한 싹을 움트게 했었노라
내 결코 이루지 못할 바를 그대들 나에게 주었노라!
45   오 자연이여! 그대의 아름다움의 빛으로부터
힘듦도 억지도 없이
사랑의 당당한 열매
마치 태고의 수확처럼 영글었도다.

나를 기르고 달래주던 이, 이제는 죽었고
50   청춘의 세계 이제 죽었도다,
한때 하늘이 충만케 했던 이 가슴
마치 수확이 끝난 터전인 양 죽어 궁핍하도다.
아! 봄은 아직도 그전처럼 나의 염려에 대고
우정에 찬 위안의 노래 부르나,
55   내 삶의 아침은 사라져버리고
내 마음의 봄도 스러져버렸도다.

청춘의 황금빛 꿈 죽어버렸고
나에게 다정한 자연도 죽어갔을 때
가장 소중한 사랑도 영원히 궁핍해야 하고

우리가 사랑하는 것은 오직 그림자일 뿐.   60
그처럼 고향이 그대로부터 멀리 있음을
즐거운 나날에는 그대 깨닫지 못했던 것,
고향에의 꿈이 그대를 충족시키지 아니하면
가련한 마음이여, 그대 결코 고향을 묻지도 않으리라.

IV

1796

~

1798

프랑크푸르트 시절

미지의 여인에게

별들처럼, 행복하게,
삶의 어두운 물결에서 멀리 떨어져
변함없이 고요한 아름다움 가운데 살고 있는,
사자처럼 용감한 마음의 승리 위에
사유의 족쇄로부터 자유로운 비상 위에   5
한낮이 독수리 위에 날듯 떠도는 그녀를 그대는 아는가?

그의 한낮의 빛살로 우리를 맞히고 있는,
그의 이상으로 우리에게 불 댕기고 있는,
마치 하늘로부터인 양 우리에게 계명을 보내고 있는,
폭풍에 길 잃고 동방을 향해서   10
항해자가 바라다보듯, 현자들이
말없이 진지하게 길을 묻고 있는 그녀를?

의지가 그녀로부터 거인의 힘을
정신이 그의 고요한 판단을 취할 때
아름다운 충만으로부터 최선의 것을 주는,   15
삶의 가락에게는 그것의 선율을,
근면에 대해서이듯, 중재자를 통해
우리의 정신에게 쉼의 척도를 정해주는 그녀를?

삶의 공허함이 우리를 살해할 때,

20   마법처럼 우리의 시든 관자놀이를 붉게 만들고
      희망으로 우리의 마음을 회춘시켜주는,
      폭풍이 파괴한 그의 먼 이타카가
      걱정하고 있는 인고의 사나이를
      알키노우스의 들판으로 인도한 그녀를?[1]

25   그대는 그녀를 알고 있는가, 월계관으로,
       더 나은 지역의 환희로,
      우리가 무덤으로 가기 전에 보답하는 그녀,
      사랑의 가장 신적인 욕구,
      우리가 시작했던 그 가장 아름다운 일을
30   힘들이지 않고 순간에 충족시키는 그녀를?

      어린 시절이 되돌아오기를 재촉하는,
      반신半神을, 우리의 정신을, 그것이
      과감하게 부딪치고 있는 신들과 결합시키는,[2]
      운명의 완고한 결말을 부드럽게 해주고
35   마음이 거칠어지는 싸움에서
      위안하며 우리에게서 갑옷을 벗겨주는 그녀를?

      별들의 공간에서, 그대가 매순간
      폭풍 가운데서, 모험적인 항해에서

멀리에서 찾고 있는 그 하나,
어떤 필멸의 오성도 상상하지 않은,   **40**
어떤 덕망도 아직 얻어내지 못한³
평화의 황금 열매⁴를 지키고 있는 그녀를?

헤라클레스에게

소년기의 잠에 파묻혀
나는 누워 있었네, 마치 갱 속의 광석처럼.
고마워라, 나의 헤라클레스여! 그대는 나를
소년에서 사나이로 만들어주었고
5   나는 왕좌를 향해서 성숙했네.
또한 크로니온[1]의 번개처럼,
청춘의 구름으로부터
행동들 나에게 강하고 거대하게 터져 나오네.

독수리가 눈에 불길이 타오를 때
10   용감한 방랑길로
즐거운 천공을 향해
자신의 새끼들을 데리고 날아오르듯,[2]
그대는 어린아이의 요람에서부터
어머니의 식탁과 집으로부터
15   그대의 전쟁의 불꽃 안으로
드높은 반신[3] 그대는 나를 데리고 나오네.

   그대는 그대의 전차[4]가
나의 귀에 부질없이 구른다고 생각하는가?
그대가 짊어졌던 모든 짐
20   나의 영혼을 솟구치게 했네.

도제徒弟는 대가를 치러야만 하는 법.
나의 가슴 안에서, 당당한 빛,
그대의 빛살 고통스럽게 타올랐네,
그러나 그 불길 사그라들게 하지 않았네.

그대의 운명의 물결을 대비하여   25
드높은 신적인 힘들이 그대를,
용감하게 헤엄치는 자여! 그대를 길러냈듯이,
무엇이 나를 승리로 길러내주었던가?
무엇이 어두운 방에 앉아 있는
아비 잃은 자5를 신적인 자   30
위대한 자에게로 불러내어
용감하게도 그대와 맞서게 했던가?

무엇이 나를 붙잡아 동무들의
무리에서 나를 선발해주었던가?
무엇이 작은 나무의 가지를   35
천공의 한낮을 향해 솟아오르게 했던가?
어떤 정원사의 손길도
어린 생명을 친절하게 떠맡지 않았도다.
그러나 자신의 노력으로
나는 하늘을 바라다보았고 거기를 향해 자랐도다.   40

크로니온의 아들이여! 이제
낮을 붉히며 그대의 곁으로 다가서도다.
올림포스는 그대의 전리품,[6]
오라 그것을 나와 함께 나누라!
45 나는 필멸의 운명으로 태어났으나
나의 영혼은
불멸을 맹세했도다.
그 영혼 자신이 획득한 것 지키리라.

디오티마[1]
-이른 초고의 단편

오랫동안 죽어 깊이 갇혀 있다가
나의 심장 아름다운 세계에 인사드리노라.
그 가지들 피어나고 움트도다,
새로이 생명의 힘 부풀어 올라.
오! 나는 생명으로 되돌아가노라,   5
밖으로 나와 대기와 빛 안으로 가듯
나의 꽃의 복된 정진은
메마른 껍질을 깨부수도다.

그대들 나의 비탄을 알고 있었으며
그대들 때때로 사랑으로 화내며   10
내 감각의 결함을 지적했도다,
그러면서도 참고 또 희망했도다.
이제 궁핍은 끝났도다, 그대들 사랑하는 이여!
또한 가시 침대는 비었도다.
또한 그대들 언제나 우울한,   15
병들어 눈물을 흘리는 자 더 이상 알지 못하도다.

어찌 그렇게 달라졌는가!
내가 미워하고 피했던 것 모두
다정한 화음 가운데서 이제
내 생명의 노래 안에서 소리 내도다,   20

또한 매시간을 알리는 종소리와 함께
나는 신기하게도 어린 시절의
황금빛 나날을 회상하게 되었도다,
내가 이 한 여인을 발견한 이래로.

25 디오티마여! 복된 존재여!
그 찬란한 여인, 그녀를 통해서
나의 영혼 삶의 두려움에서 치유받고
신들의 청춘 약속받았도다!
우리의 천국이 세워지리라,
30 우리가 서로 만나기도 전에
우리 존재는 깊이를 알 수 없이 서로 통하고
서로를 알고 있었도다.²

내가 아직 어린아이의 꿈들 속에서
푸르른 날처럼 평화롭게
35 내 정원의 나무들 아래
따뜻한 대지 위에 누워 있었을 때,
나의 첫 번째 감정이 꿈틀거렸을 때,
처음으로 내 마음 가운데서
신적인 것이 요동쳤을 때,
40 그대의 영혼 나를 에워싸고 소곤거렸도다.

아 그리고 나의 아름다운 평화
마치 칠현금 연주처럼 갈가리 찢어졌을 때,
나의 착한 영혼이 미움과 사랑에 지쳐
나를 버리고 떠나갔을 때,
그대는 마치 하늘에서 내려오듯 와서   45
나의 유일한 행복, 내 감각의 화음을,
그대를 향한 꿈을
나에게 되돌려주었도다.

내가 간청하면서 피조물의
아주 작은 것에 헛되게 매달렸을 때,   50
삶의 햇빛을 뚫고
마치 눈먼 자처럼 고독하게 가고 있을 때,
때때로 충실한 얼굴을 대하고
멈추어 섰으나, 아무런 뜻도 발견치 못했을 때,
하늘의 빛 앞에   55
어머니의 대지 앞에 궁핍하게 서 있을 때,

사랑스러운 영상, 그대의 빛살과 함께
그대 나의 밤으로 밀고 들어왔도다!
새롭게 나의 이상을 보며

60   새롭고도 강하게 나는 깨어났다.

그대를 찾기 위해서 나는 다시금

나의 게으른 거룻배를

죽은 항구에서

푸른 대양을 향해 띄웠도다. ―

65   이제 나는 그대를 찾았노라!

사랑의 축제의 시간에

내가 예감하면서 보았던 것보다

더 아름답게, 드높고 착한 이여! 그대 있도다.

오 가없은 환상이여!

70   그대만이 이 한 여인을

그대의 조화를 통해서 만들도다,

기뻐하며 완결된 자연이여!

마치 흔들리는 풀줄기의 아치 위에서

취한 벌이 몸을 이리저리 흔들고

75   이리저리 이끌리어

비틀거리며 때때로 날듯이

이 영상 앞에서 흔들리며 머물도다

가장 깊은 가슴속에 사무쳐   97
때때로 그녀에게 돌봄을 간청했도다,
그처럼 맑고 성스럽게
그녀의 하늘이 나에게 활짝 열려 있을 때,   100
나를 걱정케 하는 앙금을
이 천사의 눈이 볼 때,
나의 평화의 폐허 앞에서
이 순진무구한 꽃이 피어날 때.

풍성한 고요 가운데   105
한 눈길과 소리 가운데
그 평온, 그 충만함을
그녀의 정령이 나에게 털어놓을 때,
나를 감동시키는 그녀의 영혼이
드높은 이마에 떠오를 때,   110
경탄에 압도되어
분노하면서 나의 무無는 그녀에게 하소연했도다.

  그러나, 연약한 나뭇가지들 안에서처럼,
사랑하면서 때때로 나에게 귀 기울이고,

115   임원의 침묵을 뚫고 아늑하게
       하나의 신이 소리 내며 나를 스쳐 지나가도다,
       그처럼 그녀의 천국 같은 존재
       아이들의 유희에서조차 나를 포옹하며,
       감미로운 마법 가운데
120   기뻐하며 나의 속박 풀리도다.

디오티마
-중간 초고

오랫동안 죽어 깊이 갇혀 있다가
나의 심장 아름다운 세계에 인사드리노라.
그 가지들 피어나고 움트도다,
새로이 생명의 힘 부풀어 올라.
오! 나는 생명으로 되돌아가노라,   5
밖으로 나와 대기와 빛 안으로 가듯
나의 꽃의 복된 정진은
메마른 껍질을 깨부수도다.

어찌 그렇게 달라졌는가!
내가 미워하고 피했던 것 모두   10
다정한 화음 가운데서 이제
내 생명의 노래 안에서 소리 내도다.
또한 매시간을 알리는 종소리와 함께
나는 신기하게도 어린 시절의
황금빛 나날을 상기하게 되었도다,   15
내가 이 한 여인을 발견한 이래로.

디오티마여! 복된 존재여!
그 찬란한 여인, 그녀를 통해서
나의 영혼 삶의 두려움에서 치유받고
신들의 청춘 약속받았도다!   20

우리의 천국이 세워지리라,
우리가 서로 만나기도 전에
우리 존재는 깊이를 알 수 없이 서로 통하고
서로를 알고 있었도다.[1]

25 내가 아직 어린아이의 꿈에서
    푸르른 날처럼 평화롭게
    내 정원의 나무들 아래
    따뜻한 대지 위에 누워 있었을 때,
    잔잔한 기쁨과 아름다움 가운데서
30 내 마음의 오월이 시작되었을 때,
    마치 미풍의 소리처럼
    디오티마의 영혼이 불어와 나를 취하게 했도다.

    아! 그리고 전설처럼,
    삶의 아름다움 나에게서 사라져버렸을 때,
35 천국의 나날 앞에서 내가
    눈먼 자처럼 궁핍을 괴로워하며 서 있을 때,
    시간의 짐이 나를 고개 숙이게 하고
    나의 생명, 차갑고도 창백하게,
    벌써 망령들의 침묵의 나라로
40 동경하면서 기울어졌을 때,

그때, 그때 이상理想으로부터
마치 하늘에서부터인 양, 용기와 힘 다가왔도다.
그대는 그대의 빛살을 가지고
신적인 형상이여! 나의 밤 안에 나타나도다.
그대를 찾기 위해서 나는 다시금   45
나의 잠들어 있는 거룻배를
죽은 항구에서
푸른 대양을 향해 띄웠도다.—

그때였다! 나는 그대를 발견했도다.
사랑의 축제의 시간에   50
내가 예감하면서 보았던 것보다 더 아름답게
드높은 이여! 착한 이여! 그대 거기에 있도다.
오 가엾은 환상이여!
그대만이 이 한 여인을
그대의 영원한 조화 가운데서 만들도다,   55
기뻐하며 완결된 자연이여!

　환희가 달아나는 곳,
현존의 드높고
변함없는 아름다움이 피어나는 곳

60   저 위의 그곳에 있는 복된 자들처럼,
     옛 혼돈의 다툼에서 아름답게
     우라니아²가 그러했듯이,
     그녀는 신적으로 순수하게 간직되어
     시간의 폐허 안에 서 있도다.

65   수없이 경의를 표하면서
     나의 영혼은, 부끄러워하고, 극복하면서
     그녀를 붙드는 데 성공했도다,
     그 영혼의 가장 용감한 것조차 넘어 날아가는 그녀를.
     나의 가슴 깊은 곳에
70   태양의 타오름과 봄의 부드러움,
     투쟁과 평화가 여기
     아름다운 천사의 영상 앞에서 교차하도다.

     나는 벌써 성스러운 가슴의 눈물을
     그녀 앞에서 많이도 흘렸도다,
75   모든 삶의 음향 안에
     그 사랑스러운 여인과 나를 결합시켰고,
     가장 깊은 가슴속에 사무쳐
     때때로 그녀에게 돌봄을 간청했도다,
     그처럼 맑고 성스럽게

그녀의 하늘이 나에게 활짝 열려 있을 때.   80

풍성한 고요 가운데,
한 눈길과 소리 가운데
그 평온, 그 충만함을
그녀의 정령이 나에게 털어놓을 때,
나를 감동시키는 신이   85
그녀의 이마 위에 떠오를 때,
경탄에 압도되어
분노하며 나의 무는 그녀에게 하소연했도다.

  그러면 그녀의 천국 같은 존재
아이들의 유희에서 감미롭게 나를 포옹하며   90
그녀의 마법 가운데서
기뻐하며 나의 속박 풀리도다.
그러면 나의 궁핍한 애씀은 사라지고
투쟁의 마지막 흔적도 사라지며
유한한 자연은 충만한   95
신들의 삶 속으로 들어서도다.

아! 이 지상의 어떤 힘도
어떤 신의 계시도 우리를 갈라놓지 못하리라.

우리가 하나이면서 모두가 되는 때는,
100 그때는 나의 힘만이 존재하리라.
우리가 곤궁과 시간을 잊으며
보잘것없는 획득을
결코 뺨으로 재지 않을 때,
그때, 그때 나는 말하리, 내가 있다고.

105 마치 쌍둥이좌³의 별이
가벼운 위용 가운데
자신의 궤도를, 마치 우리처럼, 만족하며
저기 어두운 높이에서 가고 있듯이
이제 아름다운 휴식이 눈짓하는
110 명랑한 바다의 파도 속으로
하늘의 가파른 궁형에서부터
밝고 위대하게 가라앉는도다.

오 감격이여! 그처럼
우리는 그대 안에서 복된 무덤을 발견하도다.
115 그대의 파도 깊숙이
조용히 기뻐하면서 우리는 사라지리라.
우리가 호라이⁴의 부름을 듣고
새로운 자부심으로 일깨워져

마치 별들처럼, 다시금
삶의 짧은 밤으로 돌아갈 때까지.   **120**

디오티마
─나중 초고

그대 예전처럼 비쳐 내리는가,
황금빛 한낮이여! 또한 나의
노래의 꽃들[1] 이제 다시
생명을 숨 쉬며 그대를 향해 움트는가?
5   어찌 이렇게 달라졌는가?
내 비탄하며 피해온 많은 것들
친밀한 화음 가운데
이제 내 환희의 노래에 울리도다.
또한 매시간을 알리는 종소리와 함께
10 소년시절의 평온한 나날을
경이롭게도 되새기노라.
내 그대 한 여인 찾아낸 때로부터.

디오티마! 고귀한 생명이여!
누이여, 성스럽게 나에겐 근친인 이여!
15 그대에게 손길 내밀기도 전에
나는 멀리서 그대를 알았었노라.
그때 이미 내 꿈길에서
해맑은 날에 이끌리어
정원 나무들 아래
20 한 만족한 소년 누워 있었을 때,
잔잔한 열락과 아름다움 가운데

내 영혼의 오월이 시작되었을 때,
그때 벌써, 부드러운 서풍의 소리처럼
신적인 여인이여! 그대의 영혼 나에게 속삭였노라.

아! 그리고 마치 하나의 전설인 양   25
낱낱의 기쁜 신들도 나에게서 사라져버리고
하늘의 한낮 앞에 눈먼 사람처럼
시들어가며 나 서 있었을 때
시간의 짐이 나를 굴복하게 하고
나의 삶은 싸늘하고도 창백하게   30
벌써 동경에 차, 사자死者들의
침묵의 나라로 기울어져 갔을 때,
그래도 마냥 이 눈먼 방랑자
내 마음의 상像, 이 한 사람을
명부에서나 여기 현세에서나   35
찾아내기를 원했노라.

이제! 나 그대를 찾아내었도다!
나 예감하며 축제의 시간에
희망하면서 바라다보았던 이보다 더욱 아름답게
사랑스러운 뮤즈여! 그대 여기 있도다.   40
환희도 솟구쳐 달려가는 곳,

연륜도 뛰어넘어
영원히 쾌활한 아름다움 꽃피어나는 곳,
그곳 저 높이 천국에서부터
45 그대 나에게로 비추어내리는 듯하여라.
신들의 전령이여! 그대 이제
자비로운 만족 가운데
가인의 곁에 영원히 머물도다.

여름의 무더위와 봄의 따스함
50 다툼과 평화가 여기
평온한 신들의 모습 앞에서
내 가슴속에 경이롭게도 바뀌노라.
사랑을 구하는 사이, 분기충천하여
나 자주 부끄러워하며
55 나의 가장 큰 용기도 벗어나는
그녀를 붙잡음에 황송해했으나, 이룩하였노라.
하나 얻었음에도 만족하지 못하고
그녀 내 오관에 너무도 찬란하고
거대하게 보여, 그 때문에
60 나 오만하게도 한탄했었노라.

아! 그대의 평온한 아름다움,

복되게 마음씨 고운 얼굴!
그 진심! 그대의 천국의 음성
그것들에 나의 마음은 길들지 않았노라.
그러나 그대의 멜로디   65
나의 감각을 차츰 해맑게 하고
거친 꿈들은 달아나니
나 자신 다른 사람이어라.
나 진정 그렇게 선택되었는가?
나 그대의 드높은 평온   70
빛과 열락을 향해 태어났는가,
신처럼 행복한 이여! 그대처럼 그렇게 태어났는가? —

그대의 아버지이며 나의 아버지,²
명쾌한 당당함 가운데
자신의 참나무 숲 언덕 너머로   75
저기 맑은 하늘 위에 가고 있듯이,
또한 청청한 깊이로 푸르른
대양의 파도 가운데를
천공으로부터 떠올라
맑고 고요히 내려다보듯이,   80
더욱 아름다운 행복 가운데 축복받고
신들의 고원에서 나와

341

기쁘게 노래하며 바라보고자

나 이제 인간들의 세계로 돌아가려 하네.[3]

떡갈나무들

정원들을 나와 내 너희들에게로 가노라, 산의 아들들이여!
내가 떠나온 거기 정원엔 참을성 있고 알뜰하게 가꾸고
또 가꾸어지며 자연은 근면한 사람들과 함께 살고 있노라.
그러나 너희들 장려한 자들이여! 마치 거인족인 양 한층
온화한 세계 가운데 우뚝 서서, 오로지 너희 자신들과   5
너희들에게 양분을 주고 길러주는 하늘과 너희들을 낳은
대지에 어울릴 뿐이로다.
너희들 중 아무도 인간의 학교에 다닌 적 없고,
오직 즐겁고 자유롭게 힘찬 뿌리에서
서로들 가운데로 솟아올라와, 마치 독수리가 먹이를 채듯
힘차게 팔을 뻗어 공중을 움켜쥐고, 구름을 찌르듯이   10
너희들의 햇빛 받은 수관을 즐겁고 당당하게 쳐들도다.
너희들 각자가 하나의 세계이며, 하나의 신이지만,
마치 하늘의 별들인 양 자유로운 동맹으로 함께 살도다.
내 예속됨을 견딜 수만 있다면, 결코 이 숲을 샘내지 않으며
기꺼이 어울려 사는 삶에 순순히 따르련만.   15
사랑으로부터 떨어지지 못하는 이 마음이 어울려 사는 삶
에 붙들어매지만 않는다면,
내 정녕 기꺼이 그대들과 함께 살고 싶어라!

천공天空에 부쳐

신들과 인간들 가운데 어느 누구도 그대처럼
성실하고 친절하게 나를 키운 이 없었나이다, 오 아버지 천
공이시여!
어머니 나를 품에 안아 젖 먹이기도 전에
당신은 사랑에 넘쳐 나를 붙들어 천상의 음료를 부으시고
5   움트는 가슴 안으로 성스러운 숨결[1] 맨 먼저 부어주셨나이다.

살아 있는 것들 세속의 양식만으로 자라지 않으니
당신은 그 모두를 당신의 감로주로 길러주시나이다, 오 아
버지시여!
하여 영혼을 불어넣으시는 대기, 당신의 영원한 충만으로
부터
흘러나와 모든 생명의 줄기를 물밀듯 꿰뚫어가나이다.
10   그러하기에 살아 있는 것들 당신을 또한 사랑하며
즐거운 성장 가운데 끊임없이 다투어 당신을 향해 오르려
하나이다.

천상에 계신 이여! 초목도 눈길 들어 당신을 찾으며
키 작은 관목들은 수줍은 팔들을 들어 그대를 향해 뻗치지
않나이까?
당신을 찾으려 갇힌 씨앗은 껍질을 부수고
15   당신의 물결에 젖어 당신으로 하여 생기를 얻으려

거추장스러운 옷을 벗는 양 숲은 눈을 털어내나이다.
물고기도 요람을 벗어나 당신을 향하여 열망하듯
강물의 반짝이는 수면 위로 올라와 사무치듯 뛰어노나이다.
지상의 고귀한 짐승들, 당신을 향한 누를 길 없는 동경과
그 사랑이 그들을 부여잡아 끌어올릴 때,   20
발걸음은 날개가 되나이다.

말馬은 대지를 당당히 무시하고 마치 휘어진 강철인 양
목을 하늘로 치켜세우고 발굽도 모래땅에 거의 딛지 않나
이다.
장난치듯 사슴의 발은 풀줄기를 건드리며
마치 미풍²인 양, 거품 일으키며 세차게 흐르는 냇가를 이   25
리저리 건너뛰고
수풀 사이로 보이지 않게 배회하나이다.

그러나 천공의 총아, 행복한 새들
아버지의 영원한 집 안에서 만족하여 깃들며 노나이다!
이들 모두에게 넉넉한 장소가 있나이다. 누구에게도 길은
그어져 있지 않으며,
크거나 작거나 그 집 안에서 자유롭게 떠도나이다.   30
그들 나의 머리 위에서 환희하고 있으니 나의 마음도
그들을 향해 오르기를 갈망하나이다. 다정한 고향인 양

저 위에서 눈짓 보내니, 알프스의 산정으로
내 올라가 서둘러 날아가는 독수리에게 외치고 싶나이다.

35 한때 제우스의 품 안에 복된 소년[3]을 안겨주었듯이
이 갇힘에서 나를 풀어 천공의 회랑으로 데려가달라고.

우리는 어리석게도 정처 없이 헤매고 있나이다. 마치 하늘
을 향해
의지해 자랐던 버팀대가 부러져 자랄 길 잃은 덩굴처럼
우리 바닥에 흩어져 대지의 영역에서 부질없이 찾으며

40 방랑하고 있나이다. 오 아버지 천공이여!
당신의 정원에 깃들어 살려는 욕망이 우리를 내모는 탓이
로소이다.
바다의 물결로, 널따란 평원으로 만족을 찾아서
우리들 힘차게 들어서면 무한한 물결들
우리의 배의 고물을 맴돌아 치고 해신海神의 힘참에 마음은
즐거우나

45 그 역시 만족을 주지 않나이다. 가벼운 물결 일렁이는
더 깊은 대양이 우리를 유혹하는 탓이로소이다. 오, 누구 저곳
그 황금빛 해안으로 떠도는 뱃길 몰아갈 수 있다면!

그러나 그 가물거리는 먼 곳, 당신이 푸르른 물결로 낯선
해안을 품에 안는 그곳을 향해 내가 동경하는 사이,

당신은 과일나무의 피어나는 우듬지로부터 살랑이며 내려   **50**
오시는 듯하나이다.
아버지 천공이시여! 또한 나의 애끓는 마음 손수 가라앉혀
주시는 듯하나이다.
하여 이제 그전처럼 대지의 꽃들과 더불어 내 기꺼이 살겠
나이다.

방랑자

고독하게 서서 나는 아프리카의 메마른 평원을
   바라다보았다. 올림포스[1]로부터는 불길이 비처럼 쏟아져
   내렸다.
멀리로부터는, 마치 걷고 있는 해골처럼, 깡마른 산맥 천천
히 움직이고 있었다.
   그의 머리는 높은 곳에서부터 공허하고 고독하게 또한 비
   참하게 눈길을 보냈다.

5   아! 그늘 짓는 숲은 여기서 생기 돋우는 초록빛을 하고[2]
   살랑대는 대기도 무성하고도 찬란하게 솟아오르지 않았다.
시냇물들은 산맥으로부터 여기서 선율 아름다운 폭포를 타고
   은빛 강물을 휘감으며 피어나는 계곡을 뚫고 떨어지지 않
   았다.
정오의 찰랑대는 우물곁으로 지나가는 가축의 무리 하나도
없고

10   나무들을 뚫고 사람 깃든 지붕 하나 다정하게 내다보지도
   않았다.
수풀 아래에는 심각한 한 마리의 새가 노래도 없이 앉아 있
었고
   방랑하는 타조들이 두려워하며 서둘러 나는 듯 지나갔다.
나는 황야에서 그대에게 물을 간청하지 않았다, 자연이여!
   유순한 낙타가 나에게 충실하게도 물을 간직해 주었다.[3]

15   고향 평원의 사랑스러운 반짝임에 익숙해 있어

나는 임원의 노래를, 생명의 형상들과 색채를 청했다.
그러나 나는 헛되이 청했던 것이다, 그대는 나에게 불길 같
이 그리고 찬란하게 나타났다.
  그러나 나는 언젠가 그대를 더 신적으로, 더 아름답게 본
  적이 있었다.

나는 또한 얼음이 얼어 있는 극지를 찾아갔다. 굳어가고 있
는 혼돈처럼
  바다가 거기서는 놀랍게도 하늘을 향해 탑처럼 솟아오르   20
  고 있었다.
눈의 껍질 속에 거기 붙들린 생명 죽은 듯 잠자고 있었다.
  또한 그 단단한 잠은 부질없이 한낮을 기다리고 있었다.
아! 피그말리온[4]의 팔이 연인을 껴안았듯이
  거기서는 올림포스가 따뜻하게 해주는 팔로 대지를 껴안
  지 않았다.
  여기서 그는 태양의 눈길로 대지의 가슴을 움직이지 않았고   25
  비와 이슬을 통해서 대지에게 다정하게 말을 건네지 않았다.
어머니 대지여! 나는 외쳤다, 당신은 과부가 되어버렸습니다,
  당신은 오랫동안 궁핍하게 자식도 없이 살게 될 것입니다.
아무것도 낳지 않고 근심 어린 사랑 가운데 아무것도 돌보
지 않으며
  나이 들며 어린아이 가운데서 자신을 다시 보지 않음은   30

죽음입니다.
그러나 어쩌면 당신은 언젠가 하늘의 빛살에 몸을 데우고
　　그의 숨결이 궁핍한 잠에서 당신을 어루만져 눈뜨게 할
　　것입니다.
또한, 종자처럼, 당신은 그 단단한 껍질을 깨부수고,
　　움트는 세계가 수줍은 듯 꿈틀거리며 솟아날 것입니다.
35　　당신의 아껴둔 힘이 울창한 봄에 타오르고,
　　장미꽃들 피어나고 궁핍한 북녘에 포도주처럼 넘쳐날 것
　　입니다.

그러나 이제 나는 라인 강 곁으로, 행복한 고향으로 되돌아
　　간다,
　　또한 그 이전처럼 부드러운 대기 나에게 불어댄다.
또한 한때 품 안에서 나를 흔들어 재워주었던
40　　친밀하고 평화로운 나무들 나의 애쓰는 가슴 달래준다,
또한 성스러운 푸르름, 세상의 영원하고 아름다운
　　생명의 증인 생기 돌고 나를 젊은이로 변화시켜준다.
그사이 나는 나이 들었고, 얼어붙은 극지가 나를 창백하게
　　만들었다,
　　그리고 남쪽의 불길 가운데 나의 머릿단 떨어져버렸다.
45　　그러나 에오스가 티토노스를 그러했듯,[5] 그대 미소 짓는 꽃
　　가운데

그전처럼, 따뜻하고도 즐겁게, 조국의 대지, 아들을 껴안
  아준다.
복된 땅이여! 네 안에 포도원 자라지 않는 언덕 하나도 없고,
  가을이면 과일들 부풀어 오르는 수풀에 비처럼 떨어진다.
강물에는 달아오른 산들 즐겁게 발을 담가 씻고
  나뭇가지와 이끼의 화관들 그 햇볕 받는 머리를 식혀준다.   50
또한 어린아이들이 영광스러운 조상의 어깨로 올라가듯,
  어둑한 산맥을 타고 성채들과 오두막들이 오르고 있다.
수사슴이 숲에서 나와 다정한 한낮의 빛을 향해 평화롭게
  간다.
  경쾌한 대기 높이에서는 독수리가 주위를 둘러본다.
  그러나 꽃들이 샘을 마시며 살아가고 있는 아래쪽 계곡에는   55
  작은 마을이 초원 위로 만족스럽게 펼치고 있다.
여기는 고요하다. 바쁜 물레방아도 멀리서 소리 거의 내지
않는다.
  또한 잠긴 바퀴도 산으로부터 삐걱 소리 내지 않는다.
망치로 때려 눌린 낫과 밭을 갈며 소의 발걸음을
  조종하며 명령하는 농부의 목소리 사랑스럽게 울린다.   60
오월의 해님이 미소 짓는 잠으로 달래어 잠들게 한
  어린 아들과 풀밭에 앉아 있는 어머니의 노래도 사랑스럽
  게 들린다.
그러나 느릅나무가 노쇠해가는 대문을

푸르게 뒤덮고 야생의 라일락이 울타리를 둘러 피는 저
위 호숫가에는
65 집과 정원의 은밀한 어스름이 나를 맞아준다,
거기 초목과 함께 한때 나의 아버지 사랑하며 나를 길러
주신 곳,
거기 다람쥐처럼 내가 속삭이는 나뭇가지 위에서 즐겁게
놀거나
아니면 향기 나는 건초더미에 꿈꾸며 이마를 숨겼던 곳.
고향의 자연이여! 그대는 얼마나 나에게 충실히 머물렀던
가?
70 그전처럼 부드럽게 돌보면서 그대 이 도망자를 여전히 맞
아주는구나.
여전히 복숭아나무 나를 위해 무성하고, 여전히
여느 때처럼, 맛있는 포도가 창문을 타고 만족스럽게 자
라고 있다.
버찌나무의 달콤한 열매들 여전히 매혹적으로 붉게 익고
가지들은 저절로 따려는 손에 와 닿는다.
75 예전처럼, 길은 정원의 밖으로 나를 달래며 숲의 무한한
그늘 길로 이끌거나 시냇물가로 이끌어간다.
또한 그대는 나의 길을 붉게 물들이고 나를 따뜻하게 해주며
예전처럼 나의 눈 주위를 그대의 빛이 유희하고 있다, 조
국의 태양이여!

나는 불길을 마시고 그대의 환희의 잔에서 정신을 마신다,
그대는 나의 나이 들어가는 머리가 졸도록 버려두지 않으 80
리라.
그대는 한때 나의 가슴을 소년시절의 잠에서 깨웠고
부드러운 힘으로 나를 더 높이 더 넓게 내몰았었다,
부드러운 태양이여! 나 그대를 향해 더 충실하게 또한 더
현명해져 돌아가노라,
평화롭게 되고자 그리고 꽃들 가운데서 기뻐하며 쉬고자.

현명한 조언자들에게

나의 심장이 최고의 미를 향해 분투하는 한
나는 삶의 터전에서 싸워서는 안 될 것이다,
그대들이 그처럼 서슴없이 우리를 산 채로 묻어버리는
그 묘지 곁에서 내가 나의 백조의 노래[1]를 불러야만 하겠는
가?

5   오! 나를 아껴달라, 그리고 힘찬 분투를 용납해달라,
그 분투의 파랑이 멀고 먼 바다로 곤두박질칠 때까지,
언제까지든 내버려두라, 그대들 의사들이여, 내가 살도록
내버려두라,
운명의 여신이 삶의 궤도를 줄여버리지 않는 한.

포도나무의 성장은 차가운 계곡을 거부하고,
10   헤스페리엔의 융성한 정원[2]은
마치 화살처럼 대지의 심장으로 내리꽂히는
뜨거운 햇살 속에서만 황금빛 열매를 맺는다.
인간의 마음이 당당하고도 손상됨 없이
과감한 분노로 불탈 때 그네들은 도대체 무엇을 경고하는가,
15   투쟁 가운데서만 끝장내는 그것으로부터
너희들 졸장부들이여, 그의 불타는 요소의 무엇을 빼앗는가?

오래된 한밤을 저주하는 심판자,
그는 재미로 칼을 빼들지 않았다,

천공으로부터 유래하는 순수한 정신은
잠자기 위해서 내려온 것은 아니었다.   20
그 정신은 여기로 빛살 비치며, 유성流星처럼
놀라게 한다. 놓아주는가하면 당기고, 쉼과 보답도 없이,
천국의 문을 통해서 되돌아오는 가운데
그의 전차³가 승리 가운데 구를 때까지.

그런데 그대를, 복수자의 팔을 마비시키려 했다,   25
신들의 권리에 승복한 정신에 대고
그대 무리들의 무자비함대로
노예처럼 순응한 것이라고 말하고 있는 것인가?
그대들은 정신병원을 담당한 자가 복종해야 할
법정으로 선택하고 있다,   30
그대들이 추문으로 만들어버린 우리 안에 있는 신⁴
그 위에 벌레를 왕으로 삼아 얹고 있는 것이다. ―

이전에도 탐닉자는 십자가에 못 박혔다,
그리고 고귀한 사자의 분노 가운데 자주
인간은 천둥치는 결정의 날들을 맞아 싸웠다,   35
과감한 정의가 우연과 폭력을 제압할 때까지.
아! 태양처럼, 투쟁 가운데
찬란한 과업을 시작했던 자 쉬기 위해 가라앉았다,

그는 가라앉았다가 여명을 띄운 채 다시금
40   그의 사랑하는 이들 가운데 빛 비치기 시작했다.

이제 가슴을 살해하는, 새로운 기운이 피어나고 있다,
이제 현명한 남자의 조언은
반역자의 손안에 든 살해의 단검이 되었다,
또한 오성悟性은 형리刑吏처럼 두려워졌다.
45   그대들로부터 비겁한 평온으로 전향하여
젊은이들의 정신은 굴욕적인 묘지를 찾아낸다,
아! 명예도 없이 맑은 대기로부터 벗어나
많은 아름다운 별들 안개 낀 밤 안으로 내려와 사라진다.

까닭도 없이, 일류의 사람들 쓰러지고
50   강한 덕망들이 밀랍처럼 사라진다 해도,
아름다움은 이 모든 싸움으로부터
이 어두운 밤으로부터 날 중의 날 생겨나야만 하리.
그대들 죽은 자들이여, 그대들의 죽음만을 장사지내라!⁵
그대들이 여전히 장례의 횃불⁶을 들고 있는 가운데도
55   우리의 가슴 명받은 대로 이미 일어나고 있으며
이미 새롭고 더 나은 세계가 동터오고 있도다.

젊은이가 현명한 조언자들에게

내가 편안하게 쉬어야만 했던가? 내가 사랑을 억눌러야만
하겠는가,
불같이 기뻐하며 드높은 아름다움을 향해 나아가고 있는
사랑을?
그대들이 그처럼 서슴없이 우리를 산 채로 묻어버리는
그 묘지 곁에서 내가 나의 백조의 노래를 불러야만 하겠는
가?
오 나를 아껴달라! 전능한 힘에 이끌려,   5
언제나 생명의 싱싱한 분류奔流는
초조하게 좁은 강바닥에서 물결쳐야만 한다,
그것이 고향 같은 바다에서 쉴 때까지는.

포도나무의 성장은 차거운 계곡을 거부하고
헤스페리엔의 융성한 정원은   10
마치 화살처럼 대지의 심장으로 내리꽂히는
뜨거운 햇살 속에서만 황금빛 열매를 맺는다.
가혹한 시간의 속박 가운데서
나의 영혼이 불타오를 때, 너희는 대체 무엇을 진정시키며,
너희들 졸장부들이여! 전투들만이 구해주는   15
나로부터 나의 타오르는 요소의 무엇을 너희는 받아들이는
가?

생명은 죽음을 위해 선택되지 않았고
우리에게 불길을 댕긴 신은 잠들기 위해 뽑히지 않았으며,
천공으로부터 유래한 정령,
20 영광스러운 자 멍에를 위해 태어나지 않았다.
그 정령 내려온다, 마치 먹을 감기 위해서이듯,
세기의 강에 몸을 담근다, 그리고 강의 요정은
어느 날 그 헤엄치는 자를 성공적으로 훔친다,
그러나 그는 더 명랑하게 곧장 그의 반짝이는 머리를 쳐든다.

25 그러니 위대한 것을 해치려는 욕망을 버려라,
그리고 가라, 가서 그대들의 행운에 대해 말하지 말라!
그대들의 오지항아리에 삼나무를 심지 말라!
그대들의 용병의 의무 안에다 정신을 집어넣지 말라!
태양의 말[1]을 절름거리게 하려고 시도하지 말라!
30 별들이 각각의 궤도를 가도록 언제나 버려두라!
그리고 나에게, 순응하라고 충고하지 말고
나를 종으로 삼아 복종시키려 하지 말라.

그대들은 물론 아름다움을 견디어낼 수 없다,
그리하여 공공연한 힘과 행동으로 전쟁을 이끌고 있도다!
35 그렇지 않아도 탐닉자는 십자가에 못 박혔다.
이제 부드럽고 영리한 조언이 그를 살해하고 있다.

358

그대들 궁핍의 제국을 위해서 얼마나 많은 것을 마련했던가!
얼마나 자주, 따뜻한 아침나라²로
용감하게 항해하고 있는, 희망에 기뻐하는
키잡이를 그대들의 모래밭으로 유인했던가!   40

  헛되도다! 메마른 시대³가 나를 붙드나 헛되도다,
또한 나의 세기는 나에게 징벌이도다.
나는 생명의 푸르른 들판으로 가기를
그리고 감동의 천국으로 들어가기를 갈망한다.
그대들 죽은 자들이여, 그대들의 죽은 자들만을 장사지내고   45
인조물을 그저 찬미하고 또 꾸짖어라!
그러나 나의 마음 안에는 나의 심장이 명령하는 대로,
아름다운, 살아 있는 자연이 영글고 있다.

죄머링의 영혼기관과 민중

그들은 기꺼이 그와 함께 멋진 육체 구조를 꿰뚫어보려 한다,
그러나 첨탑에 오르기에는 그 계단 너무 가팔라진다.

죄머링의 영혼기관과 독일인들

많은 사람들이 그와 한패가 되었다, 그 사제가 앞뜰에서 거
닐고 있었으므로.
그러나 성소 안으로 감히 따라 들어간 사람은 거의 없었다.

치유할 수 없는 자들을 위한 기도

오 주저하는 시간이여, 서둘러 그들을 부조리한 것으로 데
려가 다오,
　달리 그들이 얼마나 분별이 있는지[1] 그대 그들을 결코 깨
　우치지 못하리.
서둘러 그들을 완전히 파멸케 하고 끔찍한 무無로 데려가
다오,
　달리 그들이 얼마나 타락했는지 그들이 그대를 결코 믿지
　못하리.
현기증을 느끼지 않으면 이 바보들은 결코 전향하지 않으며,　　5
　부패를 직접 보지 않는 한 이를 결코 [알지][2] 못하리라.

좋은 충고

그대가 머리와 가슴을 지니고 있다면, 그중 하나만을 내보
여라,
　그대가 두 가지를 동시에 내보이면, 둘은 그대를 저주하
　리라.

악마의 옹호자[1]

마음속 깊이 나는 독재자와 세속적 성직자 무리를 미워하
노라
　그러나 천재를 더욱 미워하나니, 천재가 이들과 우정을
　맺는 한.

특출한 사람들

사랑하는 형제들이여! 특출해지려고 애쓰지 말아라
　운명을 받들고 지상에서 서투른 자임을 견뎌내라
왜냐하면 머리가 일단 앞서면 꼬리는 뒤따르는 법이며
　독일 시인들의 모범적 시대는 끝났기 때문에.

서술하는 문학

알고 있어라! 아폴론²은 신문기자의 신이 되었도다!
　그에게 사실을 충실하게 설명하는 자 그의 부하이도다.

헛된 인기

오 인간을 잘 아는 사람이라! 그는 아이들과 함께 유치하게
지낸다.
  그러나 나무와 아이는 자신보다 위에 존재하는 것을 찾는
  법이다.

디오티마에게

아름다운 생명이여! 한겨울의 연약한 꽃송이처럼, 그대는
살고 있구나,
　늙어버린 세계에 그대 갇힌 채 꽃피우고 있구나, 홀로.
봄볕에 몸 쬐고자 사랑하며 밖으로 애써 향하네.
　세계의 청춘에 몸 덥히고자 그대는 그것을 찾고 있네.
그러나 그대의 태양, 아름다운 시대는 지고   5
　지금은 서리 내린 밤에 광풍들 다투어 불고 있구나.

디오티마

오라 그리고 나를 달래어달라, 한때 천상의 뮤즈의
  환희가 시대의 혼돈을 달래주었다.[1]
천국의 평화의 소리로 광란하는 싸움을 바로잡아라,
  필멸하는 가슴 가운데 갈라졌던 것이 결합할 때까지,
5 인간의 오랜 천성, 평온하고 위대한 천성
  들끓는 시대로부터 힘차고 명랑하게 치솟아 오를 때까지.
민중의 궁핍한 심장으로 돌아오라, 생동하는 아름다움이여!
  손님을 반기는 식탁으로, 사당 안으로 되돌아오라!
디오티마 마치 한겨울 가운데 여린 꽃처럼 살아 있고
10 자신의 정신에 풍성하게 여전히 태양을 찾고 있기에.
그러나 정신의 태양, 한층 아름다운 세계는 가라앉았고
  혹한의 밤에 폭풍들 서로 다투고 있을 뿐이다.

초대
-존경하는 친구 노이퍼에게

그대의 아침이, 형제여, 그처럼 아름답게 솟았다,

환희로 가득 찰대로 찬 생명의 한낮을 약속하면서

밝은 아침 여명이 그대를 향해서 반짝였다.

뮤즈의 여신들이 그대를 저들의 사제로 축성해주었고

사랑은 그대의 머리에 장미꽃으로 화관을 얹어주었으며[1]   5

또한 그대의 가슴 안으로 순수하기 이를 데 없는 기쁨을 쏟

아부었다.

누가 그대처럼 축복받은 적 있었던가? 운명은 그러나

다른 일을 행했도다. 검은 폭풍이

한낮의 빛을 삼켜버렸도다. 천둥치고

그대의 걱정 없던 머리를 맞혔다. 그대가   10

사랑했던 것은 무덤에 묻히고,[2] 그대의 에덴동산은 사라져

버렸다.

오 형제여, 형제여, 그대의 운명은 나에게

그처럼 놀랍고 참되게 삶의 무상함을 의미해주고 있구나!

꽃길의 뒤안에는 엉겅퀴 숨어 기다린다는 것,

독을 품은 죽음이 젊은이의 혈관으로 살금살금 스며든다는   15

것,

쓸쓸한 작별 자체가 친구들에게 고통을 나누려는

보잘것없는 위안조차 때때로 거부한다는 것!

그때 우리는 계획을 세운다, 그렇게 황홀하게

가까운 목적지를 꿈꾼다. 그러나 갑자기, 갑자기
20 번개 하나 아래로 번쩍이고, 우리들에게 무덤을 열어 보인다.
나는 정신 가운데 그대의 고뇌를 모두 보았다. 그때
나는 우울한 눈길을 하고 마인 강변으로 내려가
물결을 들여다보았다, 어지럼을 느낄 때까지.
그리고 조용히 어두운 미래로 채워져
25 우리를 기다리고 있는 운명에 가득 차서
해가 가라앉을 무렵 나의 외딴 방으로 돌아왔다.

오 형제여, 오랫동안의 헤어짐이 지난 후
나의 가슴으로 오라! 어쩌면 우리가
그처럼 자주 자연의 심장에서
30 순수한 감각과 노래로 축제를 벌였던
그 아름다운 어느 한 저녁을
마법으로 돌이키고, 다시 한 번 즐겁게
생명 안을 들여다보는 일이 이루어질지도 모른다! 오라,
꼭 알맞은 뚜껑 달린 잔이 그대를 기다리고 있다.
35 나의 작은 술통이 정말 불친절한 것이 되지 않기를.
우리의 마음 서로 사랑하면 쏟아부을
다정한 방이 그대를 기다리고 있다!
오라, 가을이 정원의 장식을 망가뜨리기 전에,
아름다운 나날들이 서둘러 우리를 떠나기 전에,

그리하여 우정을 통해서 우리 가슴의 상처를 낫게 하자.　**40**

안락

근심도 없이 가슴은 졸고 있다, 또한 엄격한 사념도 쉬고
있다.
풀밭으로 나는 나선다, 거기 풀이 뿌리로부터
신선하게, 마치 샘물처럼 나에게 움트고, 거기 나무의
사랑스러운 입술 나를 향해 열리며 감미로운 숨결로 나에
게 입김을 불어넣는다,
5　또한 임원의 수많은 가지에서는 마치 불타고 있는 촛대에
서인 듯
생명의 작은 불꽃, 빠알간 꽃 나에게 반짝인다,
거기 햇빛 비치는 샘 안에서 만족한 물고기들 헤엄치고,
거기 제비가 어리석은 새끼들과 함께 둥지 주변을 날고 있다,
또한 나무들은 즐거워하고 벌들도 그러하다. 거기 나는
10　그들의 기쁨 한가운데를 거닌다. 나는 평화로운 들판 가운
데 거기 서 있다,
마치 사랑하는 느릅나무처럼, 또한 포도나무 줄기와 포도
열매처럼
나를 에워싸고 생명의 달콤한 유희들 휘감아든다.

또한 나는 눈을 들어 산[1]을 바라본다, 그 산 구름떼로
정수리를 화관처럼 두르고 우중충한 머리채[2]를 바람결에
15　흔들고 있다. 또한 그 산이 자신의 힘찬 어깨에 나를 짊어
지면,

370

한결 가벼운 대기가 나의 오관에게 마법을 걸고

색깔 입은 구름처럼 무한한 계곡이

내 아래에 놓이면, 나는 독수리가 된다. 그리고 바닥 구분 없이

나의 생명은 자연의 삼라만상 안에 자리를 바꾼다, 마치 유목민이 거처를 바꾸듯이.

또한 길은 나를 인간들의 삶 안으로 되돌려 인도한다,   20

멀리로부터 도시3가, 마치 단단한 무기가

천후의 신과 인간의 권세에 대항해서 벼려지듯,

당당하게 위쪽으로 차츰 빛을 내고 있다, 그리고 사방으로 작은 도시들 쉬고 있다.

또한 지붕들을, 황혼에 붉게 되어, 다정하게 알뜰한 연기가 에워싸 덮고 있다.

조심스럽게 울타리 쳐진 정원은 쉬고 있고,   25

별개의 밭들에서는 쟁기가 졸고 있다.

그러나 달빛 안으로 부러진 기둥들이 떠오른다.

또한 한때 두려운 자, 대지와 인간의 가슴 안에서

분노하고 들끓어 오른 불안의 은밀한 정신, 강요되지

않은 자, 도시들을 마치 어린 양들처럼 갈기갈기 찢어버리는   30

옛 정복자, 한때 올림포스로 밀어닥쳤고,

산들 가운데서 활약하고, 불길을 꺼내어 던지는 자,

숲들을 부숴버리는 자가 만났던 신전의 문들도 떠오른다,
그러나 영원한 질서 안에서 결코 그대를 방황케 하지 못한다.
35   그대의 법칙의 동판 위에서 한 자도 지우지 못한다.
오 자연이여, 그대의 아들조차도 평온의 정신과 함께
하나의 싹에서 태어났도다. —

나는 나무들이 창문을 둘러싸고 살랑대며
대기가 빛과 더불어 나에게 농을 거는 집에서
40   인간의 삶에 대해 한 장의 이야기를 거의 끝까지 읽었다.
생명이여! 세계의 생명이여! 그대 성스러운 숲처럼 거기에
놓여 있도다,
그러면 나에게 말하리라, 그대를 평탄케 하려는 자 도끼를
들리라,
나는 그대 안에서 행복하게 살리라.

운명의 여신들[1]에게

오직 한 여름만을 나에게 주시오라, 그대들 힘 있는 자들이여!
 또한 나의 성숙한 노래를 위해 한 가을만 더,
  하여 나의 마음 더욱 흔쾌하고, 감미로운
  유희[2]에 가득 채워지거든 그때 스러지도록.

삶 가운데 그 신적인 권한 누리지 못한 영혼은   5
 하계下界에서도 평온을 찾지 못하리라.
  그러나 내 마음에 놓인 성스러움
  나의 시 언젠가 이룩될 때,

그때는 오 그림자세계[3]의 정적이여! 내 기꺼이 맞으리라,
 그리고 만족하리라, 나의 칠현금   10
  나를 동반치 않을지라도[4]. 한 번
  신처럼 내 살았으니, 더 이상 부족함이 없는 탓으로.

디오티마

그대는 침묵하며 참고 있노라. 그리고 그들 그대를 알지 못
한다,
 그대 성스러운 존재여! 그대 시들어가며 또한 침묵하노라,
  아, 그것은 이 미개한 자들 가운데서
   그대가 그대와 같은 자들을, 더 이상 존재하지 아니하는,[1]

5   감미롭고 위대한 영혼들을 태양 아래서 찾음이 헛된 탓이
로다!
 허나 시간은 서둘러 간다. 그러나 덧없을지라도 나의 노래는
  디오티마여! 신들에 이어 영웅들과 함께
   그대를 부를 날, 그대에게 알맞은 날을 보고 있노라.

그녀의 정령에게

결코 마르지 않는 충만으로부터 그녀에게 꽃과 열매를 보
내주시라,
　다정하신 정령이여, 그녀에게 영원한 청춘을 내려주시라!
그대의 환희 안으로 그녀를 감싸주시고, 그녀, 아테네의 여인,
　고독하고 낯설게 살고 있는 시간으로 하여금 그녀를 보지
않게 해주시라,
그녀가 고인故人들의 나라에서 언젠가, 피디아스[1]의 시대에　　5
　지배하고 사랑했던 즐거운 자매들을 포옹할 때까지는.

사죄

성스러운 존재여! 자주 나는 그대의 황금빛
　신들의 평온 깨뜨렸고, 그대는
　　삶의 비밀스럽고 깊은 고통을
　　　나로부터 많이도 배웠노라.

5　　오 잊어다오, 용서해다오! 저기
　평화로운 달을 가리고 있는 구름처럼
　　내 사라져가리니, 그대의 아름다움 가운데
　　　편히 쉬고 다시 빛나라, 그대 감미로운 빛살이여!

백성의 목소리

그대는 신의 목소리[1]라고 나는 성스러운
 젊은 시절에 예감했었네. 그래, 그리고 아직 나는 그렇게
말한다네. ─
 나의 지혜 같은 것 아랑곳없이
 강물들 소리 내며 흐르고 있네. 또한

나는 그 강물소리 즐겨 듣는다네, 또한 때때로 그 강물소리   5
 나의 마음 흔들고, 그 힘찬 강물들 내 마음 강하게 해주네.
 또한 나의 행로는 아니지만, 틀림없이
 그 강물들 바다로의 행로를 의젓하게 갈 것이네.

옛적과 지금

젊은 시절의 나날 아침이면 즐거웠고
 저녁이 깃들면 나 울었네. 지금 내 나이 들어
  나의 하루 의심에 차 시작하나
   그 하루의 끝은 나에게 성스럽고 유쾌하여라.

삶의 행로

나의 정신 높이 오르려 했으나 사랑은
　그 정신을 아름답게 끌어내렸네. 고뇌가 더욱 강하게 굴복
　시킨 탓이네.
　그처럼 나는 인생의 활¹을 뚫고 달려
　　내 왔던 곳으로 되돌아간다네.

짧음

"어찌하여 그대는 그처럼 짧은가? 그대는 도대체 그 전처럼
노래를 더 이상 사랑하지 않는 것인가? 그대는 그러나, 젊
은이로서,
　희망의 나날에
　노래를 부를 때면, 끝을 몰랐도다!"

5　나의 행복처럼 나의 노래 그러하다. ― 그대는 황혼녘에
　즐겨 미역을 감는가? 치워라! 그리고 대지는 차갑고,
　한밤의 새는 그대의 눈길 앞에서
　불쾌하게 소리 내며 날고 있다.

연인들

우리 서로 헤어지려 했었네, 그것이 좋고 현명하다 생각했
었네.

 우리가 정말 헤어졌을 때, 어찌하여 이것이 마치 살인처럼
우리를 놀라게 했던가?

 아! 우리는 우리를 거의 알지 못하네,

 우리의 마음 안에는 신이 지배하고 계시므로.[1]

인간의 갈채

나 사랑한 이후 나의 가슴 성스러워지고,
 더욱 아름다운 생명으로 가득하지 않은가? 어찌하여
  내가 더욱 도도하고 거칠며, 더욱 말 많고 텅 비었을 때
   너희는 나를 더 많이 칭찬하였는가?

5   아! 사람의 무리들 장터에 쓸모 있는 것이나 찾고
  종복은 오직 힘 있는 자에게나 복종한다.
   오로지 저 자신 신적인 자들만이
    진실하게 신성을 믿는 법이다.

고향

사공은 기쁨에 차 잔잔한 강으로 귀향하네
거둠이 있어 먼 섬으로부터.
나 또한 고향으로 진정 돌아가고 싶네,
그러나, 고통만큼, 나는 무엇을 거두었나?—

너희들 착한 강변, 나를 길러준 너희들   5
사랑의 고통 씻어줄 것인가?
내 어린 시절의 숲들이여, 내가 가면
평온을 다시 한 번 나에게 돌려주려는가?

좋은 믿음

아름다운 생명이여! 그대 병들어 누워 있구나, 하여 나의 가슴은
 울음으로 지쳐 있으며 벌써 내 마음 안에는 두려움 가물거리네,
 그러나, 그러나 나는 믿을 수 없네,
  그대가 죽는다는 것을, 그대가 사랑하는 한에는.

그녀의 회복

자연이여! 그대의 친구 고통하며 잠들어 있음에도
　그대 생명을 주는 자여, 머뭇거리고 있는가? 아!
　　그대들 천공의 힘찬 대기도
　　그대들 햇빛의 원천도 어찌 그녀를 낫게 하지 않는가?

지상의 모든 꽃들과 즐겁고　　　　　　　　　　　　　　5
　아름다운 임원의 모든 열매들도, 그대 신들이여!
　　그대들이 사랑 가운데 낳은 이 생명을
　　어찌 명랑하게 해주지 않는가?

아! 벌써 숨 쉬며 예전처럼 매혹적인
　말마디 가운데 그녀의 성스러운 삶의 환희는 울린다.　　10
　　벌써 연인의 눈망울 친밀하게 열리어
　　자연이여! 그대를 향해서 반짝이도다.

용납할 수 없는 일

너희가 친구를 잊는다면, 너희가 예술가를 조롱한다면,
그리고 심오한 정신을 왜소하고 천하게 이해한다면,
신은 그것을 용서하시리라, 그러나 다만
사랑하는 사람들의 평화를 깨뜨리지는 말라.

젊은 시인들에게

사랑하는 형제들이여! 어쩌면 우리의 예술 성숙해지리라,
 그렇게 오랫동안, 젊은이들처럼 끓어올랐으니,
  곧 아름다움의 고요함[1]에 이르리라.
   하니 그리스의 시인들 마냥 다만 경건하여라![2]

신들을 사랑하며 필멸의 인간들을 우애롭게 생각하라!   5
 서리를 대하듯 도취를 미워하라! 교훈하며 서술하지 말
라![3]
  대가大家가 그대들을 두렵게 하거들랑
   위대한 자연에 조언을 구할 일이다.

독일인들에게

채찍과 박차를 가지고 목마 위에 앉아 스스로
 용기 있고 위대하다고 생각하는 어린아이를 조롱하지 말라.
  그대들 독일인들이여, 그대들 역시
   생각은 꽉 차 있으나 행동은 보잘것없기 때문이다.

5   아니라면, 구름을 뚫고 햇살 비추듯이 생각으로부터
    행동이 솟아나온다는 것인가? 책들이 방금 살아 숨을 쉰다
   는 말인가?
    오 그대들 사랑하는 이들이여, 그렇다면 나의 뜻을
    받아달라, 내 비방을 속죄하도록.

성인인 척하는 시인들

그대들 냉정한 위선자들이여! 신들에 대해 말하지 말라!
 그대들은 이성을 지녔을 뿐! 그대들은 헬리오스를 믿지 않
 으며
 천둥의 신과 바다의 신도 믿지 않는다.
 우리의 대지는 죽어 있으니, 누가 그 대지에 감사한단 말
 인가?

위안받으시라, 신들이시여! 아직도 노래가 그대들을 치장   5
하고,
 비록 그대들의 이름으로부터 영혼은 사라져버렸고
 위대한 말 한마디 아쉽기는 하지만
 어머니 자연이여! 사람들 그대를 기억하고 있노라.

태양의 신에게

그대 어디 있는가? 나의 영혼은 그대의 환희에
　취하여 가물거린다. 바로
　　황금빛 음향으로 가득 채워 매혹의 청년
　　태양의 신이 항해에 지쳐

5　젊은 곱슬머리 감는 것을 내가 본 탓이다.
　또한 이제 나의 눈은 저절로 그를 향해 바라보노라.
　　그러나 그는 아직도 그를 공경하고 있는
　　경건한 백성들에게로 멀리 가버렸도다.

나는 그대를 사랑하노라, 대지여! 그대는 나와 더불어 비탄
하고 있도다!
10　또한 우리들의 슬픔, 마치 어린아이들의 아픔처럼,
　잠으로 바뀐다. 또한 바람이 팔랑거리며
　　장인의 손가락이 더 아름다운 소리를

그로부터 이끌어낼 때까지 칠현금의 연주 가운데
　속삭이는 것처럼, 우리를 에워싸고
15　안개와 꿈들이, 사랑하는 자가 되돌아오고
　　삶과 정신이 우리들 안에 불타오를 때까지, 유희하도다.

일몰

그대 어디 있는가? 나의 영혼은 그대의 환희에
 취하여 가물거린다. 바로
  황금빛 음향으로 가득 채워 매혹의 청년
   태양의 신, 그의 저녁 노래

천국의 칠현금[1]에 실어 타는 것을 내 귀담아 듣는 찰나인   5
탓이다.
 그 소리 숲과 임원을 향해 울린다.[2]
  허나 그 태양의 신, 아직 그를 공경하는
   경건한 백성들을 향해 멀리 사라져 가버렸도다.

인간

물속에서부터, 오 대지여, 그대의
갓 태어난 산봉우리 금세 솟아올랐도다. 또한
즐거이 숨쉬며, 늘 푸른 임원으로 가득해
대양의 회색빛 무질서 가운데

5　첫 번째 성스러운 섬들 향기를 뿜었도다. 또한
태양신의 눈길 환희하며 갓난이들을 보았고
그의 영원한 젊음의 미소 짓는 아이들인
초목들이 그대로부터 태어났도다.

거기 섬들 가운데 가장 아름다운 섬 위
10　감미로운 평온 가운데 대기 늘 임원을 감싸 부는 곳,
포도원 아래 한때, 온화한 밤이 지나
어스름 깃든 아침에 태어나

어머니 대지여! 그대의 가장 아름다운 아이 누워 있었다. ―
하여 아버지 헬리오스를 향해[1] 낯설지 않은 듯
15　그 아이는 올려다보며, 달콤한 열매[2]를 찾아서
깨어나 성스러운 덩굴을 유모로 삼고 있다.

이제 그 아이 곧 자라게 되리. 짐승들
그를 두려워하리, 인간이란

그들과는 다른 자이기 때문. 허나 인간은
  그대와도 아버지와도 비견되지 않도다. 그의 마음은   20

대담하나, 아버지의 드높은 영혼은 오로지
  그대의 기쁨과, 오 대지여! 그대의 슬픔과만 결합되는 탓
이다.
   그러나 인간은 신들의 어머니, 자연
   모든 것을 포괄하는 자와 비견되길 원하는도다!

아! 그 때문에, 대지여! 그대의 가슴으로부터   25
  그의 오만이 그를 내쫓고 그대의 하사품들도
  소용 닿지 않으며 또한 그대의 섬세한 유대도 헛되도다.
   그럼에도 그 거친 인간 더 나은 것을 찾고 있도다!

그 강안江岸의 향기 오르는 초원으로부터 나와
꽃도 피지 않는 물속으로 인간은 들어가야 하나니,   30
  별빛 비치는 밤[3]처럼 그의 임원은 황금빛 열매들로
  또한 빛나지만 신들 가운데의 동굴에

그는 몸 숨기고 협곡 가운데서 엿보고 있다
  그 아버지의 밝은 빛으로부터 멀리 떨어져
  태양의 신에게도 불충실하게 종복을   35

사랑하지도 않으며 근심을 조롱하고 있다.

숲 속의 새들 인간의 가슴보다 더 찬란히
부풀어 오르면 더욱 자유롭게 숨 쉴 것이며,
어두운 미래를 볼 때, 인간은 또한
죽음을 보며 죽음만을 두려워할 터이다.

또한 모든 살아 있는 것을 향해, 끝남이 없는
오만 가운데 인간은 무기를 들 것이니, 다툼 가운데
인간은 쇠약해지고 그의 평화의 꽃
그 귀여운 꽃은 오래 피지 않으리라.

인간은 모든 삼라만상 중에서도 가장
복된 자 아닌가? 그러나 운명은 더욱 깊고
가차 없이, 균형케 하는 가운데,
강한 자의 불타기 쉬운 마음을 움켜잡는 법이다.

40

45

소크라테스와 알키비아데스

"성스러운 소크라테스여, 어찌하여 그대는
  이 젊은이를 언제나 섬기는가? 그대는 더 위대한 것을 알
  지 못하는가?
  어찌하여 신들을 향해서인 양
  사랑으로 그에게 눈길을 보내는가?"

가장 심오한 것을 생각하는 자, 가장 생동하는 것을 사랑하고   5
  세계를 바라다본 경험이 있는 자, 드높은 젊음을 이해하며
  현명한 자, 끝에 이르러
  아름다움에 마음 기울이는 법이다.

바니니

그들이 그대를 신을 모독한 자라 책망했는가? 저주로
그들 그대의 가슴을 짓눌렀고 그대를 포박하여
불길에 그대를 넘겨주었노라,
성스러운 사람이여! 오 어찌하여 그대는

5   하늘로부터 불길로 되돌아와, 중상모략자의
머리를 맞히지 않으며 폭풍에 대고 외치지 않는가,
미개한 자들의 유골을 대지로부터,
고향으로부터 불어내버리라고!

그러나 그대가 살면서 사랑했던 자연, 죽은 자인
10   그대를 맞아주었던 자연, 그 성스러운 자연은
인간의 행위를 잊나니 그대의 적들
그대와 마찬가지로 옛 평화로 돌아갔도다.

우리의 위대한 시인들에게

갠지스 강의 강변들 환희의 신[1]의 개선을
들었도다, 젊은 바쿠스 신[2] 모든 것을 정복하면서
성스러운 포도주로 잠에서 백성들을 일깨우며[3]
인더스 강으로부터 이곳으로 왔을 때.

오 깨워라, 그대 시인들이여! 그들을 졸음에서도 깨워라,   5
지금 아직도 잠자고 있는 그들을. 법칙을 부여하고[4]
우리에게 생명을 주시라, 승리하라! 영웅들이여![5] 오로지
그대들만이
바쿠스 신처럼 정복할 권리 가지고 있노라.

휘페리온의 운명의 노래

너희들 천상의 빛 가운데
　부드러운 바닥을 거닐고 있구나, 축복받은 정령들이여!
　　반짝이는 신들의 바람
　　　마치 예술가 여인의 손가락
5　　　　성스러운 칠현금을 탄주하듯이
　　　　　너희들을 가볍게 어루만지고 있구나.

잠자는 젖먹이인 양
　천상적인 것들 운명을 모른 채 숨 쉬고 있도다.
　　수줍은 봉오리에
10　　　순수하게 싸였다가
　　　　영혼은 그것으로부터
　　　　영원히 피어나도다,
　　　　　또한 축복받은 눈동자
　　　　　고요하고 영원한
15　　　　　　해맑음 가운데 반짝이도다.

그러나 우리에겐 어디고
　쉴 곳 없고
　　고뇌하는 인간들
　　눈먼 채 시간에서
20　　　시간으로 떨어져

사라지도다.

　　마치 물줄기 절벽에서

　　　절벽으로 내동댕이쳐져

　　　해를 거듭하며 미지의 세계로 떨어져내리듯이.

내가 한 소년이었을 때…

내가 한 소년이었을 때
　신은 때때로
　　인간들의 소란과 채찍으로부터 날 구원했었네,
　　　그때는 근심 없고 착한 마음으로
5　　　언덕의 꽃들과 더불어 놀았고
　　　　천국의 미풍도
　　　　나와 함께 놀았네.

그대를 향해서
초목들의 가냘픈 가지들 뻗쳐오를 때
10　　그대 초목들의 마음
즐겁게 해주었듯이

그대 나의 마음 즐겁게 해주었네.
아버지 헬리오스[1]여! 또한 엔디미온[2]처럼
나 그대의 연인이었네,
15　　성스러운 루나여!

오 그대들 충실하고
우정 어린 신들이여!
나의 영혼 얼마나 그대들을 사랑했는지
그대들도 알고 있는 일!

진실로 그때 내 아직 그대들을   20
이름으로 부르지 않았으며 그대들 또한
나를 이름 지어 부르지 않았었네, 인간들은
서로를 알고 나서 이름을 부를지라도.

그러나 나는 그대들을 어떤 인간을
안 것보다 더욱 더 잘 알았다네,   25
나 천공의 침묵을 이해했으나
인간의 말마디는 이해하지 못했었네.

살랑대는 임원의 화음
나를 길러내었고
꽃들 가운데서   30
나는 사랑을 배웠었네.

신들의 품 안에서 나는 크게 자랐었네.

V

1798

~

1800

첫 홈부르크
체재기

Die fünfzehnte Aussicht von Hamburg.
Am 20ten Nov. 1799.

Noch [...] [...] fällt vom Auge [...]
[...] [...] [...] Milch glänzt
[...] [...] aber [...]
[...] [...] [...]

Und da ich [...] [...] gedacht und [...]
[...] ich [...] [...] [...] [...] noch
[...] [...] [...] [...] [...] [...]
[...] [...] [...] [...] [...]

[...] [...] [...] [...] [...] [...]
[...] [...] [...] [...] [...]
[...] [...] [...] [...] [...]
[...] [...] [...] [...] [...]

아킬레우스

기백 넘치는 신들의 아들이여! 그대 연인[1]을 잃었을 때
　바닷가로 가 밀물에 대고 울음을 울었고
슬픔을 탄식하면서 성스러운 심연으로
　그 적막 속으로 그대 가슴은 들어가기를 갈망했다, 거기
배들의 떠들썩함 멀리, 파도 밑 깊숙이, 평화로운 동굴 안에서　　5
　그대를 보호해주는, 바다의 여신 푸른 테티스[2] 살고 있는 곳.
그 강력한 여신, 젊은이에게는 어머니였다,
　한때 사랑하면서 소년에게, 그의 섬 절벽 있는 해안에서
젖을 먹였고, 파도의 힘찬 노래로
　또한 강하게 해주는 멱으로 그를 영웅으로 길렀다.　　10
또한 그 어머니 젊은이의 슬픔을 탄식하는 소리 알아듣고
　바다의 밑바닥에서부터, 슬퍼하면서, 작은 구름처럼 솟아
　올랐다,
하여 부드러운 포옹으로 사랑하는 이의 고통을 달래주었다,
　그는 또한 그 어머니 달래면서 도움을 약속하는 소리 들
　었다.

신들의 아이여! 오 내가 그대와 같으면 얼마나 좋을까, 그　　15
러면
　내 허물없이 천상적인 자들 중 어느 하나에게 나의 남모
　를 괴로움 탄식할 수 있으련만.
내가 그 괴로움을 보아서는 안 된다면, 눈물로서 나를 생각

하셨던

　당신들에게 결코 속하지 않은 것처럼 굴욕을 견디어야만
　하리라.

선하신 신들이여! 그대들 인간의 모든 탄원을 듣나이다,

20　아! 또한 나는 내가 생명을 이어온 이래, 그대 성스러운 빛을
　내면적으로 경건하게 사랑했도다, 그대 대지를 그리고 그
　대의 샘들과 숲들을,

　아버지 천공과 그대를 갈망함을 순수하게 느꼈도다,

이 가슴은 ― 오 나를 달래어주시라, 그대들 선한 자들이여,
나의 괴로움을,

　하여 나의 영혼 너무 이르게 침묵하지 않도록,

25　그리하여 내 살아서 그대들, 드높은 천상의 힘들
　달아나고 있는 한낮에 경건한 노래로 감사하게 되도록,

앞의 선함에 대해서 지나간 청춘의 기쁨에 대해서 감사하
게 되기를,

　그리고 그다음 이 고독한 자를 친절하게 그대들에게로 받
　아주시라.

나의 존경하는 할머니에게
-72회 생신을 맞이하여

당신은 많은 것을 경험하셨네, 귀하신 할머니여! 또한 이제는
  행복하게 쉬고 계시네, 멀고 가까운 곳에서 사랑하며 이
  름으로 불리시고,
은빛 왕관을 쓰신 채, 당신을 향해 성숙하게 자라서 꽃피는
  아이들 가운데서, 또 나로부터도 진심으로 공경받으시네.
당신의 온유하신 영혼 긴 생명 얻으셨고   5
  고통 가운데서 당신을 다정하게 이끌었던 희망도 얻으셨네.
왜냐하면 언젠가 사람들 중 최고의 사람[1], 우리 땅의 친구
낳으신
  마리아처럼, 당신은 만족하시고 경건하시기 때문에. ―
아! 그들은 알지 못하네, 드높은 분 백성들 가운데 거닐었
음을,
  또한 거의 잊혔네, 생동하는 자가 누구였는지.   10
역시 그를 아는 자 거의 없으나, 자주 명랑케 하면서
  질풍 같은 시대의 한가운데 천상적인 영상 그들에게 나타
  나네,
그는 모두를 아름답게 하면서 조용히 불쌍한 인물들과 더
불어,
  이 유일한 사람[2], 정신 가운데 신적으로, 사라져갔네.
살아 있는 것 중 어느 것도 그 영혼에서 내쫓긴 적 없었고   15
  그는 세상의 고통을 사랑하는 가슴에 떠안았네.
죽음과도 친하게 지냈고, 다른 사람의 이름으로

고통과 노고를 벗어나 승리하면서 아버지에게로 돌아가
    셨네.
또한 당신께서도 그분을 알고 계시네, 귀하신 할머니여! 또한
20 믿으시며 인내하시며 말없이, 그 숭고한 분을 뒤따라 걸
    으시네.
보시라! 순진한 말마디들 나 자신을 젊게 만드셨네,
    그리고, 그전처럼, 눈에서는 눈물이 아직도 흐르고 있네,
또한 나는 오래전에 흘러간 나날을 돌이켜 생각하네,
    또한 고향은 다시금 나의 고독한 심정을 기쁘게 해주네,
25 제가 당신의 축복과 함께 자라났던 곳,
    사랑으로 길러져 소년 더 빨리 자랐던 그 집도.
아! 내가 때때로 생각했던 대로, 내가 멀리서
    열린 세계 안에 활동하며 스스로 볼 때, 당신은 나를 기뻐
    하셔야 하네.
많은 일을 나는 시도했고 꿈꾸었으며 그사이 나의
30 가슴은 싸워 상처 입었으나, 당신은 나의 상처 낫게 해주
    었네.
오 그대들 사랑스러운 것들이여! 또한 오 할머니여! 당신처럼
    나는 오래 사는 것 배우고 싶네, 노년은 평온하고 경건하
    니만큼.
나는 당신에게로 가고자 하네, 그러면 다시 한 번 이 손자
    를 축복해주시기를,

그리하여 성년의 남자, 소년으로 칭찬받았던 것 당신에게
지키게 되기를.

신들 한때 거닐었다…

신들 한때 인간들의 곁에서 거닐었다, 찬란한 뮤즈들과
　젊은이, 아폴론이 그대처럼 치유하며, 감동을 주면서.[1]
또한 그대는, 그들처럼, 마치 고인故人들 중 누군가가
　나를 생명 안으로 보낸 것처럼 내게 생각되고, 나는 가며,
5　내가 인내하며 떠올릴 때, 나의 여걸[2]의 영상 사랑과 더불어
　죽음에 이르기까지 나와 함께 거닌다, 내가 이를 배웠고
　그녀로부터 얻었기에.

우리 살아내자, 오 그대 내가 함께 고통하는, 내가 함께
　내면적으로 신실하게 그리고 충실히 보다 더 아름다운 시
　절을 향해 분투하는 그대여.
그러나 바로 우리들이다! 또한 언젠가 다시 정령이 힘을 가
지게 되면,
10　그들은 다가오는 세월에서도 우리를 알아볼는지 모르며,
　그들은 말할는지도 모른다, 고독한 자들은 언젠가 사랑하
면서
　오로지 신들에게만 알려진 채 그들의 보다 비밀스런 세계
　를 지을 것이라고.
왜냐면 이들 유한한 것을 염려하므로, 대지는 그들을 받아
들인다.
　그러나 그들 빛으로 더 가까이 향한다, 천공을 향해서
15　그 위쪽으로. 마음속 사랑에, 또한 신적인 정신에 충실하며,

희망하면서 인내하고 말없이 운명을 넘어선 그들.

변덕스러운 자들

내가 스스로를 한탄하고 있을 때, 멀리에서부터
　칠현금 탄주와 노래 들으면, 내 가슴은 함께 침묵하네.
　　나 역시 곧 변화되면,
　　　진홍빛 포도주여! 그대 나에게 반짝거려 신호하네,

5　　강렬한 한낮의 태양이 정자亭子 위에서
　나를 향해 빛나는 숲의 그늘 아래에서.
　　심한 모욕감에 화가 나
　　　들판에서 헤매고 나서

나는 거기서 평온하게 앉아 있네 — 그러나 자연이여!
10　그대의 시인들 쉽게 화내고 비탄하고 눈물짓는다네,
　　그 복받은 자들, 너무도 정겹게
　　　엄마가 붙들고 있는 어린아이들처럼,

그들은 투덜거리며 답답하게 고집불통이네.
　그들은 조용히 길을 걸으나, 몇몇은 곧
15　다시 길을 잃고 마네. 그들은
　　　그대에게 거역하며 궤도를 뿌리쳐 벗어나네.

그러나 사랑하는 이여! 그대는 그들을 다정하게 어루만지
지는 않네.

그들이 평화롭고 경건해지면 기꺼이 그들은 순종할 것이네.

거장이시여! 그대는 그들을 부드러운 고삐로

그대가 원하는 곳으로 조정하고 계시네.   20

조국을 위한 죽음

오 전투여! 그대 오려무나, 벌써 젊은이들
  그들의 언덕에서부터 아래로, 계곡으로 물결쳐 내려온다,
  거기 살해하는 자들 뻔뻔스럽게 달려들고 있다,
  전투의 기술과 군대의 힘을 믿고, 그러나

5 그들 위로 젊은이들의 영혼 더 확고하게 넘어서리라,
  왜냐하면 정당한 자들, 마치 신들린 자들처럼 쳐부수고
  그들의 조국의 송가들은
  염치없는 자들의 무릎을 절게 만들기 때문.

오 나를, 나를 전열 안으로 받아들여달라,
10 그리하여 내가 언젠가 비열한 죽음을 죽지 않도록!
  헛되이 죽는 것 나는 바라지 않는다, 아무렴
  희생의 언덕에서 쓰러지는 것 좋아하도다,

조국을 위하여, 심장의 피 흘리는 것을
  나는 좋아하도다 ― 또한 곧 그런 일 일어나리!
15 그대들을 향해, 그대들 귀한 이들이여! 나는 가리라,
  나에게 사는 것과 죽는 것을 가르친 그대들을 향해 하계로!

내 얼마나 자주 빛 가운데서 그대들을 보기를 갈망했던가,
  그대 영웅들과 그대 옛날의 시인들이여!

이제 그대들 다정하게 보잘것없는

  낯선 자에게 인사 건네니 여기 아래는 형제 같도다.   20

또한 승리의 전령들 내려온다. 전투는

  우리의 승리이다! 그 위에 잘 살지어라, 오 조국이여,

   그리고 죽은 자를 헤아리지 말라! 그대에게는,

    사랑하는 조국이여! 너무 많이 쓰러진 것 한 사람이 아니네.

시대정신

벌써 너무도 오랫동안 나의 머리 위에서
 어두운 구름 속에서 지배하고 있구나, 그대 시대의 신이
여!
 사방은 너무도 거칠고 두렵다, 하여
  내 눈길 미치는 곳마다 무너지며 흔들리고 있다.

5   아! 마치 어린아이처럼, 내 가끔 대지를 내려다보고
  지옥 안에서 그대의 구원을 찾는다. 또한 지각없는 자
   나는 그대가 있지도 않은 정처를,
    천지를 진동시키는 자여! 그 정처를 찾고자 한다.

끝내 아버지여! 저로 하여금 뜬눈으로 그대를
10   맞게 하시라! 도대체 그대는 그대의 빛살로써 먼저
   나의 정신을 일깨우지 않으셨던가? 그대
    찬란하게 생명으로 나를 이끄셨도다. 오 아버지여! ―

어린 포도나무에서 우리의 성스러운 힘은 움터 오른다.
 따뜻한 대기에서, 이들 말없이 임원을 떠돌 때
15   죽어갈 자들을 쾌활케 하며 한 신을 만난다.
    그러나 보다 전능하게 그대는

젊은이들의 순수한 영혼을 일깨우며, 또한 노인들에게는

현명한 기예를 일러주나니, 허나 사악한 자는 오로지
더욱 사악해질 뿐, 하여 그대
대지를 흔드는 자여! 사악한 자를 붙들 때, 그의 종말은   20
일찍 다가오리라.

저녁의 환상

농부는 오두막 앞 그늘에 편안히 앉아 있고
그 만족한 자 아궁이에는 연기가 피어오른다.
평화로운 마을에선 저녁 종소리
손님을 반기며 나그네에게 울려온다.

5   이제 어부들도 만족하여 항구로 돌아오고
먼 도시에서는 장터의 떠들썩한 소리
흥겹게 사라져가면, 조용한 정자에는
어울릴 만찬이 친구들을 기다려 차려져 있다.

한데 나는 어디로 가나? 뭇사람들
10   일과 그 보답으로 살고, 애씀과 쉼을 번갈아
모두가 즐거운데, 어찌 내 가슴에서만은
그 가시 결코 스러지지 않는가?

저녁 하늘에는 봄이 피어오른다.
장미꽃 수없이 피어나고 황금빛 세계
15   고요히 빛난다. 오 저곳으로 나를 데려가 다오
진홍빛 구름이여! 하여 저 드높은 곳

빛과 대기 가운데 내 사랑과 고뇌도 사라지려무나! —
허나 어리석은 간청에 놀란 듯, 석양은

도망쳐간다. 하여 하늘 아래, 예전과 다름없이
 사위는 어두워지고, 나는 외로워라 —   20

이제 그대 오려므나, 달콤한 잠이여! 마음은
 너무 많이 원하노라. 허나 끝내, 청춘이여! 다 타오르라.
  그대 쉼 없고 꿈꾸는 자여!
   하여 노년은 평화롭고 유쾌하여라.

아침에

잔디밭은 이슬로 빛나고 있네. 잠 깬 샘물은
벌써 경쾌하게 서둘러 흐르네. 너도밤나무는
하늘거리는 머리를 수그리고 무성한 잎 사이로
살랑대며 빛을 반짝이네. 회색빛의

5   구름을 에워싸고 저곳에 빠알간 불길이 띠 둘렀네,
무엇인가 알리며, 그 불길 소리 없이 끓어오르네.
강안의 강물처럼 그 변화무쌍한 것
차츰 더 높이 파도치며 밀려오네.

자, 오라, 오거라, 그대 황금빛 한낮이여, 하여
10   천상의 정점을 향해, 너무 빨리 나를 스쳐가지는 말라!
나의 눈길은 보다 크게 뜨고 더욱 믿음 어리어
그대 환희하는 자여! 그대를 향해 날아오른다! 허나

그대 아름다움 가운데 싱싱하게 바라다보며, 또한
나에게 그대 너무 찬란하고 너무 자랑에 차지 않을 때일 뿐,
15   그대는 언제나 서둘러 가려 하네. 나 또한,
신적인 방랑자여, 그대와 같이 갈 수 있다면! — 그러나

그대는 이 환호에 찬 불손한 자, 그대와 같이 되려 함에
미소 지어 보이네. 그렇다면 차라리 나의 덧없는 행동을

축복해다오. 하여 선한 자여! 오늘 다시
　나의 이 고요한 오솔길을 기쁘게 해다오.　　　　　　　　20

마인 강

참으로 살아 있는 지상의 많은 나라들을
　내 보고 싶네, 때로는 산들을 넘어
　　나의 마음 내닫고, 나의 소망은
　　바다를 넘어 해안으로 방랑해가네

5　내 아는 다른 이들 나에게 찬미하는 그 해안으로.
　　그러나 그 멀리 있는 것, 그 어느 것도
　　　신들의 아들 잠들어 누워 있는
　　　그리스 사람들의 슬픈 땅보다 사랑스러운 것 없네.

아! 언젠가는 한번 수니움[1]의 해변에
10　내 오르고 싶어라, 올림피온[2]이여! 그대의 지주支柱로
　　향하는 길 묻고 싶어라. 거기 북풍[3]이 불어
　　　아테네의 신전과 그 신상들의

폐허 속에 그대를 묻어버리기 전에.
　오래전에 그대 고독하게 서 있으니,
15　이제 없어진, 오 세계의 자랑이여! ― 또한 오
　　너희 이오니아의 아름다운 섬들, 거기엔

바람들이 바다로부터 따뜻한 해안에 서늘하게 불고
　힘찬 태양 아래 포도는 영글고 있네.

아! 그곳 황금빛 가을이 가난한 백성[4]의
  탄식을 노래로 바꾸어주고 있네.   20

미망에 젖은 모두를, 그 레몬의 숲
 그 석류나무, 진홍빛의 열매 맺은 나무
  그리고 달콤한 포도주와 팀파니 소리, 치터의 현 소리[5]
   미로 같은 춤으로 모두를 부를 때 —

어쩌면 너희들 섬들로 부를 때! 고향 잃은 가인도   25
 한 번쯤은 들르리라. 왜냐하면 그 가인
  낯선 곳에서 낯선 곳으로 방랑하는 것이니
   대지, 자유로운 대지, 송구한 일이나

조국을 대신해 그가 살아 있는 한 그를 돌봐야만 하기 때문.
 그리고 그 가인 죽을 때 — 아니 내 멀리 방황할지라도   30
  나 그대, 아름다운 마인 강이여! 그대 결코 잊지 않으리,
   더없이 축복받은 그대의 강변 역시.

그대 당당한 자여! 그러나 손님을 반기듯 그대 곁에
 나를 맞았으며 낯선 이방인의 눈길을 빛나게 해주었고
  고요히 이어지는 노래들   35
   그대 나에게 가르쳤고 소음 없는 삶도 가르쳤노라.

오 별들과 함께 평온하게, 그대 행복한 자여!
아침에서부터 저녁으로
   그대의 형제, 라인 강으로 흘러가, 그와 함께
40   기쁨에 차 대양으로 흐르고 있구나!

자신에게

삶 가운데서 예술을 배우고, 예술작품 안에서 삶을 배우라,
 어느 한쪽을 옳게 알면, 다른 한쪽도 옳게 알게 되리라.

소포클레스

많은 사람들 가장 기쁜 것을 기쁘게 말하고자 하나 부질없
었도다,
 여기 그것은 끝내 나에게 비극 가운데서 자신을 표현하도
 다.

분노하는 시인

시인이 고상하게 분노할 때 그를 두려워 말라
  그의 문자는 살해하지만 정신이 정신들을 생동하게 만드
 는 법.

농하는 자들

너희는 언제나 유희하며 농하느냐? 너희는 그럴 수밖에!
오 친구들이여! 내 영혼을
  울리는구나, 왜냐면 절망하는 자들만이 그럴 것이기에.

모든 악의 근원

일치적인 것은 신적이며 좋은 것이다. 그런데 도대체 무슨 이유로
　인간들 사이에, 오로지 유일자와 유일한 것이 있으리라는
　중독이 생긴 것인가?

나의 소유물

자신의 충만 가운데 가을날은 이제 쉬고 있다,
  포도열매 깨끗해지고 언덕은
   과일로 붉다, 많은 착한 꽃잎들
    감사드리려 대지로 떨어지면.

5   내가 고요한 오솔길을 벗어나
    들녘 사방을 거닐 때, 만족한 이들에게
     그들의 재물 익어가고, 그들에게
      풍요가 즐거운 수고를 보상한다.

하늘로부터 바쁘게 일하는 자들을 향해
10   빛살은 나무들 사이를 뚫고 부드럽게 내려다본다,
     기쁨을 나누고자, 왜냐면 열매는
      인간의 손길만을 통해서 자라지 않기 때문에.

그리고 오 황금빛 빛살이여, 그대는 나에게도 비치려는가,
   그리고 산들바람이여, 그대도 나에게 다시 불어오는가,
15   그대 그전처럼 하나의 기쁨 축복해주고
     행복한 자들에게처럼 내 가슴에도 서성이는가?

한때 나도 그러했었다, 그런 장미처럼, 경건한 삶
  속절없었다. 아! 피어나면서 나에게 머물러

아직도 생각나게 하며, 착한
  성좌들[1] 자주 나에게 그것을 회상시킨다.   20

평온하게 경건한 아내를 사랑하면서
  영광스러운 고향에서 자신의 아궁이 곁에 살고 있는 자,
  복되도다,
    단단한 대지 위에서 확고한
    남자에게 하늘은 더욱 아름답게 반짝인다.

왜냐면 제 땅에 뿌리박지 못한   25
  초목처럼, 오로지 한낮의 빛과 더불어,
    불쌍한 자, 성스러운 대지를 거니는
    필멸하는 자의 영혼은 타서 소멸하기 때문에.

너무도 강렬하게, 아! 천국적인 드높음이여
  그대들 나를 끌어올린다, 폭풍에서나, 쾌청한 날에   30
    나는 쇠약해져가면서 그대들이 가슴속에서
    변하는 것을 느낀다, 그대들 소요하는 신적 힘들이여.

그러나 나로 하여금 친밀한 길을 따라 조용히
  언덕에 오르게 허락해달라, 그 우듬지들을
    죽어가는 잎사귀가 황금빛으로 치장하는 곳으로, 또한   35

나의 이마에도 화관을 씌워달라, 그대 착한 회상이여!

그리고 나에게도, 나의 죽어가는 가슴 구원하도록,
　다른 이들에게처럼 정처가 있기를,
　　또한 고향도 없이 나의 영혼이
40　　삶을 뛰어넘어 먼 곳을 동경하지 않도록

　그대 노래여, 나의 다정한 피난처이어라! 그대
　　복을 주는 자여! 염려하는 사랑으로
　　돌보아지고, 꽃들 사이 지지 않는
　　꽃들 아래 내가 거닐면서

45　확고한 단순성 안에 살고 있는 정원이어라,
　　밖에서 그 힘찬 시간 그 물결과 함께
　　　그 변화하는 것 멀리서 소리 내며
　　　고요한 태양이 나의 활동을 촉구할 때.

　우리들 필멸하는 자들 위에서 그대
50　천상의 힘들이여! 각자에게 그의 소유물을 축복하노라,
　　오 나의 소유물도 축복해다오, 하여
　　너무 이르게 운명의 여신이 나의 꿈을 깨우지 않도록.

독일인의 노래

오 백성의 성스러운 심장, 오 나의 조국이여!
 침묵하는 어머니 대지처럼 모든 것을 인고하며
 또한 결코 인정받지 못하고 있구나. 그대의 깊숙한 곳에서
 외지의 사람들 그들의 최상의 소유물을 건져갈지라도!

그들 그대로부터 사상을 거두어가고 정신을 거두어갔으며   5
 즐겨 포도열매 꺾어갔으나 그들은 그대를,
 모습 갖추지 못한 덩굴[1]이여! 그대를 조롱하도다, 그대
 흔들리며 대지를 거칠게 헤매고 있는 탓으로.

그대 드높고 진지한 정령의 나라여!
 그대 사랑의 나라[2]여! 내 비록 그대의 것일지라도   10
 때로 눈물지으며 분노하나니, 그대 언제나
 어리석게도 자신의 정신을 부정하기 때문에.

허나 그대 많은 아름다움을 나에게 숨길 수는 없노라.
 때로 친밀한 푸른 초원, 넓은 그대의 정원을 대기 가운데
 내려다보며 해맑은 산들 위에   15
 내 서서 그대를 바라다보았노라.

그대의 강물들 곁을 내 걸으며, 그대를 생각했노라,
 그사이 나이팅게일은 하늘거리는 버드나무 가지에서

수줍은 듯 노래 불렀고, 조용히
20   가물거리는 바닥 위로 물결이 머물고 있었노라.

또한 강변에 서서 도시들 피어나는 것 내 바라보았노라,
일터에선 부지런함이 침묵하고[3]
 학문도 침묵하는, 또한 그대의 태양이 부드럽게
 예술가를 진지함으로 비추어주는 고귀한 도시들.

25   그대 미네르바의 아이들[4]을 아는가? 그들은 일찍이
 올리브나무를 그들의 총아로 삼았노라. 그대는 그들을 아
 는가?
 아직 아테네 사람들의 정신은 존재하며, 아직도
 생각 깊은 자들, 인간들 가운데 말없이 살아 있노라,

비록 플라톤의 경건한 정원[5] 옛 강가[6]에서 더 이상
30   푸르지 않고 궁핍한 사람이
 영웅들의 진토를 쟁기질하며, 부끄러운 듯
 밤의 새[7]가 기둥 위에서 이들을 서러워할지라도.

오 성스러운 숲이여! 오 아티카여! 그처럼 빨리
 그 신[8] 자신의 두려운 빛살로 그대를 맞혔고,
35   그대를 생동케 한 불꽃들 서둘러

떨어져나가 천공 안에 모습을 드러냈단 말인가?⁹

그러나 아직 봄처럼, 정령은 나라에서
 나라로 방랑하는도다. 그리고 우리는? 우리 젊은이들 중
  어느 누가 하나의 예감
   가슴의 비밀 숨기고 있지 않은 자 있는가?   40

독일의 여인들에게 감사할 일이다! 그들 우리로 하여금
 신상神像의 친밀한 정신 보존케 했으며,
  나날이 그들의 다정하고 명쾌한
   평온이 사악한 혼란을 거듭해 보속하고 있노라.

어디 지금 그들의 신이 존재했던,   45
 우리의 선조마냥 환희하며 경건한 시인들 있으며
  어디 우리의 선조처럼 현명한 자 있느냐?
   차갑고 용맹스러운 자들이여, 결코 겁내지 않는 자들이
   여!

이제! 그대의 고귀함 가운데 인사 받아라, 나의 조국이여,
 새로운 이름으로¹⁰ 인사 받아라, 함빡 영근 시대의 열매여!   50
  그대 모든 뮤즈 가운데 마지막이자 처음인
   우라니아¹¹여, 나의 인사를 받아라!

아직도 그대 머뭇거리고 침묵하며 그대를 증언할
환희의 업보를 생각하도다. 그대 자신처럼
55   사랑으로부터 태어난, 그대처럼 착한
        오직 유일한 새로운 형상을 생각하도다 —

어디에 그대의 델로스 있는가, 어디에 우리 모두
지극한 축제에 함께할 그대의 올림피아[12] 있는가? —
        무슨 방법으로, 그대 그대의 자손, 영원무궁한 자를 위해
60   오래전에 예비해두었던 것, 이 아들이 풀어낼 수 있는가?

홈부르크의 아우구스테 공주님께
-1799년 11월 28일

아직은 당신의 눈으로부터 세월은 다정하게
　머뭇거리며 떠나가네, 또한 헤스페리아 같은 아늑함 가운데
　　그대의 정원, 시적이며 사철 푸른 정원 위로
　　　겨울의 하늘은 빛나고 있네.

또한 나는 당신의 축일을 생각하고　　　　　　　　　　　　5
　당신에게 감사드리며 무엇을 드릴까 궁리했네,
　　거기 길에는 아직 꽃들 그대로 있어, 그 꽃들
　　　당신에게, 고귀하신 당신이여, 피어나는 왕관 되었네.

그러나 더 성대한 시간은, 드높은 정신이시여! 그대에게
다른 무엇, 더욱 위대한 것 바치네, 왜냐면　　　　　　　　10
　산에서 뇌우가 아래로 울리고 있기 때문에, 보시라!
　　마치 평온한 별들처럼 밝게

오랜 의심을 뚫고 순수한 형상들 떠오르네.
그처럼 나에게 생각되네. 또한 오 여군주시여!
　자유롭게 태어난 자들의 가슴 더 이상　　　　　　　　　15
　　제 행복 가운데 외롭지 않네. 왜냐면

월계수 가운데 그 영웅, 아름답게 성숙하고
순수한 영웅이 그 가슴에 함께하고, 우리들에게

귀하신 현자들 또한 그러하기 때문. 그들
20   조용히 삶의 높이에서, 그 진지한 연장자들 바라보고 있네.

꿈꾸는 가인은 한가한 칠현금 연주 듣는
어린아이들처럼 자신을 하찮게 여기게 되네.
고귀한 자들의 행복이, 힘찬 자들의
행위와 진지함이 그를 깨울 때는.

25   그러나 노래가 나에게 당신의 이름 거룩하게 하네. 내가
당신의 축제를, 아우구스테 공주여! 열어도 좋으리,
드높음을 기리는 것 나의 소명이니, 그 때문에
신은 말을, 그리고 감사를 나의 가슴에 주셨네.

오 이 기쁜 날로부터 나에게
30   나의 시대가 시작되기를, 마침내
나에게도 당신의 동산들에서,
고귀하신 분이여! 당신께 가치 있는 노래 하나 이루어
지기를.

평화

마치 깨끗이 쓸어버리는 것이 피할 수 없어
〈　　　　　　　　　〉또 다른 분노로
　더 놀라운 분노로 변하여 다시금
　　옛 홍수[1]가 일어나기라도 하듯,

그렇게 몇 해를 두고 쉼 없이　　　　　　　　　　　　　5
　전대미문의 전쟁이 두려운 땅에
　넘치고 자라고 물결치고 범람했도다,
　　하여 어둠과 창백함이 인간의 머리를 널리 휘감도다.

파도처럼, 영웅들의 힘이 날아오르고
　또 사라져버렸도다, 오 복수의 여인이여!　　　　　　　　10
　　당신은 때때로 종들의 노고를 빨리 끝내주셨고
　　그들 전사들을 고향의 평온으로 데려가셨도다.

오 당신께서는 가차 없이, 지지 않으시고
　비겁한 자들과 압도당한 자들[2] 맞히시어
　　타격으로 불쌍한 종족은　　　　　　　　　　　　　15
　　　마지막 지체까지 떨고 있도다,

당신은 멈추게 하거나 재촉할
　가시와 고삐를 남몰래 지니고 계시도다, 오 네메시스[3]여,

당신은 여전히 죽은 자들을 벌하시도다,
20   아니었으면 이탈리아의 월계수 정원⁴ 아래에서

옛 정복자들 조용히 잠잤으리라.
또한 당신은 게으른 목동⁵을 용서치 않으셨고,
또한 마침내 백성들 사치스러운 졸음
충분하게 벌 받지 않았던가?

25   이제 오시라, 성스러운 모든 뮤즈의 연인,
천체의 연인⁶, 회춘케 하는
동경하는 평화여, 그대의
다정한 그리고〈   〉와 함께

그대의 잔잔한 명성과 함께, 더욱 온순하게!
30   그대의 쓰여 있지 않은 법칙과도 함께,⁷
그대의 사랑과 함께 오셔서 삶 가운데
정처를, 우리들에게 심장을 되돌려주시라.

순수한 자여! 어린아이들은 우리
나이든 자들보다 더 영리하다, 불타는
35   선량한 자들의 감각을 흩뜨리지 못하고
그들의 눈은 변함없이 맑고 기쁨에 차 있도다.

누가 시작했던가? 누가 저주를 불러왔던가? 오늘로부터
 어제로부터도 아니다, 시초에
  절제를 잃었으나 우리 조상들
   그것을 몰랐으며 그들의 정신 그들을 몰아댔도다.　　　　40

너무도 오랫동안, 필멸의 인간들
 서로의 머리를 짓밟고 지배하고자 서로 다투도다,
  이웃을 두렵게 하면서, 제 땅 위에서
   그 사람 축복을 받지 못하도다.[8]

그리고 불현듯 마치 혼돈처럼, 격앙하는　　　　　　　45
 족속들에게 욕망들 이리저리 불어와
  갈피를 못 잡고 가난한 자들의 삶
   거칠고 절망스럽고 걱정으로 쌀쌀하도다.

그러나 당신은 평온하게 확고한 길을 걷고 있도다
 오 어머니 대지여, 빛 가운데서, 당신의 봄 피어오르도다,　　50
  멜로디를 바꿔가며 생육의 시간들
   그대에게로 가고 있도다, 그대 생명 넘치는 이여!

또한 다른 관중들과 함께 미소 지으며

심판관이, 투사들과 마차들 달아올라

55   먼지구름 안으로 달리고 있는

젊은이들의 경주로를 진지하게 바라보듯이,⁹

그렇게 헬리오스는 우리들의 머리 위에 서서 미소 짓도다

또한 신적인 자, 즐거운 자 결코 외롭지 않도다,

왜냐면 그들, 천공의 피어나는

60   별들¹⁰, 성스럽게 자유로운 자들 영원히 살고 있기에.

사은의 시

이 시는 그 첫 부분이 없어진 이보다 훨씬 긴 시의 남겨진 마지막 시연들이다. 1784년 덴켄도르프에서 썼으며 육필원고로 전해진다. 제목은 본래 붙여져 있지 않았는데, 리츠만Berthold Litzmann이 1896년 펴낸 시집에서 지금의 제목이 붙여졌다.

1   위대하신 후원자들: 이러한 호칭은 첫 시행에 나오는 '은혜'와 제5연에서 노래하고 있는 축원으로 미루어 볼 때, 이 시가 학교의 은사에게라기보다는 어떤 제후 부부에게 바친 시라는 추측을 가능하게 한다.

M. G.

시인 자신이 육필원고의 여백에 "1784년 11월 12일"이라고 날짜를 기록하고 있다. 제목인 M. G.는 '나의 하느님에게Meinem Gott'로 이해된다.

1   압바Abba: 아랍어로 '아버지'를 뜻한다. 로마서 제8장 15절 "여러분은 또다시 두려움에 빠뜨리는 종살이의 영을 받는 것이 아니라, 자녀로 삼으시는 영을 받았습니다. 그래서 우리는 그 영으로 하나님을 '압바, 아버지'라고 부릅니다" 참조.

밤

육필원고의 여백에 "1785년 11월에"라고 기록되어 있다. 이 시는 덕망과 패덕의 이중적인 대립을 그리고 있다. 첫 대칭은 영적인 태도로서의 대립이고, 두 번째의 대칭은 행위로서의 대립이다. 이 각 대립은 각각 4개 연에 걸쳐 노래되고 있다. 첫 4개 시연은 허영의 세계에 대한 애착에 대칭하는 덕망에의 사랑, 두 번째 4개 시연은 실제의 패덕에 맞서는 실천적 덕망을 노래한다. 첫 부분에 대해서는 밤의 정경이, 두 번째 부분에서는 잠이 이러한 주제를 그려내고 있다.

M. B.에게

육필원고의 제목 옆에 "1785년 11월에"라고 기록되어 있다. 제목의 M. B.가 누구 또는 무엇을 지칭하는지 분명치 않으나, 시 「나의 B.에게」를 함께 고려해보면, '나의 빌핑거에게An meinen Bilfinger'로 추측된다. 빌핑거는 휠덜린과 동년배의 친구였다.

만족하지 못하는 사람

육필원고의 가장자리에 "85년 11월에"라고 기록되어 있다. 완전하게 전해진 것은 아닌 것으로 보인다.

1   이 모토는 로마 시인 호라티우스Horatius의 제13번 송가 17~18행에서 유래했다. "켄타우로스 케이론이 제자인 아킬레우스에게 말한다. '거기 트로이 성 밖에서 포도주와 노래로써 모든 나쁜 기분을 덜어내어야만 한다. 이 두 가지는 일그러뜨리는 근심에 대해 감미로운 위안을 의미하는

것이니까.'"

한밤중의 나그네

필적으로 미루어 1785년에 쓴 것으로 볼 수 있다. 이 시의 시상은
쉴러의 『도적들Räuber』 4막 5장 "들어! 들어라! 올빼미가 소름끼치게 울
고 있도다. … 언제나 나에게는 마치 코 고는 소리를 듣는 듯 느껴진다. …
후!후!후!" 구절과 밀접하게 연관된다.

기억하기

필적으로 미루어 1785년에 쓴 것으로 보인다. 논리적, 병렬적인 구
조를 보여준다. 첫 시연은 죄업에, 두 번째 시연은 경건에 바쳐지고 있다.

아드라메레크

6운각Hexameter 시의 단편斷片이다. 이 시는 클롭슈토크Friedrich Got-
tlieb Klopstock의 『메시아스Der Messias』로부터 자극을 받아 쓴 것이다. 특히
"사탄보다 더 사악한" 아드라메레크가 사탄을 넘어서 승리하고 싶어 하는
두 번째 노래의 결구 부분을 반영하고 있다. 이 부분에서 사탄은 메시아
의 육신만을 죽이려고 하는데 반해 아드라메레크는 영혼까지 말살하려
고 한다.

이 시의 제2행에서 제10행까지는 아드라메레크의 직접적인 발언
이다.

1 아드라메레크의 분노: 클롭슈토크의 『메시아스』 II, 886행에 아드라메
   레크는 "분노로 찌푸린 불타는 이마를 하고" 등장한다.

2 올림포스를 지배할: 『메시아스』 II, 877행에서 아드라메레크는 "신들의
   최고 주권자"가 되려고 한다.

3 정문에서 떨고 있는 혼백들: 역시 『메시아스』 II, 746행에 "정문을 지키
   고 있는/천사들"이라는 구절이 등장한다.

이수스에서 알렉산드로스가 그의 병사들에게 행한 연설

시제의 옆 여백에 "12월에"라고 기록되어 있다. 1785년으로 보인
다. 두 장의 원고로 전해지는 이 시는 루푸스Curtius Rufus가 쓴 『마케도니
아의 알렉산더 대왕 이야기』*Historiae Alexandri Magni Macedonis*에 들어 있는,
간접화법으로 된 알렉산드로스Alexandros 대왕의 연설에 기초하고 있다.
알렉산더 대왕은 이수스 근처에서의 큰 전투에서 페르시아군을 물리치고
승리를 거두었다. 승리 후 대왕이 병사들을 향해 연설하고 있는 장면이다.

1 그대들의 용기, … 아테네를 … 제압했었다: 마케도니아는 기원전 338년
   카이로네이아 전투에서 아테네가 선두에 섰던 그리스 군대를 물리치고
   승리하면서 그리스에 대한 통치권을 얻어냈다.

2 필리포스의 왕좌: 필리포스 2세Philippos II는 알렉산드로스 대왕의 부친
   으로서 기원전 356년부터 마케도니아의 왕이자, 마케도니아 제국의 창
   건자였다.

3 가장 강한 도시: 강한 도시 테베. 마케도니아의 지배에 항거했기 때문에
   기원전 335년에 알렉산드로스 대왕에 의해서 파괴되었다.

4 헬레스폰트: 다르다넬스 해협의 그리스식 명칭.

5 독재자의 가혹한 노예의 멍에: 그리스인들에게 페르시아의 왕은 독재
   의 화신이었다.

6 헤라클레스처럼 그런 이름 가지리라: 그대들 각자의 이름이 그리스 전설에서 가장 잘 알려진 영웅 헤라클레스의 이름처럼 유명해질 것이라는 의미.

7 트라키아: 거친 북부 그리스 지대.

8 박트라: 기원전 555년 페르시아의 통치 아래 놓였다가 329년 인도로 향하던 알렉산드로스 대왕에 의해 정복된 박트리아의 수도.

9 크세르크세스 후손들의 오만: 5세기 페르시아 전쟁을 기록한 역사가 헤로도토스Herodotos가 보기에 크세르크세스Xerxes는 그리스를 공격했다가 패배한 사실(횔덜린은 후일 시 「아르히펠라구스Der Archipelagus」에서 이를 노래한다) 때문에 응징된 오만의 대표적인 사례였다. 이어지는 시구는 크세르크세스 지휘 아래 페르시아인들이 그리스에서 저질렀던 파괴 행위를 그리고 있다. 후일 페르시아를 정벌한 알렉산드로스 대왕의 승리를 더 드러내 보이려는 의도로 보인다.

10 신들의 전당들: 크세르크세스 휘하의 페르시아인들이 파괴한 그리스의 신전들. 이 중에는 도시가 온통 재로 뒤덮였던 아테네의 신전들도 있다.

인간의 삶

슈바프Christoph Theodor Schwab가 펴낸 『횔덜린 작품집Friedrich Hölderlin's sämtliche Werke』(1846)에 실려 처음 발표되었다. 원고는 분실되고 말았는데, 슈바프가 발간한 작품집에는 육필원고에 기록되었던 것이 분명한 "1785년 12월에"라는 일부가 병기되어 있다. 죄악과 덕망의 대립이 노래되고 있는데, 이는 시 「밤」, 「M. B.에게」, 「기억하기」에서와 같다. 다만 여기서는 죄와 덕망이 교차적으로 노래되고 있다.

나의 일가

1786년에 썼다. 나의 일가에 해당하는 사람들은 어머니, 여동생, 동생, 외할머니이다. 이 시는 기도 형식을 통해서 이들의 안녕을 빌고 있다. 이 시는 횔덜린의 가족에 대한 강한 감정적인 유대와 기독교적인 그리고 무엇보다 경건주의적인 분위기를 보여준다.

1   나의 카를: 횔덜린의 의붓동생 카를 고크Carl Gok.
2   은빛 머리카락을 한 그녀: 횔덜린의 외할머니 요한나 로지나 헤인Johanna Rosina Heyn. 1772년 홀몸이 된 이후 딸의 집에서 기거했다. 횔덜린은 1799년 초 시 「나의 존경하는 할머니에게」를 썼다.

스텔라에게

이 시는 마울브론 수도원의 관리인 요한 콘라트 나스트Johann Conrad Nast의 딸 루이제Louise Nast에게 바친 시이다. 이 시에서 횔덜린은 당시 여러 시 작품들에서 연인을 일컫는 시어로 널리 쓰인 '스텔라'라는 라틴어식 이름을 시제로 쓰고 있다. 라틴어 스텔라는 '별'을 말한다.

나이팅게일에게

횔덜린이 제목 뒤에 1786년이라고 적어놓았다. 앞의 시 「스텔라에게」에서처럼 횔덜린은 여기에 후일 더욱 예리해지는, 개인적인 삶의 행복과 한층 높은 과업인 문학 사이의 근본적인 긴장 상황을 그리고 있다. 비극적으로 느껴지는 이러한 긴장은 1799년에 쓴 송시頌詩 「나의 소유물」에서 가장 두드러진 문학적 형식을 만나게 된다. 여기에서 인간적으로 충족된 현존재의 생명 상실이 행복이라는 모티브와 결합되는가 하면, "노래"는 고통스러우나 "행복하게 해주는" 능력으로 그려진다.

1   숭고한 월계수를 향해: 월계관은 전통적으로 시인의 상징이다. 아울러 시인의 명성에 대한 전형적인 상징이기도 하다.

나의 B에게

휠덜린이 육필원고에 1786년이라고 기록했다. 친구 빌핑거에게 바친 시이다. 송시 「고요」에서 휠덜린은 그를 "내 마음의 친구"라고 부르고 있다.

1   에름스 강: 네카 강의 오른쪽 지류.
2   고지: 슈바벤 알프스.
3   아말리아Amalia: 이 이름은 쉴러의 『도적들』에서 따온 것이다. 처음에는 아말리아 대신에 괴테의 『젊은 베르터의 고뇌Die Leiden des jungen Werthers』를 생각나게 하는 '로테'가 쓰였다. 실존하는 특정 인물과 관련된 것이라기보다는 시적 감동 아래 떠오른 인물로 그려졌다. 이 때문에 친구는 "노래"를 축복하고, "하프"에 화관을 씌우도록 요구받는다. "하프 소리"—시적으로 회상하는 감동의 총화—가 "아말리아"라는 이름을 부른다.

시

공작부인 프란치스카는 공작을 따라서 1786년 11월 5일 하이델베르크 여행에서 돌아오는 길에 마울브론을 방문했다. 당시 중요한 교육기관에 대한 감독은 공작의 임무였다. 공작부인이 쓴 일기에는 그녀의 일행이 11월 8일 11시에 마울브론에서 출발했다고 적혀 있다. 공국의 도서관에 보관된 한 서류의 기록에 따르면 횔덜린은 사전에 자신의 작품을 공개적으로 낭독하고 나서 공작부인에게 헌정했다. 같은 서류에는 수십 년간에 걸쳐 시 작품들이 공작에게 바쳐졌다는 사실이 기록되어 있다. 시의 헌정은 일종의 관례였던 것이다.

횔덜린은 이 헌정시를 자신의 작품을 정서해 엮은 이른바 마르바하 사절판 원고철Marbacher Quartheft에는 포함시키지 않았다. 이 시의 마지막 시연에서 이름으로 부르고 있는 뷔르템베르크의 카를 오이겐 공작은 압제적인 통치자였다. 쉴러는 그를 피해서 고향을 떠나야 했고, 횔덜린이 존경해 마지않았던 시인이자 출판업자인 슈바르트Christian Friedrich Daniel Schubart는 공작의 위임을 받은, 뷔르템베르크의 다른 수도원학교 관리의 모함에 걸려서 체포되어 1787년 5월까지 10년간 호엔아스페르크 성에 갇혔다. 즉 횔덜린이 공작부인에게 이 헌시를 썼던 시점에도 슈바르트는 여전히 감옥에 갇혀 있었던 것이다. 횔덜린은 그가 석방된 후 그와 결합한다. 이런 사정으로 미루어 볼 때, 횔덜린이 공작부인에게 자진해서 시를 바치고자 한 것은 아니었으나, 이 시가 헌정된 것은 피할 수 없는 사정 때문이었던 것으로 보인다. 이 헌정시의 결말 부분에는 공작에 대한 그의 심정적 접근이 쉽지 않았음을 보여주는 흔적이 드러난다. 겸손으로 포장했지만, 의문문 형태 안에 찬양을 유보하고 있기 때문이다. 비평가들은 이 시가 가장 횔덜린답지 않다고 평가했다.

비탄 – 스텔라에게

횔덜린 자신이 원고에 "87년 여름에"라고 창작시점을 나중에 추기했다. 그는 1787년 1월 또는 2월 초 임마누엘 나스트Immanuel Nast에게 "내가 당한 일보다도 그의 일이 내 마음에 더 진하게 느껴졌던 그 어떤 다른 사람은 동정을 불러일으켰었다"고 쓴 적이 있다. 루이제 나스트를 두고 한 말이다. 시 「스텔라에게」를 참조하라.

잦은 외침, 완결되지 못한 시구, 빈번한 사유의 취소, 그리고 말붙임 상대의 부단한 변경(스텔라, 인간들, 하느님)은 비탄에 빠진 감정상태를 드러내고 있다.

나의 여자 친구들에게

횔덜린 자신이 1787년이라고 창작시점을 적고 있다. 1786년이라고 썼던 것을 수정한 것이다. "짐작하건대 이 시절 수없이 그의 방명록에 이름을 써넣었던 마르크트그뢰닝겐의 아가씨들에게 바친" 것이라고 헬링라트가 주석을 달고 있다.

이 시의 구조는 예술적이다. 9행의 "그러나"를 경계로 고통하고 있는 자의 "비탄"(1, 2연)과 "환희"(3, 4연)가 나뉘어 있다. 그러나 1연과 4연의 첫머리, 아가씨들을 향한 같은 부름을 통해서 전체가 단단히 묶인다.

여전히 "세상의 소란"과 "정직", "충실" "순수" 등의 덕망 사이의 대립이 노래되고 있다. 여기서는 자신의 고유한 본성의 목소리에 확고하게 머물면서 마음의 순수성을 지키는 일이 고통 가운데서도 자아에게 위안을 준다는 단순명료한 사실을 노래하고 있다.

나의 결심

사교적인 생활과 고독, 감격과 우울, 명예에 대한 갈증과 의기소침함의 대립과 갈등이 이 마울브론 시절, 1787년경에 쓴 송시에 예언적으로 표현되어 있다. 횔덜린은 일찍이 핀다로스Pindar와 클롭슈토크를 시인의 표본으로 삼았는데, 이는 이후 시간의 경과와 취향의 변화에도 불구하고 그대로 유지되었다. 시 「나이팅게일에게」처럼 이 송시도 시인의 명성을 향한 노력과 포부를 노래하고 있다. 시 「월계관」, 「남아의 환호」, 「완성에 부쳐」, 「성난 동경」 등이 유사한 주제를 노래한다.

1 핀다로스의 비상: 1800년 이후 횔덜린의 시 세계에 지대한 영향을 끼친 그리스의 시인 핀다로스가 이 시에 처음 언급되고 있다. 고대 로마의 대표적 교육자이자 작가인 퀸틸리아누스Marcus Fabius Quintilianus 이래 핀다로스는 "서정시인의 제왕"으로 평가받고 있다. 그의 드높은 시적인 비상에 아무도 도달할 수 없다는 것 역시 고대로부터 전해 내려오는 그에 대한 고정된 이미지였다. 그렇기 때문에 횔덜린이 자신의 노력을 핀다로스의 비상을 향한 허약한 날갯짓이라고 말하고 있는 것이다. 또한 핀다로스도 자신의 시작詩作을 독수리의 과감한 비상에 비유한 적이 있다.

2 클롭슈토크의 위대함: 클롭슈토크는 횔덜린에게 무운각의 송시를 통한 형식적인 측면에서의 모범이며, 시인의 사명에 대한 견해에도 영향을 미친 시인이다.

어느 언덕 위에서 쓰다

육필원고에 1787년이라고 기록되어 있다. 어휘나 어투의 고정된 반복은 6운각의 시 「테크 산」에서처럼 클롭슈토크의 모범을 따르고 있다. 운각은 고대 서사시Epos의 기본 시행으로서 강약약強弱弱격(그리스어에서는 장단단長短短격)의 운각 6개가 한 행을 이루는 시행 구성을 말한다. 이때 첫 4개의 각운에서는 2개의 단음절을 1개의 장음으로 대체하는 것이 가능하다. 이 6운각의 시행은 주로 서사적, 목가적 내용의 시에 자주 이용된다. 궁정의 부패한 세계와 독일적이며 자연스러운 소박성과의 대비는 당대에 널리 퍼져 있던 상투적인 주제였다.

영혼의 불멸성

육필원고에 1788년이라고 기록되어 있다. 온갖 의구심에도 불구하고 영혼의 불멸성에 대한 믿음이 확고하다. 이러한 확신은 강력한 현세적인 일들의 무상함을 마주하면서도 환호성을 불러일으킨다. 이처럼 전통적인 주제를 선택했다는 사실 자체가 횔덜린이 이른 시기부터 세속의 무상함을 넘어서는 불변의 무언가를 열정적으로 추구했음을 증언한다. 여기서 전적으로 전통적, 기독교적, 경건주의적 방식으로 표현되는 이러한 불변하는 것의 내용은 후일 변화를 겪는다. 즉 영속과 변화의 대칭이라는 기본 표상으로 바뀌는 것이다.

1 잠자는 자들: 앞 행의 피조물들을 가리킨다. 예컨대 제3행의 숲, 초원, 계곡, 구릉 등이 그것들이다.

2 동정이 // 범들에게로 도망치고, 정의가 뱀들에게로 향하며: 쉴러의 『도적들』 5막 2장에 나오는 무어의 대사 "동정은 곰들에게로 달아나버렸네"를 본뜬 구절이다. 슈트름운트드랑 문학운동의 대표작으로 알려진 쉴러의 이 작품은 격정적 문체가 특징이다.

월계관

육필원고에 1788년이라고 기록되어 있다. 이 시는 송시 「나의 결심」의 주제를 그대로 이어받고 있다. 즉 문학의 위대성을 향한 의지가 그 주제인 것이다. 이전에는 덕망과 세상의 혼란 사이의 대립을 노래했다면, 여기에서는 월계관과 의미 없는 일들 사이의 새로운 대립이 제기되고 있다. 월계관이 덕망의 위치를 차지한다. 이 월계관을 향한 노력은 공허한 세속의 "재잘거리는 대중들"로부터 멀리 떨어져서야 비로소 펼칠 수 있다. 월계관을 향한 "열화 같은" 돌진과 자신의 능력에 대한 의구심 사이의 혼들림은 월계관에 바친 다른 시편들, 예컨대 「나의 결심」 같은 시들에도 자주 드러난다. 이 시는 같은 시기에 쓴 이어지는 3편의 시 「명예욕」, 「겸손」, 「고요」와도 내면적으로 연결되어 있다.

1 시인 영: 영국의 시인 에드워드 영Edward Young, 1683~1765은 음침하고 우울한 대표작 『비탄, 또는 삶과 죽음 그리고 불멸에 대한 한밤중의 사색 The Complaint; or Night Thoughts on Life, Death and Immortality』으로 잘 알려져 있다. 이 작품은 1751년 독일어로 번역되어 독일에 큰 영향을 미쳤다. 청년 횔덜린도 영의 염세적이고 감상적인 음조로부터 영향을 받았다.

명예욕

1788년에 쓴 것으로 육필원고에 기록되어 있다. 폭군과 목사들을 향한 비난의 시구는 슈바르트와 쉴러의 영향을 받았다. 이 시는 당대 시들에 나타나는 시인의 명성을 향한 노력과 이에 대비되는 "공허한" 명예욕을 함축적으로 구분하고 있다.

1 정복자에게는: 정복자는 당대의 문학에서 거의 같은 의미로 다루어진 주제이다. 클롭슈토크는 「그리스인들의 견습생Lehrling der Griechen」에서 "백성들의 저주로 시들고 있는, 정복자의 월계관"을 읊고 있고, 『메시아스』의 16번째, 18번째 노래에서는 명성과 명예 때문에 인간성을 거슬린 왕들을 지옥으로 보내고 있다. 횔덜린은 시인의 명예를 향한 노력과 왕들의 명예욕을 구분하고 있다. 횔덜린은 후기에 이르기까지 이 주제에 매달렸다.

2 하찮은 폭군들: 수탈을 일삼으며 궁정의 호사로움을 과시하려 했던 프랑스 왕 루이 14세를 흉내 낸 뷔르템베르크 공작을 암시한다.

3 젊은이의 권리: 노래에 맞추어 현악기를 탄주할 권리.

겸손

1788년에 쓴 것으로 육필원고에 기록되어 있다.

1 도미니크의 얼굴: 도미니크Dominik는 프랑스의 극작가 몰리에르Molière
가 풍미한 17세기 파리의 이탈리아 희극계에서 이름을 날린 연극배우
비앙코렐리Biancolelli의 예명이었다. 그가 맡은 배역은 희극적 인물인 일
종의 어릿광대였는데, 그 이름이 도미니크이기도 했다. 시간이 흐름에
따라 도미니크는 속담에서 어릿광대를 일컫는 보통명사가 되었다. 무대
의 도미니크는 탈을 썼기 때문에 "도미니크의 얼굴"은 익살꾼, 어리석은
자의 표지인 가면을 의미하게 된 것으로 보인다. 폄하적인 표현으로 쓰
여 위선자, 사기꾼의 표지가 되기도 했다. 여기서는 궁정세계를 비판하
려는 의도로 사용되었다.

2 슈바벤 아들들 중 … 고귀한 아들들아! / 가슴 안에 … 자유가 고동치고:
18세기 뷔르템베르크 공작의 절대주의적인 통치에 대항하여 여러 신분
의 대표자들은 1514년 농민봉기와 이로 인한 재정 결손을 수습하기 위
해 공국의 울리히 대공이 체결한 '튀빙겐협약'에 약속된 권리와 "자유"를
지키려고 시도했다.

3 헤르만Hermann: 게르만의 영웅 아르미니우스Arminius의 독일어 표기
다. 그는 게르만족의 지도자로서 토이토부르크 숲 전투에서 로마군을 물
리치고 게르만의 자유를 지켜냈다. 인본주의 이래 아르미니우스는 독일
자유의 대변인으로서 게르만 민족의 일치성과 조국애를 상징하는 인물
이자, 독일 국가의 창건자로 칭송되었다. 횔덜린에게 헤르만을 알려준
시인은 클롭슈토크였다. 클롭슈토크는 희곡 『헤르만의 전투Hermanns
Schlacht』(1769), 『헤르만과 제후들Hermann und die Fürsten』(1784),

『헤르만의 죽음Hermanns Tod』(1787)을 썼다.

고요

정서본에 1788년에 쓴 것으로 기록되어 있다. 이 시에서는, 특히 그 도입부에서 나중에 쓴 시 「자연에 부쳐」와 멜로디의 유사성을 발견할 수 있다.

첫 13개 시연은 과거시제로 소년시절을 비감과 함께 회고하고 있다. 이어진 6개의 시연(53~76행)은 청년기인 현재를, 그리고 마지막 4개 시연(77~91행)은 장년기의 미래를 바라보고 있다. 이러한 구성은 "이제"(53행)와 "언젠가"(77행)라는 시간부사를 통해서 명백하게 표현된다. 이 시는 시간의 세 단계, 과거, 현재, 미래를 서로 연관시키는 시인의 초기 경향을 드러내 보인다.

이미 이 초기시절에 횔덜린은 시 안에 이상적인 '동반자들', '반려자들'을 자신의 주위로 불러 모으고 있다. 자신의 본성에 어울리고 이 본성의 전개를 촉진시키는 특성과 태도를 지닌 한 무리를 자신의 주위로 끌어들이고 있는 것이다. "숭고한 동반자"(「스텔라에게」, 제15행)로 표현되는 덕망, 나아가 마음의 순수성(「나의 여자 친구들에게」), "고독"(「월계관」, 제2행) 그리고 여기의 "고요"가 모두 그런 것이다. 이것들은 젊은 시인이 본래의 사명을 자기답게 전개할 수 있는 환경을 만들어준다. 이러한 반려자들이 그렇게 일찍이 인식되고 표출되고 있다는 사실은 횔덜린의 스스로의 고유한 본성에 대한 깊은 성찰을 의미하기도 한다.

1   사형장의 세 발 달린 말: 미신에 따르면, 사악한 인간들, 사형으로 죽음을 맞은 자들, 자살자들 혹은 살해당한 자들은 사후에 세 발을 가진 말로 나타난다고 한다.

2   오시안Ossian: 횔덜린은 "오시안, 비견할 만한 자가 없는 음유시인, 호

메로스의 위대한 경쟁자"라고 오시안에 대한 감동을 피력하고 있다. 청년기의 친구 임마누엘 나스트에게 보낸 편지에도 그런 감동을 표했다. 스코틀랜드의 시인 제임스 맥퍼슨James Macpherson은 1760년에서 1765년 사이 현대적인 감상을 담은 20편의 노래를 발표했는데, 이 시들은 고대 게일족의 영웅시들을 번역한 것이라고 밝혔다. 이 영웅시를 쓴 시인이 바로 오시안이다. 오시안 작품의 첫 독일어 번역본은 빈의 예수회 회원 데니스Michael Denis에 의해서 1768~1769년 발행되었고, 1782년에는 페터젠Johann Wilhelm Petersen이 번역한 산문본이 익명으로 발행되었다. 휠덜린은 1784년 재판再版으로 나온 데니스의 운문본을 읽은 것으로 보인다.

몽상

1788년에 쓴 것으로 육필원고에 기록되어 있다.

열정의 싸움

1788년에 쓴 것으로 육필원고에 기록되어 있다.

헤로

시제 뒤에 1788년이라고 부기되어 있다. 친구 마게나우Rudolf Magenau에게 보낸 1788년 7월 10일자 편지에는 이 시의 앞선 초고가 있다는 사실이 암시되어 있다. 이 시의 세부에 걸친 본보기는 오비디우스의 『영웅의 연서戀書들Heroiden』의 제18번 및 19번의 편지인데, 이 편지들은 레안드로스와 헤로 사이에 주고받은 가상적 연서이다.

1   헤로: 그리스 전설에 따르면, 헬레스폰트의 한쪽 해변에 살고 있는 레안
     드로스는 해협의 다른 쪽 해변에 살고 있는 헤로를 사랑해서 밤마다 헤
     엄쳐 그쪽으로 건너갔는데, 언젠가 폭풍이 치는 바다에 빠져 죽고 말았
     다. 뒤이어 헤로도 그를 따라서 죽고 말았다고 한다.

테크 산

1788년에 쓴 것으로 육필원고에 기록되어 있다. 「아드라메레크」,
「어느 언덕 위에서 쓰다」와 마찬가지로 6운각의 시이다.

우리가 횔덜린이라는 시인에게서 일반적으로 느끼는 고유한 시
적 특성을 청년기에는 아직 찾아볼 수 없다. 횔덜린은 클롭슈토크나 셸링
Friedrich Wilhelm Joseph Schelling처럼 이르게 성숙한 천재성을 가지고 있지
도 않았고, 오히려 많은 것을 습득하고 부딪치면서 수련하지 않으면 안 되
었다. 때문에 그의 청년기 문학은 언어와 형식, 주제와 인생관, 품성과 예
술적 의지를 모범자들에 기대어 수련하고, 이들에게서 받은 열정과 감상
에 따라 울림을 다르게 했다. 삶의 무상을 비가적으로 탄식하는가 하면,
사라져버린 행복 또는 연인의 무관심을 비탄하기도 하고, 심판관의 격정
으로 속세의 무모함을 탄원하거나 영웅적인 모범자의 위대성을 찬미하
고 이상을 높이 찬양하기도 한다. 그리고 겸손을 다해서 창조주 앞에 머리
를 숙이기도 한다. 이러한 지극히 고조된, 그렇지만 어쩐지 의존적으로 표
현된 감정들 사이로, 우리는 이러한 틀에서 완전히 빠져나온 시구나 시연
을 발견하게 된다. 소박하고도 침착하게도 자연 정경이나 농촌의 구체적
인 모습들, 유년기의 놀이와 숲이나 들에서의 작은 체험들을 묘사하고 있
는 시구들이 그것이다. 고향의 경쾌한 정경, 그곳에서의 삶, 그것을 자신
의 의식 안으로 받아들이는 젊은 시인의 심정이 그려지고 있는 것이다. 시

「테크 산」이 이러한 시적 표현 현상을 잘 보여주고 있다.

열여덟 살의 시인은 가을에 세 번째로 자란 풀들을 건초로 만들려고 베는 장면을 노래할 때, 그것이 이 지역의 비옥한 토양과 풍요로움을 드러내준다는 사실을 알고, 이러한 앎을 표현해내는 것을 즐거워한다. 그러나 그렇게 목가적으로만 이 시를 끝내지는 않는다. 86~88행에 나오는 리젠 산맥과의 작별의 순간은 다소 감상적인 언어로 묘사되었다.

1 테크 산: 횔덜린의 고향 뉘르팅겐 근처에 있는 뛰어난 자태의 산이다. 1524~1525년 농민전쟁 때 파괴된 테크 제후들의 성이 폐허로 남아 있다.

2 숲으로 가득 찬 리젠 산맥: 독일 남부에 위치한 슈바벤 알프스 산맥.

3 혐오스럽게 지어진 외국의 원숭이들: 고대 독일의 순박한 미풍양속과는 반대되는 풍습을 가진 외국인들, 주로 프랑스에서 들어온 외래의 퇴폐적인 관습과 궁정의 부패를 뜻한다.

우정을 위한 축제의 날에

1788년에 쓰인 것으로 육필원고에 기록되어 있다. 같은 해 튀빙겐 신학교에 입학한 횔덜린은 이곳에서 노이퍼Christian Ludwig Neuffer, 마게 나우와 처음 교분을 맺는데, 이 때문에 이 시를 그들과 관련해 해석할 수 있다. 하지만 이 시에서 노래되고 있는 풀 베는 사람들과의 결합(77~85행)은 이 튀빙겐 우정과 관련이 없다고 보는 것이 타당하다. 튀빙겐 우정보다 앞서 다른 동아리가 있었던 양 노래되고 있는 것은 매우 특별한 일인데, 아마도 앞서 예감한 것은 아닌가 하는 생각을 가지게 한다. 한편 횔덜린이 1789년이라고 쓸 것을 1788년이라고 잘못 써놓은 것이라고 추측할 수도 있다. 그러나 이 또한 추측에 불과할 뿐이다. 이 시절의 찬가들은 마르바하 4절판의 끝에 정리되어 있는데, "이 안에 횔덜린이 1788년 여름 수도원학교 시절 시 창작의 결실들을 조심스럽게 정서해 넣었기" 때문이다.

1788년 9월 6일경 횔덜린이 나스트에게 보낸 편지("오 형제여! 형제여! 어찌 이렇게도 내 기분이 좋을 수가 있을까! 내가 엊그제 무엇인가를 끝냈기 때문인가 봐. 그것 때문에 그렇게 수많은 나날 내 머리가 열에 들떴었거든")도 이 시에 관련된 것으로 보인다.

이 시는 횔덜린의 첫 번째 자유운율의 시이다. 괴테의 영향보다는 슈톨베르크Friedrich Leopold Graf zu Stolberg와 슈바르트의 영향이 더 크게 작용한 것으로 보인다.

이 찬가는 "영웅들을 노래하고자" 하는 시인의 소원으로 시작된다. 그리고 이에 대한 두 가지의 예가 이어진다(8~33행). 이 두 가지 형제애가 그로 하여금 영웅숭배의 노래를 계속하도록 고무시킨다(34~42행). 문학과 우정이 서로 연관을 맺는다. 그렇기 때문에 54~72행은 결코 주제로부터의 이탈이 아니다. 우정은 이를 인정하는 말들을 불러들이는 데 당연히 도움이 되어야 한다. 우정은 벌써 현재의 허약한 족속들에 대한 시인의 싫증과 이것으로부터 생기는 삶에의 권태를 극복하는 데 기여한다(86~141행). 그리하여 시의 결구는 힘을 더욱 강화하여 궁형弓形을 이루며 첫머리로 되돌아갈 수 있게 된다. 말하자면 우정이 미래에 있을 영웅들에 대한 노래를 향해서 용기를 내게 만들어주는 것이다. 횔덜린의 근본적으로 순수하고도 변함없는 영웅숭배의 필요성은 이 무렵 더욱 고양된 표현을 얻는다. 그러나 8~33행의 과잉된 힘과 제어하기 어려운 격정의 구절은, 본래적인 동반자로서의 고요, 고독, 덕망이 찬미되고 있는 다른 시편들과는 비록 표면적이라 할지라도 결을 달리한다.

1 풀타바의 광란의 전투: 1709년 우크라이나의 풀타바 인근에서 카를 12세 Karl XII가 이끄는 스웨덴군과 표트르 대제Pyotr I가 이끄는 러시아군이 맞붙었으나 병력이 부족했던 스웨덴이 패했다. 러시아가 동유럽의 패권을 장악하는 계기가 되었다.

2 구스타프: 구스타프 아돌프Gustav Adolf는 1611년부터 스웨덴의 왕이었다. 시 「구스타프 아돌프」에 대한 주해 참조.

3 오이겐 왕자: 오이겐 폰 사보이엔Eugen von Savoyen, 유명한 총사령관.
   1704년 획스트에서 거둔 그의 승리를 클롭슈토크가 송시「물음Fragen」
   을 통해 노래했다.

4 빌란트Christoph Martin Wieland: 독일의 작가. 1772년부터 바이마르
   에 거주하면서 궁정 교사로 일했다. 바이마르에서 문예지『독일 메르쿠
   어Der Teutsche Merkur』를 발행하여 칸트Immanuel Kant, 헤르더Johann
   Gottfried von Herder, 괴테, 쉴러, 노발리스Novalis, 슐레겔Schlegel 형제
   등 당대의 대표적 문인과 철학자들에게 작품을 발표할 기회를 제공하고,
   이를 통해서 독일 근대문학의 발전에 기여했다. 그의 대표작에는 발전소
   설『아가톤 이야기Geschichte des Agathon』가 있으며, 그 외에도 운문소
   설『무자리온Musarion oder Die Philosophie der Grazien』과 동화『오베론
   Oberon』을 썼고, 셰익스피어William Shakespeare의 작품들을 번역했다.

5 우리 영주의 축제: 매해 2월 11일에 열린 뷔르템베르크의 공작 카를 오
   이겐의 생일 축제를 말한다.「시」에 대한 주해를 참조하라.

6 외국의 타락한 원숭이들을: 시「테크 산」주3) 참조.

루이제 나스트에게

　육필원고로 남아 있는 이 작품은 1788년 9월 말 마울브론을 떠나면
서 쓴 것으로 보인다. 시연을 갖춘 자유운율의 시이다.

남아들의 환호

휠덜린이 육필원고에 1788년이라고 기록해놓았다. 프랑스 바스티유 감옥에서 폭동이 일어나기 1년 전 휠덜린은 이 시에서 프랑스대혁명의 외침과 거의 일치하는 정의, 자유, 그리고 조국애를 노래하고 있다. 바이스너Friedrich Beißner는 이 시에서 "위대한 혁명적 파토스"를 읽어냈다.

1   우라노스: 그리스 신화에 나오는 하늘의 신. 대지의 여신 가이아의 아들이자 남편이다. 크로노스의 아버지이자 제우스의 할아버지이기도 하다.

시대의 책들

창작연도가 기록되어 있지 않다. 이 시가 전래되고 있는 육필원고의 필체로 미루어 튀빙겐 첫해인 1788년의 작품으로 보인다. 신학자 구아르디니Romano Guardini는 "휠덜린의 그리스도에 대한 최초의 표상"을 이 시에서 읽고 있다. 그러나 휠덜린 특유의 감성과 사유의 본래성에서는 벗어난 느낌을 준다. 특히 이 시의 어휘들을 그 이전에 쓴 「그리스의 정령에게 바치는 찬가」와 비교해보면 이러한 사실을 확인할 수 있다. 이 시에 그려진 세계상은 기독교적이다. 그렇지만 세속에서의 선과 악의 예들이 깊이 있는 해석을 시도하지 않은 채 나열되어 있을 뿐이다. 무차별적인 나열이라는 인상을 깊게 남긴다. 이 찬가가 "선량한 / 영주의 손"에 대한 찬미로 끝나고 있음을 볼 때, 또 주제의 갑작스러운 수축으로 볼 때, 어떤 공식적인 행사가 기회가 되어 이 시를 쓴 것은 아닌가 추측해 볼 수도 있다.

1 오난의 치욕: 오난은 『구약성서』 「창세기」에 나오는 인물로 유다의 아들이다. 죽은 형의 아내와의 결혼으로 생긴 의무를 저버려서 죽음을 당했다. "유다가 오난에게 이르되 네 형수에게로 들어가서 남편의 아우 된 본분을 행하여 네 형을 위하여 씨가 있게 하라. 오난이 그 씨가 자기 것이 되지 않을 줄 알므로 형수에게 들어갔을 때에 그의 형에게 씨를 주지 아니하려고 땅에 설정하매." 「창세기」 38장 8~9절.

2 강: 침묵하고 있는 "하프 소리"로 미루어 보건대 겨우 숨 쉬고 있는 소리의 강을 의미한다.

3 돌무덤에서 죽음을 뿌리치신다!: 『신약성서』에 따르면 돌아가신 예수 그리스도는 요셉이 모셔놓은 돌무덤에서 살아났다. 「마가복음」 15장 46절, 16장 3~8절 참조.

4 다시 오거라, 인간의 자손들아!: "주께서 사람을 티끌로 돌아가게 하시고 말씀하시기를 너희 인생들은 돌아가라 하셨사오니." 『구약성서』 「시편」 90장 3절.

완성에게

1788년에 쓴 것으로 보인다. 자유운율로 네 개의 시행이 하나의 시연을 이루고 있다.

여기서 완성은 종교적으로뿐만 아니라, 예술적으로도 매우 넓게 파악되고 있다. 완성을 향한 노력 가운데서 시대와 세상(제2연), 조상들과 시인 자신이 만난다. 완성은 어떤 하나의 시대, 어떤 양식이나 종교에만 맡겨져 있는 것이 아니다. 그리고 완성은 미래에만 추구되는 것도 아니다.

조상들은 오히려 가능한 방식으로 완성의 길을 걸었던 것이며, 현재는 다른 방식으로 완성의 같은 수준에 도달할 수는 있지만, 더 높은 수준에는 도달할 수는 없는 것이다. 이를 통해서 편파적이지 않은, 예컨대 기독교적인 사상에 전적으로 얽매이지 않은 세계상이 펼쳐지고 있다.

대칭을 이루고 있는 시의 구조적인 엄밀성은 마지막 시연이 첫 시연과 구조적으로 동일하다는 점에서 드러난다. 2행의 감탄문과 2행의 의문문으로 구성된 시연은 "오 그대 정령들의 성스러운 목표여!"(제2행)가 "정령들의 성스러운 목표여!"(제34행)로 변형되었을 뿐 똑같이 반복되고 있다.

1 드높은 단순함 가득하고/단순하게 조용하며 위대하게: 독일의 미술사가 빙켈만Johann Joachim Winckelmann은 1755년 저술 『회화와 조각에서 그리스 작품의 모방에 대한 고찰Gedanken über die Nachahmung der griechischen Werke in der Malerei und Bildhauerkunst』에 "그리스 명작들의 보편적이고 특출한 특징은 결국 고상한 단순성과 고요한 위대성이다"라는 유명한 문구를 남기고 있다.

성스러운 길

이 단편적인, 미완성의 시는 1789년에 쓴 것으로 보인다. 횔덜린은 이 시의 육필원고에 자신이 고안한 새로운 운율구조를 도식으로 그려놓았다. 시인의 사명에 대한 첫 고백이 이 시를 통해서 표명되고 있다.

시인은 한 경주로에서 경쟁한다. 아리스토텔레스Aristoteles가 심판관으로 참석해 있다.

1 아리스토텔레스: 『시학Peri Poiêtikês』으로 18세기에 이르기까지 문학의 규칙에 결정적인 영향을 미친 아리스토텔레스가 성스러운 길로 향하는

입구의 심판석에 앉아 있다. "성스러운 길" 자체 그리고 그 길에서 열리고 있는 경연은 그리스의 올림피아나 델피의 경기장을 연상시킨다.

케플러

육필원고에 횔덜린이 1789년이라고 창작연도를 표기해놓고 있다. 이 시는 아첼Johann Jakob Azel의 『견본과 함께하는 묘비명 시론*Schreiben über einen Versuch in Grabmälern nebst Proben*』이라는 글로부터 자극을 받아 쓴 것으로 보인다. 거기에는 케플러Johannes Kepler의 묘비명에 대해서 이렇게 기술되어 있다.

"수학적인 도구들로 둘러싸인 묘지가 완벽한 입방체 위에 서 있다. 거기에는 얕은 부조浮彫로 케플러가 새겨져 있다… 케플러가 들고 있는 횃불을 뉴턴이 뒤따르고 있다. 전면에는 행운이 앉아 있고, 케플러는 등을 돌리고 있다. 대칭된 쪽에는 후세가 울고 있고 두 개의 다른 쪽에는 그의 저작물이 월계수 잎으로 둘러쳐져 있다. 여기에 덧붙여 '요한네스 케플러, 행운보다 더 위대한 자, 천체를 통한 뉴턴의 길잡이'라고 쉴러가 쓴 비명이 새겨져 있다."

1 케플러: 횔덜린보다 200년쯤 앞선 16세기의 인물인 요하네스 케플러는 천체 운행의 법칙을 발견했고 천체 망원경을 근본적으로 개선했다. 그는 슈바벤의 제국도시 바일에서 태어나 횔덜린과 마찬가지로 마울브론의 수도원학교와 튀빙겐 신학교를 다녔다. 횔덜린이 살던 당시에는 천문학이 최고의 학문으로 인식되고 천문학자들이 전설적인 명성을 누렸다.

2 영국의 사상가: 17세기 영국의 천문학자이자 물리학자로 근대 과학의 선구자인 아이작 뉴턴Isaac Newton을 말한다. 영국은 옛 표기인 알비온Albion으로 쓰여 있다. 영국 고전시에서 자주 쓰인 표기다.

3 앞서서…빛을 밝히셨고: 케플러가 먼저 밝힌 빛을 뉴턴이 따랐다는 의

미다.

4   발할라: 북구의 신화에서 발할라는 전쟁터에서 쓰러진 자들이 머무는 장
    소인데, 나중에는 일반적으로 불멸의 명성이 깃든 장소를 의미했다.

5   헤클라 화산: 아이슬란드의 화산. 흔히 지옥에 비유되었다.

틸의 묘지에서

제1~32행까지는 1789년이라고 창작연대가 기록된 육필원고로
전해지고, 마지막 시연은 1846년 슈바프에 의해 발행된 첫『횔덜린 전집
Friedrich Hölderlin's sämmtliche Werke』에 실려 전해지고 있다.

1   틸: 요한 야콥 틸Johann Jakob Thill은 슈투트가르트 태생으로 횔덜린처
    럼 튀빙겐 신학교 출신이고, 클롭슈토크의 조국애적 문학에 심취한 젊은
    신학자였다. 그에 대해서는 사후에 몇몇 시들이 여러 시 연감이나 문고
    에 실려 알려진 바 있다. 죽은 자에 대한 감동 어린 회상이나 감상이 담
    긴 묘지문학은 감상주의의 문학적인 제식에 해당한다.

2   노이퍼: 노이퍼는 1786년부터 1791년까지 튀빙겐 신학교에 다녔다.
    그도 시를 썼다. 횔덜린과 노이퍼의 우정에 대해서는 시「우정에 바치는
    찬가」, 「노이퍼에게」, 「초대」를 참조하라.

구스타프 아돌프

육필로 전해지는 이 시의 원고에는 제목 옆에 1789년이라는 연대
가 기록되어 있다. 1789년 12월 횔덜린은 친구 노이퍼에게 이렇게 쓰고
있다. "요즘 나는 한 권의 훌륭한 책—고대 독일 이야기 모음—을 손에 넣
게 되었네. …그런데 보라! 사랑하는 이여, 거기 즐거운 시간이 나에게 일

어났네. 나는 위대한 구스타프가 그처럼 따뜻하게, 정말 많은 존경심으로 서술되어 있는 것을 발견했다네. 그의 죽음에 대한 그렇게 귀중한 기록이 서술되어 있었네. 나는 그것을 성스럽게 움켜잡았네. 그리하여 튀빙겐으로 돌아오자마자 다시 종이에 마지막 손질을 가했고 그의 죽음에 대한 찬가에 나의 미진한 힘을 모두 쏟아부었다네." 이 책은 익명으로 발행된『고대 독일의 가장 특출한 이야기 모음*Sammlung der merkwürdigsten altdeutschen Geschichten*』인데, 여기 수록된 소설「투른의 테크라 공작부인에 대한 이야기 또는 30년전쟁의 장면들*Geschichte der Gräfin Thekla von Thurn oder Scenen aus dem dreissigjährigen Kriege*」은 뤼첸의 전투와 구스타프 아돌프의 죽음에 대해서 이야기하고 있다. 편지에 서술된 독서에 근거한 작업이 이 시와 뒤에 이어지는 시에 관련되어 있는 것으로 보이지만, 충분히 설명되어 있지는 않다.

1   구스타프 아돌프: 1611년 이후 스웨덴의 왕. 그의 치하에서 유럽의 거대 세력이 된 스웨덴 왕국은 30년전쟁에 개입한다. 그는 여러 전투에서 승리를 거두었으나 뤼첸 근처의 전투에서 전사했다. 그 자신이 신교의 편에 선 신앙의 전사로 생각했고 오랫동안 신교의 영웅으로 평가되었다. 횔덜린 역시 여기서 그를 그러한 영웅으로 노래하고 있다.

2   토이트Teut: 인본주의 이래로 개별 민족들을 어원에 따라서 신화적인 종족의 선조로 거슬러 올라가 나누는 것이 널리 퍼진 관례였다. 16세기에 토이트는 독일인의 선조로 생각되었다. 토이트는 투이스토Tuisto와 같이 취급되었는데, 타키투스Tacitus가 그의 『게르마니아*Germania*』에서 이 명칭을 사용하면서 투이스토가 게르만 민족으로부터 인류의 조상으로까지 칭송되었다고 기술했다.

3   전투의 계곡: 1632년 구스타프 아돌프가 전사한 뤼첸의 전장. 1795년 횔덜린은 예나에서 할레, 데사우와 라이프치히로 가는 도보여행에서 이곳을 방문했다.

4   한 배신자: 구스타프 아돌프는 어떤 배신자에 의해서 살해되었다는 오래된 전언이 있었으나, 후일 사실이 아닌 것으로 밝혀졌다.

5 죽음의 계곡에서 승리하신 분: 구스타프 아돌프가 1632년 11월 16일 승리와 동시에 전사했던 뤼첸의 전장. 그곳에서의 구스타프.

구스타프 아돌프에 대한 연작시의 종결부

육필원고로 전해지고 있다. 창작연대는 앞의 시에 대한 해설을 참조하라.

운율이 불규칙한 약강격에서 구스타프 아돌프를 향한 직접적인 말걸음(제29행)부터 알카이오스Alkaios 송시 운율로 바뀐 것은 그 내용이 전통적으로 송시의 특성이기 때문이다.

1 그의 숭고함의 지극한 사당으로 (…) 놀고먹는 자들에게는 어지럼이 일고 / 죄지은 자는 결코 오르지 못할 그 위로!: 횔덜린은 이 시연과 이어지는 시연에서 클롭슈토크의 문학관과 특히 '드높은' 송가에 대한 당대의 이론에 의해서 규정되고 있는 자신의 미래문학에 대해 일종의 선언을 제기하고 있다. "숭고함의 지극한 사당" 같은 구절은 클롭슈토크에 의해 받아들여지고 횔덜린이 집중적으로 수용했던 롱기누스Pseudo-Longinus의 『숭고에 대해서Vom Erhabenen』로부터 발전되어 나온 시구이다.

2 되돌려 천둥 울리라, 바다의 파도여! 고독하고 (…) 가인의 도약하는 발을 지치게 하지 못한다: 시 「명예에 부쳐」에 조금 변형되어 다시 등장한다.

슈바벤의 아가씨

본래 제목 없이 육필원고로 전해지고 있는 이 시는 1789년 10월 말에 쓴 것으로 보인다. 횔덜린은 "휴가가 끝나자마자" 쓴 "짧은 노래"(노이퍼에게 보낸 편지)를 11월 25일 직전 어머니에게 보낸 편지에 동봉하고 있다. "여기에 사랑하는 리케(횔덜린의 여동생)에게 약속했던 짧은 노래"를 동봉한다고 이 편지에 쓰고 있다.

성난 동경

남아다운 과업, 월계관 그리고 완성을 향한 동경은 튀빙겐 신학교에서 경험한 자유를 향한 열망에 기인한다. 이 동경은 무엇으로부터의 결핍이나 무언가에 대한 거부에서 생긴 것이니만큼, 본래 순수한 것이 아니라 '분노하는' 동경이다. 이러한 분노는 인상적으로 실천에 대한 충동을 불러일으킨다. 그러나 이러한 충동은 우정이나 자연과의 조화에 의탁하는 횔덜린의 다른 본질적인 경향을 묻어버리기도 한다.

1 휴식이 나를 행복하게 하지 않는다: 여기서 "휴식"은 아무것도 하지 않는 쉼을 뜻한다. 그에 비해 다음 시 「안식에 부쳐」에서 참된, '거인의 힘'을 선사하는 안식에 대해서는 찬미를 바치고 있다.
2 마나: 타키투스의 『게르마니아』에 따르면, 마누스Mannus(클롭슈토크는 '마나Mana'라 부름)는 투이스토의 아들로서 게르만족의 원조다.

안식에 부쳐

이 시는 횔티Ludwig Christoph Heinrich Hölty의 「아침 해에 바치는 찬가Hymnus an die Morgensonne」와 스톨베르크Friedrich Leopold Graf zu Stolberg의 논문 「누리고 난 후의 안식과 이러한 안식에서의 시인의 상태에 대해Über die Ruhe nach dem Genuß und über den Zustand des Dichters in dieser Ruhe」의 인상 아래 쓴 것으로 보인다. 횔덜린이나 스톨베르크에 있어서 안

식, 평온은 모든 역량이 한데 집결되는 정신의 창조적 상태이다. 1799년 1월 1일 횔덜린이 동생에게 진정한 문학이 인간에게 미치는 영향에 대해서 쓴 적이 있다. "문학은 인간에게 안식을 준다. 공허한 안식이 아니라 생동하는 안식, 모든 힘들이 활발하게 움직이는 안식 말이다. 다만 그것의 내면적인 조화 때문에 활동적으로 인식되지 않을 뿐이다."

1   해맑은 한낮에: 한낮의 시간은 그리스 신화에 나오는 목신 판의 시간으로, 최고의 시적 영감의 시간이다.
2   도미니크의 얼굴: 앞의 시「겸손」두 번째 시행과 주석을 참조하라.
3   현자의 묘지: 에르메농빌르 공원의 한 섬에 있었던 장자크 루소Jean-Jacques Rousseau의 묘지. 그의 시신은 1794년 파리의 팡테옹으로 옮겨졌다.

명예에 부처

육필원고로 전해지고 있다. 1789년에 쓴 것으로 추측된다.

1   한때 나는 한가하였네: 시「성난 동경」에서의 '휴식'과 같이 부정적 의미를 가지고 있다.
2   바다의 파도 / 천둥처럼 울릴 때 / 가인의 도약하는 발: 앞의 시「구스타프 아돌프에 대한 연작시의 종결부」를 조금 변형하여 다시 쓰고 있다.

그때와 지금

육필원고의 필체로 볼 때, 이 시의 첫 번째 초고는 송시「명예에 부처」에 이어서 쓴 것으로 보인다. 따라서 1789년에 쓴 것이라고 할 수 있다. 첫 3개 시연은 이 시의 주제를 알려준다. 이미 흘러가버린 어린 시절에 대한 비감 어린 회상이 그것이다. 첫 2개의 시연에서 3개 시행은 모두 "그 때"로 시작하고 있는 것이다. 이어지는 3개의 중심 시연들은 다시금 "그 때"를 더욱 생생하게 회상한다. 3개의 체념적인 종결 시연들에서는 자기 성찰과 함께 사랑과 월계수를 향한 동경 때문에 울고 있는 "지금"의 시인 이 "그때" 황금빛 시간들에 대한 사무치는 그리움을 노래하고 있다.

1 그 살해자 / 화살을 당겼다: 에드워드 영의 『삶, 죽음과 불멸성에 대한 밤의 사념』의 첫 번째 밤에 나오는 구절 "물릴 줄 모르는 살해자여! (…) 그대의 화살 세 번을 날았도다"를 본떠 쓴 것으로 보인다.
2 폭죽: 포도 수확 때가 되면 새들을 쫓기 위해 포도원에 폭죽을 터뜨렸다.

비탄하는 자의 지혜

두 개의 육필원고가 전해지고 있다. 그중 두 번째 육필원고에 1789년 이라고 기록되어 있다.

1 세실리아: 초고에는 이 자리에 '나르치사'가 등장한다. 이를 통해서 에드 워드 영의 『삶, 죽음과 불멸성에 대한 밤의 사념The Complaint, or Night Thoughts on Life Death and Immortality』을 암시했다. 영은 이 작품의 세 번째 밤에서 자신의 의붓딸 나르치사의 죽음을 비탄했다.
2 염치없는 로마인의 목구멍이 (…) 나라의 뼛가루 붙어 있을 때: 고대 로 마의 전제군주들과 그들의 권력 남용에 빗대어 뷔르템베르크의 카를 오 이겐 공작을 생생하게 비판하고 있다.
3 그때 그대의 홀 안에서 고통받는 사나이 (…) 소명이 되도다!: 이 시구 안 에는 본래 '엘리사'라는 이름이 등장했었다. 엘리사는 이전에 '엘로이즈' 라고 불렸다. 텍스트의 다른 요소들과 연결해볼 때 이 이름으로부터 중

세에 수도사와 수녀의 신분으로 연인이 되어 편지를 주고받은 아벨라르와 엘로이즈의 고난사에 대한 암시를 읽을 수 있다. 엘로이즈는 아벨라르와 강제로 헤어진 후 정신적 생활에 전념하여 당대의 가장 학식이 높은 여성으로 평가되었다. 그렇기 때문에 그녀는 그녀의 비탄 가운데서도(25~28행) 지혜로 위안받고 있는 것으로 나타난다. 그녀는 아벨라르가 죽자 곧장 그의 시체를 그녀가 부원장으로 있었던 수녀원으로 들어오게 했다. "흙 안에서 고통받는 사나이 잠든다"(30행). 아벨라르는 교회에 의해서 이단자로 심판받고 심한 고문을 견뎌내야만 했다. "사제의 증오에 가슴 갈기갈기 찢긴 사람 / 그들의 심판이 감옥에서 고문을 가한 사람"이다. 파리에서 철학과 신학 교사로서 명성의 고지에 오른 경력 이후 그는 수도원에서의 고독으로 돌아오고 거기서 수도승들에게 영혼의 위로자가 되고, 젊은이들을 교육하며 공동체를 위해서 집을 짓고 농토를 일궜다(35~40행). 다시 말해 본질적인 것을 지향하는 삶의 지혜에 헌신했던 것이다.

4 또한 욕망은 침묵한다: "사라지라, 너희 욕망들이여"(1행) 삶에서 가장 필요한 물질, 그리고 사랑과 명성에 대한 욕망들은 "무상"(2행)으로 돌려지고, 이 때문에 "몰지각한 고문자들"(1행)은 시인이 스스로 갖추고 싶어 하는 "고요한 지혜"(5행)에 대립한다.

자책

미완성의 단편斷片. 육필로 남겨져 있다.

1 토비아스의 강아지: 『구약성서』, 성서외전 「토비트서」 11장 9절, "그때 그들이 함께 데리고 왔던 개가 앞서 달려 나가 꼬리를 흔들며, 뛰어오르고 기쁜 척했다" 참조.

튀빙겐 성

이 시는 1789년 말 또는 1790년 초에 썼다. 이 시는 18세기 후반에 선호된 장르인 폐허문학Ruinenpoesie에 해당한다.

1 마나: 시 「성난 동경」 주2)를 참조하라.
2 투이스콘: 시 「성난 동경」 주2)를 참조하라. 타키투스의 『게르마니아』에 나오는 투이스토와 같은 명칭인데, 투이스콘Thuiskon이라는 명칭은 인본주의 이래로 널리 쓰였다.
3 발할라: 시 「케플러」 25행과 이에 대한 주해를 참조하라.

우정의 노래─첫 번째 원고

1790년 3월 3명의 튀빙겐 신학교 학생 횔덜린, 노이퍼, 마게나우는 감상주의 시대의 "괴팅겐 숲의 결사Göttinger Hainbund"를 본떠 시인 결사를 맺었다. 마게나우의 기록에 따르면 이 결사는 자신과 노이퍼가 튀빙겐에 있을 때까지, 그러니까 1791년 가을까지 활동했다. 이들은 자신들의 시 작품을 실은 결사의 동인지를 발행했는데, 이 책의 첫머리에는 자필로 쓴 서명이 실려 있다. 횔덜린은 이 동인지에 시 「우정의 노래」, 「사랑의 노래」 그리고 「고요에 부쳐」를 실었다. 「우정의 노래」의 첫 번째 원고에 횔덜린은 "결성일에 적는다"라고 기록하고 있다. 1790년 3월 9일이었던 것으로 보인다.

1 크로노스: 그리스 신화에서 시간의 신. 제우스의 아버지로서 고대 최고의 신이기도 하다.
2 죽음의 날개: 클롭슈토크의 『메시아스』에 자주 등장하는, 죽음의 천사로 이해되는 표상.

사랑의 노래-첫 번째 원고

휠덜린은 이 시의 제목 아래에 자필로 "고귀한 사람들의 두 번째 날에"라고 써넣었다. 즉 시인 결사의 두 번째 모임이 있던 1790년 4월 20일에 썼다는 것이다. 두 번째 원고는 언제 쓰였는지 정확히 알 수 없다. 다만 이 시의 세 번째 원고라고 할 수 있는 「사랑에 바치는 찬가」가 1793년에 발표된 것으로 미루어 두 번째 원고는 이보다 앞서 쓴 것이라고 할 수 있다.

찬가 「완성에게」와 비교해 볼 때, 여기서의 사랑은 그 작용 영역이 매우 넓다. 앞의 찬가에서 사랑은 '완성'이라는 이상으로의 접근을 가능케 하는 인간의 정신력이다. 그런데 여기서 사랑은 우주적이며, 삼라만상을 움직이는 힘으로 노래되고 있다. 그것은 인간 내면에서나 자연에서 똑같이 작용한다. 인간의 본질은 더 이상 수시적이며 기분에 따라 변하는 주변 환경에 종속되어 있지 않다. 오히려 우주 전체와의 조화에서 찾아지며, 그렇게 해서 자신의 고유한 바탕을 비로소 얻어낸다. "드높은 존재의 연대"(제11행)는 존재하는 모든 것을 결합시킨다. 이러한 의식은 찬가적 환호와 견고한 리듬을 가능하게 해준다. 사랑의 지배는 아주 작은 현상에서부터 지극히 높은 현상에 이르기까지 상승적으로 일어나며, 꽃들을 스치는 바람결의 애무에서부터 최후의 심판에까지 이른다(제17~48행). 사랑의 찬미가 울려 나오게 되는 상황을 묘사하는 도입부의 시연이 이를 향하고 있으며, 두 번째 시연은 형제자매들에게 환호를 촉구하고 있다. 여기에 같은 사념을 담고 있는 마지막 시연이 화답한다.

1 드높은 존재의 연대에 대해서: 시 「조화의 여신에게 바치는 찬가」의 모토를 참조하라. 우주 삼라만상을 결합시키고 침투하는 우주적인 힘의 하나로 사랑을 파악하는, 18세기에 널리 퍼져 있었던 생각을 반영한다.
2 죽음의 나라로도 내려간다: 에우리디케를 다시 데리고 나오려고 지하세계로 내려갔던 오르페우스를 연상시킨다.

472

1   살육자의 날개: 「우정의 노래」 67행의 "죽음의 날개"처럼 죽음의 천사를
     연상시킨다.

고요에 부쳐

동인지에 기록된 이 시의 제목 아래에 "고귀한 사나이의 세 번째 날
에"라고 적혀 있는 것으로 미루어 세 번째 시인 결사 모임이 있었던 날에
쓰인 시이다. 이날은 같은 날 쓴 노이퍼의 기록에 따르면 1790년 6월 1일
이다.

불멸에 바치는 찬가

1790년 11월 8일 휠덜린은 친구 노이퍼에게 보내는 편지에 "그대
가 그렇게 노력을 들일 만한 가치가 있다고 생각한다면, 불멸에 대한 노래
를 고쳐 써볼 생각이네"라고 썼다. 이것이 이 시의 창작시점을 추측하게
해준다.

이 찬가는 노이퍼가 정리해서 1832년 「교양 있는 세상을 위한 신문
Zeitung für die elegante Welt」 제 220호에 처음 실렸다. 그런데 73~112행은
보존되어 있는 초고와는 일치하지 않은 상태로 게재되었다. 이러한 불일
치는 휠덜린 편지에서 언급했듯 이 시행들이 수정 작업을 거친, 그러나
그 정서본이 행방불명된 수정본에 따른 것일 수도 있겠지만, 노이퍼의 자
의적 수정에 의한 것일 수도 있다. 이 경우라면 첫 9개의 시연도 노이퍼에
의해 가필 수정된 결과일 수 있기 때문에 휠덜린의 원작 여부가 불확실해
지는 작품이다.

이 시는 각각 7개 시연을 가진 두 부분으로 나뉘어 대칭을 이루고 있다. 첫 부분은 불멸성에 대한 확신을 요구하며, 두 번째 부분은 이러한 확신에서 불멸성을 찬미하고 있다.

1   이 첫 시연은 약간의 손질을 거쳐서 시 「조화의 여신에게 바치는 찬가」의 첫 시연으로 다시 등장한다.

2   오리온성좌의 무리… 당당하게 울려 퍼진다: 호메로스가 일찍이 오리온성좌의 별의 이미지에 대해 언급한 적이 있다. 소리 울리는 천체라는 이론은 피타고라스학파에서 유래한다. 천체가 크면 클수록 그만큼 그 울림은 더 커진다는 것이다.

3   불꽃 마차 위에서 (…) 헬리오스는: 태양의 신 헬리오스는 불의 콧김을 내뿜는 날개 달린 네 마리의 말이 끄는 마차를 타고 하늘을 달리고 있다고 그리스 신화는 전한다.

4   무덤의 땅: 하늘의 무한한 영역과는 반대에 놓인 대지를 말한다.

5   스파르타식 밀집대열: 스파르타인들이 최초로 일대일 전투를 밀집된 전열을 갖춘 전투로 전환했다. 기원전 600년경의 일이다.

나의 치유-리다에게

육필원고가 전해지고 있지 않은 이 시는 1790년 말 작품으로 추정된다. 1791년 9월 슈토이트린Gotthold Friedrich Stäudlin이 발행한 『1792년 시 연감Musenalmanach fürs Jahr 1792』에 수록되었다.

개인적인 사랑의 체험은 튀빙겐 시편들에 나타나는 우주적인 연관 하에 이해되고 있다. 그렇게 해서만이 사랑이 시에 등장하는 것이 의미 있는 일이 된다. 시인은 "다정한 자연"(제14행)에게 사랑의 고뇌를 떨쳐내 달라고 청원한다. 시인에게 새로운 힘을 주고 있는 현재의 사랑은 이러한 청원의 결과처럼 보인다. 인간들 사이의 사랑은 순전히 인간적·심리적으로 이해 가능한 것이 아니다. 그 사랑은 오히려 전체 우주에서 작용하는 사랑의 힘이라는 현상의 한 형식에 불과하다. 그러나 그러한 사실로부터 치유하며 감동을 불러일으키는 사랑의 힘이 유래하는 것이다. 그처럼 시인은 자신의 개인적 체험에 멈추어 서 있지 않는다. 리다에 대한 현재의 사랑을 넘어서 그는 "먼 목적지"(제36행)를 바라본다.

1 리다Lyda: 마리 엘리자베트 르브레Marie Elisabeth Lebret의 시적 명칭. 그녀는 튀빙겐 신학교 교수이자 명예 학장인 요한 프리드리히 르브레의 딸이었다. 횔덜린은 그녀에게 애정을 품었고 두 사람의 관계는 신학교 재학 내내 지속되었다.

멜로디-리다에게

이 시는 앞의 시 「나의 치유」를 쓰고 나서 곧바로 이어 쓴 것이다. 육필원고는 전해지지 않는다. 슈바프의 『횔덜린 전집』에 처음 실렸다.

우주적인 사랑의 힘은 인간의 영혼과 세계의 멜로디를 이끌고 서로 결합하는 데 보존되어 있다. 제2~8연에서는 이러한 주제가 많은 예를 통해서 전개된다. 제9연은 첫 시연을 반복하며, 제1연 제1행과 제9연 제71행이 일치한다.

1 사랑의 유대가 소리와 영혼을 잇고 있다: 이 구절은 이 시의 주제를 제시하면서 「사랑의 노래」(첫 번째 원고)의 11행 "드높은 존재의 연대"에서처럼 강조되고 있다. 「조화의 여신에게 바치는 찬가」에서도 사랑은 모든 것을 한데 결합하고 노래의 조화와 마찬가지로 영혼의 조화를 가능하게 하는 우주적인 원리로 노래되었다. 만물의 "공감"(24행)은 스토아적인 우주론으로까지 거슬러 올라간다.

시 「리다에게」가 네 번째 페이지에 들어 있는 두 장짜리 육필원고의 첫 페이지에 실려 있다. 이러한 원고 구성으로 미루어 볼 때, 이 시의 창작연대는 1790년 말로 추정된다. 육필원고는 횔덜린이 이 시를 자유운율로 쓸지 아니면 쉴러를 본떠서 각운을 가진 시연으로 쓸지를 고심했음을 보여준다. 결국 자유운율로 썼는데, 시는 미완성으로 남겨졌다.

이 시는 횔덜린의 고대 그리스를 향한 관심 전환에 대한 최초로 의미 있는 증언이다. 이 시에는 고대 그리스 정신의 본질적인 특징으로서 사랑이 노래되고 있다(제20, 30, 35, 36, 38, 44, 51행). 횔덜린이 기독교적인 사랑의 개념을 고대에 적용시키고 있는 것은 고전적인 이상을 기독교적 이상과 융합시키고자 하는 그의 노력의 증거이다. 경건주의 신앙을 가진 가정에서 태어나고 신학을 공부한 과정이 이러한 이상을 선택하는 데 영향을 미쳤을 가능성을 배제할 수는 없다. 그러나 횔덜린이 이 시와 이 무렵 다른 시들에서 노래하고 있는 사랑은 기독교적 교리에서의 사랑과는 다른 영역을 포함하고 있다. 무엇보다도 이 사랑은 인간 상호의, 그리고 신을 향한 사랑이 아니라, 세계의 모든 부분들의 결합과 상호지향성을 의미하는 사랑이다. 그리고 횔덜린에게는 이러한 결합의 실현이 사랑에 있어서 결정적이다.

그리스 정령의 현현顯現은 현재적으로 노래되고 있다. 결말의 시구가 망실되었기 때문에 이 현재적인 현현이 그리스 정령의 현재로의 재귀를 의미하는 것인지, 아니면 시인이 고대로 자리를 옮긴 것을 의미하는지는 단정할 수 없다. 다만 후자의 개연성이 더 높은데, 이렇게 했을 때 고대의 일회적인 사건들 역시 현재형으로 제시될 수 있기 때문이다. 그렇지만 현재가 역사의 새로운 전성기를 맞이하여 고대의 유산을 떠맡도록 정해져 있다는 횔덜린의 후기 문학에서의 역사의식이 여기에 벌써 제기되어 있다고 할 수는 없다.

1 그리스의 정령: 정령은 로마시대에 있어서 개별 인간의 존재와 운명뿐만 아니라 온 민족의 그것도 전형적으로 나타낸다. 로마의 공화정시대에 벌써 로마국민의 정령(수호신)을 표상한 주화가 있었다. 이에 유추해서 횔덜린도 "그리스의 정령"을 읊고 있다.

2 크로노스: 제우스의 아버지. 고대 최고의 신.

3 그대 아래를 향해 날고 있도다: 정령은 날개를 달고 있는 것으로 자주 형상화되었다.

4 창조물들: 독일어에서 정령Genius은 어원상 '생산하다', '창조하다' 같은 단어와 밀접하게 연관되어 있다. 따라서 정령은 창조력의 총화로 알려졌다.

5 형제들 중 아무도 (…) 그대와 견줄 이 없도다: 다른 민족들에게도 각각 고유한 정령이 있다. 각 민족에게 그 고유한 존재방식이 인정되어야 한다는 견해가 나타난다.

6 요람에 있는 그대에게 진지한 위험이… 성스러운 자유는 / 정의로운 승리를 위해 그대에게: 그리스가 위대한 문화적 전성기에 도달하기 이전인 기원전 5세기 그리스인들은 페르시아전쟁이라는 "진지한 위험"에 봉착해 있었다. 이 전쟁에서 페르시아 침략군에 대한 "정의로운 승리"를 통해 "성스러운 자유"를 얻게 되었다.

7 천둥의 신: 제우스.

8 그대가 오고 오르페우스의 사랑… 아케론을 향해 아래로 내려가도다: 오르페우스의 사랑이 "세계의 눈", 태양의 높이에까지 솟아오르고, 아케론에도 이른다. 아케론에 이른다는 것은 오르페우스가 죽은 부인 에우리디케를 다시 데려오려고 하계로 내려갔던 것을 투영한다. 고대의 문학에서 아케론은 죽음의 강이며, 하계 자체를 의미한다.

9 아프로디테의 허리띠를 엿보도다 / 취한 뫼오니데가: 호메로스는 『일리아스Ilias』의 열네 번째 노래에서 모든 매력이 짜 넣어진 사랑의 여신 아프로디테의 허리띠를 엿보는 메온의 아들 뫼오니데를 묘사했다.

10 대지와 대양: 『일리아스』는 육지에서의 싸움을, 『오디세이아』는 대양을

가로지르는 오디세우스의 항해를 그리고 있다.

11 꽃 위를 날고 있는 벌들: 『일리아스』제2권 87~89행 참조. "마치 수많
은 벌떼들이 속이 빈 바위틈에서 끝없는 행렬을 지으며 쉼 없이 날아 나
와서는 포도송이처럼 한데 엉겨 봄꽃 사이를 여기저기 떼 지어 날아다닐
때와 같이 그처럼 숱한 부족들이 낮은 바닷가에 있는 그들의 함선들과
막사들에서 떼 지어 회의장으로 몰려왔다."

12 일리온: 트로이의 다른 명칭.

리다에게

1790년 말 또는 1791년 초에 썼다.

조화의 여신에게 바치는 찬가

라이프니츠Gottfried Wilhelm Leibniz의 예정조화설의 영향을 받았던
횔덜린은 원래 계획했던 '진리에 바치는 찬가'를 '조화의 여신에게 바치는
찬가'로 바꾸어 썼다. 1790년 11월 8일 횔덜린은 노이퍼에게 "라이프니츠
와 나의 진리에 바치는 찬가가 며칠 전부터 나의 마음을 온통 다 차지하고
있다네. 라이프니츠가 이 찬가에 영향을 미치고 있는 것이지"라고 써 보
냈다.

이 찬가는 튀빙겐 시절의 핵심 작품이다. 이 찬가는 "온 누리의 여
왕"(제16행)이며, 조화의 여신인 우라니아에게 바쳐지고 있다. 이 찬가는
7-3-7연이 각기 한 무리를 지으며 대칭적으로 구성되어 있다. 첫 부분(제
1~7연)은 여신에 대한 찬미와 여신의 작용에 대한 서술을 담고 있다. 중
간 부분(제8~10연)은 여신이 그의 아들, 즉 인간을 향해 한 말씀이다. 마
지막 부분(제11~17연)은 여신에 대한 충성과 봉사에 대한 시인의 호소를

담고 있다.

1   이 제사는 빌헬름 하인제Wilhelm Heinse의 소설 『아르딩헬로와 지복의
     섬Ardinghello und die glückseligen Inseln』 중 "그리고 사랑이 탄생했
     다. 모든 자연이 서로에게서 누리는 달콤한 향유, 신들 가운데 가장 아름
     답고, 가장 오래고도 가장 젊은 신. 그것이 자신의 마법의 띠로 광란하는
     무아경의 우주를 잡아맨 빛나는 동정녀 우라니아에게서 탄생한 것이다"
     라는 구절에서 인용했다.

2   영시자: 문학적 영시자靈視者.

3   마치 내가 창조에 성공할 수 있기라도 하듯, 기쁘게 (…) 승리자의 깃발
     은 무덤과 시간을 조롱하고 있도다: 이 시구는 시 「불멸에 바치는 찬가」
     의 첫 시연이 간단한 손질을 거쳐 다시 등장한 것이다.

4   우라니아: 그리스 신화에서 사랑의 여신 아프로디테의 별칭이자, 나중에
     천문학과 우주의 조화와 결부된 뮤즈 여신의 이름이기도 하다.

5   신적인 스스로의 만족: 자기만족(그리스어 Autarkie)은 그리스 사상에서
     최고선 중 하나로 내면의 독립성과 자유를 의미하며 참된 현자에게 돌려
     지는 덕목이다. 신성의 표현이기도 하다. 따라서 횔덜린은 "신적인 스스
     로의 만족"이라고 말하고 있다. 플라톤Platon의 『티마이오스Timaeos』에
     는 "스스로 만족하며 전적으로 완벽한 신성"(68e)이 등장한다.

뮤즈에게 바치는 찬가

작성자를 알 수 없는 필사본과 슈토이트린의 『1792년 시 연감』에
수록되어 전해지고 있다. 이 시 연감은 관례적으로 표제 시점보다 1년 앞
서 발간되었기 때문에 이 시를 쓴 것은 1791년 초로 추측된다. 노이퍼는
나중에 이 시가 1790년에 쓴 것이라고 증언했다.

"찬가"(제47행)의 뮤즈가 노래되고 있다. 결국 문학예술을 노래하

는 것이다. 1~2연은 이렇게 말을 걸게 된 대상인 뮤즈와 시인 자신의 관계를 노래한다. 뮤즈도 앞의 시에서 노래되고 있는 조화의 여신처럼 "여왕"이다. 그러나 조화의 여신이 "온 누리의 여왕"이라면, 인간의 영역에 머물고 있는 뮤즈는 "정령의 여왕"(제14행)이다. 이 찬가는 "정령들"(제98행, 114행)과 이들의 "여왕" 사이에 세워져 있는 동맹을 "떨어질 수 없이 결합"(제7행)시키려고 한다. 정령들은 순수하고, 선발된 자들이며, 여왕이 그 품격을 부여한 자들이다. 그 정령들은 뮤즈의 "사제"(제89행, 108행)로 소명을 받았다. 사제들과 여왕 사이를 이어주는 감성은 "순수한 사랑"(제119행)이다. 이 모든 것은 시 「조화의 여신에게 바치는 찬가」에서의 관계를 한 번 더 되돌아보게 한다.

자유에 바치는 찬가

앞의 시와 마찬가지로 누군가의 필사본과 슈토이트린의 『1792년 시 연감』에 수록되어 전해지고 있다. 이 찬가는 노이퍼의 지적에 따르면 1790년에 쓰였다. 그러나 앞의 시와 같은 이유에서 1791년 초로 창작시기를 추정해볼 수 있다.

프랑스혁명의 이념 중 하나인 자유가 노래되고 있다. 자유는 여기서 "여신"(제15행)이다. 정신적이며 이상적인 힘으로서 여신은 인간들을 향해서 자유로워지라고 일깨운다. 혁명은 이러한 신적 부름에 대한 응답이다. 신성으로부터 소명 받고서 인간은 자신의 숙명을 받아들이거나 놓친다. 이런 점에서 여기에 횔덜린 후기문학의 원형이 모습을 드러낸다. 이제 자유 여신의 부름이 역사의 시기를 초래하게 되리라는("자유롭게 다가오는 세기여", 제72행) 의식 가운데, 이 찬가는 여신의 말(제17~64행)을 통해서 3단계로 파악되는 횔덜린의 역사관이 가장 상세하게 술회된다. 즉 인간과 제신들의 근원적인 일치, "오만"의 밤 동안 일어나는 인간과 제신의 분열, 그리고 다가오는, 즉 시작되고 있는 화해가 그것이다. "사랑"은 여기서도 중심에 놓여서, 신들과 인간들 그리고 모든 존재를 하나로 만들어주는 힘으로 작용한다.

1   새로운 형제들: 자유, 평등, 형제애는 혁명적인 이상이었다.

2   오만에 속아서, 자유로운 영혼이… 그 영혼 신들의 당당한 평온 맛보도 다!: 전통적인 종교에서 인간적 영역과 신적 영역의 엄격한 구분, 즉 인간들은 신성 아래 멀리 서 있는 것으로 보이며, 신성은 피안에서 복종을 촉구하는 권위로 표상되는 구분은 여기서 전제주의의 특징으로 거부되고 있다. 자유의 이상은 이제 내면적으로도 "신들"의 높이로 스스로 일어서는 "자유로운 영혼" 안에 실현된다.

3   행복과 시간: 여기서 행복과 시간은 세속적이며 허무한 것을 통틀어 의미한다.

칸톤 슈바이츠-나의 사랑하는 힐러에게

이 시는 대학시절의 친구 힐러와 또 다른 친구와 함께 1791년 오순절 방학 동안의 스위스 여행을 회상하면서 쓴 것이다. 순수하고 근원적인 자연에 대한 루소의 찬미와 스위스에 스며 있는 자유에 대한 경탄이 여행의 동기였다. 순례 형식의 이러한 여행이 18세기 후반에 선호되었다. 이 시는 1792년 9월에 슈토이트린이 발행한 『1793년 사화집詞華集, *Poetische Blumenlese fürs Jahr 1793*』에 실렸다.

1   칸톤 슈바이츠: 1291년 오스트리아의 지배를 받던 스위스 지역의 3개 주(칸톤) 슈바이츠, 우리, 운터발덴은 동맹을 맺고 합스부르크 왕가에 저항을 시작했다. 1315년 스위스의 4개 주는 연합해 모르가르텐 전투에서 승리함으로써 독립을 쟁취했다.

2   힐러: 크리스티안 프리드리히 힐러Christian Friedrich Hiller는 횔덜린과

이미 마울브론 시절부터 알고 지냈으며 튀빙겐에서는 혁명적 사상을 가진 학생동아리의 한 회원이었다. 시「힐러에게」를 참조하라.

3   라인 폭포: 샤펜하우젠 근처의 라인 강 폭포. 역시 시「힐러에게」를 참조하라.

4   자유의 근원지에서의 날: 이 여행의 절정. 자유의 근원지는 이 시의 50행에 따르면 피어발트슈태터 호수 근처의 계곡이다. 현재 스위스의 루체른 지역에 있는 이 호수를 중심으로 칸톤 슈바이츠, 우리, 운터발덴이 연결되어 있다.

5   (원주) 수녀원 : 마리아 수녀원Marien—Einsiedel.

6   레고 호숫가 영웅들의 정령처럼: 레고는 오시안의 문학에 등장하는 전설적인 호수이다.

7   (원주) 뮈텐: 하켄 산 정상에 있는 엄청난 크기의 피라미드형 바위.

8   그대들 자유인의 조상들이여!: 칸톤 슈바이츠의 원주민을 의미한다.

9   마므레 동산의 숭고한 목자들: 이스라엘 민족의 조상, 아브라함.

10 아르카디아의 평화 / …지극히 성스러운 단순함: 스위스를 찬미하는 시적 표현. 시「힐러에게」, 송시「알프스 아래서 노래함」에 나오는 정경 묘사 참조.

11 (원주) 호수 : 발트슈태터 호수.

12 그 놀라운 팔: 절벽을 의미한다.

13 (원주) 서약의 장소: 발트슈태터 호수 인근의 뤼틀리를 가리킨다. 여기서 발터 퓌르스트Walter Fürst를 주축으로 슈바이츠, 우리, 운터발덴 지역의 사람들이 동맹을 맺으며 이렇게 서약했다. "자유롭게 살자, 아니면 죽자!"

14 (원주) 장려한 산맥: 자텔베르게의 모르가르텐.

15 단단한 잠: 호메로스의 작품에 자주 등장하는 표현법. 호메로스의『일리아스』제11권 241행, 횔덜린의 경우 비가「디오티마에 대한 메논의 비탄Menons Klagen un Diotima」제24행 참조.

인류에 바치는 찬가

제목의 '인류Menschheit'는 18세기 최후반, 특히 프랑스혁명기 정치, 사회를 주도한 개념이었다. 이 개념에는 두 가지 기본 의미가 있다. 첫 번째는 '모든 인간'이라는 의미로, 18세기 중반 이래 포괄적인 집합 개념이 대두되었다. 이 개념은 자연법적으로 모든 인간에게 공통된 천성을 직관하는 데서 출발해 거기서 도출되는 평등을 뒷받침한다. 두 번째로 이 개념은 단순히 자연적 규정(신성이나 동물과 대립되는 특수한 존재양식으로서의 인간)과는 달리, '이상적인 규정으로서의 인간'을 의미하게 되었다. 이 이상적 규정은 인간과 인류의 완성이라는 역동적인 목적을 지향점으로 삼는다. 그리고 이러한 목적 지향의 인류라는 개념은 프랑스혁명의 기본 가치인 자유, 평등, 박애(형제애)의 이상을 불러일으켰다. 그리하여 '인류'는 혁명적 이상의 관철을 위한 정치적 구호가 되었다.

휠덜린의 이 찬가는 동시대의 이러한 '인류' 개념의 의미 스펙트럼을 온전히 받아들이고 있다. 이 스펙트럼 안에는 인간성Menschlichkeit도 포함되어 있다. 따라서 '인류'라는 개념 안에는 집단으로서의 인간 전체, 그리고 인간의 정치적, 도덕적 이상을 체현하는 인간성이 내포되었다고 이해할 수 있다.

1   이 제사는 루소의 『사회계약론Du contrat social』에서 인용한 것이다.

2   헤스페리데스의 희열: 그리스의 설화에 따르면 헤스페리데스가 대양 가장 먼 서쪽에서 영원한 청춘과 풍성한 열매의 상징인 생명나무의 황금사과를 지키고 있다고 한다.

3   나의 형제 같은 종족이여!: 형제애라는 혁명 주도 사상을 암시한다.

4   오렐라나 강: 아마존 강의 별칭. 세계 최초로 아마존 강을 탐험한 요하네스 오렐라나Johannes Orellana의 이름을 본따 아마존 강을 이렇게도 불렀다. 휠덜린은 거대한 폭포를 생각했던 것으로 보이는데, 처음에는 "나이아가라"라고 썼던 흔적이 원고에 보인다.

5 레스보스의 형상체들: 문학을 일컫고 있다. 에게 해에 있는 레스보스 섬은 특히 시인의 고향으로 인식되었는데, 고대 그리스의 시인 아리온 Arion, 알카이오스, 사포Sappho의 고향이기 때문이다.

6 틴다레우스 가문: 그리스 신화에 등장하는 쌍둥이 형제 카스토르와 폴리데우케스를 가리킨다. 카스토르는 스파르타 왕 틴다레우스와 왕비 레다 사이에서 잉태된 유한한 생명의 아들이고, 폴리데우케스는 제우스와 레다 사이에서 잉태된 불멸의 생명을 가진 아들이었다. 이들은 아주 우애가 깊었는데, 카스토르가 죽자 폴리데우케스는 슬퍼한 나머지 자신의 생명을 카스토르에게 나눠달라고 제우스에게 빌었다. 이후 형제는 일 년 가운데 절반은 죽은 사람이 가는 지하세계에서, 나머지 절반은 신들이 사는 올림포스 산에서 살게 됐다. 형제의 우애에 감동한 제우스가 이들을 하늘로 올려 쌍둥이자리 별로 만들었다고 전한다.

7 조국은 도적들로부터 간신히 벗어났고: 여기서 도적들은 절대군주를 의미한다.

8 그의 지극히 드높은 자랑과 (…) 그의 천국이 조국이다.: 공화주의적·혁명적 의미에서의 '조국'은 하나의 슬로건이었다. 이로써 자유, 평등, 박애가 넘치는 조국이 의미된 것이다. 이러한 조국은 횔덜린의 시 구절들이 읊고 있는 대로 인류와 동일시될 수 있다.

9 우리 안의 신이 지배자로 모셔졌다: "우리 안의 신Gott in uns, deus internus"은 이 시와 횔덜린의 작품 여러 곳에 등장한다. "우리 안의 신"은 "신의 나라는 볼 수 있게 오는 것이 아니며, 또 '여기 있다', '저기 있다' 하고 말할 수도 없다. 왜냐면 신의 나라는 네 안에 있기 때문이다"(「누가복음」제17장 20~21절)와 연관되어 있는 것처럼 보이지만, 횔덜린이 말하는 '우리 안의 신'은 피안에 있는 신에 대립하는 횔덜린의 신에 대한 관념을 나타내준다. 횔덜린은 초월을 지향하는 신의 개념에 반대하는 논쟁적인 견해를 가지고 있다. 그는 '우리 안의 신'을 통해서 "신의 내재성", "인간성"을 변호한다.

10 천상세계들이 덧없는 인간의 명예에 종말을 고하고: 횔덜린은 초월성에

대한 관계를 내재성, 인간성으로 되돌리고 있다. 지상을 향한, 인류를 향한 시선의 되돌림, 그리고 이와 함께 피안으로의 지향에 대한 거부가 드러난다.

미에 바치는 찬가-첫 번째 원고

1 데몬: 그리스어로 daimōn은 본래 deos 즉 신과 동의어였다. 그러나 나중에는 신적인 것의 힘으로 자주 사용되었고, 데몬 논의의 방향을 결정 짓는 "신과 인간 사이의 중간적 존재"라는 정의는 플라톤에게서 처음 제기되었다. 여러 신이나 영웅 들과 어깨를 나란히 하는 신적인 존재, 신격화된 인간의 영혼 이외에도 플라톤의 『향연Symposion』에서는 무엇보다도 에로스의 본질을 설명하는 가운데 중재자로 나타난다. 이에 따르면 데몬은 신들과 인간들 사이의 통역자로서 인간의 기도와 제물을 신들에게, 신들의 명령과 제물의 수용 여부를 인간에게 전달하는 역할을 한다. 신들은 직접적으로 인간과 교통할 수 없기 때문에 데몬의 중재를 통해서 예배와 예언이 이루어지게 된다는 것이다. 데몬을 악령으로 이해하는 것은 기독교적인 편견 때문이다.

2 원초적 모습의 미: 플라톤의 이데아론에 의하면 진, 선, 미라는 영원한 이데아는 모든 우주적 현상의 지평에 깃들어 있는 원형들, 즉 원초적 현상이다. 인간의 정신은 에로스를 통해서 그것들을 향해 오르려고 애쓴다. "아! 그리하여 나는 주저함 없이 (…) 드높은 곳을 향해 미소 지으며 가고 있다." 이러한 상승의 표상은 세속으로부터 영원을 향하는 정신의 운동에 필연적이다. 이처럼 피안에서부터 현세로의 시선 전환에 대해서는 앞의 시 「인류에 바치는 찬가」를 참조하라.

미에 바치는 찬가-두 번째 원고

　　육필원고로 전해지고 있는 「미에 바치는 찬가」 첫 번째 원고는 횔덜린이 시제 바로 아래에 기입해놓은 것처럼 1791년 6월에 쓴 것이다. 두 번째 원고는 누군가의 필사본과 슈토이트린의 『1793년 사화집』에 수록되어 전해지고 있다. 노이퍼의 기록에 따르면 이 두 번째 원고도 1791년에 쓴 것이라고 한다.

　　제1~3연에서 시인은 우선 "오리온성좌들의 위"(제12행) 여신의 옥좌로 날아오른다. 그 옥좌는 "원초적 모습의 미"(제15행)를 보존하고 있다. 거기로부터 시인은 지상을 내려다본다. 그러나 이 지상에서는 여신의 원초적 모습을 알아차릴 수 없다. 다만 5~6연의 자연, 그리고 8~10연의 예술에 제시되고 있는 것처럼 미의 "사랑스러운 베일" 안에서 "아들들", 즉 예술가들이 "어머니"(제66~68행)를 엿볼 수 있다. 제 12~14연에서 여신의 말씀은 끝에 이르러 이 찬가의 의기양양한 출발점으로 되돌아간다. 그리하여 현세를 읊고 있는 시연들은 현세를 초월한 세계를 읊고 있는 시연에 의해서 둘러싸인다.

　　여기서 노래되고 있는 여신도 "우라니아"(제70행)이다. 그러니까 「조화의 여신에게 바치는 찬가」에서의 여신처럼 이 시에서의 여신도 조화의 여신이다. 따라서 이 여신도 "모든 세계의 조화"(제114행)를 말하고 있으며, 「조화의 여신에게 바치는 찬가」에서처럼 인간, 특히 예술가는 그 여신의 아들로 노래된다. 이 아들의 과제는 "사제"(제73, 82, 91행)로서 여신과 세계의 조화를 본받는 일이다(제115행).

　　「조화의 여신에게 바치는 찬가」에서 우라니아는 자신을, 어머니를 사랑하라는 인간들을 향한 요구("그러나 사랑하라, 나를 사랑하라, 오 아들이여!", 제78행)에서 자신의 연설을 절정에 이르게 한 반면, 여기서는 이러한 요구가 이미 지켜지고, 그 "아들의 마음"이 벌써 자신에게 "다가서" 있는 것을(제135행) 보고 있다. 이것은 「인류에 바치는 찬가」의 고양된 낙관주의에 가깝다.

486

1 이 제사는 칸트의 『판단력 비판Kritik der Urteilskraft』 §42 「미에 대한 관심에 대하여」의 "미감적 판단을 도덕적 감정과의 친근관계에 입각해서 해석하는 것은, 그것을 자연이 그의 아름다운 형식들에 있어서 상징적으로 우리에게 말해주는 암호문의 진정한 해석이라고 생각하기에는 지나치게 현학적인 것 같이 보인다고 사람들은 말하게 될 것이다"를 횔덜린이 요약 인용한 것이다.

2 계절의 여신들: 계절의 여신들은 그리스 신화에서 무엇보다 젊은 여신들이다. 이들은 제우스와 정의의 여신 테미스 사이의 딸들로서 질서, 정의, 평화의 수호신들이다. 질서의 여신은 에우노미아, 정의의 여신은 디케, 평화의 여신은 에이레네이다.

3 헤스페리데스의 꽃: 시 「인류에 바치는 찬가」 제4행과 이에 대한 주해를 참조하라.

자유에 바치는 찬가

누군가의 필사본과 슈토이트린의 『1793년 사화집』에 실려 전해지고 있다. 1792년 4월 중순 노이퍼에게 보낸 편지에 횔덜린은 이 시를 슈토이트린에게 보냈다고 적고 있다.

1790~1791년에 쓴 같은 제목의 찬가와 비교해 여기서의 자유는 한층 더 법칙적인 것으로 노래된다. 앞서 같은 제목의 찬가가 순수에 대한 대립적인 영상으로서, 신과 인간들 사이의 오랜 불화와 오만의 시대를 특징짓고 있는 "법칙의 회초리"(제50행)를 부정적으로 그리고 있는 데 반해, 여기서 법칙은 자유의 본질에 속하는 것으로 긍정적으로 묘사된다(제31~40행). 자유의 법칙은 사랑의 법칙과 매우 근접해 있다(제35행 이후, 47, 59행). 그리고 자유의 법칙은 사랑의 법칙처럼 세계의 파괴되지 않는 결합(제46~48행, 58~60행), 말하자면 본래 지향할 가치가 있는 세계를 특징짓는다. 이렇게 하여 자유의 개념은 의미가 심화된다. 이 자유는

"다정한 삶"의 법칙적인 요소와 "다채로운 기쁨"을 해치지 않는다. 법칙적인 자유는 고삐가 풀린 자유와 확연히 구분된다. 자유의 본질에 대한 이러한 의식은 세계의 본질에 대한 의식의 테두리 안에 들어 있다. 「조화의 여신에게 바치는 찬가」가 세계를 구분 없이 조화롭다고 읊고 있다면, 이 「자유에 바치는 찬가」는 무궁무진함(제32, 72행)과 유한함, 현세(제80행)를 구분하고 있다. 무궁무진 자체를 자유의 법칙이 명하고(제31행), 그렇게 해서 고삐를 잃은 요소를 파멸로부터 구할 수 있게 된다. 법칙이, 그리고 결국은 무궁무진함이 유한함, 현세를 질서 있게 유지시키는 것이다. 이러한 연관에 대한 알기 쉬운 심상이 헬리오스의 이 대지에게 생명을 주는 은총(제53~56행)이다.

1 보레아스: 고대 문학에서 되풀이하여 적대적인 것으로 표현되는 거친 북풍.

2 오리온성좌 (…) 쌍둥이좌 (…) 사자좌 (…) 헬리오스: 세 개의 별자리 오리온성좌, 쌍둥이좌, 사자좌와 태양의 신 헬리오스는 법칙과 자유가 결합된 우주적 질서를 대변한다.

3 밀물의 파랑에서 우라니아는 솟아올랐다: 설화에 따르면 아프로디테 우라니아는 바다의 파도 거품에서 태어났다고 한다.

4 휘페리온: 태양의 신 헬리오스의 별칭. 글자 그대로 옮기자면 '저 너머로 가는 자'.

5 미노스의 진지한 전당: 크레타의 전설적인 왕인 미노스는 죽은 후에 그의 정의로움으로 지하세계에서 죽음의 심판자가 되었다. 하계의 "진지한 전당"에서 심판자가 된 것이다.

6 신적인 카토 가문의 영혼들: 카토 가문은 고대 로마 공화정을 수호한 두 명의 정치가, 카토 센소리우스Marcus Porcius Cato Censorius(기원전 234~149)와 그의 증손자 카토 우티센시스Marcus Porcius Cato Uticensis(기원전 95~46)를 말한다.

7 세레스: 곡식 재배를 관장하는 로마의 여신.

8   선량한 신들의 품에서부터 (…) 환희가 지어놓은 것 피어나고 미소 짓는
다: 이 열네 번째 시연은 프랑스혁명을 통해서 특별히 부각된 자유의 국
면을 표현하고 있다. 1792년 2월 모든 봉건제의 폐지가 법제화되었고,
이를 통해서 노동시민은 압제적인 조세 부담과 노동 착취의 부담으로부
터 해방되었다.

9   거기에서··· / 축제처럼 나의 칠현금 연주 울리기를!: 고대의 믿음에 따르
면 별들의 회전운동을 통해서 천체의 조화-음악적 조화의 우주적인 총
화가 생성된다. 시 「불멸에 바치는 찬가」 주2)를 참조하라.

우정에 바치는 찬가-노이퍼와 마게나우에게

   누군가의 필사본과 슈토이트린의 『1793년 사화집』에 수록되어 전
해지고 있다.

   1792년 3월 6일 횔덜린은 마게나우에게 "자네가 우리에게 한 편의
찬가를 바치고 싶다고 한 것이 생각나는군···"이라고 쓴 적이 있다. 이로
미루어 이 시는 1792년에 쓴 것으로 추정된다.

   횔덜린, 노이퍼, 마게나우 3인의 동맹이라는 구체적이고 실제적인
우정관계가 이 시의 생성 근원이다. 사랑과 가까이 있는 우주적·신적 힘
으로서 우정을 찬미하고 있다. 우정을 통한 삶에서의 우주적·신적 영역
의 직접적인 작용이 명백해지고 있다. 운율은 쉴러의 「환희에 부쳐An die
Freude」와 같다.

1   루돌프 마게나우는 횔덜린처럼 덴켄도르프와 마울브론의 수도원학교를
다녔고, 1786년부터 1791년까지 튀빙겐 신학교를 다녔다. 횔덜린은 마
게나우와 튀빙겐에서 함께 지내기 전에 이미 그의 고향 마르크그뢰닝겐
에서 친교를 맺고 있었다. 1793년 말 횔덜린이 칼프 집안의 가정교사로
일하기 위해 발터스하우젠으로 떠날 때, 노이퍼, 마게나우와 횔덜린 이

세 명의 친구들은 그들의 결사에 "새롭고 오래 견디는 확고함"을 바치기로 맹세했다. 그러나 곧 마게나우와의 교류는 끊어졌고 그에게 보낸 횔덜린의 편지들은 분실되었다.

2 아레스 (…) 키테레이아 (…) 보았네: 아레스는 그리스 신화에서 전쟁의 신이고, 키테레이아는 펠로폰네소스 남쪽 해안에 위치한 키테라 섬과 인연이 있는 아프로디테이다. 그녀는 태어나자 바다의 거품을 벗어나 맨 처음 이 섬에 발을 디뎠다고 전해진다. 그리스 전설은 아레스와 아프로디테의 사랑의 결합을 전하고 있는데, 이 결합에서 딸 하모니아가 태어났다. 횔덜린에게는 이 하모니아가 우정이다. 어머니의 마법의 허리띠에 대해서는 시「그리스의 정령에게 바치는 찬가」주9) 참조.

3 아, 지옥의 문들 부서졌네, / 그대의 마법적인 힘 앞에 떨면서!: 카스토르와 폴리데우케스 사이의 형제애 어린 우정을 암시한다. 틴다레우스의 필멸의 운명인 아들 카스토르가 전투에서 쓰러지자, 제우스의 불사의 아들 폴리데우케스는 올림포스에서 신들과 더불어 살거나 카스토르와 자신의 불멸성을 나누거나 선택할 수 있었다. 폴리데우케스는 두 번째를 택했고, 따라서 두 형제는 하루는 올림포스에서 하루는 지하세계에서 바꾸어 가며 함께 살게 되었다. 지옥의 문도 이들의 우정을 막지 못했다.

4 헤베의 잔: 헤베는 청춘의 여신이다. 헤베 여신은 식사 때 신들에게 신의 음료 넥타르를 건넨다.

5 미노스의 전당: 시「자유에 바치는 찬가」두 번째 원고 주5)를 참조하라.

6 극점의 울림: 시「불멸에 바치는 찬가」주2)를 참조하라.

사랑에 바치는 찬가

누군가의 필사와 슈토이트린의 『1793년 사화집』에 실려 전해지고 있다. 1792년에 쓴 것으로 보이며, 시「사랑의 노래」의 세 번째 원고로 생각할 수 있다.

시 「사랑의 노래」 두 원고에 비교해볼 때, 이 찬가에서는 "성직의 환희"(제3행)과 "조국"(제35행)이 새롭게 일컬어지고 있다. 이 두 주제는 「사랑의 노래」 뒤에 쓴 찬가들(조화의 여신, 뮤즈, 미에 바치는 찬가)에서 노래된다. 그리고 순수한 기독교적인 표현이 포기되고 있음을 보여준다. "신의 초원" 대신에 "푸르른 풀밭"(제2행)이 노래되고 있으며, 신들의 신과 최후의 심판에서의 사랑의 작용이 기독교적 의미로 노래되고 있는 시 「사랑의 노래」 제6연이 여기서는 삭제되어 있다. 그리고 마지막 시연이 완전히 새롭게 쓰였다. 사랑을 향해서 환호하라는 단순한 요청 대신에 "사랑을 통해서"(제41행) 일어나는 일을 노래하고 있다. 영혼이 무한함을 향해서(제48행) 다가가는 것이다.

1 환희: 18세기에는 단순한 감정을 훨씬 넘어서는, 우주적이며 모든 것을 결합시키는 조화의 내면적인 터득에서부터 생기는 마음의 상태를 의미했다. 쉴러의 「환희에 부쳐」를 보라.

2 노래들의 노래: 성서의 드높은 노래, 찬송가를 암시한다.

3 하늘의 성스러운 기쁨 / 대지와 짝짓고 있다: 하늘과 대지의 결혼, 헤시오도스Hesiodos의 『신통기Theogonia』까지 거슬러 올라가는 오래된 모티브이다. 이 '성스러운 결혼hiero gamos'은 총체적인 조화에 대한 비유이다.

4 대양을 뚫고 사랑은 거닐고 (…) 그대의 환희로 다가간다. 무한함이여!: 이 마지막 두 개의 시연은 모든 것을 이겨내는 사랑의 힘이라는 오랜 상투구의 한 예가 될 법하다. 여기서는 오비디우스가 문학적으로 표현해낸 헤로와 레안드로스의 설화를 암시한다. 시 「헤로」의 주1) 참조.

청춘의 정령에게 바치는 찬가

누군가의 필사본과 슈토이트린의 『1793년 시 연감』에 실려 전해지고 있다. 노이퍼의 증언에 따르면 이 찬가는 1792년에 쓰였다. 1794년 10월 10일 횔덜린은 노이퍼에게 "나는 지금 청춘의 정령에 대한 나의 시를 개작하고 있다"고 썼다. 이 개작은 「청춘의 신」이라는 제목을 달고 있다.

1 텔루스: 라틴어로써 땅, 대지를 의미한다. 로마인들에게 생명을 북돋고 양분을 주는 신으로 공경받았다.

2 모든 레스보스의 형상체: 시 「인류에 바치는 찬가」 주5)를 참조하라.

3 플루토의 전당: 플루토가 신으로 있는 지하세계. 시 「용기의 정령에게」 주1)을 참조하라.

4 에오스 (…) 티토노스의 입맞춤: 그리스의 설화에 따르면, 아침노을의 여신인 에오스는 트로이의 왕자 티토노스의 아름다움에 매료되어 그를 훔쳐 남편으로 삼는다. 에오스의 청원에 따라 제우스는 티토노스에게 불멸성을 주었으나 그에게 영원한 청춘을 주는 것을 잊어버린다. 그리하여 여신은 청춘을 유지했으나 티토노스는 늙어버린다. 이 이야기는 호메로스의 「아프로디테에 대한 찬가」에서 가장 자세히 묘사되고 있다. 횔덜린은 노이퍼에게 보낸 한 편지에서 이 설화와 관련한 헤르더의 글 「티톤과 오로라Tithon und Aurora」의 한 구절을 인용한 적이 있다.

5 포이보스: 아폴론의 다른 이름. 태양의 신으로서 "천공을 가로질러" 가기도 하지만, 궁수로도 등장하고 아름다운 "형상"의 총화로도 전해진다.

6 아레스: 전쟁의 신.

7 천둥의 신의 힘: 천둥의 신은 제우스이다. 제우스는 가장 높은 위치의 신으로 일컬어진다.

한 떨기 장미에게

이 시의 육필원고는 전해지지 않는다. 이 시는 마리안네 에어만Marianne Ehrmann이 취리히에서 1793년에 발간한 『알프스의 은둔녀Einsiedlerin *aus den Alpen*』에 실려 처음 발표되었다.

힐러에게

이 시는 한 필사본으로 전해지고 있다. 「칸톤 슈바이츠」를 바친 크리스티안 프리드리히 힐러를 두고 노래하고 있다. 힐러는 1793년 튀빙겐 신학교를 마치고 나서 미국으로 건너갈 계획을 가지고 있었다고 전해진다.

1   헬베티아: 스위스의 옛 명칭, 함께했던 스위스 여행을 회상하고 있다. 시 「칸톤 슈바이츠」를 참조하라.

2   필라델피아 해안: 18세기에 필라델피아는 미국 역사상 큰 의미를 지닌 도시였기 때문에 미국을 필라델피아로 상징해 이렇게 부르고 있다. 필라델피아에서는 1774년에 제1차 대륙의회, 1775/76년에는 제2차 대륙의회가 열렸고, 1776년 7월 4일 독립선언이 채택되었다. 1787년 필라델피아에서 제헌의회가 열리기도 했다. 횔덜린이 이 시를 쓰고 있을 당시에 필라델피아는 미연방의 수도였다.

노이퍼에게 보내는 초대

이 시를 언제 썼는지는 불확실하다. 이 시의 마지막 구절은 노이퍼를 뉘르팅겐으로 초대하고 있음을 보여준다. 이 시의 두 번째 원고인 「초대」는 1797년에 쓰인 것으로 보인다.

용맹의 정령에게-한 편의 찬가

쉴러가 1795년 2월에 펴낸 『탈리아*Thalia*』지 「1793년 제6권」에 실려 처음 발표되었다. 횔덜린은 1792년 가을 노이퍼에게 보낸 한 편지에서 처음으로 이 시를 쓸 계획을 밝히고 있다. "내가 식물처럼 살고 있는 이 처지에서 용기에 대한 찬가를 쓰겠다는 생각을 떠올렸다면 자네는 웃겠지. 사실 심리적으로는 수수께끼 같으니까!" 1793년 6월 23일 횔덜린은 이 찬가의 첫 번째 원고(분실되었음)를 당시 튀빙겐을 방문하고 있었던 마티손Friedrich Matthisson, 노이퍼, 슈토이트린 앞에서 낭독했었다. 이에 대해서는 마게나우가 증언하고 있다. "우리 시인들 가운데서 가장 귀여움을 받는 마티손이 자신과 횔덜린 사이를 밀접한 결합으로 묶어놓았었다. 횔덜린이 튀빙겐에서 노이퍼와 슈토이트린이 함께한 자리에서 그에게 용기의 정령에게 바치는 찬가를 읽어준 적이 있었다. 마티손은 공감의 열기로 달아올라 횔덜린의 품에 안겼고 우정의 유대가 결성되었다."

1793년 7월 2일 노이퍼는 횔덜린에게 찬가를 보내달라고 청했고 횔덜린은 곧이어 답장을 보냈다. "나는 내가 쓴 찬가를 슈토이트린에게 보냈다. 내가 그것을 바라다보았던 마법적인 광채는… 이제 완전히 사라져버렸기 때문에 곧 고쳐 노래하리라는 희망으로 그 결핍을 위로할 수밖에 없구나."

슈토이트린의 잡지에 실리지 않자, 횔덜린은 1794년 말 또는 1795년 초 쉴러에게 이 찬가를 보냈다. 앞서 쉴러가 『탈리아』에 실을 만한 작품을 보내라는 요청도 보내왔었기 때문이었다. 이때 (분실된)첫 원고를 보낸 것이 아니라 개작한 이 찬가를 보낸 것으로 보인다.

이 찬가는 3개의 시연을 일단으로 해서 3회 반복하는 형태를 취하고 있다. 첫 3개 시연은 헤라클레스가 대표하는 영웅적 행동의 용기를 다룬다. 두 번째 3개 시연에서는 호메로스가 예로 제시되는 시적인 표상의 과감하고도 포괄적인 힘을 노래한다. 마지막 3개 시연은 자유와 정의를 위한 싸움에서 특히 드러나는 윤리적 차원에서의 용맹의 정령에게 바쳐지고 있다.

1 플루토의 어두운 집: 플루토는 지하세계의 신. 시인은 "칠현금 연주"와 함께 그리스를 회상하면서 "용맹의 정령"을 지하세계까지도 동반한다. 왜냐면 헤라클레스는 물론 다음 시연에서 노래되고 있는 일련의 그리스 영웅들은 지하세계로까지 돌진했고 이로써 최고의 "용기"에 대한 모범을 보여주었기 때문이다.

2 오르티기아: 아폴론이 태어났다고 하는 델로스 섬의 별칭. 그러나 여기에서는 디오뉘소스 신전이 있는 낙소스와 혼동한 것으로 보인다.

3 언덕과 협곡을 뚫고: 설화에 따르면 디오뉘소스와 그 시녀들은 테베 근처의 협곡이 많은 키타이론 산에서 존재를 이어갔다.

4 한때 (…) 숲들의 밤을 뚫고: 숲이 울창한 키타이론의 산중에서 헤라클레스는 청춘의 일부를 보냈다.

5 그대의 비범한 팔이 몽둥이를 휘둘렀고 (…) 사자의 가죽을 그대의 어깨에 걸쳤을 때: 헤라클레스의 주무기는 몽둥이였다. 그는 네메아의 사자를 때려눕힌 후 그 가죽으로 몸을 감싸고 그에게 주어진 12개의 과제 중 첫 과제를 풀었다.

6 당당한 젊은이들이여!: 횔덜린은 그리스인들이 인류의 아름답고 청년다운 연대를 대변한다고 보았다.

7 그때 혈기 왕성한 전쟁에서 (…) 당당하고 거대한 대양을 길들였도다: 육화된 "용맹의 정령"으로서, 위대한 개별적 인물 헤라클레스의 희생 아래 이제 그리스 민족의 축제가 결실을 거둔다. 영웅적인 민족으로 불리면서 용맹의 정령으로부터 세례를 받은 민족으로 축제를 여는 것이다. 모든 난관을 넘어서는 그리스인의 용기는 그들이 어디에서건, 그러니까 육지나 바다에서 가장 거친 힘들을 제압했다는 사실에서 증명된다. 설화에 따르면 디오뉘소스는 범들에게 고삐를 채워 몰고 다녔고, 대양을 제압해서 해양 민족으로서 그리스인들이 역량을 과시했다.

8 메온의 아들: 시인 호메로스를 말한다.

9 헤스페리데스: 시 「인류에 바치는 찬가」 주2)를 참조하라.

10 거인족의 / 몰락: 제우스가 이끄는 올림포스 신들의 거인족에 대한 싸움을 종결시킨 거인족의 몰락을 암시한다.

11 현기증 일으키는 잔: 클롭슈토크의 『메시아스』에 나오는 구절 "복수하는 자의 현기증 일으키는 잔으로", "복수의 현기증을 일으키는 잔"과 비교된다. 『구약성서』 「이사야」 제51장 17절 "여호와의 손에서 그의 분노의 잔을 마신 예루살렘이여 깰지어다 깰지어다 일어설지어다 네가 이미 비틀걸음치게 하는 큰 잔을 마셔 다 비웠도다" 참조.

그리스—St.에게

제목의 St.는 친구 슈토이트린을 의미하며, 그에게 바친 시이다. 세 개의 원고가 전해지고 있다. 첫 원고는 에발트J. L. Ewald가 발행한 잡지 『우라니아Urania』에 실려 1795년에, 두 번째 원고는 누군가에 의해서 필사되어 전해오고, 세 번째 원고는 쉴러의 『탈리아』지 1793년 제6권(1795년 2월 발행)에 실려 발표되었다. 첫 원고와 세 번째 원고 사이에는 첫 원고가 시연 하나를 더 가지고 있다는 점 외에는 내용이나 표현상 차이가 없다. 여기 실린 작품은 세 번째 원고다. 전체적으로 횔덜린의 이 작품은 당대의 그리스 찬양이라는 주제에 맥락을 같이하고 있다. 쉴러의 「그리스의 신들Die Götter Griechenlands」을 참조하라.

1 케피소스: 아테네 교외를 흐르는 강.

2 아스파시아가 미르테나무 사이로 거닐었던 곳: 아스파시아Aspasia는 페리클레스Perikles의 연인이었으며 후일 그의 부인이 되었다. 그녀는 정치와 수사학에 능통했으며, 우아한 것으로도 유명하다. 미르테나무는 사랑의 여신 아프로디테에게 성스러운 나무이고 따라서 에로틱한 분위기를 나타낸다.

3   아고라: 민중의 모임이 열렸던 아테네의 시장 광장.

4   나의 플라톤이 천국을 지었던 곳: 아테네 북서쪽에 위치한 고원에 플라
     톤은 기원전 387년 고대에서 가장 유명한 교양교육원인 아카데미를 세
     웠다. 이 아카데미가 위치한 "천국과 같은" 장소는 아리스토파네스Aris-
     tophanes의 작품 『구름Nephelai』에 잘 표현되어 있다. 그곳으로 젊은이
     들이 "연초록의 갈잎으로 이마를 장식하고" 모여들었다는 것이다.

5   축제의 합창이 봄의 흥을 북돋우던 곳: 봄에 아테네의 시민들은 꽃의 축
     제를 열었다.

6   미네르바의 성스러운 산으로부터: 아테네의 아크로폴리스. 미네르바는
     아테네의 수호여신 아테나의 로마식 명칭으로, 아크로폴리스 위에 그의
     사당이 있다.

7   마라톤의 영웅들: 기원전 490년 마라톤에서 아테네인들은 페르시아군
     을 물리쳤다. 아테네의 전성기를 이끌어낸 페르시아에 대한 승리 의식은
     고전주의 시대 시인들에게 중요했다.

8   헬라스: 고대 그리스인들이 자기 나라를 이르던 이름. 그리스, 특히 고대
     그리스.

9   베스타의 불꽃처럼: 베스타는 부엌의 여신 헤스티아에 대한 로마식 이름
     이다. 로마에서는 베스타가 국가 숭배에서 가장 중요한 신성神性을 가지
     고 있다. 베스타의 여사제들은 그 사당에 성스러운 불길을 계속 피워 유
     지하는 일을 한다. 그렇기 때문에 횔덜린은 베스타의 불길은 "영원"하다
     고 읊고 있다.

10   헤스페리데스의 열매처럼, 거기 / 영원히 청춘의 자랑스러운 환희 피어
     났다: 헤스페리데스들은 먼 서쪽 지역에서 영원한 청춘의, 즉 불멸성의
     상징인 생명나무의 황금사과를 지키고 있다.

11   그처럼 형제 같이 (⋯) 민중을 위해 / 그대의 가슴이 두근거렸더라면: 박
     애, 형제애라는 혁명적·민주적 이상과 슈토이트린의 혁명 참여를 암
     시한다. 1789년부터 횔덜린과 우정을 나누었던 슈토이트린은 자신의
     시 연감에 횔덜린의 튀빙겐 찬가들을 실어주었고, 1791년 시인이자 출

판업자였던 슈바르트가 죽고 나서는 그의 연감을 계속 발행했다. 그러나 1793년 프랑스혁명에 동조했다는 이유로 빈의 제국의회는 이 연감의 발행을 중단시켰고, 슈토이트린은 나라를 떠나도록 권유받았다. 그는 1796년 궁지에 몰려 자살하고 만다. 이 시연에서 이어지는 시구들은 이러한 사태를 미리 예감이라도 한 듯 읊고 있다.

12 신성이 감옥에서 떠날: '영혼의 감옥으로서의 육체'는 플라톤 이래 전해 내려오는 표상으로, 횔덜린은 반복해서 그런 의미로 인용한다.

13 아티카: 아테네를 수도로 두고 있는 지역.

14 일리소스: 아테네의 남서쪽을 거쳐 케피소스로 흐르는 강.

15 알카이오스와 아나크레온: 알카이오스는 레스보스 섬 태생의 그리스 시인으로서 전쟁가, 신들에 대한 찬가를 썼다. 아나크레온Anacreon은 테오스 출신으로 사랑과 명랑한 향락의 시인이었다. 알카이오스는 남성적, 아나크레온은 여성적 시인이었다고 할 수 있다. 횔덜린은 이 두 시인을 말함으로써 서정적 표현의 진폭 모두를 나타내려고 한다.

16 운명의 여신: 그리스 신화에서 운명을 관장하는 세 자매 여신. 통칭 모에라이로 불렸다. 호메로스 이래 모에라이 여신들은 물레 잣는 여인으로 그려졌다. 이들 중 클로토는 생명의 실을 잣고, 라케시스는 이 실을 분배하며, 아트로포스는 그 실을 자른다. 시 「운명의 여신들에게An die Parzen」를 참조하라.

노이퍼에게-1794년 3월에

이 시는 날짜가 적히지 않은(어쩌면 1794년 4월 초) 노이퍼에게 보낸 편지 가운데 들어 있는 작품이다. 노이퍼는 횔덜린의 튀빙겐 시절의 절친한 친구로 그 우정은 오래 지속되었다. 학창시절 노이퍼는 시인을 지망했는데 그의 창작 태도는 시대적인 자극을 개의하지 않은 채 '보다 드높은 송가와 찬가'에 매달려 있었다고 전해진다.

그는 튀빙겐 대학을 나와서 평생 목사로 지냈다. 어떻게 보면 방황과 고뇌에 빠져 있었던 횔덜린과는 반대되는 성품의 사람이었다. 그러나 오히려 이러한 '다름' 때문에 횔덜린은 한결같이 노이퍼를 자신의 지주로 삼으려 했다. 이 시에서도 횔덜린은 어둡고 무엇에 쫓기는 듯한 자신의 영혼이 노이퍼를 통해서 위안을 얻고 있음을 드러낸다.

이 시의 형식적 특징은 1~5행에서 나타나는 "아직noch"이라는 단어의 반복, 즉 두어첩용Anapher이다. 이러한 반복적인 멜로디는 시인 횔티의 영향으로 보인다.

1   환희의 술잔: 환희의 술잔 또는 비틀거리게 하는 술잔은 『구약성서』 「이사야」 제51장 17절과 22절에 나오는 "한 번 마셔 비틀거리게 하는 커다란 잔"이다. 클롭슈토크의 『메시아스』에도 등장한다.

1793년 10월 20일 횔덜린은 노이퍼에게 "나의 머릿속은 바깥보다 이른 겨울철이 자리 잡았네. 낮은 매우 짧지. 그만큼 추운 밤은 길어졌네. 그러나 나는 '영웅들의 놀이친구 청동의 필연성'에 대한 시 한 편을 쓰기 시작했다네"라고 썼다. 1793년 12월 30일 슈투트가르트에 있는 친구 슈토이틀린과 노이퍼에게 "운명에 대한 시를 여행 동안에 거의 마쳐가네"라고 알렸고, 1794년 3월 20일 쉴러에게 보낸 첫 번째 편지에 완성된 시를 동봉했다. 1794년 4월 중순경 횔덜린은 노이퍼에게 "나의 운명에 대한 시가 어쩌면 이번 여름 『탈리아』지에 실리게 될지도 모르겠네. 지금 벌써 견딜 수가 없네"라고 썼다. 쉴러는 이 시를 1794년 11월에 발행된 『탈리아』 제5권에 『휘페리온 단편Fragment von Hyperion』과 함께 실어주었다. 1794년 11월에 횔덜린은 노이퍼에게 보낸 한 편지에서 쉴러가 예나를 방문해서 이 시가 실려 있는, 막 출간된 『탈리아』 한 권을 건네주었다고 전하고 있다. 그 자리에는 괴테가 함께 있었다고 하는데, 그때까지 괴테와 횔덜린은 서로 알지 못하는 사이였다.

이 시는 아이스킬로스Aeschylos의 『프로메테우스Prometheus』에서 자유롭게 독일어로 옮긴 구절을 제사로 삼고 있는데, 이 구절을 운명을 단순히 숙명적으로 그리고 수동적으로 받아들여야 현명하다는 뜻으로 이해해서는 안 된다. 오히려 운명은 공경의 대상이 되는데, 그것은 운명은 인간의 역량을 지고한, 영웅적인 시험으로 촉발시키기 때문이라는 의미로 읽어야 한다. 제사에 함축된 그리스적인 개념 '운명'은 이 찬가를 전체적으로 규정하고 있는 스토아철학의 중심개념이다. 스토아적인 믿음에 의하면 운명은 세상의 모든 일을 엄밀하게 미리 정해준다. 이러한 믿음은 자연의 규칙성을 수용함으로써 정당화되었다. 자연 안에서 모든 과정, 일의 전개는 엄격하고 변동 불가한 법칙에 따른다. 이러한 인과율적·결정론적 관점에서는 외적 사물들은 마음대로 할 수 없으나, 인간은 내면적으로(정신적으로나 윤리적으로) 스스로를 시험할 수 있고 이러한 시험과 단련을 바로 운명이 촉구할 수 있다는 것, 그렇기 때문에 인간은 운명에 저항하고 또 운명을 이길 수도 있다는 명제가 도출된다는 것이다. 스토아철학자들이 볼 때, 이러한 정신적이며 윤리적인 시험의 위대한 예는 덕망의 영웅으로 양식화된 헤라클레스였다. 횔덜린도 이 찬가의 두 번째 시연에서 두 번씩이나 스토아적인 '덕망'을 부여하는 가운데 헤라클레스를 등장시키고 있다.

이 찬가 전체에 기준을 부여하고 있는 스토아적인 '시험'의 강조는 로마의 스토아학파, 누구보다도 세네카Lucius Annaeus Seneca로부터 유래한다. 그는 18세기에 이르기까지 이 전통의 진행에 결정적인 역할을 했다. 세네카는 『섭리에 관하여De providentia』와 『루킬리우스에게 보내는 편지Ad Lucilium, Epistulae morales』에서 이 찬가의 중요한 기본 사상을 전개하고 있다. 즉 운명은 우리를 훈련, 시험, 단련의 교육과정 안으로 끌어들인다(『섭리에 관하여』 I 6). 왜냐하면 미덕은 숙명과의 싸움에서 시험을 거치지 않고서는 무기력해지기 마련이며(『섭리에 관하여』 II 4), 오로지 곤경과 위험 안에서만 미덕은 보존되기 때문이다. "재앙은 미덕에게는 기회이다.(『섭리에 관하여』 IV 6)" 그렇다, 과도한 행운은 오히려 문제를 일으킨다. 왜냐하면 과도한 행복을 누리게 되면 어떤 곤경 안에서 미덕의 가치를 쟁취하기가 불가능해지기 때문이다(이 찬가 「운명」 42행 이하). 세네카는 반복해서 필연적인 싸움에 대해서, 격투에 대해서, 검투사의 결투에 대해서 언급한다. 이것으로 자연과 동일시되는 운명은 우리를 촉발시키는 것이다(『섭리에 관하여』 III 4, IV 8). 자연(운명)에 의해서 현명하게 마련된 싸움놀이라는 표상을 「운명」 57행 이하에서 읽을 수 있다. "오 그대, 거인들의 놀이친구여, / 오 현명하고, 분노하는 자연이여, / 거인의 가슴에 안겨 있는 것, / 그대의 배움터에서만 움튼다."

횔덜린이 이러한 사상을 수용한 점을 미루어 볼 때 고대에서 뿐만 아니라, 17~18세기에도 스토아철학의 전통이 매우 막강했음을 추측해 볼 수 있다. 즉 립시우스Justus Lipsius에 의해서 주창된 신스토아주의는 바로크에서 쉴러에 이르기까지 문학에 강하게 영향을 미치고 있었던 것이다.

1   황금시대: 헤시오도스가 그의『일과 날들*Erga kar hemera*』에서 처음 이
    야기하고 있는 세계의 연대年代 설화에서 세계의 연대는 "황금"으로부터
    시작해서 "은"을 넘어 "청동"으로 단계적인 하강의 과정으로 그려진다.
    크로노스가 다스렸던 태초의 황금시대 다음에는 신화의 시대인 은의 시
    대가 온다고 설명하고 있다. 황금시대에 대한 신화는 특히 아우구스티누
    스 시대에 다시 살아난다.

2   그때 어머니의 요람에서 그는 뛰쳐나왔도다, (…) 덕망의 사자 같은 힘
    은 시작되었다: 이 두 번째 시연 전체는 헤라클레스, 스토아적인 "덕망"
    의 영웅에 대해서 읊고 있다. 그는 요람에서 벌써 두 마리의 뱀으로 나타
    난 괴물을 물리쳤다. 헤라클레스는 강철 같은 영웅시대의 가장 대표적인
    인물이다.

3   키프리아: 사이프러스 섬에 있는 가장 중요한 제례 장소를 딴 아프로디
    테의 다른 이름.

4   디오스쿠렌: 시「우정에 바치는 찬가」의 주3)을 참조하라.

5   위대하고 신적인 것 넘어지지 않으리라: 스토아학파의 가르침에 따르면,
    내면적인 것만이 영속을 지니며, 내면 안에 모든 위대한 것과 신적인 것
    이 들어 있다. 세네카는『섭리에 관하여』라는 글에서 신으로 하여금 말
    하게 한다. "나는 너희에게는 머물게 될 확실한 선善들을 주었다 (…) 모
    든 선을 나는 안에다 넣어놓았다." 그렇기 때문에 그는「현자의 불멸성
    에 대해서De constantia sapientis」에서 선언한다. "현자를 보호해주고 있
    는 것은 불길과 습격에 대해서도 안전하다."

6   아르카디아: 시「칸톤 슈바이츠」의 주10)을 참조하라. 그리스의 지명으
    로, 대자연의 풍요로움이 가득한 이상향을 의미한다.

7   페프로메네: 그리스어. 운명의 여신을 칭한다.

8   내 삶의 황금빛 아침에 대해서 … 평온과 고요한 사랑이 군림했도다: 이
    두 개의 시연 끝에 이르러 세계의 연대 설화는 인생사적으로 변화된다.
    그리하여 청춘의 "황금빛 아침"은 황금시대에 상응하고, 이에 이어서
    "청동의 필연"의 영웅적—남성적 시대가 따른다.

9 나의 감옥의 벽: 플라톤에 따르면 육체는 영혼의 "감옥"이다. 스토아철학이나 세네카에게도 이러한 사상은 중요하다. 죽음이 자유를 가져다준다는 생각과 연결되어 있다.

10 성스러운 폭풍 가운데 … 미지의 세계로 물결쳐 가기를!: 횔덜린의 의붓동생 카를 고크는 튀빙겐에 있는 횔덜린의 묘비에 이 구절을 새겨 넣었다. 죽음을 맞는 담담한 태도, 죽음을 낮추어보는 태도는 스토아적인 에토스에 해당한다. "죽음을 무시하라contemnite mortem"고 세네카는 『섭리에 관하여』에 썼다.

친구의 소망-로지네 St.에게—

이 시는 슈토이트린의 여동생이자 노이퍼의 신부였던 로지네 슈토이트린Rosine Stäudlin에게 바친 작품이다. 1794년 4월 초에 노이퍼에게 쓴 한 편지에서 이 시에 대해 예고하고, 4월 중순의 한 편지에 동봉해 보냈다.

청춘의 신

이 작품은 앞의 「청춘의 정령에게 바치는 찬가」를 개작한 것이다. 1794년 10월 10일 횔덜린은 노이퍼에게 "지금 나는 청춘의 정령에게 바치는 시를 손보고 있다"고 쓴 바 있다. 그는 완성된 시를 1795년 9월 4일자 쉴러에게 보낸 편지에 동봉했다. 쉴러는 『1796년 시 연감』에 이 시를 실어주었다.

1 아니오 강 (…) 티부르: 오늘날의 티볼리. 티베르 강의 지류인 아니오 강변에 위치한다. 호메로스가 즐겨 머물렀던 곳이다.

2 케피소스 강: 여러 개의 같은 이름을 가진 그리스 강들 중 횔덜린은 아테

네 북쪽과 서쪽에 흐르고 있는 강을 의미하고 있다.

3   플라톤의 전당: 시「그리스-St.에게」의 주4)를 참조하라.

자연에 부쳐

강약격Trochäus의 운율이 역동감과 긴박감을 주고 있는 이 작품은 1795년에 쓰였다. 횔덜린은 다른 작품「청춘의 신」과 함께 이 작품을『시연감』에 실어달라고 쉴러에게 보냈으나 쉴러는「청춘의 신」만을 싣고 이 작품은 자신의 시「그리스의 신들」을 모방했다는 생각으로 실어주지 않았다.

8행이 1연을 이루는 규칙적인 구성을 가진 이 시는 자연의 상실에 대한 비탄을 노래하면서도 대부분의 시연(전체 8연 중 6연)이 시적 자아가 세계와의 결합과 교감을 통해서 체험했던 행복감을 노래하고 있다. 제7연과 8연에서 비로소 젊은 시절의 행복감에서 떨어져 나온 황량한 감정의 자아가 등장한다.

제4연의 끝머리에 등장하는 '자연의 정령이여!'라는 외침은 의미심장하다. 철학자 피히테Johann Gottlieb Fichte가 자연을 단순한 비아非我로 파악하라고 가르치던 예나에서 횔덜린은 그 영향으로 자연의 정령과의 내면적인 관련성을 망각하고 있었다. 자연과의 관계 상실은 자연으로부터 멀어져 있던 쉴러의 영향이기도 했다. 이 시는 이러한 상실로부터의 회복을 나타내준다. 표면적으로는 다시 찾을 길 없는 잃어버린 자연을 비탄하면서 시인은 자연의 귀중함을 새삼 되새기고 있다.

마지막 연은 거의 같은 때 쓴 소설『휘페리온Hyperion oder Der Eremit in Griechenland』의 본문 중에서의 의식 상태를 반영하고 있다. 여기서 자연은 단순히 지배되어야 할 대상이거나 하등의 값어치도 없는 비애로서 나타나지 않는다. 자연의 아름다움과 그 가치 가운데에는 시인 자신의 내면성의 단순한 투영, 따라서 일종의 환상이 그려져 있다. '그림자', '황금빛 꿈',

'꿈' 등은 자연의 것이라기보다는 시인 자신의 의식을 반영하는 것이다.

이 시를 쓴 이후 얼마 되지 않아서 횔덜린은 자신의 시적 체험에 상응하는 주관적 이상주의에서 객관적 이상주의로 전환하게 된다. 이후에 비로소 자연은 '하나이며 모든 것'으로서, 모든 감각의 담지자로서, 그리고 개별의 실존을 포괄하는 자로서 위치를 찾게 된다. 요컨대 이 시는 자연과의 관계를 복구하는 첫 단계에 놓여 있다.

미지의 여인에게

이 시의 창작연도에 대해서는 알려진 것이 없다. 짐작하건대 1796년
7월 24일 『1797년 시 연감』에 싣기 위해 쉴러에게 보낸 편지에 동봉되지
않았는가 한다. 이 원고가 도착하기 몇 주 전 이미 시 연감은 발행되었다.
쉴러가 횔덜린에게 보낸 편지(1796년 11월 24일자)에 이러한 사실이 적혀
있다.

1　이타카가 / 걱정하고 있는 인고의 사나이를 / 알키노우스의 들판으로 인
　도한 그녀를?: 이 사나이는 오디세우스를 가리킨다. 호메로스의 『오디
　세이아』에서 오디세우스는 트로이 전쟁을 마치고 귀향하던 도중 기나긴
　모험과 역경을 겪는다. 포세이돈의 노여움을 사서 조난당한 그는 알키노
　우스 왕이 다스리는 지역에 들어가게 된다.

2　반신을, 우리의 정신을, 그것이 / 과감하게 부딪치고 있는 신들과 결합시
　키는: 시「평화의 축제」제145~148행과 비교. "마치 신들을 사티로스
　들과 / 어울리게 했듯 그대의 적을 / 자식처럼 여겼으나, 그 적들 / 가장
　사랑하는 그대의 자식들을 훔쳐갔기 때문이다."

3　어떤 덕망도 아직 얻어내지 못한: 이 강조는 헤라클레스가 헤스페리데스
　의 섬으로 갔고 거기서 황금사과를 얻어내었다고 전하는 신화와는 모순
　된다.

4　평화의 황금 열매: 시「평화의 축제」제135행 "왜냐하면 오랫동안 찾았

던 황금빛 열매"와 비교해 보라.

헤라클레스에게

앞의 시 「미지의 여인에게」와 마찬가지로 1796년 7월 쉴러에게 보낸 작품이다. 헤라클레스는 찬가 「용맹의 정령에게」와 「운명」에서 이미 큰 의미를 가지고 등장했다.

1 크로니온: 크로노스의 아들로서 제우스를 지칭한다. 특히 호메로스가 이렇게 불렀다. 그리스 전설에서 가장 유명한 영웅인 헤라클레스를 횔덜린은 이 시의 마지막 시연에서 제우스의 아들, 즉 "크로니온의 아들"이라고 부른다.

2 독수리가⋯ 자신의 새끼들을 데리고 날아오르듯: 세속에서부터 불멸하는 신들의 영역으로 솟구쳐 나는 독수리는 고대 영웅숭배에서 신격화의 상징 중 하나이고 이로써 불멸성 자체이기도 하다. 고대의 전승된 설화는 독수리가 태양의 광채를 눈부심 없이 바로 바라다볼 수 있기 때문에 새끼들에게도 태양을 바로 쳐다보도록 강요한다고 전한다. 따라서 "눈에 불길이 타오를 때"라고 읊고 있다.

3 드높은 반신: 신인 아버지 제우스와 인간인 어머니 알크메네 사이에서 태어난 헤라클레스를 말한다. 그러나 그리스의 전통에서는 헤시오도스 이래로 위대한 영웅들을 반신이라고 불렀다.

4 전차: 그리스의 영웅들은 전쟁 때 바퀴가 두 개 달린 마차를 몰고 달렸다.

5 아비 잃은 자: 횔덜린 자신이 아주 어릴 적에 아버지를 잃었다.

6 올림포스는 그대의 전리품: 영웅적 행위에 대한 보상으로 헤라클레스는 그의 생애의 끝에 올림포스에 받아들여졌고 이로써 "불멸성"과 영원한 명성의 영역에 들어서게 되었다. 시인은 제우스의 아들 헤라클레스와는

달리 단지 "필멸"의 운명으로 태어나기는 했지만 이러한 명성의 경지에
올라서기를 원하고 있다.

디오티마-*이른 초고의 단편*

이 시에는 4개의 초고가 있었다. 첫 번째 초고는 망실되고 말았는
데, 슐레지어Gustav Schlesier의 증언에 의하면 첫 시행과 8행씩 되어 있는
8개 시연이 기록되어 있었고 그가 이 시의 제목을 「아테네아Athenäa」라
고 붙인 바 있다고 한다. 두 번째 '이른 초고'는 단편으로 전해지고 있다.
1~77행은 주제테 공타르Susette Gontard가, 97~120행은 슐레지어가 필
사했다. 세 번째 '중간 초고'는 육필로는 절반 정도가 전해지고, 1846년
에 슈바프에 의해 발행된 『횔덜린 전집』을 통해서 완전한 형태로 인쇄되
었다. 이 '중간 초고'를 횔덜린은 다른 시들과 함께 1796년 7월 24일 쉴러
에게 보냈다. 같은 해 11월 24일자 뒤늦은 답장에서 쉴러는 이 시에 대해
서 비판적인 견해를 밝힌다. 그는 "끝없는 부연과 시연의 홍수 아래서 가
장 성공적인 사념들조차 내리누르고 있는 장황함"에 대해 경고했다. "이
장황함이 디오티마에 대한 그대의 시를 적지 않게 해치고 있다"는 것이
었다. "그 때문에 나는 그대에게 무엇보다도 현명한 절약, 의미의 조심스
러운 선택과 명쾌하고 간결한 표현을 권한다"고 썼다. 네 번째 '나중 초고'
의 육필원고는 전해지지 않는다. 횔덜린은 쉴러의 비판적인 충고를 받아
들여 세 번째 중간초고를 심하게 축소한 네 번째 '나중 초고'를 1797년 8
월 쉴러에게 보냈지만, 그는 발행해주지 않았다. 횔덜린은 이 최종 초고를
1799년 노이퍼에게 보냈고, 『1800년판, 교양 있는 여인들을 위한 소책자
Taschenbuch für Frauenzimmer von Bildung, auf das Jahr 1800』에 실려 인쇄된 상태
로 전해지고 있다.

1   디오티마: 횔덜린이 1796년부터 가정교사로 일했던 프랑크푸르트의

은행가 야콥 프리드리히 공타르Jacob Friedrich Gontard 가문의 안주인 주제테 공타르를 일컫는 시적 이름이다. 디오티마라는 이름은 플라톤의 『향연』에서 따왔다. 에로스에 대한 대화에서 소크라테스는 디오티마와의 만남에 대해서 말하는데, 그녀는 이데아의 영역으로 이끌어가는 에로스의 힘을 그에게 가르쳐준 터다. 사랑을 이상화시키고 완성으로 이끌어가는 힘에 대한 교훈은 유럽 문학의 큰 흐름을 이루었다.

2 우리 존재는 깊이를 알 수 없이 서로 통하고… 서로를 알고 있었도다: 플라톤의 회상Anamnesis에 대한 가르침에 따르면, 인식 안에는 영혼이 선험적 존재 상태에서 보았던 이데아에 대한 회상이 있다는 것이다. 사랑의 만남에 대한 이와 똑같은 표상은 소설 『휘페리온』에도 나타난다. "우리들 중 어느 누가 우리들을 알기도 전에 우리는 서로에 속해 있었다."

디오티마-중간 초고

1 깊이를 알 수 없이… 서로를 알고 있었도다.: 앞의 '이른 초고의 단편' 주 2)를 참조하라.

2 우라니아: 시 「조화의 여신에게 바치는 찬가」와 비교하라. 천문학의 뮤즈 우라니아는 특히 세계 질서와 조화를 체현하고 있다.

3 쌍둥이좌: 시 「우정에 바치는 찬가」 주3)을 참조하라.

4 호라이: 호라이는 계절의 여신들이다. 단수형인 호라는 그리스어로 '시간'을 의미하기도 한다. 여기서는 "주어진 시간"을 의미한다.

디오티마-나중 초고

1796년 쉴러에게 보낸 「디오티마」의 중간 초고에 대해서 쉴러는 '현명하게 절약하면서 의미 있는 것을 조심성 있게 선택하고 명료하면서도 간결한 표현'을 시도해보라고 충고했다. 횔덜린은 이 충고에 따라서 전체 15연을 7연으로 줄이고 시상의 전개를 보다 집약시키면서 전체의 지향점도 새롭게 구도했다. 이 시의 형식은 8음절의 강약격을 가진 시행이 교체적 각운(abab, cdcd)으로 시연을 이루도록 되어 있다.

특히 중간 초고의 3개 시연을 1개 연으로 축약시키고 있는데, 중간 초고에서 "어두운 하늘"에 있는 '별들'을 그린 데 반해, 여기서는 "맑은 하늘"의 "그대의 아버지이며 나의 아버지"로 변환시키면서 한낮의 활동적인 삶으로의 전환을 의미하고 있다. 이 활동은 시인으로서의 활동이다. "기쁘게 노래하며 바라보고자"라는 시구가 이를 말해주며, "나의 노래의 꽃들"이라든지 "사랑스러운 뮤즈여!", "가인의 곁에"라는 표현들로 이를 뒷받침한다. 중간 초고와 나중 초고 사이에 횔덜린은 시「자연에 부쳐」를 썼는데, 움트는 자연과 새로이 만남으로써 디오티마와의 만남으로 인해 생긴 상처를 치유한 것으로 보인다.

1 노래의 꽃들: 전통적인 은유의 하나이다. 키케로Cicero의「수사학De oratore」에는 "말의 꽃들로"라는 표현이 있다. 횔덜린은 시「빵과 포도주」 5연 90행에서도 "이제 그것을 나타낼 말들 꽃처럼 피어나야만 하리라"고 노래하고 있다.

2 그대의 아버지이며 나의 아버지: 태양의 신을 가리킨다.

3 더욱 아름다운 행복 가운데 축복받고 (…) 나 이제 인간들의 세계로 돌아가려 하네:「디오티마」는 세 차례 고쳐 쓴 것인데, 이 나중 초고와 앞선 두 초고 사이의 가장 큰 차이를 보여주는 시구가 바로 이 네 행이다. 활동적인 삶으로의 귀환을 말해주기 때문이다.

떡갈나무들

1797년 쉴러의『호렌Horen』지에 실렸던 6운각의 시를 1799년 또는

1800년에 확장해서 완성했다. 횔덜린은 이 시에서 실존의 서로 다른 양식을 대비시키고 있다. 하나는 자신이 빠져나온 '정원'이며, 또 하나는 그가 가고 있는 '떡갈나무 숲'이다. 정원에서는 작은 꽃나무들, 초목들이 인간과 어울려 살고 있다. '정원'의 실존은 '어울려 사는' 삶으로 보인다. 그러나 이 어울림은 기르는 자에 의존하는 '예속됨'과 짝지어진다. '인간의 학교'와 같은 것이 정원에서의 실존이다. 반면에 저 건너 숲 속에 있는 떡갈나무들은 인간의 학교에 다닌 적이 없으나 마치 '거인족'처럼 서 있다. 떡갈나무들은 찬란함과 위대함 때문에 떨어져 널찍하게 자리를 잡고 있는 별들과도 같다. 그 크기들을 가늠할 수 없이 제각기 서 있지만 또한 별들처럼 '자유로운 동맹'을 맺고 있다. 이 시의 거의 모든 시행이 노래하고 있는 떡갈나무의 영상은 천재적 창조의 자율성과 천부적 재능으로서의 창조력을 의미한다. 이것들은 훈련이나 교육으로 이루어지는 것은 아니다. 횔덜린의 이 시는 각기의 정당성을 지닌 위대한 자들이 제 길을 가는 동안에 '자유로운 동맹'으로 맺어지기를 자연의 모습에 대고 노래하고 있으며, 한편으로는 쉴러에 대한 문학적 예속으로부터의 해방과 공타르 가의 가정교사로서의 사교적인 생활로부터의 탈출을 노래하고 있는 것이다.

천공에 부처

6운각으로 된 찬가인 이 시는 1796년에 초고가 쓰인 것으로 전해진다. 소설 『휘페리온』에도 나타나는 바와 같이 천공은 횔덜린 작품세계에 중심적인 의미를 지니고 있다. 『휘페리온』의 한 구절에 "오, 우리 내면에 불길 같은 힘으로 지배하며 생동하는 정신의 자매, 성스러운 대기여! 그대 내 방랑하는 곳마다 나를 동반함은 얼마나 멋진 일인가. 도처에 존재하는 자연이여, 불멸하는 그대여!"라고 쓰여 있다. 이러한 횔덜린의 천공 내지 대기에 대한 감동과 의미 부여는 헤르더나 셸링, 그리고 고대의 문헌으로부터 얻어진 것이기도 하다. 셸링은 「세계정령에 대해서Von der Weltseele」라는 논문에서 '천공'과 '세계정령'을 동일시하면서 "고대 철학이 자연의 공통적인 정신으로 예감하고 찬미해마지않았으며, 물리학자들도 형태를 구성해주고 키워주는 천공을 가장 고귀한 자연의 통일적인 일자—者로 생각했다"고 말하고 있다. 횔덜린 연구가 중 한 사람인 피에토르Karl Viëtor는 "18세기 독일에서 나타난 범그리스 문명의 르네상스가 이어받은 자연현상에 대한 태도 가운데 가장 중요한 것이 천공에 대한 신적인 공경이다. 소크라테스 이전의 고대 자연철학은 이 천공을 지구의 표면을 덮고 있는 대기층이라고만 이해한 것이 아니라, 그것을 훨씬 넘어서는 무엇으로 이해했다"고 말하고 있다.

횔덜린도 천공을 모든 것을 포괄하고 모든 것을 꿰뚫고 있는 생명의 요소이며, 모든 개별적 존재를 사로잡는 자연의 공동 정신으로 보고 있다. 왜냐하면 신적인 천공의 영역으로 뻗어가며 개별성을 벗어나 총체적인 것으로 되돌아가려는 동경은 개별적 존재와 총체적 존재의 내면적인 친화력을 증명해주기 때문이다.

이 시에서도 천공은 모든 자연이 애써 도달하려는 무한한 공간이다. 또 한편 이 무한한 천공은 시인으로 하여금 제약성을 느끼게 하고 지상으로의 돌아섬을 지시해주는 매개자이기도 하다. 왜냐하면 천공은 그처럼 무한하기 때문이다.

1 성스러운 숨결: 이 시구와 아래의 '영혼을 불어넣으시는 대기'는 횔덜린이 천공을 일종의 '성령'으로 이해하고 있음을 드러낸다.

2 미풍: 원문의 제피르Zephyr는 서풍의 신인 제피로스로부터 유래한 단어로, 서풍西風을 의미한다. 서풍은 북풍 보레아스와는 달리 인간에게 가장 친근한 바람으로 생각되어왔다.

3 복된 소년: 미소년 가뉘메데스를 의미한다. 그리스 신화에 따르면 제우스는 절세의 미남인 가뉘메데스를 사랑한 나머지 독수리로 변장해서 그를 납치해 영원히 죽지 않는 신으로 만들어 자신의 곁에서 술을 따르도록 했다.

휠덜린은 자신이 쓴 최초의 비가인 이 시를 찬가 「천공에 부쳐」와 함께 1797년 6월 20일 쉴러에게 보낸 편지에 동봉했다. 쉴러는 괴테의 의견을 구해 듣고 나서, 몇몇 구절에 수정을 가하여 이 시를 『호렌』지에 실어주었다. 육필로 전해지는 초안과는 달리 이 인쇄에 회부된 원고는 전해지지 않는다. 휠덜린은 『호렌』지에 실린 시를 베껴 나중에 쓴 두 번째 「방랑자」의 바탕으로 삼았다.

「방랑자」는 로마 시인 티불루스Albius Tibullus의 비가 모음집에 들어 있는 작자불명의 「파네기리쿠스 메살라에Panegyricus Messallae」를 본보기로 삼고 있다. 당시 포스Johann Heinrich Voß가 번역 소개한 이 시에서는 중요한 기후대가 얼음지역, 열대지역, 그 중간의 우리가 사는 지역 순으로 묘사되고 있는데, 「방랑자」와 많은 일치점이 보인다.

1　올림포스: 24행에서와 마찬가지로 '하늘'을 뜻한다. 이러한 환유는 그리스와 로마 문학에서 흔히 발견된다.

2　그늘 짓는 숲은 여기서 생기 돋우는 초록빛을 하고: 이 구절은 쉴러가 개입해서 손을 보았을 가능성이 큰 것으로 평가된다. 괴테는 쉴러가 보내준 휠덜린의 이 비가를 읽고서 1797년 6월 28일 쉴러에게 보낸 편지에서 "그늘 짓는 숲"이 아닌 "샘솟는 숲"이라는 구절에 대해 언급하고 있으며, 휠덜린의 이전 원고에도 "생기 돋우는 초록빛을 하고"가 아니라 "마치 솟구치는 샘처럼"이라는 직유가 등장하기 때문이다.

3　유순한 낙타가 나에게 충실하게도 물을 간직해 주었다: 처음 착안 단계에서는 "나는 나의 낙타의 배에서 급할 때 쓸 물을 찾아냈네"라고 되어 있었다.

4　피그말리온: 그리스 신화에서 자신이 만든 여인 조각상과 사랑에 빠졌다는 조각가. 아프로디테가 그의 소망에 따라 그 조각상에 생기를 불어넣어주었다.

5   에오스가 티토노스를 그러했듯: 시 「청춘의 정령에게 바치는 찬가」 주4)
     를 참조하라.

현명한 조언자들에게

휠덜린과 쉴러의 관계는 가장 늦게 잡더라도 휠덜린이 갑작스럽
게 예나를 떠나 뷔르템베르크로 갈 무렵 파탄에 이르렀다. 1795년 여름
휠덜린의 해명에 가까운 편지에 대한 답변 대신에, 쉴러는 잡지 『호렌』에
이행시구의 교훈적인 훈계시 「철학에 봉사하고자 함에 즈음한 / 젊은 친
구에게Einen jungen Freunde / als er sich der Weltweisheit widmete」를 게재했다.
「현명한 조언자들에게An die Klugen Ratgeber」는 1796년 4월에 쉴러가 논
문 「미적 관습의 도덕적 유용성에 대해서Über den moralischen Nutzen ästhe-
tischer Sitten」에서 제기한 요구, 즉 감동을 일종의 광기로 다루고 그에 휩쓸
리지 말아야 한다는 주장을 반박하기 위해 쓰였다.

1   백조의 노래: 백조는 죽기 전에 노래를 부른다는 전설과 시인을 노래하
     는 백조로 비유하는 문학적 전통이 한데 묶여 있는 표상이다.

2   헤스페리엔의 융성한 정원: 이어지는 시행에 나오는 '황금빛 열매'는 헤
     라클레스 설화에서 헤라클레스가 헤스페리데스의 정원에서 훔친, 영원
     한 청춘을 의미하는 황금열매를 연상시킨다. 하지만 여기서는 고대 그리
     스에서 '서쪽 나라'라는 뜻의 헤스페리아Hesperia로 불린 이탈리아를 의
     미한다.

3   전차: 생의 마지막에 올림포스로 받아들여진 헤라클레스의 신격화를 은
     유적으로 암시한다.

4   우리 안에 있는 신: 시 「인류에 바치는 찬가」 주9)를 참조하라.

5   죽은 자들이여, 그대들의 죽음만을 장사지내라: 「마태복음」 제8장 22절
     "예수께서 이르시되 죽은 자들이 그들의 죽은 자들을 장사하게 하고 너

는 나를 따르라 하시니라", 「누가복음」 제9장 60절 "이르시되 죽은 자들로 자기의 죽은 자들을 장사하게 하고 너는 가서 하나님의 나라를 전파하라 하시고"에서 인용했다.

6   장례의 횃불: 18세기에는 장례가 밤에 이루어졌다. 이때 횃불을 밝혔다.

젊은이가 현명한 조언자들에게

앞의 시 「현명한 조언자들에게」가 쉴러에게 늦게 도착해 연감에 실리지 못하게 되자, 횔덜린은 1797년 6월 20일, 이 늦게 도착한 시들 중 한두 편을 수정해서 다시 보내면 어떻겠냐고 물었다. 쉴러가 동의하자 「현명한 조언자들에게」의 두 번째 원고인 이 시를 1797년 8월에 쉴러에게 보낸 편지에 동봉했다. 그 편지에서 "저는 제가 할 수 있는 한 부드럽게 손질을 가했습니다. 이 시의 특성이 견딜 만한 범위에서 보다 확실한 음조를 부여하려고 시도했습니다"라고 썼다. 그러나 쉴러는 이 두 번째 원고를 시 연감에 실어주지 않았다.

1   태양의 말: 그리스 신화에 따르면 태양의 신 헬리오스는 불같은 콧김을 내뿜는 말이 끄는 마차를 타고 하늘을 가로지른다.

2   아침나라: 하만Johann Georg Hamann과 헤르더에게, 그리고 독일 낭만주의에서 "아침나라"는 참되고 근원적이며 감동 어린 문학의 나라다.

3   메마른 시대: 비가 「빵과 포도주」 제123행 "이 궁핍한 시대에 시인은 무엇을 위해 사는 것일까?"와 비교하라.

죄머링의 영혼기관과 민중

죄머링의 영혼기관과 독일인들

두 편의 이행 격언시Epigramm는 1796년 말 또는 1797년 초에 쓴 것이다. 각기 다른 종이에 따로따로 썼는데, 죄머링Samuel Thomas Sömmerring의 저서 『영혼의 기관에 관하여Über das Organ der Seele』의 저자 소장본에 붙어 있었고, 두 번째 이행시 아래에는 횔덜린이라고 서명되어 있었다.

죄머링은 당대의 저명한 해부학자로서, 사상가 게오르크 포르스터Georg Forster, 소설가 빌헬름 하인제와 교분을 쌓고 있었다. 횔덜린이 프랑크푸르트에 체류하는 동안 죄머링은 그곳에서 의사로 활동하고 있었고 공타르 가와도 왕래했다. 1796년 5월 2일 횔덜린이 그에게 조언을 구했다는 기록이 전해진다.

치유할 수 없는 자들을 위한 기도

1797년경에 썼다. 『기본 분별력을 갖춘 고서 골동품점Der grundgescheute Antiquarius』(1922년)에 실린 제바스 Friedrich Seebaß의 「횔덜린의 알려지지 않은 시들Unbekannte Gedichte von Hölderlin」에 포함되어 처음 인쇄되었다.

1 얼마나 분별이 있는지: 역설적인 표현이다. 이 시구는 당초 "그들이 완전히 무분별한지"라고 되어 있었다.
2 원문의 비워져 있는 단어 또는 어구를 역자가 보충해보았다.

좋은 충고

악마의 옹호자

특출한 사람들

서술하는 문학

헛된 인기

이상의 격언시 5편은 휠덜린의 외디푸스Ödipus auf Kolonus의 번역 문과 예정된 송가의 단편들이 포함된 별도의 원고지 여백에 들어 있다. 1797년에 쓴 것으로 보인다. 휠덜린은 이 5편의 격언시를 통해서 괴테와 쉴러가 1796년 가을에 발행한 『격언시 연감Xenienalmanach』에서 보여주고 있는 문학의 권력 장악에 응답하고 있다. 쉴러가 최종 편집 과정에서 제외한 격언시 한 편은 휠덜린을 직접 겨냥한 것이었는데, 이 격언시는 그리스의 철학자이자 시인인 엠페도클레스 이후에 결별하게 된 자매 영역인 문학과 철학을 다시 화해시키려고 하는 휠덜린의 시도를 비꼬아 풍자하고 있었다. 이에 대해 휠덜린은 이 5편의 격언시를 통해 고전적 시대의 실태를 권력과 결탁하려는 천재, 편협성과 안이함의 혼합체로서 규명하려 했다. 여기서 공격의 대상이 되고 있는 것은 중용의 법칙과 취미에 대한 비뚤어진 해석이다. 즉 가짜 철학적인 판결, 정치적인 기회주의, 심미적인 전제주의, 그리고 현혹적인 대중영합주의와 같은 가짜 광채가 그것이다. 이것이 괴테와 쉴러를 시민의 얼치기 교양의 우상으로 만들었다고 보고 있다.

1　악마의 옹호자: 시성식諡聖式에서는 하나님의 옹호자advocatus dei가 등장해서 성인의 명부에 등재할 근거를 제시한다. 이와 반대편에 선 악마의 옹호자advocatus diaboli는 있을 수 있는 규율을 언급한다. 휠덜린은 여기서 "독재자와 세속적 성직자 무리"와 한패가 되고 있는 천재의 시성에 반대하는 역할을 맡아 시를 쓰고 있다.

휠덜린 당대에 인본주의적 전통에 기반을 둔 "천재, 또는 창조적 정신

genius"이라는 용어가 널리 쓰이게 된 데에는 당시 지식층들의 그리스의 신화적 세계에의 접근과 관련이 있다. 이 용어는 한편으로는 시적 인간의 창조적인 재능을, 다른 한편으로는 인간에게 수반된 보다 높은 "신적" 섭리를 의미한다. 횔덜린의 "우리 내면에 들어 있는 신Gott in uns"도 천재 개념과 무관하지 않다. 그는 하만, 헤르더, 레싱, 쉴러, 괴테 등 당대 여러 시인과 사상가 들처럼 천재를 인정하고 그것에 대한 이해를 같이했다. 그만큼 천재의 순수성과 그 과제의 성스러움을 강조하고 있다. 부당한 무리들과 한패가 되는 천재는 아무리 훌륭한 작품을 창조해내더라도 천재로 불릴 수 없는 일이다.

2   아폴론: 아폴론은 전통적으로 시인의 신이다.

디오티마에게

1797년경에 쓴 시이다. 첫 2행 시구는 낯선 환경에서의 디오티마의 고독한 삶을 그리고 있다. 두 번째 2행 시구는 참된 근원적인 생명 연관을 향한 디오티마의 노력을 그리고 있다. 세 번째 2행 시구는 다시 디오티마의 고독의 원인과 시대의 변화로 방향을 바꾸고 있다. 그렇게 해서 이 시의 결구는 보다 아름다운 시대를 향한 추구에 대해서 가차 없이 사실적인 세계관계를 대칭시키고 있는 것이다. 디오티마의 현재는 고대의 "세계의 청춘"에 대해 "겨울"과 "밤"으로서 대칭을 이룬다. 이처럼 횔덜린의 후기 시에서 현재는 "밤"으로 그려지고 있다.

디오티마

육필로 앞의 시 「디오티마에게」에 잇대어 쓴 작품이다.

1 한때 천상의 뮤즈의 / 환희가 시간의 혼돈을 달래주었다: 횔덜린이 디오
티마나 "시간의 혼돈"과 연관시켜 부르기도 했던, 우주적인 조화의 뮤즈,
우라니아를 연상시킨다. 횔덜린은 시 「디오티마」(중간 초고) 제8연에서
"옛 혼돈의 다툼에서 아름답게 / 우라니아가 그러했듯이 / 그녀는 신적
으로 순수하게 간직되어 / 시간의 폐허 안에 서 있도다"라고 노래했다.

초대-존경하는 친구 노이퍼에게

이 시는 횔덜린이 튀빙겐 시절에 쓴 시 「노이퍼에게 보내는 초대
Einladung an Neuffer」의 두 번째 원고이다. 노이퍼에 의해 주도된 1825년과
1829년의 두 번에 걸친 인쇄를 통해서만 전해지고 있다. 노이퍼는 제목에
"프랑크푸르트 1797"이라는 일자를 첨가했다. 슈바프는 횔덜린의 첫 번
째 원고 한 필사본에 "노이퍼가 횔덜린의 원래 작품을 수정하고 1797년이
라는 연도를 적어 넣었으며, 추가적으로 자신의 신부 로지네 슈토이트린
의 죽음에 연관시킨 것으로 보인다"고 기록했다. 노이퍼가 이 두 번째 원
고를 수정하고 1797년이라는 일부를 추기했다는 슈바프의 추측은 일리
가 없지 않다. 노이퍼가 1797년 가을에 프랑크푸르트로 횔덜린을 실제 방
문했는데, 이때 횔덜린이 그를 시를 통해 초대했다면 그것도 의미 있는 일
이기 때문이다. 노이퍼가 이 경우 나중에 인쇄에 회부할 생각으로 수정을
시도했으리라는 것을 완전히 배제할 수는 없다.

1 사랑은 그대의 머리에 장미꽃으로 화관을 얹어주었으며: 18세기 널리
퍼져 있었던 아나크레온풍의 향락적인 문학에서 쓰인 상투적 모티브.
2 그대가 / 사랑했던 것은 무덤에 묻히고: 노이퍼의 신부 로지네 슈토이트
린은 1795년 초에 세상을 떠났다.

안락

이 시는 1797년 또는 1798년 봄에 쓴 것으로 보인다. 봄의 체험을 첫 여섯 행이 지시해 보인다. 신선하게 움트고 있는 풀들과 "빠알간 꽃"이 노래되고 있는 것이다. 1797년 4월 말 누이동생에게 보낸 편지에서 횔덜린은 밤나무에 대해서, "불타고 있는 촛대"에 붙어 있는 빨간 꽃들이라고 언급한 적이 있다. 이 시는 그 목가적 내용의 표현에 알맞은 6운각의 형식을 취하고 있다.

1   산: 타우누스에 있는 펠트베르크 산.

2   머리채: 숲을 은유하고 있다. 시 「디오티마에게」(아름다운 생명이여) 제3행과 비교하라.

3   도시: 프랑크푸르트를 말한다.

운명의 여신들에게

프랑크푸르트 시절인 1798년에 쓴 짧은 송시이다. 고대 알카이오스 송가 시연을 그대로 따르고 있다. 튀빙겐 시절의 초기 시들에서 나타나는 시인으로서 지상에 살고자 하는 포부가 그대로 재현되어 있으며, 실제 시인으로서의 자질과 고양된 감정이 이 시에서 성공을 거두고 있다. '초조한 동경'으로부터 어떤 확신으로 넘어가고 있는 성숙을 보여주기도 한다. 늘 아들 때문에 염려하는 어머니, — 그녀는 횔덜린이 목사가 되기를 간곡히 바라고 있었는데 — 그 어머니를 향해서, 역시 자신의 단호한 결심을 보여주고 있기도 하다. 이 때문에 노이퍼의 『1799년판, 교양 있는 여인들을 위한 소책자』에 실린 이 시를 읽은 횔덜린의 모친은 1799년 7월에 쓴 편지 속에서 자신의 소망이 빗나가고 있음을 염려하고 있다.

이 송시의 외형적인 특징은 무엇보다 의미를 담고 있는 단어들이 모두 운율상 강세를 갖도록 배치되었다는 점이다. 원문에서 시연 내지 시행의 건너뜀Enjambement이 사용된 것도 이를 위해서이다.

이 시의 내면적 율동 형식은 시어와 운율의 어울림을 통해서 생겨난다. 이 가운데 첫 시연이 포괄적으로 담고 있는 문학과 죽음의 달콤한 유희 가운데서의 충만이라는 기본 모티브는 4단계로 전개되고 있다. 우선 운명의 여신들을 향한 "그대들 힘 있는 자들이여!"와 같은 시적 자아의 주술적인 말붙임 중에 그 모티브는 나타난다. 5~6행에는 청원의 절박성을 나타내는 주문呪文과 같은 언술 "삶 가운데 그 신적인 권한 누리지 못한 영혼 / 하계에서도 평온을 찾지 못하리라" 뒤에 그 모티브는 숨겨져 있다. 7~11행에서 서정적 자아는 시작에 성공하면 만족스럽게 죽음 앞에 서겠다고 노래한다. 마지막 시행들에는 기본 모티브가 다시 한 번, 그러나 이제는 완성한 자의 시각으로 노래되고 있다. 완성자는 최고에 매달리고 두 번째의 말마디 — "한 번 / 신처럼 내 살았으니, 더 이상 부족함이 없는 탓으로'" — 는 첫 번째의 언급에 마주 세워져 있다. 시인의 실존적인 결속이 이렇게 적은 수의 말마디로 긴박감 넘치게 노래된 시는 독일문학에서 다시 찾아보기 어렵다.

1 운명의 여신들: 그리스의 신 모에라이에 해당되는 로마의 운명의 여신들, 이들 세 여신 클로토, 라케시스 그리고 아트로포스는 인간 생명의 끈을 잡고 있다가 죽음에 이르면 그 끈을 잘라버린다고 전해지고 있다.

2 유희: 앞의 시 「안락」에서는 '생명의 유희'로 구체화되어 있다.

3 그림자세계: 망령의 세계, 하계를 뜻함.

4 나의 칠현금 / 나를 동반치 않을지라도: 하계에서도 노래하는 오르페우스를 연상하게 한다.

디오티마

1798년 여름, 친우 노이퍼에게 출판을 의뢰하면서 보낸 「사죄」, 「인간의 갈채」, 「그녀의 회복」 등 짧은 송시 18편 가운데 하나이다. 노이퍼는 이 시들 중 4편(「백성의 목소리」, 「인간의 갈채」, 「성인인 척하는 시인들」, 「일몰」)을 그의 『1799년판, 교양 있는 여인들을 위한 소책자』에 수록해서 발행했다.

에피그람의 성격을 띤 이 짧은 송시들은 고대의 송가 시연을 그대로 따르고 있는 모범적인 작품들인데, 이 작품도 알카이오스 시연으로 구성되어 있다. 같은 제목의 작품이 많이 있지만, 이 짧은 송시를 방대한 규모의 시편을 위한 습작으로 생각해서는 안 된다. 다른 송가 시연인 아스클레피아데스Asklepiadēs 시연과 함께 이 고대 송가 시연은 그 운율에서 2개의 횡단면을 가지고 그 형식에 힘입어 내용적인 대립과 지양을 잘 표현해 준다는 점에서 그 형식 적용의 의의가 크다.

1연에서는 현재의 부질없는 추구를, 2연에서는 다가오는 희망의 날을 "노래"가 앞서 "보고" 있다. 마지막 2행은 단편으로 남아 있는 같은 제목의 시에서 "영웅들을 나는 이름 부를 수 있었네 / 그리고 여걸 중 가장 아름다운 여걸에 대해 침묵할 수 있었네"라고 노래하고 있는 것으로 미루어 디오티마에게서 느끼는 조화와 아름다움이 신들이나 영웅들에 이어서 같은 반열에 놓이는 날이 도래할 것을 기대하며 또한 믿고 있음을 나타내 준다.

참고로 부연하자면 아스클레피아데스 시연은 1행과 2행에서 휴지 Zäsur로 양분되는데 이 휴지의 전후가 다 같이 강세음을 가지고 있어 그 충돌로 인해 한층 어둡고 무거운 분위기를 자아내고, 내용상으로도 양극적인 것을 두드러지게 표현한다. 반면에 알카이오스 시연의 1행과 2행에서는 휴지의 전후가 강세음과 약세음으로 교차되도록 되어 있어 충돌 없이 가볍게 진행되지만, 1행과 2행 사이, 3행과 4행 사이 병렬이 용이하여 시연 전체가 두 개의 대립된 주제를 교차적으로 전개시키는 데 알맞다. 횔딜린은 송시에 이 두 개의 고대 송시 시연을 쓰고 있는데, 그 운율을 도식으로 나타내면 아래와 같다.

아스클레피아데스 시연의 운율도식(―강세음, U 약세음, // 휴지)
―U―UU―// ―UU―U―
―U―UU―// ―UU―U―
―U―UU―U
―U―UU―U―

알카이오스 시연의 운율도식(휴지는 쉼표, 또는 읽기에서의 자연적인 호흡 정지로 이루어진다)
U―U―U―UU―U―
U―U―U―UU―U―
U―U―U―U―U
―UU―UU―U―U

송시 「하이델베르크」의 제1연이 아스클레피아데스 시연의 한 예이며, 「운명의 여신들에게」가 알카이오스 시연의 한 예이다. 이 운율도식은 물론 독일어 원문에 적용되는 것이다. 그러나 뒤에 나오는 시 「옛적과 지금」의 해설에서 언급했듯이 번역에서도 알카이오스 시연의 시적 효과를 읽어볼 수 있다. 송시 형식에 관한 더 자세한 논의는 졸저 『횔덜린. 생애와 문학』(문학과지성사, 1987), 78쪽 이하 '송가문학' 항을 참고하라.

1   더 이상 존재하지 아니하는: 원문 nimmer sind는 '결코 존재하지 않는'으로 직역되지만, 여기서는 nicht mehr의 슈바벤 방언으로 쓰였다.

그녀의 정령에게

1798년 7~8월 이전에 썼다. 디오티마의 정령을 향해 노래하고 있다. 시는 말하고자 하는 것의 변죽에서 차츰 요점으로 접근해간다. 꽃과 열매를 디오티마에게 보내달라는 간청에서부터 고대의 정신적으로 근친인 사람들과 디오티마의 결합을 예견하는 데까지 이르고 있다.

1 피디아스Phidias: 페리클레스 시대 아테네의 가장 유명했던 조각가.

사죄

아스클레피아데스의 시연을 따르고 있는 이 작품도 앞의 작품과 마찬가지로 1796~1798년 프랑크푸르트 시절에 쓰였다.

1연의 마지막 시행 "나로부터 많이도 배웠노라"는 슈바프가 발행한 1826년판 시집이나 1846년판 시집에는 '나로부터 많이도 떼어놓았노라 (manche, getrennt, 혹은 manche getrennt)'로 되어 있으나 그 의미상 '배웠노라(gelernt)'가 옳은 것으로 판독된다. 이 시의 주제 역시 자연의 아름다운 조화에 이성으로 관여하려 했던 자신의 과오를 반성하는 시인의 현재적인 심정이다.

백성의 목소리

이 시는 규모가 큰 송시로 확장되었는데, 확장된 송시 첫 번째 원고는 13개 연, 두 번째 원고는 18개 연에 달한다.

1 그대는 신의 목소리: '백성의 목소리는 신의 목소리vox populi vox dei'라

는 격언을 따르고 있다.

옛적과 지금

앞의 시와 같은 때에 쓴 알카이오스 시연의 송가이다. 고뇌에 찬 젊은 날 희망을 가지고 하루를 시작하지만 제자리로 돌아갔던 경험과 이제 달라진 마음가짐, 겸허한 하루의 시작과 그 끝의 만족감이 잘 대칭되어 있는 작품이다. 이러한 대칭은 알카이오스 시연의 특성으로부터도 도움을 받고 있다. 첫 행 초입의 "젊은"과 두 번째 행 말미의 "나이 들어"가 대립되고 첫 행 말미의 "즐거웠고"과 두 번째 행 초입의 "울었네"가 격자로 1행과 2행의 내용적 대립을 나타낸다. 3~4행에서도 "시작하나"와 "끝", "의심에 차"와 "성스럽고 유쾌하여라"의 대립으로 3행과 4행의 내용적 대립이 확연히 드러난다. 이러한 대립은 결국 하나의 최고의 의식에 이르게 만든다.

삶의 행로

후일 같은 제목의 4개 시연을 가진 송시로 확장되었다.

1   인생의 활: 그리스어 ΒΙΟΣ(인생, 삶)와 ΒΙΌΣ(활)는 강세만 다를 뿐 같은 철자의 어휘인 점을 가지고 유희하고 있는 일종의 언어유희. 그리스의 철학자 헤라크리트Heraklit의 언어유희 "활의 이름은 인생, 그것의 작품은 죽음"(단편 48) 참조.

짧음

1798년 6월 또는 8월 이전에 쓴 것으로 보인다. 노이퍼에게 출판을 의뢰하며 그해 6월과 8월 두 차례에 걸쳐 보낸 18편의 송시 가운데 하나다. 이「짧음」은 시「소크라테스와 알키비아데스」처럼 질문의 시연과 답변의 시연으로 구성되어 있고, 그 구조는「인간의 갈채」와 유사하다.

두 개의 시연으로 이뤄진 각 시연의 첫 구절은 음절의 수까지 일치하고, 질문과 답변의 핵심을 각기 포함하고 있다. 의미상 본질적인 것이 그러한 함축을 지닌 채 앞에 제시되고 있는 것은 짧은 송가의 내외적인 형식에 있어서 대담한 간결성에 해당한다.

연인들

후일 9개 시연을 가진 송시「이별」로 확장되었다.

1   우리의 마음 안에는 신이 지배하고 계시므로: 시「인류에 바치는 찬가」
    주9), 시「현명한 조언자들에게」주4)를 참조하라.

인간의 갈채

앞의 시와 같은 때에 쓴 알카이오스 시연의 송시이다. 1798년에 노이퍼에게 여러 편의 송시를 보내며 동봉한 편지에서 횔덜린은 "내가 아직 아무것도 아니라는 사실, 어쩌면 내가 결코 아무것도 아닌 자로 남게 될지도 모른다는 사실을 나는 알고 있다. 그러나 이러한 사실이 나의 신념을 포기하게 하는가? 나의 신념이 그 때문에 하나의 상상이며, 지나친 것인가? 나는 그렇게 생각하지 않는다. 이 지상에서 내가 뛰어난 무엇에 달하지 않는다면, 나 자신을 내가 옳게 이해하지 못했다는 것을 말할 수 있을 것이다. 우리 자신을 알자! 우리를 의기意氣차게 해주는 것은 바로 그것이다. 우리 스스로 자신을 알지 못할 때, 모든 예술도 모든 노력도 헛된 것이다"라고 쓰고 있다. 시인은 인간들의 갈채에 이끌리는 대중성이 아니라 자신 안에 숨겨진 신성을 믿고 그것을 찾아내는 일에 예술성을 담보하고 있다.

고향

1798년 6월 또는 8월 이전에 쓴 것으로 보인다. 알카이오스 시연의 송시이다. 노이퍼의 『1799년판, 교양 있는 여인들을 위한 소책자』에 실려 처음 발표되었다.

횔덜린이 이 시절에 쓴 짧은 송시들의 특징은 매우 압축적인 엄밀성이라고 말할 수 있다. 이 시에서도 이러한 엄밀성이 나타나는데, 두 개의 시연이 모두 질문으로 끝을 맺으면서, 그 답변은 유보되고 있다는 점이다.

첫 시연은 각 두 개의 시행을 가진 두 개의 시구로 구성되어 있다. 첫 두 개의 시행은 "사공"의 영상을, 다른 두 개의 시행은 서정적 자아의 상황을 그리고 있다. 이 두 개 시구의 대립은 사공에게는 하나의 서술문장이, 서정적 자아에게는 하나의 소망문장과 의문문이 바쳐지고 있다는 사실을 통해서 확연해진다. 그리고 한편의 성취가 다른 한편에서는 거부되고 있다. 이 표현의 엄밀성은 더 진행된다. 첫 시연의 두 개 시구의 첫 행에 고향이 등장한다. 제1행 "귀향"과 제3행 "고향"이 그것이다. 각기 두 번째 시행에서는 수확이 노래된다. 제2행 "거둠"과 제4행 "거두었나?"가 그것이다. 그리고 마침내 이 시연의 처음과 끝에 가장 함축적인 의미의 위치에 사공과 서정적 자아의 서로 다른 마음의 상태를 나타내는 시어가 자리하고 있는 것이 불현듯 눈에 들어온다. 제1행 "기쁨에 차"와 제4행 "고통만큼"이 바로 그것이다.

두 번째 시연은 서정적 자아의 계속되는 물음으로 이루어져 있다. 첫 연의 끝에서 제기되었던 물음이 두 개의 질문으로 확대되고, 이러한 질문 과정에서 고향의 본질이 구체화된다. "착한 강변"(제5행), "내 어린 시절의 숲"(제7행)이 그것이다. 이와 나란히 차별 없이 불렸던 "고통"도 이제는 "사랑의 고통"으로, 그리고 "평온"의 결핍으로 구체화된다. 그 대립이 세속과 시인의 존재방식의 차이를 드러내줄 뿐 아니라, 그러한 고독을 예감하는 가운데서도 자연에서 위안을 구하는 젊은 횔덜린의 이른 소망을 읽을 수 있다.

이 송시는 진행 과정을 통해서 점증하는 구분과 구체화로 질주한다. 이렇게 짧은 송시의 압축적인 표현, 그 함축미는 알카이오스라는 송시의 고대 형식을 충분히 수용하고 소화한 결과이지만, 무엇보다도 횔덜린의 시적 감수성과 정교한 시어법에서 생명을 얻고 있다. 이 시는 후일 8개 시연으로 확대되었다.

좋은 믿음

이 시는 1798년 7월과 8월 노이퍼에게 보낸 18편의 짧은 시 가운데한 편이다. 이 시는 디오티마의 병환과 관련되어 있고 그것 때문에 발생할 분위기를 나타낸다. 그러나 그것이 특정한 일회적 감정 상태를 반영하고 있지는 않다. 오히려 그러한 사건의 전형적인 의미가 제기되고, 따라서 특별한 감정이 정신의 위대한 보편적인 움직임으로 연결되고 있다. "아름다운 생명이여!"라는 서두의 말붙임은 개별성과 보편성이라는 이중성을 알게 해준다. 순간적인 체험이 느끼는 가슴에 의해 받아들여지고 불변하는 질서, 사랑, 두려움, 믿음으로 연관되는 가운데, 보편적인 체험으로 전화轉化되고 있는 것이다.

그녀의 회복

앞의 시와 같은 때에 쓴 알카이오스 운율의 송시이다. 이 시는 1800년에 5연으로 확장되어 개작되었다.

여기서 '그녀'는 디오티마를 연상시킨다. 시 「디오티마-나중 초고」제40행에 디오티마가 '사랑스러운 뮤즈'로 비유되어 있음을 볼 때, 여기서 '그녀'는 예술의 여신으로까지 연장되어 있다. 이 시는 능동적인 회복을 노래하고 있다. 스스로 깨어나 자연을 기쁨으로 바라보지 않는 한, 자연의 무한한 힘도 우리를 낫게 하지 않는다.

용납할 수 없는 일

이 시는 1798년 7월과 8월 노이퍼에게 보낸 18편의 짧은 시 중 하나이다. 이 시는 「사랑」이라는 제목의 시로 확장되어 1800년에 개작되었다. "사랑하는 사람들의 평화"는 어떤 특권이 아니라, 사랑의 가장 내면적인 본성의 표현이다. 왜 사람에게 경건한 보호의 권리가 주어지는지를 이시를 확장해 개작한 「사랑」이 역사철학적으로 증언하고 있다.

젊은 시인들에게

역시 프랑크푸르트 시절에 쓴 아스클레피아데스 시연의 송시이다. 횔덜린은 여기서 교훈하는 시, 도취에 빠진 시를 쓰지 않도록 스스로 다짐하고 있다. 1797년경에 쓴 에피그람 「서술하는 문학」에서 시인은 "아폴론은 신문기자의 신이 되었도다! 그에게 사실을 충실하게 설명하는 자 그의 부하이도다"라고 쓰고 있으며, 1797년 6월 쉴러에게 보낸 편지에서는 자신이 "다른 예술비평가나 대가 들과는 무관하게, 가능한 한 용기와 판별력을 가지고 있고 필요한 만큼 평온을 지니고 나의 길을 갈 것"이라고 말하고 있다. 그러나 쉴러에게 의존된 자신의 창작을 인정하면서 "궁극적으로 누구의 눈길도 두려워하지 않을 때 예술은 성취되리라"라고 쓰기도 했다. 두려움, 어떤 것에 붙들림은 "예술의 죽음"이고, 따라서 자연을 옳게 표현해내는 일이 그만큼 어려운 것을 알게 된다고도 쓰고 있다. 진정 대작은 예술가가 살아 있는 세계와 접할 때 탄생한다는 것이다. 시인은 궁극적으로 대가의 모방이 아니라, 자연에 순응하는 길을 가야 한다는 횔덜린의 시론을 드러내는 시 중 하나다.

1   아름다움의 고요함: '고요함Stille'은 빙켈만이 그리스의 예술을 "고상한 단순성과 고요한 위대성"이라고 요약하여 언급한 이래로 일종의 미학적인 중심개념이었다. 횔덜린은 "그리스의 여인" 디오티마의 성품에 대해 반복해서 "고요함"을 강조한다.

2   그리스의 시인들 마냥 다만 경건하여라: 당대에 '경건한fromm'이라는 단어의 의미 진폭은 오늘날에 비해 훨씬 컸다. 다른 작품들에서도 횔덜린은 그리스인들의 경건성을 언급하고 있다. 여기서는 이어지는 시연을 통해서 "경건"이라는 어휘의 의미가 좀 더 자세히 특성화되고 있다. 횔덜린은 조화로운 균형과 삼라만상의 유대를 의미한다. 이 안에서 시인들은 신과 인간, 즉 이상과 실제를 균형을 잃지 않은 채 대하게 된다.

3   교훈하며 서술하지 말라!: 에피그람 「서술하는 문학」과 그에 대한 주해를 참조하라.

독일인들에게

1798년 프랑크푸르트 시절에 쓴 아스클레피아데스 시연의 송시이다. 이 짧은 송시는 1799, 1800년에 14연의 동일한 시제로 확장되었다. 이 시에서 시인은 행동하지 않는 독일인들을 비웃고 있다. 제3행의 "그대들 독일인들이여, 그대들 역시"는 확장된 작품에서는 '오 그대들 선한 이들이여! 우리들 역시'로 수정되었는데, 시인은 이 첫 작품에서 보이고 있는 독일인들에 대한 거리감으로부터 벗어나 확장된 시에서는 그 비난의 대상 안에 끼어들며, 자신이 취했던 불확실성을 벗어나고 있다. 아직 스스로 깨닫지 못했던 '이상주의적' 입장에서 보다 '참여적인' 측면으로 기울어져 가는 과정을 이 첫 작품과 추후 확장시킨 작품의 대비가 보여주는 것이다.

성인인 척하는 시인들

프랑크푸르트 시절의 알카이오스 시연의 송시이다. 앞의 「젊은 시인들에게」와 마찬가지로 일종의 시론적 시이다. 진심과 믿음 없이 손끝으로 만들어진 작품이 아무리 신적 대상을 노래한다 해도 믿음이 주어지지 않은 자연은 죽은 것이며, 비록 형상화되어 있지 않으나("위대한 말 한마디 아쉽기는 하지만") 우리가 기억하는 자연이 참된 것임을 시인은 말하고 있다.

이 시는 또한 '신들'에 대한 횔덜린의 생각을 나타내주는 첫 번째 증언이기도 하다. 두 개의 시연의 각 첫 번째 시행에 '신들'이 등장하고 각 시연의 끝에는 '대지'와 '어머니 자연'이 등장한다. 대지와 자연은 신들을 공경하게 하는 자연 체험의 가장 보편적인 기초로 보인다. 집중적인 자연 체험의 총화로서 신들을 파악할 수 있다는 사실은 자연의 힘들과 동일시되는 '신성'에 대한 집중을 보여준다. 태양의 신인 헬리오스와 같은 신화상의 명칭을 포기하면서 탈신화화된 천둥의 신과 바다의 신에 대한 집중한 점이 그것이다. 따라서 믿음("그대들은 헬리오스를 믿지 않으며, 천둥의 신과 바다의 신도 믿지 않는다")은 전통적·종교적인 의미에서 현세의 저편에 있는 신에 대한 믿음으로 이해되는 것이 아니라, 체험에 근거하는 어떤 내면적인 확신의 표현으로 이해된다.

태양의 신에게

이 송시는 1798년 6월 30일 쉴러에게 보낸 몇 편의 시 가운데 하나이다. 이 시로부터 다음의 짧은 송시 「일몰」이 생성되었다.

일몰

이 알카이오스 시연의 송시도 프랑크푸르트 시절의 작품이다. 이 시는 조금 앞서 쓴 「태양의 신에게」를 줄여 다시 쓴 작품이다. 아폴론은 예언의 신, 음악과 문예를 맡은 신, 청춘과 생명을 상징하는 신이지만, 또한 기원전 5세기경부터는 태양의 신으로 숭배되었다고 전해진다. 아폴론에 부여된 여러 신격 가운데서 이 시에서 시인은 태양과 음악의 신으로 노래하고 있다. 이 시의 마지막 구절 "아직 그를 공경하는 경건한 백성들을 향해 멀리 사라져 가버렸도다"는 아폴론이 어두운 때가 되면 삭풍이 불어오는 곳을 떠나 상춘常春의 나라에 살고 있는 사람들에게 가서 머물렀다는 전설을 가리키고 있다. 이들은 태양의 신을 특별히 공경하면서 세계의 끝에 살고 있는 행복한 백성들이라고 한다. 이 시는 일몰을 이처럼 신화에 비유하여 노래하면서, 일몰의 찬란함을 감격적으로 표현하고 있다.

1   칠현금: 태양의 신이자 음악의 신인 아폴론의 악기였다.

2   황금빛 음향으로 가득 채워 (⋯) 그 소리 숲과 임원을 향해 울린다: 시각적 인지에 대한 청각적 은유로 공감각적 이미지를 표현했다. 숲과 임원 위에 지는 해의 광채가 아직 남아 있다는 것이다. 이 공감각의 신화적인 동기는 아폴론이 태양의 신이면서 동시에 음악의 신이라는 점에 담겨져 있다.

인간

이 시는 1798년 6월 말 쉴러에게 보낸 작품이다. 알카이오스 시연
으로 쓴 이 송가는 3연이 4번 반복되어 12연에 달한다. 첫 3개 연은 세계
의 생성, 두 번째 3개 연은 인간의 탄생과 본질, 세 번째 3개 연은 인간의
불충분하고 불만스러운 노력, 그리고 마지막 3개 연은 인간에 대한 보다
높은 규정과 다른 생명체들에 비교했을 때 인간 스스로가 가질 수 있는 위
험성을 노래하고 있다. 제1연과 2연, 3연과 4연은 시연의 도약이 있어서
각기 이어진 시연, 즉 2연과 4연의 제1행이 특별히 강조되는 형태를 취하
고 있다. 이러한 예술적 상승의 수단은 후기의 찬가 문학에 이르기까지 계
속 사용되기도 했다. 시인은 인간이 태생적으로 "오만"에 쉽게 이를 수 있
는 위험성을 가지고 있음을 이 작품에서 말하며, 그 때문에 가장 "복된 자"
이지만, 가장 지배받아야 할 자로 정해졌다고 그리고 있다.

1   어머니 대지여! (…) 아버지 헬리오스를 향해: 생명의 어머니로서 대지,
    그리고 아버지로서의 태양 혹은 천공은 횔덜린 시문학에서 반복해서 등
    장하는 심상이다. 이러한 분리된 양극단의 결합이 인간을 포함하는 생명
    체의 기원이라는 생각은 횔덜린 문학의 중요한 모티브를 형성해준다.

2   열매: 원문 Beere는 Beer의 복수 Beeren 대신 쓴 것이다. 소설 『휘페
    리온』의 한 초고에 '덤불에 열린 열매를 적어'라는 구절에 Beere가 등장
    하는 것으로 보아서 산딸기 열매를 말하는 것 같다.

3   별빛 비치는 밤: 횔덜린의 '밤'에 대한 표현으로는 "초록빛 밤"(시 「네카
    강」)이 있는가 하면, "서늘한 밤" 등도 있는데, 단순한 어둠의 표현으로
    서만 '밤'이 사용되지는 않는다.

프랑크푸르트 시절에 쓴 아스클레피아데스 시연의 송시이다. 말붙임과 대답 형식의 시로서 같은 시기에 쓰인 「짧음」도 같은 형식이다.

청년 알키비아데스는 플라톤의 『향연』의 마지막 부분에서 소크라테스를 찬양하면서 등장하는 인물이다. 이 시의 제1연에서는 알키비아데스가 아가톤에 대한 소크라테스의 편애를 묻는데, 소크라테스 대신 시인이 제2연에서 대답하고 있다. 소설 『휘페리온』에도 나타나듯, 이 짧은 제2연의 4개 시행에는 삶, 청춘 그리고 아름다움의 개념이 한 덩어리로 관련되어 있다.

우선 청춘은 모든 생명의 통일체임을 보여준다. 그것은 "가장 생동하는 것"이다. 왜냐하면 생명의 가장 순수한 형태를 체현하고 있기 때문이다. 이것은 아름다움의 이념에도 상응한다. 휠덜린에게 아름다움은 모든 부분들의 전체성으로의 생동하는 일치이기 때문이다. 아름다움은 이처럼 '구분된 것 가운데의 하나 됨'이다. 때문에 청춘과 아름다움은 가장 심오한 세계의 계시이자, 하나이며 전체인 것의 계시이다. 무릇 현명한 자들은 이것의 인식에 이르는 것이다. 따라서 현명한 사람들은 '청춘'을 이해하며 바로 '아름다움'에 마음 기우는 법이다. 플라톤의 『향연』의 말미에서는 젊은 알키비아데스가 소크라테스에게 경의를 표하지만, 휠덜린은 이 시에서 전래되는 관계를 뒤집어 소크라테스가 알키비아데스를 섬기는 것으로 그리고 있다. 이 점이 이 송가의 요점이기도 하다. 이 시는 일종의 사상시로 볼 수 있다.

바니니

이 알카이오스 시연의 송가는 범신론에 대한 휠덜린의 고백과 내세를 지향하는 전통적인 신앙 및 그 대변자들에 대한 반감을 드러낸 가장 중요한 증언이다. 이탈리아의 철학자 루칠리오 바니니Lucilio Vanini는 그의 저서에서 신과 자연을 동일시했다. 특히 1616년에 발행된 그의 두 번째 저서에서는 모든 초월성을 부정하는 가운데 이러한 범신론적인 세계관을 한층 명백히 했다. 그 때문에 1619년 그는 이단자로 화형에 처해졌다. 당대의 범신론에서 바니니를 언급하는 것이 당연시되었음은 횔덜린의 이 송시뿐만 아니라, 헤르더의 범신론적 주저인 1787년작『신, 몇몇의 대화 Gott. Einige Gespräche』에도 나타난다. 헤르더는 이 책에서 바니니의 작품인 송시「신Deo」을 인용하고 있다.

「바니니」의 첫 시연은 종교재판을 통한 바니니에 대한 모욕과 박해를 그리고 있으며, 이미 논쟁적인 재평가를 수행하고 있다. 종교재판관들이 초월적인 신에 대한 정교신앙의 입장에서 바니니를 "신을 모독한 자"로 비난했던 반면 시인은 자연이 내재적인 신성이라고 생각하는 범신론적인 세계관의 입장에서 그를 "성스러운 사람"이라고 부른다.

두 번째 시연에서 시인은 한편으로는 광신적인 정교신앙의 대변자들을 "중상모략자"라고 부르면서 재평가로부터 결론을 이끌어낸다. 폭풍이 "미개한 자들의 유골을 대지로부터, 고향으로부터 불어내버리라고"하는 소망은 화형에 처해진 이단자 바니니의 유해를 한 장소에 안치하도록 용납하지 않고 바람에 날려 보낸 종교재판관들의 처리 방식을 비유하고 있는 것이다.

세 번째 시연에서 시인은 분노 어린 복수심의 분출로써 종교재판의 일방적인 행태에 스스로 다가간 것은 아닌가 하는 점, 그리고 이것이 자신 안에 모든 대립이 지양되는, 따라서 모든 것을 포괄하고 화해하는 힘을 지닌 "성스러운 자연"과 범신론적인 세계관에 충돌하는 일은 아닌가라는 점을 생각하기에 이른다. "성스러운" 자연에의 부름은 이러한 생각을 논쟁적으로 그 정점으로 이끈다. 초월성이라는 정교적인 구원 대신에 이제 내재성의 범신론적인 구원이 대두하고 있는 것이다.

휠덜린은 위대한 시인에 대한 호출을 디오뉘소스 신화와 결부시키고 있다. 고대 문학에서 디오뉘소스는 이미 시인의 신이기도 하기 때문이다. 디오뉘소스의 영역과 시인됨의 결부에 대해서는 비가「빵과 포도주」참조.

1 환희의 신: 디오뉘소스를 가리킨다. 그리스 문학에서 거듭 그에게 환희를 돌리고 있기 때문이다.

2 젊은 바쿠스 신: 휠덜린은 디오뉘소스를 이렇게 부르고 있는데, 디오뉘소스가 젊은 신으로 불리기를 좋아하기 때문이다.

3 성스러운 포도주로 잠에서 백성들을 일깨우며: 포도주의 신 디오뉘소스는 동쪽에서부터 백성들에게 포도 재배를 알려주었다. 여기서 휠덜린은 문화 창조와 육성의 상징성을 도출해낸 것으로 보인다. 따라서 백성을 잠에서 깨운다는 것은 원시적, 비문화적 상태에서 새롭고 한층 차원 높은 현존재로의 일깨움으로 이해할 수 있다.

4 법칙을 부여하고: 신화에 따르면 디오뉘소스는 여러 나라를 통한 문화 진흥의 행진 가운데서 법칙과 심판 제도를 도입했다. 저명한 고대 신학자인 디오도로스Diodorus Siculus는 "디오뉘소스가 신적인 것에 대한 공경을 가르쳤고 법률과 재판을 도입했다"고 쓰고 있다.

5 영웅들이여: 위대한 시인을 가리키는 이러한 표현은 디오뉘소스와의 비교에서 나온 것이다. 왜냐면 인간인 어머니와 신인 아버지 사이의 아들로서 디오뉘소스는 신이자 또한 반신이며 따라서 헤시오도스의 고전적인 정의에 따르면 "영웅"이기 때문이다.

휘페리온의 운명의 노래

1799년에 발간된 소설 『휘페리온』 제2권에 삽입되어 있는 작품이다. 자유운율의 시이다. 계단식의 시행 구성은 송가 형식을 차용한 것이지만, 그것과 일치하지는 않는다.

대체로 정반합正反合의 구성을 보이는 다른 3연 구성의 시들과는 달리, 여기서는 "운명을 모른 채" 숨 쉬는 천상적인 힘과 '운명에 맡겨진' 인간이 완전히 대립되고 이 대립이 해소되지 않는다.

소설 『휘페리온』에서 주인공 휘페리온은 카라우레아로 떠나기에 앞서 극도의 고통 가운데서 이 노래를 부르고 있다. 휘페리온은 이 노래와 함께 "내 영혼은 서서히 죽어가는 청춘의 고통스러운 나날에 비싼 대가를 지불했다. 아름다운 비둘기 떠도는 것처럼, 내 영혼은 미래 위에 방황하고 있다"고 말한다. 횔덜린은 이처럼 영원히 방황하는 인간의 운명을 떨어져 내리는 폭포의 물줄기에 비유하여 시각적으로 표현하고 있다.

내가 한 소년이었을 때…

프랑크푸르트 시절의 마지막 시기인 1798년 가을경에 쓴 작품이다. 시인은 혼돈의 시대, 가정교사로 살면서 이러한 불안과 불만의 세계에 맞서 신과 자연과의 일치를 이루었던 소년시절을 노래하고 있다. 자연 속에 깃든 범신론적 세계 안에서 어떤 갈등도 느끼지 않았던 시적 자아의 행복감이 전편에 흐르고 있다. 이러한 주제는 횔덜린 문학을 관통하는 목가적 요소와 본래성으로의 귀환이라는 문학적 기반을 드러내준다. 「휘페리온의 운명의 노래」처럼 첫 연은 계단식의 독특한 시행 구성을 보이다가 4행 무운각인 횔덜린 고유의 시연이 이어지고 있다. 전체 시연은 마지막 독립된 1개 시행, "신들의 품 안에서 나는 크게 자랐었네"라는 내용에 수렴된다.

1   헬리오스: 태양의 신

2   엔디미온: 그리스 설화에 따르면 달의 여신 셀레네(라틴어로는 루나)는 목동인 미소년 엔디미온을 사랑한 나머지 제우스에게 청해 영원한 잠에 빠지게 하여 그 청춘을 그대로 보존하도록 하고, 매일 밤마다 라트모스의 산속 동굴로 그를 찾아갔다고 한다.

아킬레우스

　이 시는 1798년 말에 쓰였다. 같은 해 9월 말 횔덜린은 프랑크푸르
트를 떠나 디오티마와 작별했는데, 이를 아킬레우스의 상황과 연관지었
던 듯하다. 횔덜린은 호메로스의 『일리아스』 첫 번째 노래에서 브리세이
스를 빼앗긴 아킬레우스가 해변에서 어머니이자 바다의 여신인 테티스에
게 고통을 하소연하는 장면을 독일어로 번역한 적이 있었다. 이 비가를 쓴
시기에 아킬레우스에 대한 두 편의 논문(미완성)과 「시를 쓰는 서로 다른
방식들에 대해서Über die verschiednen Arten, zu dichten」라는 논문도 썼다. 아
킬레우스의 특별한 의미는 그가 마지막에 완성한 시 「므네모쉬네」에 잘
나타나 있다.

1　연인: 아가멤논이 트로이의 진지에서 아킬레우스의 여종이자 애첩인 브
　리세이스를 그에게서 빼앗아갔다.
2　푸른 테티스: 바다의 여신 테티스가 바다의 푸른빛을 띤 것으로 묘사되
　고 있다.

나의 존경하는 할머니에게-72회 생신을 맞이하여

1798년 말에 쓴 시이다. 외할머니 요한나 로지나 헤인Johanna Rosina

Heyn의 실제 73세 생일(1798년 12월 30일)에 헌정되었다.

중간 부분(제9~18행)은 예수 그리스도를 서술하고 있다. 이 묘사는 외할머니의 신앙에서 동기를 얻고 있는데, 외할머니의 정신세계의 핵심은 기독교 신앙이었다. 이 동기와 그 대상에 알맞은 방식으로 작용하는 천국의 힘이 시에 도입되고 있다. 외손자가 외할머니의 본성을 이러한 "숭고한 분"의 본성과 관계지어 노래하고 있는 것이다.

이 시는 횔덜린의 문학세계에 새롭게 제기되는 기독교와의 연관이 등장하기 이전에 위치한다. 전통적인 그리스도에 대한 관념을 강하게 벗어나는 후일의 변화가 여기에서는 아직 그 징후를 내보이지 않고 있다. 오히려 모든 것을 화해시키는 자로서 그리스도는 여기서 세계의 일치와 전체성을 실현시킬 수 있는 유일한 힘을 여전히 지니고 있다.

1   사람들 중 최고의 사람: 예수 그리스도를 지칭한다.
2   이 유일한 사람: 시 「유일자」참조.

신들 한때 거닐었다…

비가적 2행시구Distichon로 이루어진 작품으로, 1799년 3월 또는 4월에 쓰였다. 당시 발표된 슐레겔August Wilhelm Schlegel의 서평 발췌문이 제6행과 제7행 사이에 적혀 있다. 다시 말해 제6행과 제7행 사이 간격이 넓다. 또 제7행의 윗쪽 가운데에 4라는 숫자가 적혀 있는데 아마도 제7행부터가 규모가 큰 비가의 네 번째 단락이 여기서 시작된다는 표시로 추정된다. 그렇게 본다면 이 작품은 비가의 한 단편으로 이해된다.

디오티마가 노래의 대상이다. 그녀에 대한 사랑은 사랑하는 이들의 자기만족적인 상호 위안에 끝나는 것이 아니라, "보다 더 아름다운 시절"(제8행)을 향해 분투하며 "신적인 정신에 충실"(제15행)하려는 노력이다. "빛"과 "천공"(제14행)은 가장 영적이며, 도처에 임재하는 요소로서 이러한 신성神性을 가장 순수하게 증언한다. 그렇기 때문에 연인들은 그것들의 주위에 머무는 것이다.

1 그대처럼 치유하며, 감동을 주면서: 아폴론은 치료술의 신이자 문학적인 영감의 신이며, 뮤즈들은 그에게 예술적인 감흥을 불러일으키는 존재다. "그대"는 디오티마를 가리키고 있다.

2 나의 여걸: 오비디우스의 『반신녀Heroides』로부터 유래한, 여러 여인 중 지극히 사랑하는 여인을 칭하는 표현. 휠덜린은 오비디우스의 이 작품을 발췌 번역했다.

변덕스러운 자들

1799년 7월 친구 노이퍼에게 보낸 편지에 동봉된 시이다. 이 시는 우선 자아에 대해서, 그리고 일반화하여 자연의 시인들에 대해서 읊고 있다. 이 두 개의 영역에서 묘사된 분위기는 분노에서 평온으로 흐른다. 시의 정점에서는 시인의 긴장된 본질이 매우 간결한 어휘로 표현되고 있다. "쉽게 화내고 비탄하고 눈물짓는다네 / 그 복받은 자들". 복됨과 방황 사이의 긴장 가운데 시인은 자연의 눈짓을 통해 자연의 궤적으로 되돌아갈 것을 발견한다. 자연의 궤도 안에 존재하는 것, 자연에 순종하는 것, 그것이 시인의 본래적인 행복이다. 이러한 순종은 시인의 본질이 지닌 기본적 힘인 것이다. 그것은 순수하고 자기희생적인 자연정신의 수용에 대한 능력이다. 그러나 이 시는 이러한 순종이 의미하는 특출함을 제기하고 있지는 않다. 그것은 어린아이 같이 순진한 유순함으로 나타난다. 시인들은 여기서 민감성이 강조되는 가운데 그들의 본질 중 겉에 드러나지 않는 측면에서 모습을 드러낸다. 그러나 동시에 이들은 자연의 시인들로서 당연히 그들의 본래적인 삶의 공간에 서 있기도 하다.

이 시는 국수주의적인 것으로 잘못 해석되고 있으며, 특히 나치 정권하에서 치명적으로 잘못된 수용의 역사를 안고 있다. 바른 이해를 위해서는 맨 처음 쓴 초안이 특히 중요하다. 그 초안은 이렇게 읊고 있다.

> 오 조국을 위한 전투,
> 독일인의 불타며 피 흘리는 아침노을
> 태양처럼, 깨어 있는 자
>
>
> 이제 더 이상 머뭇거리지 않는 자, 이제
> 더 이상 어린아이가 아닌 자, 독일인.
> 왜냐면 그의 앞에서 스스로를 아버지라 했던 자들
> 그들은 도적들,
> 독일인들에게서 훔쳐가
> 아이의 경건한 마음을 속이고
>
>
> 길들인 짐승처럼, 부렸던 자들.

이 초안은 군주국가의 "아버지들"을, 다시 말해 국가의 아이들을 그들의 권력 과시용 비용을 조달하기 위해 외국에 팔아넘긴 국가의 "아버지들"을 환기시키고 있다. 이를 통해서 횔덜린은 나라의 아버지Landes Vater인 군주, 나라의 아이들Landes Kinder인 신하라는 개념에 대해 계몽주의적이며 혁명적으로 문제를 예리하게 제기하고 있다. 이것은 17세기 말 존 로크John Locke로부터 시작해서 루소를 거쳐 칸트와 '자코뱅파'인 포르스터에 이르는 사상가들의 핵심적인 논쟁 대상이었다. 논쟁에 따르면 앞의 개념들은 전제정치를 자연이 부여한 것으로 정당화시키고 백성은 근본적으로 미개한 상태에 있다고 치부해버리는 데 이용되고 있었다.

따라서 이 송시는 혁명에의 외침, 자신의 나라 안에 있는 압제자에 저항하는 전투에의 부름인 것이다. 이러한 점에서 횔덜린의 조국 개념은 단순히 영토나 민족을 기준으로 정의된 조국 개념이 아니라, 공화주의자의 조국, 민권에 의해 결정되는 조국이며, 이를 위해 참여하는 시민이라는 뜻에서의 애국자가 의미되고 있다. 이러한 조국은 다른 민족들에 대한 민족주의적인 폭력 행사의 주체로서의 조국이 아니라, 제 나라 안에 있는 독재자에 대한 해방전쟁을 통해 이룩하게 될 조국이다. 즉 자유, 평등, 박애의 조국을 의미한다.

이 송시는 또한 경건주의에서 유래하는 기독교적인 순교의 이상과 희생정신으로 채색된 공화주의적이자 혁명적인 애국의 색채를 띠고 있기도 하다. 이 송시에는 프랑스 국가國歌 '라 마르세예즈La Marseillaise'에서 얻은 언어적 표현도 발견되는데, 이 점도 이 송시가 민족주의적인 조국이 아니라, 정의가 실현된 공화주의적인 조국을 노래하고 있음을 방증해준다.

이 송시는 횔덜린이 프랑스혁명의 과정에서 그 폭력적인 국면을 보면서 프랑스혁명을 비판적으로 대했고, 혁명적인 해결보다는 점진적인 해결을 차츰 선호하게 되었지만, 근본적으로는 혁명적 이상에 충실히 머물러 있었으며, 소설『휘페리온』에 뿌리박고 있는 폭력적인 변화에 대한 기본적인 비판에도.불구하고 때때로는 혁명적인 투쟁을 생각하고 있었다는 사실을 알게 해준다. 1799년 1월 1일 의붓동생 카를에게 횔덜린은 이렇게 썼다.

"…그리고 어둠의 나라가 폭력을 가지고 침투해 오려고 한다면, 우리는 펜을 책상 아래로 던져버리고 신의 이름으로 가장 위급한 곳, 그리고 우리를 가장 필요로 하는 곳으로 갈 것이다."

이 시는 육필원고와 노이퍼에 의해서 1800년 발행된『교양 있는 여인들을 위한 소책자』초판본을 통해서 전해지고 있다. 1799년에 쓴 것으로 보인다.

시대정신

1799년 7월 중순 친우 노이퍼에게 보낸 알카이오스 시연의 송시다. 이 시는 두려운 시대 체험에서 빠져나와서 시 「우리의 위대한 시인들에게」나 「시인의 사명」에 표현하는 시 예술의 영웅들을 향한 요구를 예비하고 있다. '쉼 없는 이 넓은 세계에서의 행동', '운명의 날들', '격동하는 나날들'을 숨김없이 털어놓아야 하고 받아들여야 하는 시인의 사명을 앞서 의미하고자 한다. 제4연은 횔덜린이 지금까지 신적인 것으로 찬미해마지 않았던 영역, 즉 자연을 노래한다. 이에 반해서 역사 가운데서 신적으로 작용하는 힘, 혁명전쟁의 변혁적인 사건들 가운데서의 신적인 힘들을 이제 "시대의 신"이라 부르고 있다. 시 「시인의 사명」에서는 바로 이러한 신을 노래해야 할 시인의 과제를 말하게 된다. 시인은 단순히 두려운 현실로부터 자유로워질 때 이러한 사명을 다할 수 있을 것이라고 생각하고 있다. "뜬눈으로 그대를 맞게 하시라!"라는 시구는 바로 이러한 소망을 집약하고 있다.

저녁의 환상

1799년 7월 이전에 쓴 작품이다. 역시 알카이오스 시연의 송시인데 서정적 자아와 스스로 조화 이룬 시민적 삶이 교차적으로 비교된다. 두 번째 시연의 2~4행은 비가 「빵과 포도주」의 도입부("사위로 도시는 쉬고 있다. 등불 밝힌 골목길도 조용하다 (…) 한낮의 즐거움을 만끽하고 사람들은 소리 내며 사라져간다")와 유사하고, 마지막 시행 "노년은 평화롭고 유쾌하여라"는 같은 해 1월에 외할머니에게 바친 시의 한 구절 "노년은 평온하고 경건하니만큼"을 연상시킨다. 이 시의 전반적인 음조가 비감에 차 있기는 하지만, 체념을 내보이지는 않는다. 서정적 자아는 사회 속에 자신이 차지할 수 있는 자리를 스스로 물으면서 그 갈등을 직접적으로 드러낸다.

그러나 역사와 시간의 힘은 성숙과 사라짐의 자연스러운 과정 안에서만 개체를 붙들 수 있음을 이 시는 인정하고, 또 거기서 위안을 찾고 있다.

아침에

이 시 역시 앞의 「저녁의 환상」과 같은 시기에 쓴 알카이오스 시연의 송시이다. 시적 자아의 아침 햇살에 대한 거의 망아적忘我的인 도취가 이 시의 한가운데인 3연에서 "그대 황금빛 한낮이여"라는 직접적 말붙임으로까지 상승했다가, 4연 마지막 '그러나'로 반전되는 문체는 「저녁의 환상」과 유사해 보인다. 타오르는 태양 같이 되려는 소망이 한갓 일시적인 열정임을 깨우치고 제자리로 되돌아서는 시적 자아의 감정 곡선은 횔덜린의 송시에 보편적으로 등장한다. 도취와 깨어남의 조화인 셈이다.

마인 강

1799년에 쓴 알카이오스 시연의 송시이다. 처음에는 「네카 강」이라는 시제를 달았다가 「마인 강」으로 고쳤고, 나중에 「네카 강」을 따로 썼다. 먼 곳을 향해 흐르는 강물은 횔덜린에게 특별한 매력을 느끼게 해주었는데, 그것은 시인에게 먼 곳을 향한 동경의 상징이 되고 있다. 뒤에 이어지는 「네카 강」도 그렇지만 이 송시는 고향을 흐르는 강을 찬미하면서 멀리 그리스의 정경을 한데 결합시키고 있다. 이 시는 먼 곳을 향하는 동경으로 시작되고 있다. "소망은 바다를 넘어 해안으로 방랑해" 그리스의 해안에까지 이른다. 먼 곳을 향한 시인의 동경은 오로지 그리스를 향해 있다. "그 멀리 있는 것, 그 어느 것도 신들의 아들 잠들어 누워 있는 그리스 사람들의 슬픈 땅보다 사랑스러운 것 없네." 어쩌면 시인은 신들이 사라져버린 현재의 세계 속에서는 고향을 찾지 못할 것 같다. 이와 함께 그가 영혼으로 찾고 있는 현재의 그리스가 그에게 고향으로 자리를 내어줄 수 있을는지 묻는다. 이때 고향을 잃은 시인에게 "아름다운 마인 강"의 영상이 떠오른다. 실제로 시인이 잊지 못할 그 조국의 강이 떠오르는 것이다. 한때 낯선 이(이즈음 횔덜린은 고향을 떠나 중부 독일에 머물고 있었음)를 반겨주었고 "고요히 이어지는 노래들"과 "소음 없는 삶"을 가르쳐준 그 강이 운명의 별들과 조화를 이루며 행복하게 대양으로까지 흐르고 있음을 시인은 깨닫기에 이른다. 먼 곳을 향하는 시인의 동경은 가까운 제 것의 값어치를 인식하는 회귀에서 종결되고 있다.

1 수니움: 아티카의 남동쪽에 있는 곳. 해신 포세이돈의 사당이 있다.

2 올림피온: 아테네의 제우스 사당을 의미한다. 옛터에 거대한 돌기둥만이 남아 있으므로, 시인은 "지주"로 향하는 길을 묻고자 한다.

3 북풍: 북쪽의 미개한 사람들에 의해서 고대의 문명지가 파괴되는 것을 의미한다.

4 가난한 백성: 그리스의 해방전쟁 이전 터키의 지배 아래 있었던 그리스 민중을 암시한다.

5 팀파니 소리, 치터의 현 소리: 구리로 만든 반구형 물체 위에 소가죽을 댄 팀파니는 고대의 떠들썩한 제례를 반영하며, 리라와 함께 아폴론의 악기 키타라에서 유래한 치터는 신비적인 분위기를 불러일으키는 악기로서, 떠들썩한 한판의 춤과는 대조적인 분위기를 자아낸다.

자신에게

「자신에게」는 제목이 그리스어로 쓰여 있다. 이 표제는 아우렐리우스Marcus Aurelius Antonius 로마 황제, 즉 '왕좌에 앉은 철학자'의 저서인 『명상록』의 그리스어 원제 "자신을 향하여ta eis heauton"를 연상시킨다. 횔덜린이 이 책을 가지고 있었고, 송시 「시인의 용기」는 그에게 이 책이 큰 의미가 있었음을 보여준다.

소포클레스

「소포클레스」에서 'Trauer'는 '비탄, 슬픔'으로 옮기기보다는 '비극 Tragödie, Trauerspiel'으로 옮기는 것이 알맞아 보인다. 횔덜린은 1804년에 프랑크푸르트와 홈부르크 시절에 소포클레스의 『오이디푸스 왕』과 『안티고네Antigone』를 번역 출판한 바 있다. 횔덜린이 이 에피그람의 첫 행에 쓰고 있는 "기쁨"이라는 개념도 오늘날의 의미와는 전혀 다른 의미를 가지고 있다. 어떤 감정의 표현이 아니라, '신적인' 총체가 모습을 나타내는 충만의 상태를 의미한다. 이 열락의 상태가 개인이 비극적으로 몰락하는 곳에서 발생한다는 것, 다시 말해서 분리되어 있는 개체가 지양됨으로서 전체성의 인식이 비로소 가능하다는 것은 소설 『휘페리온』 마지막 디오티마의 죽음이나 『엠페도클레스의 죽음Der Tod des Empedokles』에 잘 나타나 있고, 특히 『오이디푸스 왕』과 『안티고네』의 번역에 붙인 주석에 간접적으로 잘 드러나 있다.

분노하는 시인

「분노하는 시인」이라는 제목은 1826년에 발행된 슈바프 편찬 횔덜린 시집에 처음 쓰였다. 이 에피그람은 『신약성서』, 「고린도후서」의 제3장 6절 "그가 또한 우리를 새 언약의 일꾼 되기에 만족하게 하셨으니 율법 조문으로 하지 아니하고 오직 영으로 함이니 율법 조문은 죽이는 것이요 영은 살리는 것이니라"를 연상시킨다.

농하는 자들

「농하는 자들」역시 앞의 에피그람처럼 슈바프 편찬의 횔덜린 시집에서 처음 제목을 얻었다.

이상 네 편의 에피그람 「자신에게」, 「소포클레스」, 「분노하는 시인」, 「농하는 자들」은 언제 쓴 것인지 정확하게 알 수는 없으나, 횔덜린이 발행을 계획했던 잡지 『이두나 Iduna』에 실을 셈으로 쓴 것으로 보인다. 그렇다면 1799년이거나 이보다 조금 늦게 쓴 것이라고 생각된다. 육필본의 필적이 이를 증명한다고 학자들은 밝히고 있다.

모든 악의 근원

1799년 작품으로 보인다. 횔덜린이 1799년 6월 4일 동생에게 보낸 편지에는 이런 내용이 있다. "그들이 존재하고 있는 방식이 아니라 그들이 무엇인가로 존재한다는 것을 유일한 것으로 생각하는 것, 그러면서 다른 어떤 것도 인정하려 하지 않는 것. 그것이 바로 악이다."

「모든 악의 근원」첫 행 "일치적인 것은 신적이며 좋은 것"은 범신론적 지평을 열고 있다. 이것은 소설 『휘페리온』에 등장하는 유명한 주장 "살아 있는 모든 것과 하나가 되는 것! 이 말로써 덕목은 그 분노하는 투구를 벗어버리고, 인간의 정신은 그 주도권을 내던진다. 또한 모든 사념들은 애쓰는 예술가의 규칙들이 우라니아 앞에서 그러하듯, 영원히 일치적인 세계의 영상 앞에서 자취를 감추고 마는 것이다. (…) 내 마음의 피난처, 영원히 일치적인 세계"와 일치하는 심상이다. 이 지평 안에서 횔덜린은 고립하는 개별화와 자아의 어떤 절대화도 부당한 것으로 비판했다.

나의 소유물

이 시는 처음에는 '가을날Der Herbsttag', 그다음에는 '가을날에Am Herbsttag'라는 제목을 달고 있었다. 1년 전 디오티마와 작별한 계절이 되돌아온 데서 비롯된 인상으로 쓴 작품이다. 초고에는 "작별의 날에는 그랬었다"라는 구절이 있었는데, 마지막 원고에서는 이러한 직접적인 연상은 삭제되었다. 다만 그전 행복의 상실은 여전히 흔적을 남기고 있다. "한때 나도 그러했다, 그러나 장미처럼, 경건한 삶 속절없었다." 이 시가 생성하게 된 감정상태에 대해서 그 상실은 밑바탕에 그대로 깔려 있는 것이다. 제7연은 이 시의 기본 주제를 제시하고 있다. "성스러운 대지", "제 땅" 즉 필멸하는 자(인간)의 세계는 필연적으로 "하늘" 아래의 삶에 귀속된다. 일방적으로 "하늘"을 향하는 일, 한낮의 빛을 향하는 일은 죽음을 낳는다. 타서 시들어버리지 않도록 막아주는 "확고한 남자"의 행복은 시인에게는 용납되어 있지 않다. 자신의 현존을 구출해내기 위해서 시인은 자신의 가장 고유한 소유물로서 "노래"를 취한다. 노래는 "정원"으로, 그의 "단단한 대지"이다. 그 대지 안에서 그는 "확고한 단순성" 안에 있다. 정도를 벗어난, 일방적인 "천상적인 드높음"을 향한 사랑 가운데서의 엠페도클레스적인 분신焚身의 위험은 자신의 본질, 시적인 것에의 무조건적인 충실을 통해서 추방되어야 한다. 이러한 시의 시급성이랄까, 그 강도는 "노래"에게 말을 걸며 천상의 힘들에 대해 축복을 비는 결정적인 3개 시연이 한 문장으로 이루어진 사실에서도 드러난다(제10~12연).

1　성좌들: 하늘의 꽃으로 별을 은유하는 것과 영원히 지지 않는 꽃으로서의 별의 지상의 피고 지는 꽃과의 비교는 횔덜린이 가끔 사용하는 전래된 상투적 표현이다.

1799년 홈부르크에서 쓴 것으로 보이는 알카이오스 시연의 송시이다. 이 송시는 총15연으로 6/3/6의 엄격한 대칭구조로 되어 있다. 또한 앞뒤 두 개의 6연은 각각이 3/3으로 양분되어 있음을 볼 수 있다. 결국 3연 1단으로 짜여 있다고 하겠다.

1~3연은 조국을 부르고 있다. 외지의 사람들에게는 감사도 돌봄도 받지 못해 무시되고, 스스로가 인정하지 않아 자신의 아들에게도 탓을 들어야 하는 조국. 그러나 많은 사람들의 축복을 위해 부름을 받고 있다.

4~6연은 이러한 조국이 찬미된다. 시인은 대지로 뻗친 밝은 정경, 강물들이 흐르는 목가적 계곡들, 강변의 도시들, 일과 학문과 예술이 피어나는 그 도시들을 기쁨에 차서 진지하게 찬미한다.

7~9연, 시의 중심을 차지하는 이 시연들은 그리스의 유산을 노래하고 있다. 그리스의 유산은 이제 자유로워졌다. 운명은 플라톤의 그리스적 세계와 옛 시절의 영웅들을 뛰어넘어 발걸음을 옮긴 까닭이다. 자유로워져, 그리스적 정령은 인간들이 있는 도처에 머물고 있다.

10~12연은 독일을 위한 약속의 징표를 노래한다. 독일 땅에 그리스적인 봄이 다가와 있는가? 그리스의 정령은 독일에서 새로운 거처를 찾게 될 것인가? 이에 대한 믿음직한 징후들이 제시된다. 젊은이들은 그리스적 신앙으로부터 무엇인가를 예감하며, 여인들은 그리스적인 청순함과 평온을 보존하고 있다. 시인은 선조들과 마찬가지로 신적인 힘과 결부되어 있음을 느끼고 있다. 현자들은 그리스적 학문의 명료한 눈길을 지니고 있다.

마지막 13~15연은 시인이 확신하는 가운데 맞이하고 있는 우라니아의 이름으로 조국에게 약속한다. 시인은 조국을 새로운 그리스로서, 우라니아를 운명의 조종자로 맞이한다. "새로운 형상"은 아직 현실화되지 않았다. 그러나 '연륜의 완성은 다가와 있다'. 때문에 아들은 새로운 델로스, 새로운 올림피아가 찾아질 때까지 기다릴 줄 알아야 한다.

독일을 새로운 약속의 땅으로, 그리스적 정신의 새로운 거처로 만들고 있는 부활의 분위기는 이 송시 이외 1년 후에 쓴 시 「아르히펠라구스」 정도에서만 긍정적으로 나타나 있다. 독일에 부활되어야 할 것이 그리스적 정신이라는 것은 다분히 횔덜린의 신념이다. 무엇이 그러한 신념으로 기울게 했는지는 말하기 어렵다. 다만 횔덜린은 독일 민족의 결점을 무시한다기보다는 그리스의 목소리를, 그리고 그리스인들처럼 신들의 목소리를 듣고 이것을 본래의 뜻대로 받아들일 것을 독일인들에게 예언적으로 경고하려 했던 것 같다.

횔덜린이 독일의 미래를 그리스 문화의 부활로 상정한 데는 프랑스 혁명에 대한 그의 환멸이 포함되어 있다. 「독일인의 노래」라고 제목을 달고 있는 별도의 원고에 횔덜린은 다음과 같은 호라티우스의 시 구절을 기록해두고 있다. 아마도 이 시의 제사로 쓸 셈이었던 것으로 보인다.

> 정신적 조정이 없는 힘은 저 자신의 무게 때문에 자체 안에서 무너진다,
> 　신들은 억제된 힘을 더욱 높은 경지로까지
> 　이끌고 가는 법이다.

이렇게 횔덜린이 처음에 숙고해본 제사는 그가 다른 일련의 시들(특히 찬가 「게르마니아」)에서와 마찬가지로 여기서도 프랑스혁명의 변질을 통해 반증된 것으로 여긴 단순한 폭력 대신 정신적·문화적 발전을 높이 평가하려는 의도를 함축하고 있다. 사실 프랑스에서 혁명적인 발전 모델이 좌초되고 나서 횔덜린은 독일에서의 점진적인 실천에 희망을 두었다. 프랑스혁명에 열광하며 프랑스의 여러 혁명적 선언문을 번역하기도 한 에벨Johann Gottfried Ebel에게 보낸 1797년 1월 10일자 횔덜린의 편지가 이러한 사실을 가장 간명하게 보여준다. 횔덜린은 그에게 혁명적인 이상이 몰락해버린 파리의 "더러운 현실"에서 등을 돌려 인류의 참된 쇄신이 예고되고 있는 정신적·문화적 미래의 나라 독일로 관심을 돌리라고

촉구하고 있다. 이와 함께 진보주의, 조용한 성장과 성숙, 사유에 대한 강조가 드러난다. "나라가 조용히 자라나면 자랄수록, 성숙해졌을 때, 그만큼 더 찬란하기 마련입니다. 독일은 조용하며, 겸손하고, 많이 생각하고, 많이 일합니다. 그리고 커다란 움직임이 청년의 가슴에 들어 있습니다." 「독일인의 노래」는 이를 두고 "우리 젊은이들 중 / 어느 누가 하나의 예감 / 가슴의 비밀 숨기고 있지 않은 자 있는가?"라고 읊고 있다. 편지는 다음과 같이 이어진다. "당신은 스스로 말하고 있습니다, 사랑하는 이여! 우리는 이제부터 조국의 곁에 살아야만 한다고 말입니다. 당신께서도 곧 실천하시겠지요? 오십시오, 이곳으로 오십시오! 당신이 오시지 않게 되면, 저는 당신을 이해하지 못할 것 같습니다. 당신은 파리의 한 불쌍한 사나이에 지나지 않을 것입니다."

독일의 위대성으로의 관심의 전환은 단순히 프랑스혁명의 진행 과정에서 경험한 실망 때문만은 아니었다. 그 안에는 나폴레옹Napoleon Bonaparte을 앞세운 프랑스의 반동 세력이 독일의 전제군주들을 지원하기 시작하면서, 독일에서 시민 계층이 추구한 공화정에 대한 희망이 환멸로 바뀐 사정도 내포되어 있다. 현실정치의 변화에 대한 희망이 사라져버린 가운데 내면을 향한, 정신적·문화적인 것으로의 보다 강렬한 소망이 결과된 것이다. 현실적 변화에 대한 희망을 놓지 않은 가운데, 횔덜린은 이 시기에 쓴 「독일인들에게」에서 "생각은 꽉 차 있으나 행동은 보잘것없기 때문"이라고 질책하면서 "아니라면, 구름을 뚫고 햇살 비추듯이 생각으로부터 / 행동이 솟아나온다는 것인가?"고 묻고 있다.

역사적인 위대성을 얻어내기 위해 독일적인 가능성을 강조하는 가운데 횔덜린은 18세기 프랑스 문화의 절대적인 우위에 당면해서 독일의 문화적인 자기성찰이 형성해놓은 선례들에 접합하고 있다. 자국의 문화적 힘을 그리스 문화로 거슬러 올라가 연결 짓는 일은 이미 클롭슈토크나 헤르더가 시도했던 일이다. 이들은 반복해서 독일인들의 창조정신을 그리스인들의 그것과 비교하려 했다. 클롭슈토크는 1774년『독일 학자공화국Deutsche Gelehrtenrepublik』을 내놓았고, 헤르더는 1793~1797년에『인도주의 서한『Humanitätsbriefe』을 발표했다. 헤르더는 보편적 정신으로 채워진 인도주의뿐만 아니라, 이제 몇 년 사이에 의미를 얻게 된 독일문학과 철학을 배경으로 해서 독일의 문화적 자신감을 펼쳐 보이고 있다. 독일의 위대성은 이제 막 형성되고 있다는 확신을 표명하고 있는 것이다. 빌란트는 1793년에 쓴 「조국의 현 상황에 대한 고찰Betrachtungen über die gegenwärtige Lage des Vaterlandes」에서 "자신의 처한 상황을 계속 개선하고, 학문의 더 큰 번영을 위해, 그처럼 많은 그리고 그처럼 훌륭한 시설을 갖춘 공공의 교육기관, 학교와 대학의 명성을 들어도 될 만한 민족이 유럽에서 독일 말고 어디에 있단 말인가?" 하고 묻고 있다. 역사·정치 잡지『미네르바Minerva』의 발행인이었던 아르헨홀츠Johann Wilhelm von Archenholz는 1792년 「프랑스 국민의회에 부치는 발행인의 글Schreileu eles Herausgebers an die französische nationalversammlung」에서 독일의 학문, 예술, 교양과 교육이 모범적이라고 서술하고 있으며, 1793년에 나온『7년 전쟁사Geschichte des siebenjährigen Krieges』에서는 모든 영역에서의 문화적 기여를 거론하면서 "이제는 독일인들의 위대한 문화시대가 시작되었다"고 단언한다. 1795년 이후 독일의 정신적·문화적 발전에 대한 기록들이 증가되었다. 거기에는 횔덜린이 이 송시의 기본 모티브로 삼고 있는 현상들이 등장한다. 학문, 예술, 문학과 철학에 대한 찬미, 근면과 미덕에 대한 찬사뿐만 아니라, 독일인들의 조용하고, '침묵하는 가운데서의' 활동, 그리고 '심오함', '진지함', 또한 다른 민족들의 멸시의 무시에 대한 암시 등이 등장하는 것이다.

홈볼트Wilhelm von Humboldt는 세기 전환기 이전 파리 체재기에 프랑스와 독일의 민족적 특성을 비교하는 편지들을 썼다. 그는 이 편지들에서 독일인들의 정신, 정서 그리고 이상을 향하는 성향을 특징으로 보고 있다. 그리고 횔덜린처럼 독일을 "고상한 민족"이라고 칭하고 있다. 1797년 12월 7일 홈볼트는 괴테에게 보낸 편지에서 "사실 내가 여기서 체류하는 장점은 나에게 독일의 천성이, 그 고상함과 특출함이 여기서 비로소 분명해진다는 점이다"라고 쓰고 있다.

쉴러도 홈볼트와 마찬가지로 일종의 세계시민이지만, 그는 한 시의 초안에서(나중에 편집자에 의해서「독일의 위대함Deutsche Größe」이라는 표제를 달게 되었는데) 정치적인 위축과 추락의 한가운데서도 독일적인 문화국가, 정신의 제국을 호출하고 있다. "이 제국은 독일에서 활짝 피어나리라, 이 제국은 정치적 제국이 흔들리는 동안 완성을 향한 성장 안에 있으며, 정신적 제국은 더욱 더 튼튼하고 더욱 완벽하게 형성되어왔도다. 그에게 지고함이 결정되어 있도다. 그가 유럽민족들의 한가운데 위치하는 것처럼 그렇게 인류의 핵심이 그에게 있도다. …모든 백성은 역사 한가운데 자신의 날을 가지는 것이지만, 독일인의 날은 전 시간의 열매이도다." 횔덜린이 "시대의 함빡 영근 열매"라고 노래한 것처럼 쉴러도 "황금 열매"에 대해서, "독일인의 날은 전 시간의 열매"라고 노래하고자 했던 것이다. 훔볼트가 1800년 5월 30일자 괴테에게 보낸 편지에서는 "독일인들은 정치적 고향을 가지지는 못한다. 그러나 그들은 문화적, 철학적 고향을 형성해왔으며, 이것들의 명성을 위해서 그들은 가장 고상한 감동으로 채워져 있다"고 한 스탈 부인Madame de Staël의 말을 인용하며 내린 진단을 횔덜린도 속한 좀 더 젊은 세대들 역시 확인했다.

프리드리히 슐레겔Friedrich Schlegel은 논고「그리스 문학의 연구에 대해서Über das Studium der griechischen Poesie」에서 오로지 독일에서만 그리스에 대한 연구와 미학이 융성하게 되며 이를 통해서 문학과 문화가 결정적으로 규정될 것임을 강조하고 있다. 1800년 그는『아테노이움Athenäum』에「독일인들에게An die Deutschen」라는 시를 발표했다. "유럽의 정신은 꺼져버렸다, 독일에는 / 새로운 시대의 샘물이 흐른다"고 그는 이 시에서 읊었다.

노발리스는 논고「기독교 또는 유럽Die Christenheit oder Europa」에서 이렇게 쓰고 있다. "독일에서 충만한 확신을 가지고 새로운 세계의 흔적을 제시할 수 있다. 독일은 느리기는 하지만 확실한 걸음으로 다른 나라들을 앞서 걸어가고 있다. 다른 나라들이 전쟁과 공리공론과 파멸의 정신에 한눈을 파는 사이 독일인들은 부지런히 문화의 보다 높은 시대의 동료로 자신을 갈고닦았다. … 학문과 예술에서 어떤 힘찬 발효를 느끼게 된다. … 창조적인 자의에 대한 강력한 예감, 무한성, 무한한 다양성, 성스러운 고유성 그리고 내면적인 인간성의 전능함에 대한 예감이 사방에서 활발해지고 있는 듯하다. 서투른 소년기의 아침 꿈에서 깨어나 이 민족의 한 부분은 그의 첫 번째 힘들을 발휘하고 있다. … 아직은 모든 것이 전조에 불과하다. … 그러나 이 전조들은 역사적인 눈에 하나의 보편적인 개성, 새로운 역사, 새로운 인류를 드러내고 있는 것이다." 이 마지막 구절은 노발리스가 독일적인 것을 국수적으로 좁게 파악하고 있는 것이 아니라, 보편적인 원리로 파악하고 있음을 보여준다. 계몽주의의 세계시민주의적 인류애적 유산을 보존하고 포괄적인 조화사상으로 상승하고 있는 이 초기 낭만주의적인 보편성Universalität은 횔덜린의 이 송시의 끝에서 세 번째 시연에서 그 시적 표현을 얻고 있다. "조국"은 "새로운 이름"으로 받아들여지고 있다. 스스로를 넘어서는 새로운 이름, "우라니아"로, 우주적인 조화의 그리스 뮤즈의 이름으로.

1   모습 갖추지 못한 덩굴: 버팀대 없이 땅에 이리저리 흩어져 자라나는 포도덩굴.

2   사랑의 나라: '사랑하는 나라'라는 의미보다는 '사랑을 나누어주는 나라'라는 뜻이 알맞다. 바로 위의 '진지한 정령의 나라'와 보다 의미 깊은 병렬을 생각할 때 그러하다.

3   부지런함이 침묵하고: '부지런한 일꾼은 말이 없고'라는 뜻이다.

4   미네르바의 아이들: 미네르바는 아테네의 수호여신인 아테나를 뜻하므로, 미네르바의 아이들이란 아테네인들을 가리킨다. 앞의 시구에서, 일터에서 부지런한 일꾼도 침묵하고, 학문이 말없이 융성하며 예술가들이 진지하게 창조에 임하고 있는 독일의 도시들이 언급된 바, 현명함의 여신으로서 철학자와 시인을 보호하는 미네르바를 통해서 독일인이 아테네 사람들과 비교된다. 제2~3연에서 "사상", "정신" 그리고 "정령"이 조국 독일의 특성으로 언급되어 있는 것도 이러한 견줌과 맥락을 같이한다.

5   플라톤의 경건한 정원: 아테네의 헤로스 아카데모스 지역에 있는 아카

데미.

6   옛 강가: 아테네 북부에 있는 케피소스 강가, 아카데미가 자리하고 있다.

7   밤의 새: 부엉이. 부엉이는 로마 신화에서 미네르바와 항상 함께 다니는
    신조神鳥이다.

8   그 신: 원문에 '그'가 대문자 'Er'로 쓰여 있음에 주의해야 한다. 최고의
    신으로서 '천둥을 치는' 제우스신을 의미한다. 그는 운명을 조정한다.

9   불꽃들 서둘러 / 떨어져나가 천공 안에 모습을 드러냈단 말인가?: 불꽃
    같은 생명의 정신인 신적인 것은 죽음 속에서 육체의 제약으로부터 빠져
    나와 생명의 불길이 당초 출발했던 천공의 신과 재결합한다. 이로써 다
    음 시연(정령은 나라에서 / 나라로 방랑하는도다)에서 끝내 새로운 형태
    를 취할 가능성을 지니게 된다.

10 새로운 이름으로: 새롭게 부활한 고대 그리스로서, 이어지는 시대의 함
    빡 익은 열매는 가을의 상징으로 이해된다.

11 우라니아: 아홉 명의 뮤즈 여신 가운데 마지막 여신이지만, 포괄적이며
    우주적 조화의 여신으로서는 으뜸의 위치에 있다. 때문에 이어지는 시연
    에서 "사랑으로부터 태어난" 작품으로 이상적인 충만에 이 신이 지칭되
    고 있다.

12 델로스… 올림피아: 고대 그리스적 삶의 만남의 장소로서, 이오니아 내
    지는 범그리스적인 축제의 장소이다. "그대의 델로스", "그대의 올림피
    아"라는 표현은 '그대, 즉 우라니아가 우리의 델로스 / 올림피아로 생각
    해두었던 장소'를 뜻한다. 모두를 포괄하는 조화는 독일에 대한 시인의
    소망임을 나타내고 있는 것이다.

홈부르크의 아우구스테 공주님께-1799년 11월 28일

휠덜린은 이 시를 아우구스테 공주의 23회 생일을 맞아 공주에게
바쳤다. 그녀는 몇 줄의 메모로 그에게 감사를 표했다. "당신의 선물을 받

고 느끼는 감사의 마음이 당신에게 이 몇 줄을 보내드리는 것을 피할 수 없게 하는군요. 당신의 칭찬 어린 노래에 어울리지 않음이 없었으면 하는 소망을 이 글과 함께합니다. 그러나 역시 그렇게 소망할 만한 제가 못 되지 않는가 합니다. 당신의 경륜은 시작되었습니다. 그렇게 아름답고 확고하게 시작되었으니 그 길에 어떤 별도의 격려가 필요한 것 같지는 않습니다. 당신의 승리와 발전에 보내는 나의 참된 기쁨이 항상 동반하게 될 것입니다. 아우구스테." 이 편지에는 1804년 횔덜린이 자신의 소포클레스 번역을 증정하게 되는 동기가 들어 있기도 하다.

이 시의 첫 2개 시연은 도입부를 형성하고 있다. 늦가을 생일을 암시하면서 고전적으로 자연의 흐름을 표현한다. 이어 첫 번째 3개 시연 그룹(제1~3연)에서는 공주의 생일축제의 선물로서 늦가을 길가에 핀 꽃들과는 무엇인가 "다른 무엇, 더욱 위대한 것"을 생각한다. 이 시연들은 1799년 3월에 터진 제2차 연합전쟁의 "뇌우"에 이은 아름답게 충만한 평화시대의 전망을 내용으로 하고 있다. 그리고 더욱 자유로운 공동체를 향한 소망이 표현되면서 군주답게 "자유롭게 태어난 자들"에게 행동력과 정신력을 갖추고 있는 자들, 즉 "영웅들", "현자들", 철학자들이 한 동료가 되고 있음을 노래한다. 마지막 3개 시연은 얼마간 거리를 두고 있기는 하지만, "가인", 즉 시인 자신이 등장한다. 제6연은 모든 영역이 함께 소환된다. 그 예술을 지닌 "가인", "고귀한 자들의 행복", 다시 말해서 공주도 포함되는 군주답게 "자유롭게 태어난 자들", "힘찬 자들의 / 행위와 진지함", 다시 말해 영웅들과 위대한 현자들이 모두 불리고 있는 것이다. 시인이 이상적인 목표로 삼고 있는 이러한 새로운 공동체적인 통일과 조화라는 조망으로부터 마지막 두 시연은 이 시의 구체적인 동기로 되돌아가고 있다.

평화

같은 때 쓰기 시작한 「독일인의 노래」와 「홈부르크의 아우구스테 공주님께」 그리고 역시 이때쯤 쓴 송시 「데사우의 아말리에 태자빈께」와 마찬가지로 이 송시는 1799년 가을 시인을 사로잡았던 평화를 향한 동경을 증언해주고 있다.

1799년 3월 발발한 제2차 연합전쟁에서 프랑스군은 8월 노비전투에서 패배하면서 이탈리아에서 퇴각할 수밖에 없었다. 이어서 영국-러시아 원정군이 네덜란드에 진군했다. 그러나 9월에는 취리히 전투에서 러시아의 공격이 실패하고, 10월에는 영국군이 네덜란드에서 퇴각했다. 이 시가 쓰인 때보다는 늦은 시점이지만, 이탈리아에서는 나폴레옹의 마렝고에서의 승리에 따라 프랑스의 우세가 복구되고 나자 프랑스와 오스트리아 간에는 르네빌 평화조약(1801년 2월 9일)이, 프랑스와 영국 사이에는 아미앵 평화조약(1801년 3월 25일)이 체결되어 짧은 휴전이 이루어졌다. 횔덜린은 이 평화의 기운 아래 찬가 「평화의 축제」를 쓰게 된다. 1799년 9월 4일 횔덜린은 어머니에게 이렇게 쓰고 있다. "저는 마음의 평화를 희망하고 있습니다. 그리고 가장 보편적인 이유에서 그것은 꼭 필요하고 치유의 능력을 가지고 있으며, 끝없는 중요성을 띠고 있다고 생각합니다. 어쩌면 그 평화가 짐작하는 것만큼 그렇게 멀리 있지는 않아 보입니다."

「독일인의 노래」처럼 이 송시도 6/3/6연으로 대칭적 구조를 가지고 있다. 첫 6개 시연은 전쟁이 일어난 것을 일깨우고, 3개의 중간 시연은 평화를 불러오며, 마지막 6개 시연은 더 넓은 지평으로 일어난 사건들을 정리하되, 그중에서도 3개 시연은 불화에 대한 인간적인 성향을 향하고, 나머지 3개 시연은 전쟁이라는 사건을 자연의 커다란, 착오 없는 조화로 지양시키고 있다. 1연과 7연에는 원고에 시어 또는 구절이 빠져 있다. 그러나 이 시를 미완이라고 볼 수 있을 만큼의 결함은 아니라고 생각된다.

1   옛 홍수: 판독 방법에 따라 '분노로 변하여 다시금 / 옛 홍수alten Wasser die in andern Zorn…'가 아니라 '데우칼리온의 대홍수alten Wassern Deukalions'라고 읽히기도 한다. 플라톤이 그리스의 가장 오래된 신화로 보고 있으며, 오비디우스가 『변신이야기Metamorphoseon』에서 상세히 다

루고 있는 데우칼리온 설화에 따르면 제우스는 인간의 타락을 엄청난 홍수로 벌하고자 했다. 프로메테우스의 아들 데우칼리온과 그의 아내 퓌라는 이 죽음의 홍수 직전에 그 화를 피할 수 있었다고 전해진다.

2 비겁한 자들과 압도당한 자들: 이 양극단의 표현은 전체를 의미한다. 모두 복수의 여신에게 내맡겨져 있다.

3 네메시스: 각자에게 운명을 배분하는 운명의 여신, 때로는 벌을 주는 복수의 여신으로도 나타난다.

4 이탈리아의 월계수 정원: 1799년 8월 15일 프랑스군이 패배한 이탈리아 노비에서의 전투를 가리킨다.

5 게으른 목동: 1799년 주 전쟁터였던 스위스를 가리킨다.

6 성스러운 모든 뮤즈의 연인 / 천체의 연인: 뮤즈의 연인은 평화이다. 왜냐면 평화는 모든 예술을 번영에 이르게 하기 때문이다. 그리고 평화는 천체의 연인인데, 그것은 평화가 우주적인 조화에 가장 잘 어울리기 때문이다.

7 그대의 쓰여 있지 않은 법칙과도 함께: 소포클레스의 『안티고네』(제454행)에 나오는 유명한 구절을 연상시킨다. 국가가 제정한 실정법에 맞서는 "성문화되지 않은 법칙".

8 제 땅 위에서 / 그 사람 축복을 받지 못하도다: 소유 사상이 모든 사회적 저주의 근원이라는 유명한 루소의 언급을 연상시킨다. "그자가 말뚝을 뽑아버리고 도랑을 메우고 자신과 같은 자들에게 '이 배신을 멈춰라'라고 외친다면, 인류의 많은 범죄, 전쟁, 살인, 고통 그리고 공포를 줄일 수 있을 텐데." 루소 『인간 불평등의 기원Discours sur l'origine de l'inégalité parmi les hommes』 제2부 첫머리의 문장이다.

9 젊은이들의 경주로를 진지하게 바라보듯이: 이 시에서 그려지고 있는 광경은 그리스의 올림피아와 다른 경기장에서 열린 마차경주를 연상시킨다.

10 천공의 피어나는 / 별들: 시 「나의 소유물」 주1)을 참조하라.

옮긴이 장영태

서울대학교 문리과 대학과 같은 학교 독어독문학과를 졸업했다. 독일 뮌헨대학교에서 독문학을 수학하고 고려대학교 대학원에서 〈횔덜린의 시학 연구〉로 박사학위를 받았다. 홍익대학교 독어독문학과 교수를 지냈으며 현재 홍익대학교 명예교수이다. 지은 책으로《지상에 척도는 있는가: 횔덜린의 후기문학》,《궁핍한 시대의 시인 횔덜린: 그의 삶과 문학》,《횔덜린 평전》이 있으며, 옮긴 책으로는《휘페리온》과《횔덜린 시 전집 1, 2》,《엠페도클레스의 죽음: 한 편의 비극》,《횔덜린 서한집》,《도전으로서의 문학사》,《서정시: 이론과 역사》,《나이든다는 것과 늙어간다는 것》 등 다수가 있다.

횔덜린 시 전집 1

Friedrich Hölderlin Sämtliche Gedichte 1

초판 1쇄 발행 2017년 1월 15일
초판 3쇄 발행 2023년 4월 17일

지은이 프리드리히 횔덜린
옮긴이 장영태

펴낸이 김현태
펴낸곳 책세상
등록 1975년 5월 21일 제2017-000226호
주소 서울시 마포구 잔다리로 62-1, 3층(04031)
전화 02-704-1251
팩스 02-719-1258
이메일 editor@chaeksesang.com
광고·제휴 문의 creator@chaeksesang.com
홈페이지 chaeksesang.com
페이스북 /chaeksesang 트위터 @chaeksesang
인스타그램 @chaeksesang 네이버포스트 bkworldpub

ISBN 979-11-5931-096-6 94850
     979-11-5931-095-9 (세트)

· 잘못되거나 파손된 책은 구입하신 서점에서 교환해드립니다.
· 책값은 뒤표지에 있습니다.